Harry's Trees

哈利的
秘密树林

[美] 乔恩 · 柯恩（Jon Cohen）—— 著
陈水平 —— 译

CNS PUBLISHING & MEDIA 中南出版传媒
湖南文艺出版社 HUNAN LITERATURE AND ART PUBLISHING HOUSE
博集天卷 CS-BOOKY

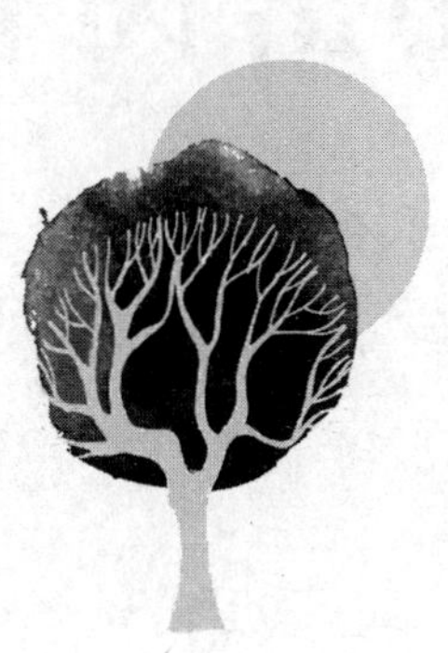

目录 

C o n t e n t s

Harry's Trees

01

彩票诅咒

周末报

2016年3月11日，周五

一亿美元的大捧花

宾夕法尼亚州，埃辛顿——周三，面值1.103亿美元的跨州亿万彩票公布了，第一大街斯塔斯林花艺商店的7名店员在谈论她们的中奖感受。

“我们都不敢相信。”其中一个中奖职员凯瑟琳·基夫说道，中奖的彩票是她在约克的一家酒吧买的，“我们买彩票买了5年了，你知道，总是一起买。”

“6年！”另一个同事艾伦·梅里韦瑟嚷道，其他中奖同事都笑了起来。

如果这些女士选择现金支付的话，她们每个人将会获得税后1190万美元的奖金。

“我们的友情取得了丰厚的回报，”基夫说道，“我们称自己为幸运的花匠。”

“真的，非常幸运！”梅里韦瑟插嘴道。

贝丝的追悼会在费城外韦弗利的利珀友人礼拜堂举行。贝丝是哈利·克兰的妻子，他们一起生活了14年。这间装饰朴素的大屋子里挤满了他们的亲人、朋友、邻居和同事。

一个女人与朋友的耳语传了过来："唉，看看他，可怜的哈利！"悲痛不已、脸色苍白的哈利穿着皱皱巴巴的蓝色西装，坐在前排，被他哥哥大狼和贝丝的父亲斯坦搀扶着夹在中间。

整个房间异常安静。贵格会教徒的追悼会上，哀悼者们会不约而同地静静地坐着，直到有人打破寂静，开始说话，背诵诗歌或者唱歌。漫长的一分钟过去了，在哈利那排座位的尽头，3月的寒风吹着窗外的树枝，打在玻璃窗上，啪啪作响。谁家的宝宝被惊醒了，一个老人咳了一声，白色的纸巾像鼓起的鸽翼一样在房间飞舞。

桑迪·梅娜德第一个站了起来。每隔一周的周二傍晚，桑迪会和贝丝去赫斯普乐体育馆打网球。"贝丝，"她的手紧紧地攥着前排座位的靠背，说道，"贝丝，我想说，你是一个非常好的朋友。"眼泪从桑迪的脸颊流过，"你是一个非常好的朋友，以后余生的每一天，我都会怀念你的。"桑迪的丈夫又塞给了她一张餐巾纸，并扶着她坐回了座位。

哈利依然直直地盯着前方。

巴克曼熟食店的老板卡尔·巴克曼慢慢地走了过来。"嗯。"他开口说道，然后又停下来用纸巾擦了一下额头，清了清嗓子，卡尔是个不善言辞的人，"嗯，我只想说贝丝是个了不起的顾客。而且，哈利，我知道你是一个了不起的丈夫，而且，这……这是个超级大的悲剧。显然，嗯，嗯，上帝也是了不起的，他的所作所为是不可思议的。谢谢各位。"卡尔惊慌地环顾四周，好像突然意识到在贵格会教徒的追悼仪式上也许不该提到上帝呢。那些该死的破规矩到底是什么？他赶紧溜回了他的座位。

哀悼者们都转头注视着哈利。屋外，一辆重型卡车停在了街边。整个房间随着卡车引擎的轰鸣声颤动了起来。哈利动了一下，眨了眨眼睛。房间的气氛非常尴尬，但是哈利依然坐着，一动不动。

一位坐在哈利左边的女士突然像只猫鼬一样冒了出来，扬了扬手中的一支银笛。“贝丝，让我为你吹一曲吧！我本来想即兴创作一首，但是我实在是太伤心了，什么也想不出来，所以我还是吹奏甲壳虫乐队的歌吧，因为他们的歌能传达我们所有可能的情感。我要吹的歌叫作《你好，再见》。”说完，她将笛子举到嘴边，一张口却跑了调。“嗯，稍等，我要调一下音。”她摆弄了一下调音杆，重新拧紧，然后再次将笛子举到了嘴边。她闭上眼睛，奏出了第一个音符，这次真是恰到好处。流行音乐那简单的旋律，却像巴赫的大提琴曲一样，让人们心潮澎湃。

但是，哈利依然坐在那一排，没有任何响动。

房间后面有人站了起来，用苍老、低沉的声音开始说话：“呃，我叫比尔·贝尔松，我住在格恩西路那边。我想和大家分享一下贝丝和我的杰克罗素梗犬巴德之间的故事。每天早上，我都会把巴德拴在前院的樱桃树下，让它看门护院。贝丝每次去火车站路过时，都会停下来摸摸巴德的头，挠挠它的肚皮。每次走进院子，她会打招呼：‘你好，巴德。’每次离开，她会说：‘再见，巴德。’”

比尔·贝尔松停了一下：“我能从开着的窗户里听到贝丝的声音，当然有时候我会在后院扒拉落叶，但是他俩之间这短暂的问候，这简短的一句‘你好，再见’让我非常开心。”比尔深深的叹息声回荡在整个房间里，“我一定会想念那个时刻，因为这是我们来到这个世界的原因。你们知道吗？和狗狗们说说话，幸福地活着，这就是贝丝。她会一直这样，‘活’在这个世界中。”

哈利终于移动了，这是自从斯坦和大狼将他领进这个房间以来他第一次移动。他慢慢地转向这位男士，比尔·贝尔松。但是比尔已经坐了下来。

哈利的眼睛转向另一个正站起来的少年——詹森·勒德。不错的孩子，就住在隔壁，他们出去度假的时候，他还帮他们修剪过草坪。“嗯！是这样。”詹森开始了，“我们现在正在课堂上读《第五号屠宰场》，就像贝尔松先生以及那位吹笛子的女士说的那样，在书里毕利·皮尔格里姆曾说过一句话：‘再见，你好，再见，你好。’因为他好像只是切换了时间的轨道，所以也许从某种意义上来说，克兰夫人还在这里，不是吗？从某种意义上来说，她只是切换了时间的轨道。”詹森坐了下来。

哈利终于站了起来，大家都屏住了呼吸。哈利打算说话，他说了一句话，但他的声音是如此无力以至没人听出他说的是什么。他看了看地板，又看了看天花板，然后重复了一遍：“在这儿等着。”

两百来人交换着不解、疑惑的眼神。

哈利走过大狼，大狼一把抓住了他的袖子，但是哈利用力甩掉了他，踉跄了一下后，顺着中间的走道向外冲去。他“砰”的一声推开了礼拜堂的大门，冲下了石阶，冲到了草坪上，似乎想拼命逃离什么东西。大狼，这个大块头，像个火车头一样气喘吁吁地在寒风里追赶着他的弟弟。最后，他们一起扑倒在了结冰的地面上。

被压在哥哥的身下，哈利觉得自己突然放松了，但是他听到了自己痛苦的呻吟——原来根本就没法逃避——他的左眼睁开了。他眯着眼睛瞪着自己的左手，它被大狼的身体压在离脸仅几英寸[1]远的地方。5天以来那只手一直紧紧地攥成拳头，这会儿手指慢慢张开了，露出一张汗渍满满、皱巴巴的乐透彩票。

“在这儿等着。”他自言自语，看到贝丝站在他的面前，看到5天前的贝丝站在市场大街街边。

在这儿等着。

那天他们正手拉着手沿着费城的市场大街匆匆赶路，因为看电影眼看就要迟到了。在第六大街等红灯的时候，他转身看着她，贝丝那婚后女性独有的精致面容打动了他。嘴角的笑纹，右耳上的那缕头发在傍晚

[1] 英寸：英美制长度单位，1英寸等于1英尺的1/12。1英尺等于0.3048米。

的余晖下闪着红色的光泽。他握着她的手，是那样喜悦。有贝丝在身边的时候，哈利是最开心的。他把她拉进怀里，亲吻她。一个深情的吻。

她挣脱他，微笑着说："怎么啦？"

"举起手来投降吧，"他说，"很可能还会再来一次。"他看到了第六大街的红灯变绿了，"肯定还会再来一次，在每一个偶数的街道。"

"是吗？就像强迫症一样？夫妻接吻强迫症？"

"偶数街道夫妻接吻强迫症。"

"你是个奇数般奇怪的人。"

"不，我是一个很"偶数"的人。"

贝丝笑着把他推开："你知道的，你真的有点强迫症。我一直在想你的袜子抽屉。"他们身后正好就是"老海军"服装店，商店橱窗里整齐地摆着几排男人的短袜。

哈利摇着头："哇，我在想着你最令人惊艳的事情，你在想着袜子。"

"你的袜子抽屉真的很让人吃惊，哈利。"

"我没有袜子抽屉。"

"是的，因为你把你的袜子丢到了你的内衣抽屉。"

"我有内衣抽屉吗？"哈利再次指着红绿灯，"严肃地说，你已经被警告了。"

他一直都在想着数字。为什么？为什么他只看街道的红绿灯，远处市政厅的钟，呼啸而过的公共汽车车头上的线路数字牌？

在这儿等着。

贝丝催他："我们真的要快点啦，我讨厌看电影迟到。"

"好的，我们走。"

他们走向另一个街区。他又吻了她。

她的笑声像太阳一样明媚。"第七大街，"她嚷道，"这是奇数，你骗人。"

不远处突然传来一阵噪声，他们几乎同时转过身。几个巨大无比的机器正在拆一个旧的砖头仓库，声音比正在酣战中的恐龙弄出的动静还要大。嘈杂混乱的城市！他们赶紧走下马路牙子，哈利还差点被绊倒。贝丝一把扶住了他。“我很好。”他说。我们要赶着去看电影，他想，这就是我们要做的。人行道的人很多。天很冷。人们正在拆一个仓库。

另一面墙马上要倒地了——世事无常——他收回视线再次转向身边这美丽的面容。蓝色的眼睛，棕色的头发，蜂蜜的香味，白色的牙齿，明媚的笑声，结实的双手。看着她穿着红色的羊毛大衣。“这件外套……”他说。外套是新的，她昨天才拿到。

“太红了？”

“不，只是……你穿着它实在是漂亮。”

她看着他：“哈利，你的心情真是出奇地好啊，一会儿这里，一会儿那里，什么事都来了。”

他的眼睛突然发现了什么。他盯着街对面一家便利店的门，门上绿色的霓虹灯标志闪耀着“宾夕法尼亚州乐透彩票”。霓虹灯朝着他一闪一闪地眨眼。数字。

“嘿。”他说。

贝丝顺着他的眼睛看到了那个霓虹灯标志。“好吧，原来是这么回事。”她拽住他的胳膊，“不行，我们继续走，电影还有 5 分钟就开场了。”

哈利被贝丝拉着继续往前走着，但一直扭头看着那家便利店。哈利突然停在了拆除工地的胶合板围栏前，像一只被皮带拉住，死活不愿前行的倔强的狗。“就在这儿等我一小会儿，好吗？”他说道，不得不将自己的声音提高，超过机器的轰鸣声，“我只想买一块士力架，电影院里是没有士力架卖的。”

贝丝将手伸进大衣口袋，拿出了几块迷你士力架——去年万圣节，他们买了太多包士力架——士力架金色的包装纸在太阳底下闪着金光。

哈利愣住了，并没有去拿那些士力架，而是转过身趴到胶合板围栏上的一个小孔上，透过孔向里窥探。当拆迁落锤晃起来的时候，哈利赶紧移开了眼睛，他可不想看着房子倒塌，也没法像本应该有的那样激动。

贝丝伸手把他的外套领子竖了起来："要建'哈利的树林'，你根本不需要十个亿。"

哈利根本没法向她隐瞒什么，为什么他还是多此一举想去试一试呢？

"我不是想要买彩票。"他依然不肯承认。

"很好，那我们去看电影。"

哈利的脸唰地红了。

"等你跨过马路，我们会迟到的！"贝丝说道。

"6 点抽奖，我会错过的。"

贝丝看着他的眼睛："忘了彩票，就这一次，好吗？"

他感到很难受，他想说，贝丝，他们砍掉了我的铁杉树。但是，这件事他已经告诉过她了。围栏的另一头，另一个货仓倒下了。哈利仿佛听到他的铁杉树倒了。他又开始为他在美国农业部林务局的工作感到焦虑了，就跟以前焦虑过无数遍一样。年轻时候种下的树是怎样在他三十几岁的时候枯萎成了卫星地图上的小黑点，变成让人头脑麻木的数据图表。他的小隔间是怎样不再充满松香和橡树树液的味道，只剩下塑料的气味。他是怎样将他的一生贡献给了森林保护，却在一个完全没有一根木头的房子里工作。森林保护？哈利全身僵硬。他在跟谁开玩笑呢？他甚至不能保护一棵树。尽管坚持了很多周，哈利仍然不是一个有保护能力的人，他们砍掉了他的铁杉树。昨天，在不到两个小时的时间里，那棵树，从他坐着的那排办公室隔间的小窗外唯一能看到的树，那棵几乎陪伴了他一生的树，被砍掉了，砍成了段，然后被一辆黑色的大卡车拉走了。A-3 号停车场需要更多的空间。哈利在他的小隔间里坐了一整个上午，一个没有树的林务局。

"你不需要乐透彩票。"贝丝说道。

哈利尽量不去看那些霓虹灯的乐透标志，那个标志正朝着他亮闪闪地眨着眼睛，使得他不得不眯着眼睛。他摇了摇头。

没人辞职，至少目前这个时候，他们都没有。这是一个疯狂的想法。

她看着他的眼睛："如果你很痛苦，这想法就不疯狂。"

"没有，我才不痛苦呢。"他很快地回答道，"是这份工作很痛苦，但是我，你知道，我很开心。"是的，除了偶尔想到工作的事情之外，他是很开心的，但是最近他老想着工作的事。

他看着她在看他，不，不是在看，而是在端详着他。贝丝在端详着她的哈利。今天早上他刮胡子的时候，他也做了同样的事情，端详着自己。他就在镜子里面，但是不怎么像他了。他摸着脸上的剃须膏，好像是它们遮蔽了真正的哈利。他很快地冲干净了自己的脸，再看了看，发现依然不是……他自己。你的面容很漂亮，贝丝会对他说。她还会说，主要是因为你的眼睛，它们会微笑。它们点亮了你的整张脸。很久很久以前，他们第一次接吻，她吻了他的唇，然后吻了他的眼角，再然后退后一步看着他。

"你的眼睛，"她低语着，"把所有的东西融合在了一起。"

"东西？"哈利问道。

"专属于哈利的那些东西，"她回答道，"你是一个非常帅的家伙——黑色的头发，还带着大波浪卷，漂亮的直下巴，像鸟的翅膀一样的眉毛。当你的眼睛微笑的时候，哇……"她又亲吻了他。他的整个身心都在微笑。

但是今天早上在镜子里，他只看到自己两眼无光，耷拉着的下巴，又短又乱的头发——一个不开心的哈利，一个害怕上班的颓废男人。他又看到了贝丝，他们站在市场大街上。

"真的，我没有很痛苦。"他痛苦地说道。挤眉弄眼，他想让自己的眼睛笑起来。

现在，她开始认真地注视着他，她的眼睛映照出他无可辩驳的痛苦的表情。

"真的只是工作。"他说道。当他俯身去亲她的脸颊的时候，他的眼睛越过她，依然盯着那个霓虹灯标志。

她转身走了。

“嘿，回来。只需要一秒钟！”他大声地说道，不想让自己的声音被机器声淹没，“只是件小事，贝丝。”

她转过身：“小事？把所有的希望都寄托在一张小小的乐透彩票上？不，这不是小事。亲爱的，从林务局辞职吧。我们还没有孩子，我们可以抵押贷款，我每天可以多工作几个小时。”贝丝是一个捐款提案撰写咨询师，为几个城市的非营利组织工作，她是个历经坎坷仍然不屈不挠的专业乐天派。

“我不想让你多工作几个小时。”哈利说道。

“你也可以多工作几个小时，”她微笑地看着他，“在你的新工作岗位。”

“在‘哈利的树林’。”他说道，眼中露出了一丝微笑。多美好的名字，一点也不造作，一点也不官腔。在绝望中，他曾靠在椅子后背上，闭上眼睛，就能看到那个网络的图标——一个大写的字母H，用美国山毛榉树茂密的树干组成的字母。

“不，”贝丝说道，“在贝勒植物园。他们想让你过去帮忙。过几年，等我们攒够了钱，我们就开始建‘哈利的树林’。”

“得了吧，他们能支付我多少工资？一个小时10美元，还是8美元？”

“但这是一份能让你感到快乐的工作，哈利，快乐地工作，这是第一次——”

一个单词突然跳出了他的嘴巴：“永远。”

贝丝靠近他：“我们可以做到的。我们能想到办法的，我们一起努力，一起！”

他们真的可以做到。就是那么简单，他甚至可以看到。看到他们种植和照料着真正的树，而不是把它们在电脑的屏幕上移来移去。在户外工作，伴随着气味浓烈的土地和树叶的芬芳，精疲力竭地结束一天的劳作，而不是心力交瘁。不再有小隔间，不再有会议。贝勒植物园的确是在寻找树木栽培专家，吉姆·马辛杰马上要退休了。哈利突然面露喜色，然后又皱起了眉头。他们没有福利，没有政府退休金，没有保证。“不，”他回答，“那真是疯了！”

“哈利——”

“不，在这儿等着！”

他本不想叫喊，但是他喊了，因为要压过拆房的噪声，要压过贝丝那些不切实际的想法。他走过马路，一边回过头，眼睛瞟向她。她穿着红色的大衣，靠在胶合板的围栏上，好像被他爆发的怒气牢牢地钉在了那里。

在这儿等着。

他几乎想转身回去。不，如果他快一点，他们还是可以赶上看电影的。她应该不会跟他生气，不会为了这么件愚蠢的小事跟他生气。而且，万一他赢了呢？他目前突然冒出的那种奇怪的可怕的兴奋感不就是所有乐透彩票获奖者所描述的那种征兆吗？我知道我会赢，这一次我知道我一定会赢。哪些人赢得了彩票呢？从孟加拉国来的出租车司机、汽车配件商店的秘书、林务局的办公室小职员。是的，小职员——他赢得了这次的乐透，所有的一切就像魔法一样改变了。

哈利急匆匆冲进了狭窄的便利店。运气真好，只有两个人在排队，一位穿着杂色皮毛大衣的年老女士和一位建筑工人。

那位女士手里抓了一大把彩票，狡黠地喷了一口烟，转向后面的建筑工人，说：“抱歉，伙计，我肯定赢。”

建筑工人笑了笑，用浓重的费城口音回答说：“你知道，再多的彩票，你也不能保证自己的运气。”

“噢，我能肯定。”她取笑道。

哈利咽了一口口水，这些人，对数百万的赌注太随便了。建筑工人伸手拿钱包，哈利跟着也想拿自己的钱包。建筑工人拿出一张 5 美元的钞票，甩在了柜台上。哈利拍了拍他裤子后面的口袋，口袋是空的。噢，该死的，他将钱包落在了家里。

一大群人进来了，在他后面排起了队。他将手伸到大衣的口袋去搜寻，指甲碰到了几枚硬币，叮当作响。他将四枚硬币拿了出来——正好一美元，正好一张彩票的钱。他叹了一口气，心脏怦怦乱跳。

“下一位。”收银员咕哝着。

哈利走向前：“一张，请给我一张。”

收银员在按键之前机械地抬起了他的头：“你是给我一串数字还是怎么弄？”

哈利怔住了。他感到了来自队伍后面人们的压力，好像有数千个人在后头排队一样。他的数字，他最重要的，孤注一掷的幸运数字，但是他的脑袋此时一片空白，他的幸运数字是贝丝的生日、他们的结婚纪念日以及他自己的生日的组合——但是他一个也记不起来了。

“你需要电脑帮你挑选吗？”收银员问道。

哈利斜着眼睛，抓着额头。

“嘿，哥儿们！”收银员说道。

哈利看着窗外，繁忙的街道对面，贝丝还在他让她等着的地方，来来回回地踮着脚，在寒风里走来走去。她身后的工地上，落锤已经升到拆迁吊车加长臂的顶端，像个大钟摆一样来回晃动着。

“电脑选号，当然。”哈利松了一口气。

收银员敲击着按键。

一串号码突然冲回了哈利的脑海：“1980523。贝丝的生日是5月23日！”

彩票售卖机吐出了他的彩票。收银员拿起了他的彩票，就好像一个警察抓着一个突然出生的婴儿。正当收银员把这张薄薄的方形的彩票递给他的时候，哈利突然有了一种非常恐怖的感觉。

“啊，上帝啊！”排在他后面的女士发出了惊叫。

抓着彩票的哈利转身看着她，发现她正睁大眼睛看着窗外的市场大街。所有排队的人都转过了头，像受了惊吓的牛群。哈利正好看到了最后的一幕。仓库慢慢地倒了下来，破碎的砖头像被惊起的鸽群一样四处飞散。拆迁吊车的加长臂突然坍塌。一个铁轨那样长度的钢梁从拆迁吊车上被甩了出来，像啦啦队队员手中一根巨大的指挥棒一样来回旋转着，甩向了街上。

贝丝在她最后的时刻看到了什么呢？

是看到了一个推着童车的女士正拿着电话在耳边说话？是街道中间的井盖升腾起来的雾气？还是哈利在便利店拿着他的乐透彩票？

那根巨大的生了锈的钢梁压碎了她身后的胶合板围栏。

哈利跌跌撞撞冲出商店，只看到到处都是碎石块、向上升腾的鬼魅般的白色灰尘和一块红色羊毛大衣的碎片飘过人行道——那是贝丝身上的红色羊毛大衣。

02

截然不同的大狼

哈利盯着厨房桌子上的那个纸板盒。这是追悼会后的第二周了，3 月的一个寒冷的下午。哈利依然穿着他的睡衣。

呼吸。

他像一个要溺亡的人一样大口地吸着气，绕着厨房的桌子打着圈圈，他的腿很无力，他吃得也不太好。睡眠呢？很糟糕，根本无法入睡。晚上他甚至不能上床，而是像条狗一样蜷缩在床脚下，一直发抖抖到日出。他把手放到了盒子上面。

呼吸。

他把另一只手也放在了盒子上。哦，贝丝，我们曾经如此翻来覆去地戏谈过死亡的概念。结婚这么多年以来，这个话题就像一个晚会的气球一样，曾被他俩拍来拍去。

“我要冻死了，哈利，别把被子拱起来！”一个寒冷的冬日夜晚，她要求道。

“很抱歉。”他回答，然后一把把所有的被子扯了过来把自己卷成了一个木乃伊，恶毒地笑着，而她一边尖叫一边用枕头砸他。

还有一次。

“我的脚冻死了，哈利，我们上床睡觉吧！”她说道，走过沙发。

他放下他的书：“嘿，谢谢邀请，我很开心今晚能做爱。”

她停下来盯着他：“认真点！我说的是我的脚要冻死了，而你听成了做爱？”

“因为你的句子包含了这个意思呀！”

“上床？”

“啊哈！”

他追着她一路跑上了楼，两人一起倒在了床上。

呼吸，哈利告诉自己。他用水果刀顺着盒子边沿划了一圈，划开了封口的胶带。贝丝就在里面，在一个干净的大口径塑料袋子里面。贝丝变成了灰。“噢！”他说道，闭上了眼睛，脱离了时光的隧道回到了从前。他正站在另一间厨房里，那是他们的第一套公寓，俄亥俄州立大学往南5个街区的皮尤街。他们两个都在研究生院，刚刚结婚。23岁，正是春心荡漾的年纪。贝丝，一丝不挂，妖媚得像只猫一样，轻轻走过厨房，用她的胳膊绕住了他，她的呼吸热烈地吹在他的耳根。

时间再次切换，哈利看到贝丝正站在市场大街上，拆迁吊车加长臂在她背后倒塌的那一瞬间，他看到了年轻的活着的贝丝，光着身子，他们一起笑着在皮尤街那间小厨房里做爱，不断撞到厨房的椅子和厨柜的门。

他们曾经是如此地狂热。他们可以在任何他们想要的时候伸手抚摸对方。一个微笑、一个眼神就能心意相通。他摇了摇头，愣愣地看着贝丝的骨灰。你不能待在袋子里，我要把你弄出来。他在空荡荡的房子里踱着步子。

半夜的时候，他冲到了车库，把骨灰袋放到了那辆老三挡变速单车前面的车筐里。时间再次切换，他们刚刚在庭院旧货出售市场买了这辆单车，他似乎看到了年轻的贝丝坐在车头，当他踩着单车冲下科尔森小山，冲向校园的时候，他听到了她的笑声。

他眨了眨眼睛，回到了现实，开始骑车穿过韦弗利的街道，骑过一盏盏亮着的街灯，又冲进黑暗，灯光像火焰一样照亮了他内心的愧疚。所有的房子里，丈夫们都一把抱过自己的妻子，吻着她们跟她们说晚安。不，不是晚安，不是再见，不是在这儿等着，不是，这些丈夫都在紧紧地抱住自己的妻子。这些丈夫都永远不会放手，不会转身离去。他们都在死死地抓住亲爱的人的生命，因为这就是你应该做的，紧紧抓住她，不要让她离开。可是贝丝，为什么我会让你离开？破单车生锈的钢圈发出荒凉的吱吱声。

当哈利骑着车满大街地乱转的时候，一轮冷冷的银月高高地挂在哈利的头顶。“我该拿你怎么办呢？”哈利对着车筐的塑料袋嘶哑地自言自语着。也许它不可能装着他妻子的骨灰？他是不是没有装进去呢？但是，他装了。

云层吞没了月亮。黑夜更加黑暗。他把单车踩上了斯普林格大街那个又长又陡的斜坡，越踩越快。车头突然一歪。“鳏夫骑车自杀”——《韦弗利周报》肯定会这样报道，在宠物美容和管道清洗的广告下面。但是这个小坡并没有导致哈利心脏病突发。

大汗淋漓、气喘吁吁的哈利脱下了自己的外套，任由它被风吹走，飞向了身后的大街。他转向了格恩西路。突然路面出现了许多大小不一的坑洞，他赶紧掉转车头，却撞到了花岗岩的马路牙子上，马路牙子旁边是一幢都铎式建筑。车筐里的骨灰袋子被撞了出来，飞向了天空。

欢快的狗叫声刺破了夜空。一只杰克罗素梗犬在黑暗中叫了起来，它冲过了房子前面巨大的草坪，惊起了一串蚱蜢。闯入者！大狗冲了出来便刹住了脚，因为它看到了飞向天空的那个塑料袋。一个气球！

地面上，被单车缠住的哈利恐惧地看着那袋骨灰跌回地面，大狗——张大嘴，伸出舌头——一跃而起。

“不，不，不要！”

狗狗一口咬住袋子，用力晃动脑袋撕咬着，然后在院子里疯狂地跑来跑去，瞬间变成了一个狂暴的拖着骨灰尾巴的哈雷“狗”星。房子侧旁的一扇门打开了，有人在叫："巴德，巴德，你搞什么鬼？"

眼睛明亮的小巴德冲向哈利，把空袋子放在了哈利的前面，就好像它刚捡到了一个球要交给主人一样。狗狗打着喷嚏，抖动着身体，骨灰撒了哈利一身。

"巴德！"沉重的脚步声从侧边的门廊那里传来，巴德跑走了。

哈利抓起空空的袋子，朝着另一个方向骑去。5个街区之后，他撞到了一个电话柱子，心脏在胸腔里怦怦狂跳。哦，上帝啊！

但是等等，为什么这是一个灾祸？贝丝以前从没被任何狗狗追过，没有，因为这只狗是贝丝每天去火车站会遇到的友好的老伙计巴德。

哈利瞪着那个塑料袋，已经被狗撕烂了，上面还沾着狗的唾液。哦，上帝啊！

他把口袋紧贴在胸口，一瘸一拐地走向了后半夜的夜幕之中。他每次撞到一个邮箱，或者一根街灯柱，都会撒掉一些骨灰。天亮以前，他终于迷迷糊糊地回到了他空荡荡的屋子前面。屋子像个巨大的陵墓一样迎接着他。

房子突然清了清喉咙。"哈利！"房子开始了吼叫。这并没有吓住哈利，房子应该要朝他吼叫。这个房子是贝丝的最爱，她给了它生命和光亮。但是，现在，看看它，悲凉又黑暗。"我很抱歉，"他说道，"我为所有的这一切抱歉，我很抱歉。"

"嘿，哈利。"

哈利看到了一根点燃的香烟，然后看到了一个吓人的大块头男人坐在他门前的阶梯上面。

他小心地走上前："大狼？"

在香烟的烟雾中，他的兄弟眯着眼睛，站了起来。大狼真正的名字叫作杰拉尔德·沃尔福德·克兰。这个绰号是在五年级的时候得来的。那时大狼的声音就已经低了两个八度。他开始刮胡子。

"过来，哈利。"大狼说道。

哈利不情愿地挪向他。

大狼斜眼看着他："你这弄得满身什么东西？你就像个撒了糖粉的甜甜圈。"他伸出他的大手，帮哈利拍掉他肩膀上的灰尘。哈利赶紧抓住前门廊的柱子，以防自己被大狼一巴掌拍翻在地。

大狼仔细研究着沾在手指上的一小颗白色的粗粒，然后注意到了哈利手里拿着的空空的塑料袋。他又伸出手帮哈利拍掉了裤子上的灰。"见鬼，哈利！你做了什么？"

我做了什么，大狼，我用了最黑暗的巫术，把可爱的贝丝变成了灰。哈利把他的手插进裤子的口袋。那里有一张纸，这张没有中奖的乐透彩票如死亡那般沉重地压在他的口袋里。他蜷起手指紧紧地握住了这张纸，就好像一个人握住了一张护身符。是的，他不幸的护身符。他到哪里都带着它。他会在遗嘱里叮嘱他们把这张彩票放在他的嘴巴里，然后把他的嘴巴缝上，以便让他好好尝尝这个永生永世的诅咒。

哈利理好并折好了袋子。"很明显，不是吗？"他说，"我撒掉了贝丝的骨灰。"事实上，大狼，我是让一只狗帮忙完成这个任务的。春天来了，比尔·贝尔松家的草坪，因为被贝丝"滋养"过，肯定会比高尔夫球场的草坪还要绿。那只狗、那张致命的乐透彩票……实在有太多的事情要坦白。哈利刚想说话，但是大狼打断了他。

"撒掉了？她在你的头发里，他娘的，哈利，那是你的老婆，不是一包五彩纸屑！"

哈利轻轻地把白色的骨灰从他的袖子上拂去，并看着骨灰飘落在地。他用脚尖将这些骨灰踩入了冰冻的泥土里，抬起头看着他的兄弟，他在那里不停地摇着他的大脑袋。

"不是你想的那么简单。"哈利回答道。向大狼坦白一切吗？不可能。他不会忘记作为大狼弟弟的第一准则：什么都不要跟他说。大狼专靠取笑人们的弱点为生。

"好吧，你应该让我跟着你，今晚你就不会做错事了。"

还有什么大狼不会做错的事情呢？他原本应该回到弗吉尼亚州他那空荡荡的房子里。他正和他的第三任妻子闹离婚，尽管哈利至今也没见过她。克兰家兄弟换妻子的速度就跟狗换毛一样快，像杰克罗素梗犬们抖掉灰尘一样快。

“好像有点早，不是吗，大狼？你知道的，我状态不太好。”

大狼把烟头弹到了冰冻的草坪上。“我刚刚跑了几趟腿，哈利。我在调查一些情况。”

哈利紧张地听着。大狼调查的绝非什么好事。哈利突然想起以前，那个令人不太愉快的大狼时刻。时间：1992 年。地点：威斯康星州的普洛弗。事件：一个脸色苍白、浑身发抖的十一年级男生在普洛弗高中的走廊上拦住了哈利——一个年级比他低的九年级学生。

“你好，克兰先生！”十一年级的同学说道，根本不敢看哈利惊讶的眼神，“我能得到您的允许去打开我的储物柜吗？”整整一周，那个不安的孩子总是不断出现。“克兰先生，我能吃我的午餐吗？”“想要一个奶油三明治吗，克兰先生？还是要两个？”

大狼，当然就是幕后的指使者。唉，谁知道这个孩子做了什么让大狼看不惯的事情！是在午饭食堂瞟了他一眼，还是在健身房撞到他的肩膀了，还是用大狼不喜欢的方式呼吸了，或者以他不喜欢的方式活在这个星球上。作为这位传奇校园霸王的弟弟，哈利总是非常愤怒却又无可奈何。“你毕业了，他们会怎么对我？”他曾经说过，“他们会把我整死的。”

大狼公然地在校园的停车场抽烟，喷了一口烟后，他说话了：“我也在怀疑。我想你还得好几年才能得到我这个位子，来接替我。”他把未熄灭的烟蒂弹到了老师的车门上。

也不知道大狼哪里来的这样永无休止的欲望，恨不能用他的靴子踩踏整个世界，而哈利永远只是小心翼翼地前行。当哈利只有 8 岁，而大狼 10 岁的时候，他们的父亲，一个脾气温和的中年男人，突然抛弃了整个家庭。确切地说，是开车跑了。杰弗里·克兰在普洛弗北部宾厄姆的雪佛兰公司做销售。一天，他 5 点钟下班后并没有回家。后来他们得知他用现金买了一辆雪佛兰赛特 X-11，还用他的员工福利打了九七折，然后开心地挥挥手把车开走了。两天后，一封信被送回来了，上面写着“芭芭拉和家人收”。里面是一张宾厄姆的雪佛兰销售单，背面写着：“我出去闯闯，我需要换一种生活方式。祝你们好运。杰里弗·克兰。”

很快，芭芭拉·克兰也不再是以前那个她了，日复一日，年复一年，每天叹气，机械地履行着母亲的职责——做饭、清洁，给报告单签名，但是心不在焉。两个孩子呢？哈利变得安静内向，大狼变得狂躁不安。

哈利又回忆起他哥哥成堆的壮举中的另外一件。大狼在橄榄球第二节比赛时扒掉了普洛弗高中橄榄球队明星级四分卫球员的裤子。哈利，和其他几百个坐在看台的观众一样，张口结舌，看着四分卫站在刺眼的赛场灯光下，疯了似的想把自己汗涔涔的下体弹力护身给穿上。大狼被罚 50 天禁闭。当然，惩罚从没有实施过。因为，校长和其他人一样，都害怕他。

还有一次，他躲在一排树的后面，手里抓了一个刚偷来的棒球棒，把一个浸过汽油的燃烧着的网球，一个本垒打，打进了温德姆公园。公园里，义务消防员正在准备安全防火日的演习，燃烧的网球点燃了第 1 号云梯消防车的后部。大狼可以说是各种坏事做尽，只差没把自己送进监狱。年轻的大狼就是一部太多动作的动作片。在他离开普洛弗之前，他的观众已经筋疲力尽了。

大狼攻击，哈利反抗。这对兄弟的存在就跟八卦里的阴和阳一样。当他们的母亲不知所措地大声读完他们父亲留下的告别信后，大狼把装着父亲照片的相框扔到了壁炉里，然后冲进了房间。

哈利温柔地说道：“妈妈，妈妈？”当妈妈终于抬起头，他说道，“我可以出去吗？”楼上，大狼在他的房间里一顿乱撕乱扯。房子在晃动，东西被砸碎。“妈妈，”哈利再次说道，“我想去前院，可以吗？”

他那完全惊呆了的母亲只能点头。

年幼的哈利打开前门，抬头看着高高的、深浅夹杂的绿色天空，一棵巨大的美国山毛榉树，这个街区最大的一棵树，就矗立在他们前头的院子里。它巨大的树冠就像给整个院子盖了一个圆形的苍穹，巨大得像伦敦圣保罗大教堂那圆形的屋顶，这是哈利曾在一本书的插图中见过的。

一年以前，哈利发现他的父亲将“JC”——他姓名的首字母刻到了树上，刻得非常小，以至要花很久的时间才能看清它们。他们的父亲走了，但是留下了一些东西，这些东西只有哈利知道。哈利走向这棵树，竭力控制自己不要去看那些首写字母，尽管它们就在 5 英尺[1]高的地方，第一个树枝末端的上面。如果大狼发现了父亲的姓名的首字母，他肯定会把它们全部削掉。

哈利小心地不断地调整着自己的位置，好让那棵山毛榉树正好置于他和房子的正中线。巨大的树隔断了大狼在房子里乱摔东西的声音。哈利将背和手紧紧贴在巨大的树干上，闭上了眼睛，深深地吸了一口气，然后这个世界就只剩下哈利·克兰和他的树。这棵树扎根在坚实的土地里，也许它的根深深地扎到了地球的中心。它哪里都不会去。无论白天还是黑夜，他一觉醒来，它依然会在这里。它会一直待在这蓝天下，无论刮风下雨，会陪伴他的每一个生日。这棵山毛榉树是永恒的、是真实的。

年幼的哈利坐在那高高的树枝上默默地伤心，即使是要哭，他也不会让大狼或者他的妈妈看到。哈利远远地看着社区里枫树、梨树以及山核桃树枝叶繁茂的树顶，他想象自己住在一个平静的地方，那个地方就叫作“哈利的树林”。徜徉在绿色的海洋里，与大树朋友们和平相处，它们其中有些还有着奇怪的名字，比如火樱桃、山核桃、粗皮山核桃。到了少年的时候，尽管过了爬树的年纪，但他仍然会坐在树枝中间，这时他对童年时候知道的那些树名有了更深的理解。美国山毛榉树是美国水青冈，兰福德家院子里的松树是北美乔松，史密斯家车库旁边那棵永远都在脱皮的梧桐树属于北美悬铃木。在高中之前，他掌握了所有关于树

[1] 英尺：英美制长度单位，1 英尺等于 12 英寸，合 0.3048 米。

的知识。哈利沉浸在有关植物根、茎、枝、冠的生物学里。

每当有哈利的电话，或者吃晚饭的时候，大狼常常会从窗户那里叫喊：“嘿，树上的笨蛋！”没多久，母亲便不再做晚饭了，大狼也从高中辍学回家，他们搬到了普洛弗北部的一个公寓。

在哈利出发去上大学之前，一场暴风将山毛榉树那个刻字部位以上的树枝全部给刮断了。一棵受伤的树经历了一个叫作“愈伤组织快速生长”的愈合过程。JC 两个字母长了“茧”，但是它们永远都会留在那里。

哈利和大狼把他们童年的性格带到了成年。渴望安稳的哈利，很早就结了婚，去了林务局工作。一个能静静地累积时光和岁月的地方，就像是树上的年轮。就这样，平静地度日，直到有一天他意识到他走进了一片并没有树木的森林。他没法接受贝丝有关辞职的“逃避”建议——一个风险不太大的改变，却依然固执己见地把他们的将来孤注一掷地押在了一周一次的乐透彩票上。毕竟，一美元的乐透彩票会带来什么伤害呢？

在你不得不为一个工作推搡纠结的时候，大狼却不断地变动着工作。你以为所有的校园恶棍最后都会死于非命或者被投入监狱，但结果往往并非如此。他们大多数人变成了销售员——不稳定的，但好战的销售员，总是去劝说、去主宰。被文明驯化了的大狼，高中毕业 20 年后，卖过电器、房地产，还有保险，闯劲十足，也做得不错。大狼追逐着金钱，经常能捞到钱，但也总是挥霍一空。所以他狩猎、吞食，然后再回去狩猎。无限循环的冒险和永无止境的欲望。

现在两兄弟一起站在一块中世纪般寒冷的草坪上，像决斗一样互相瞪着对方。哈利，一个鳏夫。大狼——该怎么描述他呢？哈利嗅着他们俩之间的空气，这是他的老习惯，企图揣测他的大狼兄的意图，以便他可以准备好恰当的防御姿势。大狼又点了一根烟，哈利挥手赶了赶烟雾。“我要进屋了。”他边说，边走过大狼径直去开前门。哈利希望当他转身关门的时候，大狼会走下人行道，离开。

但是大狼跟了进来，审视着哈利乱糟糟的起居室。“帮你打扫卫生的土耳其人呢？”大狼问道，“难道她被驱逐出境了？”

哈利没有回答。大狼留在这里干吗？肯定不是来安慰他的。

哈利把曾装着贝丝骨灰的塑料袋放进小书房书桌的抽屉里。为什么放那里？他也不知道。是要在某个晚上喝上小半瓶伏特加再加上一瓶安眠药之后，把它套在头上套一晚上吗？他轻轻关上抽屉，转向他的哥哥。他正在那里噘起嘴，摇着他的头。

“你回去工作了？”大狼问道。

“明天，明天左右，事情将会回归正——”说最后一个字的时候哈利呛住了，“正常。”

大狼站在哈利的前面，突然用危险的眼神盯着他的眼睛，这种眼神哈利见过很多次了。“我们需要谈谈！”大狼说。

哈利没有迎向大狼的眼神，他从来也不会。“我真的很累。能等等再说吗？”

“不行，因为我们等下10点钟要去城里见个人。”

哈利紧紧地抓住了厨房椅子的后背。“是吗？”

大狼伸手要去抓哈利的肩膀，哈利向后靠了靠。大狼的微笑一闪而过，露出了他的牙齿，然后他放下了他的手。他耸了耸肩：“好吧，显然我们不够亲密，但是我们是兄弟，哈利，我一直都在保护你。”

“那是你一厢情愿的想法。”

“嘿，你在学校受过欺负没有？没有吧？有几个人读高中不被人欺负？”

“事实上，大多数。”

大狼同情地摇了摇头：“你真是太不了解这个世界，哈利，你从来就不了解。你都不知道去反击。这就是我是你大哥的原因，守着你，因为你都不知道怎么戒备提防，怎么保护自己！”

“我做得很好了。”

大狼不屑地哼了一声：“是吗？我本不想说得太直，但是他们偷了你的整个生活。”

哈利剧烈地吸了一口气。

大狼舒缓了自己的口气，但只是为了说服哈利："这难道不是事实？你想一想看。"

这的确就是事实。哈利完全同意他的说法，他的生活被偷走了。

"贝丝死得这么惨，"大狼继续说道，"我们必须要做点什么，我们必须要采取行动。"

哈利的胃部在翻滚。大狼开始没完没了地恶化哈利的生活了。大狼就是拥有这样强大的力量，能把它和贝丝的突然去世联系在一起，在这个早上的 10 点钟。

"听我说，"大狼说道，"你就是这样一个老实沉默的人，我真不明白，你只知道想，却从不干实事。你只知道数树。哈利，这不是数树的时候，知道吗？这个时候你应该拿起斧头把它们他妈的全部砍倒。"

大狼话里那些残忍的字眼像是当头一棒，让人眼冒金星。不过到底是销售专家，大狼先生马上又换了一种语调，他的声音变得温柔又低沉："我想说的是，你在这平淡无奇的一生中，至少做成了一件伟大的事情，让大家刮目相看。这件事就叫作'哈利和贝丝'。"哈利直直地坐在厨房的椅子里。大狼毫无怜悯之心地洞察了一切。让人惊奇的是，哈利居然娶了贝丝。没有了她——他唯一骄傲的事情——他一文不值。大狼绕到椅子后面，靠在他弟弟的肩膀上。"哈利和贝丝，贝丝和哈利，你知道吗？你也许都不会相信。我想要这一切，我想要你拥有的这一切，我想拥有你们曾经拥有过的这样伟大的东西。你们永远都在彼此的心中，永远都在。"

大狼和他那三段可怜的婚姻，他就像受到魔咒般地继承了父亲的命运——永无休止地寻找其他的东西。是因为大狼的原生家庭之罪吗？才有了一系列的离婚。

但是哈利呢？他却是亲手让自己的婚姻灰飞烟灭。"大狼。"他说道。他的手指拨弄着口袋里的乐透彩票，正准备张口坦白所有的一切。但是大狼又开始取笑和讽刺他了。"不过你们连孩子也没一个，估计这么多年你也是放空枪了，但当然，你和贝丝也好歹还算有一个家。”

事实上，没孩子是因为贝丝的激素水平太低。当他们知道他们没法有孩子，紧接着他们在生育诊所的治疗也以失败告终的时候，哈利的心里却暗暗地松了一口气。父亲的阴影依然在——哈利害怕孩子，害怕自己会对不起孩子。对他来说能鼓起勇气和贝丝结婚已经很不错了。她就是他的家人，他的家，他的一切。但是，摆荡的拆迁的落锤却摧毁了这一切。

大狼靠得更近了，他的声音就在哈利的耳边：“他们抢走了你的生活，他们抢走了哈利·克兰的生活，他们摧毁了它。”

哈利眨了眨眼睛，看到了拆迁吊车的加长臂倒塌了，钢梁旋转着飞过空中……他一跃而起。“我真的很累了——”

大狼伸出手，像一双手铐一样抓住了哈利的腰。“我们去找他们，哈利。我们去找他们赔钱。”

大狼退后一步，让哈利先出了电梯，并为他打开了门。一个小小的接待台，后面是一面木墙，木墙是用带结节的核桃木板做成的，上面有一个巨大的金色招牌——“麦克威廉斯，托里和康维尔”。哈利瞪着这个招牌，每个生硬的字母都散发出力量的光芒，好像是某个凶神恶煞的人在自己的私人作坊里用雷电锻造出来的。

律师的名字叫作杰里米·托兰。他与哈利促膝而坐，带着无限的同情心却又很危险。大狼坐在后面成了衬托，似乎被托兰居高临下的气势给压低了气焰。

“告诉我一些关于贝丝美好的回忆，哈利。”托兰用他男低音般的声音说道，这个话题包容性很强，因而看起来并没有什么针对性。房子里也开始回荡着托兰的话。

当托兰俯身前倾的时候，哈利向后靠了靠。

“思绪万千，是吧？”托兰说道，“这时候，你心里想的，眼里看到的都是贝丝，是吧？我们能不能一起回忆一下？比如，贝丝的头发在阳光下的颜色。”

淡棕色的头发，哈利马上就想到了，散发着蜂蜜杏仁香波的香味。

“她的笑声呢？”

永远都不变，哈利想，像云雀黄。当她笑起来的时候，笑声会把你淹没在所有光亮的柔波里。

“她喜欢大自然吗？”

当然喜欢，树啊，草地啊，蟋蟀啊，阳光啊，风雨啊，甚至狮子、企鹅、山峰、峡谷、荒野。哈利忍不住思绪万千，日出日落，星辰变幻，日复一日——

“还有你们的 20 周年结婚纪念日。”

哈利差点从椅子上掉下来。

托兰的眼睛亮了：“那天是结婚纪念日，是吧，哈利？你们结婚马上快 14 年了吧。他们如此残酷地把贝丝从你手里抢走了，你甚至都害怕去回忆和描述它。这样，我们肯定会帮你向陪审团说明的，当然不是此时此刻聊到的这些，而是我们正了解到的事情最开始发生的经过，我们会引用《职业安全与健康法案》，说明卡莱尔拆迁公司违反了这个条例，我确信我们能做到。”

什么？哈利心里在嘀咕，他疑惑地瞟向大狼，大狼向他点了点头，说道：“律师说这是一个板上钉钉的案件。”“没有板上钉钉的案件，”托兰说道，“但是，这几乎是板上钉钉的案件，事实自证。这个法律词正好可以用来非常确切地形容这个案子。哈利，事实自证——事实本身就能说明问题。简单说来就是，这个事故本是可以被避免的，如果不是有人为疏忽的话。一根 14 英尺长的钢梁绝不会从拆迁吊车的中央甩下来并冲向一个美丽的人，除非有人没有好好地检查以上所述的拆迁吊车，或者更糟糕的是，没有人去检查以上所述拆的迁吊车。”哈利僵硬地坐在那里，一动不动。

托兰依然很坚定地看着哈利：“现在，哈利，在这个办公室里，我们要做一件很残忍的事情。我们要为你的爱人定一个价格。我知道你和贝丝所失去的每一秒都很珍贵，但我们要为无价之宝定一个价格，我们会为你讨回公道的，卡莱尔拆迁公司和费城市政府——他们必须付钱。”

“你说得太对了！”大狼在哈利的身后低声说道。

“很不幸，这不能以眼还眼，因为这是完美的世界里才能争执的事情。”托兰接着说道。

托兰的话回荡在哈利的脑海，他紧紧抓住了椅子的扶手。

“你脸色苍白，哈利。”托兰按了一下他书桌上的按钮，一个助手轻轻地走了进来，带进来一杯水和一张纸巾。她将它们递给了哈利，然后又轻轻地退了出去。纸巾上凸印着“麦克威廉斯，托里和康维尔”的标志，底部还淡淡地印着一个电话号码。

哈利大口地喝着水，用纸巾擦着额头：“大狼，你能来搞定这些吗？”

托兰摇了摇他狮子般的大脑袋：“不，他不能。你哥哥做了一件好事，引导你来到了费城最好的律师这里。但是，哈利，我们需要你，法律上和精神上都需要。你是用无比平和的心态在对待起诉这件事，我相信。但为了让你的悲伤能够平息，我们必须把它转移。被告们必须直接了解你的痛苦。”托兰站了起来，紧紧地抓住了哈利的肩膀，望着他的眼睛，“痛苦将从你这里，经由我，再到达他们那里。我们打算把这些人打入佛教的十八层地狱。”

他们在托兰的办公室又待了一个小时，但是那之后的对话，对哈利来说，好像是来自一个遥远房间的遥远声音，完全模糊不清，他连怎么回到家的都不知道。最后，当大狼终于开着他的车呼啸而去，哈利傻傻地坐在起居室的沙发上，突然冲到了盥洗室，开始呕吐起来，似乎要把自己整个的身体和灵魂都吐到马桶中那个不断旋转的深渊里面去。

哈利那漫无目的、度日如年的日子开始了。

03

像白雪天使一样死去

那么，阿曼达·杰夫斯会有那种漫无目的、度日如年的日子吗？那真是不可能。

阿曼达站在厨房的水槽前冲洗着她的咖啡杯，一边沉思着生与死的规则，一边望向窗户外那排沐浴在晨光中的树，它们在院子的远处枝繁叶茂地长着。阿曼达是个护士，同时她也是一个哲学家。树林很美，她想，但是它们也不是没有风险的。目前，也许就有人正在林子里，它们马上要开始遭受一场预见不到的伤害。也许是被锯子锯到，也许是被撞到摔断了骨头。也许是一个年轻的挤奶工人正好赶路，正好开上了这条穿过林子的碎石小道，他也许正好低头去看他的手机信息，卡车突然失去控制，冲向了糖槭树，他的额头撞到了方向盘。是啊，就在林子里，就在这蜿蜒的小路上，就在这草地上，或者就在谷仓外面，很多事情都有可能发生。

一周里有五天，阿曼达会在恩德莱斯山中的萨斯奎汉纳县医院的急诊室上班，恩德莱斯山是古老的一望无际的阿巴拉契亚山脉的一片山脉，就在宾夕法尼亚州最远的东北角上。阿曼达一出生就生活在这里。乡村野外到处都是事故或灾祸——这就是这个世界运转的方式。

她背后的厨房椅子沉重地嘎吱作响，她听见干麦片哗哗地被倒进碗里的声音。那声音一直在持续，估计半盒麦片没了。阿曼达是个头脑清晰、坚强不屈、非常实际的女人，她虽然也明白生和死的规则是永远无法辩驳的，但是她相信，这些规则绝对不会适用于，也不可能适用于她的丈夫迪恩·杰夫斯。因为他绝对比规则更强大。

迪恩有6英尺4英寸高，体重235磅[1]。他一个下午就能砍一捆木头，如果他的敞篷小型卡车陷到泥地里，他能徒手抬起它的前部——至少他看起来能抬起。当他修补后院那堵倒塌的老石头围墙时，他曾举起过一头熊一样大小的石块。

阿曼达的目光从树枝移到了那堵重建的老围墙上，那面墙就和迪恩一样结实和坚定，上面还凝结着春雪。在她身后，迪恩又在倒麦片了，但发出的声音非常短，看样子碗很小，原来是奥利安娜，他们9岁的女儿，坐下来吃早饭了。

“你在看什么，亲爱的？”迪恩的声音传过来，“看什么美好的东西？”

阿曼达开始转身面向他，但是她突然想起了某个夏天的温暖回忆，温暖到可以融化远远的那面墙上的雪。7月的某一天，迪恩戴着他曾戴过的一顶红色帽子，没穿衬衣，肩膀像天空那样辽阔。

“到这里来，欣赏一下我补的墙！”他朝她们喊道，大汗淋漓、得意扬扬。阿曼达和奥利安娜正坐在刚用刷子洗干净了青苔的台阶上。门前的台阶和扶手上总是会长满厚厚的青苔，因为整个房子都被三棵巨大的糖槭树给挡住了，没有阳光。迪恩总是想把它们砍掉，但是每年冬天，它们能产出上好的枫糖。“我们都不要到处去找糖槭树了，你知道的。”他说，他总是想砍掉点什么，然后重建一点什么。

“来啊，来这里！”他又在喊了。即使是从很远的地方传来，他的声音也是那么浑厚，声音在谷仓那里回响。

阿曼达的快乐总是很简单。她跟在他身后，走近重新修好的围墙，

---

[1] 磅：英美制质量或重量单位，1磅等于16盎司，合0.4536千克。

看着他肩膀上不断起伏的肌肉，她的心开始悸动。她伸出双手去触摸他的肩胛，它们是那么地光滑，这让她变得更加兴奋。在床上，她就喜欢他的重量和温度，他沉稳而缓慢的节奏。

迪恩。噢，这就是生命的定义。

最后再冲了一下她的咖啡杯，阿曼达的脸突然红了——奥利安娜正坐在她身后，坐在厨房桌子旁边，就在迪恩的旁边，然而她却在回忆这种事情。她瞟了一下她的手表，要迟到了！

“待会儿见，伙计们。”她边说，边一把抓住她的外套，冲到父女俩身边。她停下来迅速在女儿的额头上亲吻了一下。她不会亲吻迪恩，因为她要节约这个吻，节约更多的吻，留到今晚。

四个小时之后，有人打电话找阿曼达。

急诊室职员弗兰妮在呼叫她，让她回到护士值班室，阿曼达从四号病房伸出脑袋，要弗兰妮帮她接电话，并记下电话信息。但是，她发现弗兰妮的整个脸异常惨白，远远地抓着话筒，离电话几乎一个胳膊那么远，好像这个电话很危险一样。

“阿曼达，找你的。”弗兰妮喃喃地重复着，“找你的。”

阿曼达马上就意识到，电话那一头肯定有人想要告诉她奥利安娜或者迪恩受伤了。她希望是迪恩，像一个正常的护士一样，她的思考非常实际。因为迪恩那巨大的身躯能够承受一个创伤。而且，她也确定就是迪恩，因为他的工作就是跟所有已知的恐怖的、危险的机器打交道。在她的脑海里，她都能听到锯木厂锯片发出的刺耳的声音，采石场手提钻的重击声。他肯定是伤到手了，她几乎有各种猜想，却不记得在她丈夫的三份工作中，他今天该是在锯木厂，还是在恩佩采石场，还是开着他的拖拉机出去给田里除草。

她从弗兰妮手里接过电话，后者赶紧靠后退了几步。今天是除草的日子，阿曼达咽了一口唾沫，在想，难道是他的腿？他们周围的田地坡多也陡，到处都是危险的大岩石，所以肯定是拖拉机翻了，摔断了腿。

阿曼达意识到她是多么地害怕，因为她完全忘记了，迪恩没有去除草——所有的田地还覆盖在春雪底下呢。他在做零工，今天应该是在帮县里翻耕路面。

“我是阿曼达。”她对着电话说道。医院外头远远地传来了救护车警报微弱的哀号声。

有人在电话那头咳嗽了一声，然后用受惊的声音说道：“阿曼达，我是罗尼。”然后是很长时间的寂静，罗尼试图再次开口，“上帝啊，我不知道，我不知道，阿曼达，我不知道怎么开口跟你说。”

阿曼达闭上了她的眼睛。找不着重点的罗尼·威尔玛斯，对于你要说的话，我会暂时保留追责，肯定是你喝醉了酒，然后不知道怎么回事就伤到了迪恩。“罗尼，他们马上要把他送进来了，我听到了警报，我要出去了。”

“不，等等，阿曼达。他还在这里。迪恩还在这里，急救人员还待在他的旁边。”

没有在施救，而是待在他旁边。阿曼达环顾四周，看到其他的护士和LPN[1]都围了过来。她觉得自己就像只被困在圆形斗牛场上受伤的公牛。“哪支急救队，罗尼？”因为除了哈福德急救队之外的其他急救队根本就不知道如何急救，当然，新米尔福德急救队也还不错。警报越来越近，变成了尖叫，就跟她在医疗恐怖片中看到的一模一样。她总以为“尖叫”是普通声音的夸张和戏剧化描写，但是现在她明白了，尖叫声来自高速公路上。

“他们止血了没有，罗尼？”伤口在哪里？手？胳膊？也许是迪恩从他的卡车里出来撒尿的时候，不小心踩到冰块，然后摔断了腿。急救队正待在他身边。

罗尼开始哭了起来：“阿曼达，唉，阿曼达，阿曼达。”

“不！”阿曼达扔掉手里的电话，挤过将她围成一圈的白大褂同事们，冲到了急诊室的门口，去迎接那辆救护车。哈福德急救队队员们一开始

[1] Licensed Practical Nurse，职业操作护士，美国经过训练特许工作的护士。

并不明白她为什么这么歇斯底里，当他们打开救护车的门，她看到的却是一位老妇人，在浴室摔倒了，摔断了她的股骨。

20 分钟以后，新米尔福德的急救队队员们终于把迪恩送来了，却没有进急救室，因为没有任何意义了，他们把他送去了太平间。当阿曼达死死地盯着她的丈夫的时候，他们纷纷后退。他青白色的身体上没有一个伤口。他们甚至没有刺破静脉做静脉滴注。他在急救队到达前两个小时就已经死了。阿曼达没有摔倒，她用一种可怕的力量在支撑着自己。

“叫罗尼来。”她说。

罗尼来到了太平间，脸色苍白，浑身颤抖。他说了事情发生的经过。他和迪恩都开着卡车，轧过了山景中学北边的十字路口，罗尼负责轧实梅普尔伍德墓园旁边的上半截，迪恩负责顺着马丁小溪的那下半截路面。他们本该是在中午的时候在吉姆饭馆碰头，并一起吃午餐的，但是迪恩没有出现，也没有接电话。也许是信号的问题，山谷里的手机信号总是时好时坏。罗尼吃了午餐，帮迪恩带了一个汉堡，就开着车，顺着下半截的路来寻找迪恩的皮卡。

“当我找到车的时候，驾驶室的门是打开的，引擎没有熄火，但是迪恩却找不到人，只看到他在雪地上留下的一些脚印。”罗尼紧张不安地低声说道。他被吓坏了，迪恩死了。阿曼达，这个长着一头浓密金发，有着一双栗色眸子的漂亮女人，虽然一直在控制着内心的悲伤，却莫名其妙地显得非常危险。他真的很想喝点酒壮壮胆，因为她让他在太平间讲述事情的来龙去脉，迪恩还躺在他们之间的一张不锈钢桌上。迪恩的红色帽子就放在他旁边。在罗尼进到太平间之前，阿曼达已经梳理了迪恩棕色的鬈发，还把床单仔细地拉到了他的胸口，然后把他的大手放在了上面，她绝不会用床单盖住他的脸。

罗尼没法直视迪恩，也不敢直视阿曼达，他只好对着天花板说话，天花板很低也很压抑，头上的蒸汽管在叹气，好像是迪恩想要重新开始呼吸。

罗尼接着说道："跟随着他在雪地里留下的脚印，我心里突然有种很糟糕的感觉，可怕的感觉。我肯定我大约走了一英里[1]，跨过了马丁小溪，经过了一堆矮树丛，然后爬上了布莱恩·泰勒家下面的那一大片田地。他就在那里，阿曼达，我就在那里发现了他，仰面躺在雪地的中央，手放在身体两边。"

罗尼停了下来。阿曼达直直地瞪着他，她早已经伸出手抓住了迪恩的大手。罗尼动容得差点要掉下眼泪，想着去年 8 月的时候，他俩还手拉着手，吵吵闹闹、饶有兴致地漫步在哈福德县的市集上。

"继续，罗尼。"阿曼达说道。

罗尼咽了一口口水。"就像我说的那样，他的脚印就在那里停止了，然后他就在那里。"罗尼深深地吸了一口气，闭上了他的眼睛，似乎又看到了那一幕，他哆嗦地继续道，"他就躺在那里的雪地上，阿曼达，他的手张得很开，像这样。迪恩就像是一个孩子，你知道我的意思吗？就像一个孩子在扮演白雪天使。"

阿曼达凝视着他，然后请他离开了太平间。当太平间的门关上的那一刹那，罗尼靠在走廊的瓷砖墙上，紧紧地抱住了自己的双肩，因为他听到了阿曼达捂住嘴发出了低沉的、让人无法忍受的抽泣。

那美丽又奇怪的细节——白雪天使，罗尼那天晚上在绿色庄园酒馆兼餐馆里，在那椭圆形，刷过清漆的吧台边，坐在那一圈红色的塑料高凳子上喝酒时，向沃尔特、斯图、克里夫和其他的酒馆常客一遍又一遍地重复着。很快，所有坐在临近餐馆包厢的人，然后，是所有住在 11 号马路周边的人，以及这条土路所有支路边的那些"一眨眼工夫你就能错过"的小镇子里的人，所有散落在这个山谷以及山谷的奶牛场里的人，都知道了迪恩·杰夫斯死得像个白雪天使。

[1] 英里：英美制长度单位，1 英里等于 5280 英尺，合 1.6093 公里。

要打烊的时候，罗尼并不想离开绿色庄园，但是酒保汤姆最终还是把他的两只手放到罗尼瘦弱的肩膀上，把他领出了门。罗尼很害怕下雪，因为至少这个晚上，雪不可避免地和神秘的死亡联系到了一起。他踮着脚走过了停车场，走到了自己的卡车旁，不敢在这月光照耀的地面上踩踏太重，就好像害怕发生在迪恩身上的事情会发生在自己身上一样。他开着车左冲右撞、上坡下坡一路开到了树林深处，自己金字顶的小屋前，跌跌撞撞走出卡车。这就是那晚他最后的记忆。

天亮的时候，他睁开了眼睛，透过糖槭树光秃秃的、高大的树枝，他看到了明亮的天空。他坐了起来，牙齿冻得咯咯直响，手指头冻得发乌。他倒在雪地不省人事，却没有被冻死。他眯着眼睛看着眼前飘飞的大雪，惊讶地吸了一口气。一根长长的、棕黑相间的羽毛插在雪里，就好像一支鹅毛笔插在了墨水瓶里。一根羽毛！天使迪恩来过并拯救了他的生命！其实这是一根火鸡羽毛，但那又有什么关系呢（谁又能确定，它是被一阵寒冷的风给吹进了林子）！他周围的雪地上还有很多三个脚趾的火鸡脚印，但这又有什么关系呢！罗尼那晚又有新故事到绿色庄园去讲了，而且他还赚了两次免费的杰纳西奶油麦芽酒（它们可是云岭生产的，他的最爱）和一小口杰克·丹尼威士忌。

白雪天使迪恩是多么引人注目的美好形象，以至阿曼达将迪恩死亡的消息告诉奥利安娜的时候，就用了它。“天使来找你父亲了，你明白我所说的吗，奥利安娜？爸爸死了，我们都不知道原因。医生们会查明白的。爸爸躺在地上像一个白雪天使一样迎接着其他来找他的天使。”事实上，也只有这一个办法能解释迪恩的死，他是那么强壮，充满活力的一个人。他就这么突然被天使们拖走了，因为他们需要他。

但是，一旦她看到奥利安娜那不知所措的眼神，阿曼达就后悔她所说的那些话了。事实就是事实，说那些有关天使的废话只会让这个 9 岁的小女孩陷入魔幻的思维。对她来说，她的父亲似乎还没有死，或者说他虽然死了，但是肯定还能够以同样的方式再次出现，就像他离开的时候那样，他会用翅膀飞回来。阿曼达在没有希望的事情上给了奥利安娜希望。那天晚上，奥利安娜一直在哭，阿曼达想，好吧，把眼泪都哭干吧，宝贝，就这样，想着想着，她就会明白的。

但是第二天早上，奥利安娜却不在床上，不在阿曼达的旁边。阿曼达跳下床，在房子里找寻，停在了厨房落地玻璃窗前面。外面，奥利安娜正仰面躺在一片干净的雪地上，挥动胳膊在做白雪天使。

上帝啊，我做了什么？阿曼达心想。

无论阿曼达怎么解释，解释多少次，似乎都没有办法改变奥利安娜的想法了。尸检报告说迪恩的右大脑动脉破裂。“爸爸很强壮，但是他有一个我们不知道的小小的弱点。”阿曼达解释道，她拿出一本非常旧的护士课本，向奥利安娜展示书上大脑血管系统的图片，“就在这里，就是这个地方，你明白了吗？”奥利安娜点了点头，但是并没有允许这些医学事实打扰到她父亲马上要作为天使飞回来的想法。

第一个月，到处都是天使，书上、电脑上有天使，门上还有天使的贴纸。她会明白的，阿曼达想，最终她会明白的。冬天马上就要过去了，山里的春天马上就要来了，每次一下雪，奥利安娜就要在雪地里待几个小时，做白雪天使，直到她冻得发晕才肯进屋。她相信她父亲神奇地死去了，而且他会用同样的魔法回来，几周过去了，这种想法终于随着天使而慢慢消散。她开始把自己沉浸在各种各样的神话故事里，小矮人和公主啊，任何童话，只要它可以联系现实和非现实的想象大门，因为有一天，她那有着翅膀、会发光的父亲会通过这个大门回来。

04

悲伤的森林

奥利安娜丢了一本书，她落了一本书在森林里，但绝不是随随便便的一本书，那是一本非常特别的书，普拉特公共图书馆的老图书管理员欧丽芙·帕金斯就是这么告诉她的。那是有人手工制作的一本书。当欧丽芙把书交给奥利安娜的时候，她刚开始几乎不愿放手。这个老妇人的眼神，是奥利安娜以前从没见过的，一丝一瞬即逝的某种表情。但欧丽芙突然就做了相反的事情，把那本《格鲁的账本》推到了小姑娘的手里，并急急忙忙地推着她出了橡木大门。

“但是还没有盖上还书日期呢。”奥利安娜说。欧丽芙依然用最老式的借书还书方法，用一个橡皮章，给附在每本书最后一页的借书卡盖上还书日期。欧丽芙是个矮小、瘦弱的女人，但是她盖起章来就像约翰·亨利抡起他的大锤子。

“你读完了就还回来，孩子。”欧丽芙回答道，她压低了她的声音对奥利安娜耳语，“而且记住，你是我最喜欢的读者，现在你是我最重要的秘密的守护者。”这个图书馆的大门在奥利安娜身后关上了。

真是太棒了，守护一个秘密。对任何人都不要讲《格鲁的账本》。奥利安娜很开心欧丽芙能够信任她。大多数大人都不知道怎样去信任孩子们。

但是，现在它丢了。所有的书里唯独就丢了那一本！奥利安娜赶紧穿过后院跑向森林。是落在了她经常坐着读书的白桦树上吗？还是在远一点的老石头墙上？还是落在了小溪旁边？这意味着什么呢？因为所有的事情都可能是一种暗示。一本书，一本特别的书被落在了森林里。这是一次考验吗？你不得不非常地关注。这一切意味着一些特别的东西，而这一些特别的东西也能代表着所有。

“奥利安娜来到了森林。”奥利安娜自言自语。

她把她家后面几英亩[1]的树林叫作森林。有时候她会在她从普拉特公共图书馆借来的书上用颜色非常浅的铅笔轻轻画上线。森林。在她父亲死去之后的一年中，她一共借了 112 本书。欧丽芙不得不搜索这个县所有的图书系统，保证总有新鲜的书供给奥利安娜。奥利安娜并不在乎，有些童话故事对一个 10 岁的孩子来说有点太幼稚，有些又太成熟。但每个故事都能让她学到东西。《在困境中不折不挠》《看到其他人看不到的》《相信别人不相信的》。所有最美好的故事，所有最重要的故事，都发生在森林里。

“奥利安娜的森林。”她自言自语。

“不要走太远！”妈妈在朝着她喊。

奥利安娜翻了翻白眼。这就是他们在故事里对你说的话。不要在森林里走太远，孩子。当然，你肯定会走很远。你不走远点，有些事怎么可能发生呢？她鼻子一酸，她把书给丢了。她鄙视眼泪，所以她擦了擦眼睛，昂起了下巴。坚持，等待，相信。

在几棵布满青苔的树下，她停了下来，这里是森林的边缘，有着明显的黑白分界线。回过头，奥利安娜依然可以看到她家的大木头房子，那是她父亲赤手空拳搭起来的。在旁边的院子里，妈妈正在晾衣绳上晒一条蓝色的床单。她那金色的头发在风里飘动着，就像美人鱼的头发一样，奥利安娜想象着，微微卷曲的头发在水波里荡漾。

---

[1] 英亩：英美制地积单位，1 英亩等于 4840 平方码，合 4046.86 平方米。

她不记得这个故事的名字了。很美的图片，是一个有关海的故事。海的故事，天空的故事，城堡的故事——她读了很多，以防万一。但是它们都没有森林的故事那么重要，因为森林的故事都是长翅膀的生物的故事。她必须要找到《格鲁的账本》。格鲁就住在一个森林里面。

远处，一辆卡车正沿着 11 号公路轰隆隆地爬着坡，奥利安娜扬起手朝她妈妈挥了挥，然后转身面对森林。你知道，当你进入森林之后，光线就会变暗，所有的声音都会涌向你，所有的事物都会消失：房子、你的妈妈、秋千、小屋、卡车的声音。

奥利安娜踩过嘎吱作响的树叶，跨过了铺满圆石头的小溪。她走过了一棵树干粗糙的白色橡树，用她的手摩挲着树干，滑了过去。

“半个小时……”她妈妈的声音从远处传来。

当光线变暗，声音静止，奥利安娜已经进入了森林。

阿曼达把晾衣绳上被风吹得啪啪作响的衣服给收了，看着奥利安娜跳过了小溪。4 月的风依然寒冷，向东吹过恩德莱斯山，毛巾甚至都被冻硬了，冻硬的毛巾角吹打在阿曼达的脸颊，有刺痛的感觉。这就是生活在恩德莱斯山山区的代价。无尽的冬天和凛冽的能刺痛人的春天。

“奥利安娜，半个小时。”阿曼达喊道，“先做家庭作业，然后吃晚饭。”然而，她却只看到红色的袖子一闪，奥利安娜挥了挥手，消失在了树林里。那件红色的外套，也刺痛了阿曼达。去年秋天，他们在友好商店的货架上看到它的时候，奥利安娜非得要买下它。

“如果她想成为小红帽，那就让她成为小红帽吧。”蒙特罗斯的心理治疗师是这么说的。阿曼达找了一位心理治疗师来寻求建议，不是为了她自己，而是为了奥利安娜。“从现在开始的两个月后，”治疗师说，“这将是一件不同寻常的外套和一个不同寻常的故事。”

好吧，女士，阿曼达想，那是你在秋天时说的话，现在是春天了。同样的该死的外套，依然在树林里晃荡。

树林里，阿曼达想。

树林里有时到处都是捕猎者。不是猎人，而是像《小红帽》或《白雪公主》故事里那样的真正的捕猎者，带着真正的步枪。捕猎者、被砍下的树枝、半英里外被废弃的采石场、一大堆光滑的石头。阿曼达尽力不让自己浪费时间去为这些危险而烦恼。她也不会因为发生了某些事情而娇惯奥利安娜。如果事情的确发生了，奥利安娜就会知道世界存在着危险，但最让阿曼达担心的不是森林里的普通危险，而是奥利安娜想去森林的那种强烈欲望。

奥利安娜是那么痴迷于所有的童话，难道她想要成为小红帽吗？或者她穿红色衣服是因为这是迪恩最喜欢的颜色？迪恩的小红帽。真的很难弄清楚这个复杂而悲伤的孩子。

阿曼达在风中眯起了眼睛，然后条件反射般地把她的注意力给转开了，好像注意力是一个她能抓住然后转到另一个方向的具体物件。晚餐时间到了，她们晚餐吃什么呢？那是一个寒冷的下午，她在烤箱里烤了两个酵母面包。炖鹿肉也许最完美，炖肉和新鲜的热面包很搭。

她穿过后院，向车库的冰箱走去。但她突然想起，她们不能吃鹿肉了，因为上周，在奥利安娜的一本童话书中，有一只被施了魔法的鹿，变成了一个穿着白色长裙的女人。

“妈妈，我再也不会吃鹿肉了。”奥利安娜说着，把她眼前的那份烤鹿肉给推开了。

这里有上百万只鹿，比氧气还多，但是现在她不吃鹿肉了。很好，阿曼达想着，打开车库的灯，现在我得买更多的牛肉了，额外的费用。

也就是说，如果她读到的下一个故事是一只被施了魔法的牛，估计牛肉也不会吃了，然后，接下来估计就是汉堡和辣椒。

“那就我吃炖肉，你可以吃烤奶酪。”阿曼达大声回答道，她感到她的脸开始发红。她努力不对奥利安娜生气。此时，阿曼达正盯着她家的弗瑞吉戴尔牌卧式冰柜，冰柜靠在车库的后墙边。她的脸越来越热。但这一次并不是因为她的女儿，而是想到要把最后一袋鹿肉从冰箱里取出来。最后一袋炖鹿肉，还是上次杀的那只鹿——一年多前杀的。

冰箱的大小像个棺材，阿曼达犹豫了一下，最后还是掀开了它沉重的盖子。她把一袋袋冻豌豆和野生黑莓移到一边，越翻越深。她开始感到恐慌，接着把冰棍、饼干面团和一袋袋被冰霜冻结住的玉米推开。突然，一个袋子掉到了车库的地板上，裂开了，冰冻的蓝莓像弹珠一样散落一地。

它就在那里。在最底下，一个冰冻的棕色肉块，装在一个一夸脱[1]的袋子里。炖鹿肉。她慢慢地把它拿起来，就着冰箱灯泡那微弱的灯光，依稀看到了浓淡不匀的字样“3/7/2016 炖鹿”，那是迪恩写上去的。她发出了一声痛苦的喘息。这个坚如磐石的袋子也许就是迪恩刻满字的墓碑，因为他在那个日期之后几天就去世了。

我该怎么做？她想。在过去的一年里，在奥利安娜抗议的号叫中，阿曼达把她丈夫的靴子、工装裤、他打猎的箭和两张弓都送人了。她还卖掉了他的斯蒂尔牌大链锯、他的采石场工具以及他心爱的樱桃红色的全地形汽车。处理完一件又一件，因为它们只是物件。它们对她和奥利安娜都没有好处，对迪恩也没有好处，因为他已经死了，被埋葬了。

这只是晚餐，阿曼达想，手里还抓着那包炖鹿肉。那只是食物，一个具体的物件。她把袋子抓在手里很长的时间，以至底部的冰霜开始融化了。一个沉重的水滴形成了，抖动着，最后掉到了地上。

她把袋子扔回冰箱，把它埋在其他被冰冻的袋子和容器下面，然后“砰”的一声关上了冰箱盖。她向后靠去，被冻得瑟瑟发抖，望着外面的后院，望着远处的树林，以及午后阳光照射下的光秃秃的树枝。

她紧抿着嘴。奥利安娜在她的树林里徘徊。这就是阿曼达眼中的奥利安娜，悲伤森林中的一个漫游者。

---

[1] 夸脱：国际常用非法定容积计量单位。1 夸脱 = 2 品脱 = 1.1365 升。

阿曼达自己那长达一年的悲伤呢？它是怎样的？她的悲伤没有徘徊，这条线是直的。迪恩永远地走了。是的，她很想念他，有时想到令人难以忍受，但她不会纵容她的悲伤。从一开始——在迪恩的追悼会上——即使那个时候，她都不会纵容她的悲伤。当她妈妈说："他以前是那么强壮。"阿曼达的回答很快。"妈妈，没有死神那么强壮。"她说。

当吉姆牧师说："我一闭上眼睛，就会看到他走过这扇门。这对我来说很难，我知道你和奥利安娜会更难，阿曼达。"

阿曼达沉默了一会儿，然后她用一种坚定的声音回答道："门开着或关着，我的眼睛所能看到的只是一扇普通的教堂门，吉姆牧师。迪恩再也不会从那里经过了，我也不会再花一秒钟的时间去想他了。"

她紧紧地握着奥利安娜的手，知道奥利安娜正盯着教堂的大门，因为她确信她的父亲可能会从闪烁的魔法光芒中走出来。阿曼达永远都不会承认，漫漫长夜里，她也曾像奥利安娜那样迫切地希望着，迪恩能从闪烁的魔法光芒中回到她们身边。但她必须坚如磐石，为了他们的女儿，坚强地守候在那里。

悲伤和痴迷是有区别的。春天、夏天、秋天、冬天，现在又是春天了——奥利安娜对那扇闪闪发光的门的希望从未减弱，从未枯萎。不，不是希望，是痴迷。奥利安娜在她那茂密、树木丛生的森林里。

"是的，你是对的，这是一种痴迷，但它不是有害的，阿曼达。"心理治疗师说，"这需要时间，而且会让人不舒服。奥利安娜不得不经历一些不同的阶段。"

"她总是处于同一个阶段，"阿曼达说，"她被困在了'我爸爸会回来'的这个阶段，表面做事很正常，试图欺骗我，这样我就不会打扰她的幻想了。她认为她所知道的都是真的。我身边多了一个忠实的小信徒。"

治疗师说："她会继续前进的。如果她现在需要点幻想，哪怕是一点点痴迷，就让她去吧。给她一些时间，因为她不是你，她是奥利安娜。"

"好吧，当然，我明白了。"阿曼达说，"还有，"她盯着地板，"她现在开始给他送吃的东西了，糖果、饼干。只要她认为我没在看着的时候，她会从桌子上拿东西塞进她的口袋里，她还从食品储藏室拿东西。”

“是的，”治疗师说，“她会做各种各样的事情。这是一个过程。”

“她把它们留给了他，在……树林里。”

“以防她不在那里时，他去找她？阿曼达，别管森林的事情，让她去吧。不要让这些事影响到你，那只是个童话故事。”

阿曼达叹了口气，把目光移开了。奥利安娜和她的书，图书馆里的欧丽芙·帕金斯，现在是这个治疗师。每个人都在玩过家家。

“这是件好事，阿曼达。这就是童话故事所要做的，引导孩子们度过他们生活中最可怕的部分。奥利安娜需要解释为什么她的父亲会被带走。你说过迪恩死的方式似乎是不可能的。你透过孩子的眼睛想象一下。父亲本身就是一个强大的人物了，但是迪恩，他更特别。他在森林的边缘搭造了你们的房子，用弓箭狩猎，他又高又壮又英俊——在现实生活中，他几乎就是童话里的英雄，你不明白吗？像这样的人是不会死的。奥利安娜对此非常肯定。”

像这样的人是不会死的。他确实做到了，阿曼达想。哦，她和奥利安娜之间的复杂对话，一次又一次，奥利安娜把简单的死亡逻辑变成一个个复杂而又无意义的童话故事。阿曼达，尽管非常冷静，不断重申事实——迪恩是因为脑袋里面长了个瘤，导致动脉破裂而死，他现在待在一个她们能用肉眼看到的坟墓里，坟墓前还有一块墓碑，迪恩的名字刚刚被刻到上面，她们还可以用手指触摸到他名字那棱角分明的笔画。

她们经常去梅普尔伍德墓园，阿曼达试图让奥利安娜明白这个简单的真相，让奥利安娜接受迪恩已经离开这一不可否认的事实。然而，奥利安娜总是试图战胜她。去年 10 月发生的事就是一个完美的例子。她们坐在迪恩的墓旁。在散落在草地上的红色和橙色的落叶中，奥利安娜捡起了一片枫叶。她在空中不断抖动着树叶，像一只鸟或一只蝴蝶。

“妈妈，”那天她说，她的眼睛盯着想象中正在飞翔的树叶，“你说爸爸变成了一个天使，你差不多是对的。”

阿曼达惊得吸了一口气。“我说完这句话，就把它收回来了。你知道我当时就收回了的。”她说。

奥利安娜说：“是的，原因是，如果他是白雪天使，他就不应该留下脚印。天使没有重量，因为他们没有身体。他应该是别的什么东西。一种真正的动物，有翅膀。”她又捡起了另一片叶子，现在两只手都有一片叶子了。她舞动着手中的叶子，叶子像一对蝴蝶在田野里跳舞，或者像两只燕子相互追逐嬉戏。

“奥利安娜。”

“有翼的。”奥利安娜说道。

“什么？”

“他是有翼的。”

阿曼达紧紧地闭着她的嘴唇。有翼的。奥利安娜用这种方式发音，把一切改变了，为了她唯一的目的，把一个简单的单音节词变成了神奇的三个音节词。

她的声音升高了，奥利安娜说：“你知道，这是真的。它一直都在发生。人们总是会变成其他的生物。你一直说爸爸在雪地里摔死了，但雪地里并没有他被死神带走的痕迹，其他一些事情发生了。罗尼——他说的翅膀的部分是对的，而不是天使部分。天使没有重量。吉姆牧师说，天使是由光和天上的物质构成的。爸爸在雪地里长出了不一样的翅膀，真实的翅膀。你没有看见吗？”

阿曼达尽量让自己的声音显得非常平静和冷静：“他所做的只是动动他的胳膊，奥利安娜。翅膀的印记毫无意义。为什么他不是消失？为什么我们要埋葬尸体？”

“他留下了身体。有时会发生这种情况。新动物会从旧身体中升起，就像蛹和蝴蝶。形式是多种多样的。”

“那么，爸爸长出了翅膀，变成了什么，一只蝴蝶？”

“或者一只蝙蝠，甚至一只日本金龟子。或一只鹰，也许吧。或是一只蜂鸟。或是一只蛾子。他是某种有翼的生物。”

“一只蛾子。好吧。好吧，那我们为什么没见过一只 6 英尺 4 英寸的蛾子飞来飞去呢？”

奥利安娜走过去从她母亲的背包里掏出了一本新借的书《青蛙王子》，这是欧丽芙刚给她的，她们去墓园的路上顺便去了图书馆。书的封面上是一只戴着皇冠的青蛙，蹲在睡莲的叶子上。她指给她妈妈看，好像这是在法庭上的证据一样。“这只青蛙的大小不正常吗？人类是会变成真正的动物，而不是怪物。爸爸的大小应该会相当于一只真正的甲虫或蜂鸟的大小。”

阿曼达回答：“但是他留在雪地上的翅膀很大啊。”

“因为他正在从大变小，变成合适的尺寸，正在蜕变。”

蜕变，阿曼达想，哦，好吧，奥利安娜用科学概念来支撑她的幻想。

奥利安娜说：“不管他变成什么，他都飞到森林里去了。他在我们房子后面的森林里。他一直都待在离我们不远的地方。森林就是他去的地方。”

“哦，天哪，奥利安娜。”

“你应该高兴，妈妈！爸爸没有死，他也不是一个由光组成的天使。他是真实的，他是有翼的，我们能找到他。但首先，我们必须弄清楚他是哪一种有翼的动物。”

阿曼达感到头晕和难受。奥利安娜狂热地迷恋着森林。她真的是她父亲的孩子。迪恩的确就是属于森林深处的一种生物，搭弓狩猎，在米肖彭溪边树荫隐蔽的河岸上抓鲑鱼，在森林里徒步直到天黑——他可以在恩德莱斯山中到处游荡，然后顺利回家，就好像他留下了一串面包屑一样。除了森林，这个被施了魔法的森林人还能在哪里与奥利安娜相见呢？奥利安娜有她父亲那般超乎寻常的耐心。迪恩可以慢慢地用石头砌墙。哪怕用整整一个下午去瞄准，也要一连五次命中目标。奥利安娜会在无尽的群山中搜寻他的踪迹，没完没了。当阿曼达告诉治疗师关于这个新阶段——“蜕变”的阶段时，治疗师说：“变形的说法，很好啊。证明她的想法在不断向前发展。”接下来治疗师犯了一个糟糕的错误，“你的悲伤呢，阿曼达？我们还从来没有谈过你的情况呢。”所以那是阿曼达最后一次去看那个该死的治疗师。

阿曼达看了看表，然后望向树林里，想搜寻一件红色的外套，但是奥利安娜跑得太远了，根本看不到。她总是跑到树林深处，藏匿食物，寻找有翅膀的迪恩。有翼的。

阿曼达砍完了木头，又堆叠好了。她看了看表，又看了看树林。

你在哪里，奥利安娜？说好了半个小时的啊。阿曼达穿过后院，当她走到迪恩重建的旧石墙边时，她停下来把手放在上面。这是她一直做的事情，碰了碰墙，而且，在接触的那一刻，她像触电一样地想起了那难忘的一幕幕：打着赤膊的迪恩、7 月的热量、汗涔涔的宽阔的肩膀。

她闭上了她的眼睛。

阿曼达自己的悲伤？那天她没有回答治疗师的是什么？就是她的悲伤。这堵墙，这堵墙就是迪恩。还有她身后的木屋、冰箱里的鹿肉——所有这一切都是他。她怎么可能向陌生人解释呢？她最想念的是迪恩更加坚实和实际的存在。迪恩是这样具体地存在于这里。他的灵魂就是这样存在于被他遗留于尘世的各种事物中。他总是在这里，却从不出现。

阿曼达不由自主地脸色潮红，她把手伸进口袋里掏出手机，给克里夫·布莱尔发了条短信——“我们明天见。”她现在需要克里夫，但她得先等一等。奥利安娜已经走了将近一个小时了。她要去找奥利安娜，也许会有眼泪，会有许多无意义和复杂的解释，她转向树林。

“你为什么要把事情弄得那么艰难，奥利安娜？”当她穿过小溪，大步走进森林去寻找她的女儿时，她说，“为什么总是要这么艰难？”

05

决定去死的哈利

贝丝死后一年，哈利接到了上帝的电话。

一年过去了，四个灰色的、没有任何区别的季节，哈利从没有缺席过任何一天的工作，不然他能在家里做什么呢？吃着家里存留的陈货花生酱夹心饼干，然后蜷在壁炉边的扶手椅上睡去，壁炉里还剩着烧得半焦的原木，那是贝丝死的前一晚扔到壁炉里的。哈利总是会突然惊醒，僵硬地站起来，在拂晓以前开车去上班。有时会淋浴，有时会忘了淋浴。

真的，还有比这更好的惩罚自己的方法吗？他将为林务局工作，直到 65 岁。不，随着社会的发展，他们应该会不断提高退休的年龄——所以他会一直工作到 70 岁、80 岁、90 岁。完美。一个 10 年又一个 10 年，他会一直在电脑前啪啪地敲击着键盘，直到他的心脏“啪”的一声停止跳动，然后他的尸体还会在那里坐上好几年，没有人注意到他那干枯到指节突出的手指永远停在了删除键的上方。

有时他也会感觉很糟糕，那是每一个不用工作的周六或周日。不过问题不大。他依然会开车去美国农业部林务局北部研究站位于郊区的总部，会把车停在砖石铺砌的停车场里，那是一棵东方铁杉树曾经矗立过的地方，然后拖着自己沉重的步伐走向后面的楼梯，爬到三楼，最后把自己像沙袋一样沉到椅子里，开始写报告：牧场管理、森林资源利用、可持续收益、监管政策、生态区域协议监控。他承担了所有最糟糕的任务，所有无聊致命的工作中最无聊最致命的一种，日复一日，像撒哈拉沙漠的屎壳郎一样无聊地把官场中繁文缛节的粪球滚到山上。

即使是鲍勃·杰克逊，这个每天上班只知道逃避、抱怨、偷懒的家伙，当他每次给哈利发上一大堆电子文件，或者又在他的办公桌上“扑通”丢下一大堆厚厚的文件夹的时候，他都会为哈利感到一丝幸灾乐祸式的遗憾。

“天哪，哈利，你可以，比如，偶尔站起来出去透透气，你知道的。”鲍勃咬掉了一小片指甲并把它给吞了下去，就像一只白鹭吞下了一条小鲦鱼。

他该是有多可怜才能够被鲍勃·杰克逊所同情啊！鲍勃可是一个能把自己的指甲咬到黏糊糊，一个能像个3岁小孩一样漫不经心地挖鼻屎，一个能用唾液把自己那四根“地方支援中央”的头发弄得很光滑的生物。但是，事实是鲍勃不再让哈利感到恼火，哈利也没有注意到他小隔间周围的空间在不断地扩大，已经真空，因为他的同事们都在极力争夺办公室里“让人不那么紧张的区域”。谁想坐在黑洞附近，被旋涡卷进那个黑洞里？当然，这家伙的妻子死于一场恐怖的意外事故，但是，唉！尽管没有人真的那么说——又有什么好处呢？至少极度伤心的哈利·克兰是一个无底的分类垃圾桶。所有难搞的工作——森林法案、提案计划报告、国家森林系统研究、森林服务总结、项目进程总结，把它们通通扔给这个鳏夫吧！

哈利孜孜不倦的努力给他的老板伊夫·麦克雷留下了深刻的印象，他把他的薪资待遇从GS[1]12提升到了GS 13。在伊夫长达38年的政府生涯里，他为了美国农业部的官僚风格与繁文缛节，牺牲了相当一部分的精力，为了那些附属的细则，牺牲了他的大部分视力，所以他明白努力工作的价值。

伊夫在厚厚的眼镜后面眨了眨眼睛，斜靠了过去，久久地看着哈利的工作徽章。哈利看到伊夫在看徽章的时候，干涩、苍白的嘴唇动了动。

---

[1] Grade Step，联邦政府普通公务员薪资分级制度，普通公务员分15级（Grade），每级分10档（Step）。

伊夫抬起头来。“所以，哈利·克兰，你当然是保持这个办公室向前移动的火车头。哈利·克兰。”伊夫正伸出手要去拍哈利的肩膀，却停在了一毫米的地方。因为即使再头脑混乱，再怎么瞎，伊夫也能感知到哈利那浓烈的了无生机的气味。伊夫的手缩了回来，清了清嗓子。

“我应该回去工作了。”哈利说。

“是的，好主意。”伊夫回答道，从门里探出身子，看着哈利，直到哈利安全地离开了他的视线。

哈利在他的办公桌上吃午饭（如果他吃了的话），工作到很晚。有时，如果清洁工没有把他赶走，他就睡在他的椅子上。椅子很好，床却不好。床，那是致命般见证贝丝缺席的地方。晚上，他独自一人在办公室里，爬上他的桌子，凝视着小隔间外面，这个空荡荡的白色坟墓一直延伸着融入了外面的黑暗。

然后，在4月初一个狂风大作的早晨，他的手机响了。嗯，确切地说不是响铃，没错。几年前，贝丝跟他开玩笑，给他的手机偷偷地换了一种新奇的铃声——一棵大树倒地的声音。

“喂？”他说，在第三声大树倒地的声音之后接了电话。“哈利·克兰。”上帝的声音在他耳边响起。

除了上帝，还会有谁有这么大声音，拥有这样可以让人心跳停止的权威？

“是的，先生？”哈利低声说。

“哈利，大声点。你在吗？”

哦，哈利想，不是上帝，而是他那超级好斗的副官杰里米·托兰。在过去的一年里，托兰每个月都会给哈利打电话，告诉哈利他根本不想听的新消息。除了在这些简短的电话中，他从来没有想起过托兰，也从来没有认真考虑过所有这些法律行为可能会带来什么结果。哈利不在乎，诉讼的结果不会对他产生任何影响。但今天，托兰的声音中有了一些额外的东西，这是一种强大的睾丸激素和肾上腺素的混合物。哈利的身体感到了一阵刺痛。“是的，我在这里。”他说。

托兰在电话那头，突然长长地吸了一口气，就像即将到来的龙卷风，马上就要把你房子的窗户卷走一样。“对我说‘J’，哈利！”托兰大喊道，就像一个疯狂的啦啦队队长。

“J？”哈利重复了一遍。

“现在对我说 A-C-K！拼一下它，它是什么意思？它是什么意思？”

“Jack？”哈利用恍惚的声音回答道。汗水如芒在背，他的心跳加速。

“没错！就是头奖（Jackpot），哈利！我的朋友，从来没有过的，我们从来没有在一个失误致死案件中如此迅速地解决一个被告。这种情况本可能会持续数年，甚至几十年！但这些浑蛋是多重违规者，我们抓住了他们的把柄。”托兰得意地笑着，大声喊道，“乖乖，我们抓住了卡莱尔拆迁公司的‘命根子’，我们用力地揪住它，直到那些浑蛋求饶。”

哈利皱起眉头。

“哦，是的。”托兰接着大吼道，“我们抓住了它，把他们挤到了那个数字——好吧，还记得我们第一次见面的时候，我告诉你，宾夕法尼亚州意外死亡的平均赔偿是 420 万美元吗？哈利，你准备好了吗？一分钟前，卡莱尔拆迁公司同意给出 700 万美元，史无前例的赔偿！”

哈利的思绪离开了他的身体，然后又回到了他的身体，他的大脑短路了，就像被闪电击中一样。哈利的左手几乎是不由自主地从他的裤袋后兜里取出了钱包。他的手指摸索着里面那张已经褪色的彩票，这是他不可原谅的罪恶，他无可辩驳的证据。

托兰不停地说着，像硬币从老虎机中吐出来一样有回声：“当然，这并不能让亲爱的贝丝回来，但我告诉你，我的朋友，这是下一个最好的选择。这是她给你的礼物。从另一个角度，贝丝在说：‘哈利，你的生活又开始了。过去是过去，继续前进，我放下你。我用这笔意外之财来祝福你的未来！’”

哈利挂了电话，用双手把彩票举在他面前，像麦克白夫人抓住她的匕首一样。林务局的工作并不是惩罚，只是监狱。现在，他明白了为什么他会允许诉讼继续下去：递送最终的罪行。他永远都不能这样安慰自己，至少那天我没有买到一张中奖的彩票。最终，他现在中奖了。他赢了。只是这个头奖花了更长的时间才到达，这就是全部。这是他的百万美元。这是官方的、毫不含糊的审判：他已经用他的贝丝换来了一袋钱。头奖，哈利！

哈利在一种可怕的不自然的平静中，走出了他的小隔间，走到了狭窄的过道上。他慢慢地转了一个 360 度的圈。他听到了一些声音，从远处的小隔间里传来。不是电脑和打印机的嗡嗡声，而是树叶的低语。树林，他想。

去树林。

到森林和树林中去。

在恍惚中，他飘过办公室，走了出去，被松树和橡树的气味所吸引，远处传来树叶被风吹得沙沙作响的声音。在停车场的外面，哈利穿过了东方铁杉树铺了沥青的坟墓——它曾经矗立在那里——钻进了他的车里，离开了美国农业部林务局北方研究站那无树、索人魂魄的郊区总部。

头奖，哈利！

他没有选择道路，道路选择了他，指引他来到宾夕法尼亚州的高速公路。道路指引他朝着北方驶去。费城的郊区消失了，仿佛被一只看不见的手给拔走了，光秃秃的树木在高速公路的两边升了起来，越来越密。美国的落叶松。当他目测每一棵树的形状和长势时，他的眼睛闪烁着，眯了起来。白橡木。梧桐木。皂荚树。

他到达了宾夕法尼亚州的东北角，那里有连绵不断的群山，是硬木森林的第二个中心生长区域。在过去的 10 年里，他一直用电脑管理着这段阿巴拉契亚山脉。他当然会在这里结束一切。那些长久以来占据在他的大脑中没有树木的词语——森林资源的利用、可持续的收获、库存和分析、开发和评估——已经消退。

“山杨树、桦木、刺槐。”哈利说着，不断深入森林深处，“火樱桃树、山核桃树、粗皮核桃树。”火、山核桃、粗皮，这些古老的、熟悉的名字，召唤着他童年时代的森林避难所，他爬上他家前院的那棵巨大的山毛榉树，想象着这些树枝永远朝着各个方向生长，他安全地待在中间。他隐蔽的逃逸之处，他花了一生的时间一直试图到达的森林。

在到达斯克兰顿以北之后，面板上低燃料的警告闪过他的眼前，他开到下一个出口，一条双车道的州际公路。他在一个破旧的乡村五金店前停了下来，买了一条 15 英尺的蓝色尼龙绳子，付了钱，然后就走了。店员拿着他的零钱追上了他。当店员回到商店的时候，哈利让那些毫无意义的硬币从他的手中滑落到了柏油路上。

他沿着乡间小路继续前行，在恩德莱斯山中上下起伏颠簸。他的车就像一艘无处停泊的小船在波浪中上下摆动。在山顶，他来到了一条砾石路的十字路口，一个褪色的街道标志被钉在一根生锈的杆子上，从矮树丛中伸了出来。午后的一缕阳光照在上面，使它变得很低。哈利踩下刹车。枫树路，到处都是糖槭树，一片拥挤的小树苗和一片高耸成熟的树木，它们都深深扎根于起伏的地形中，早春里还光秃秃的树枝，在 4 月的天空中显得雄伟而壮丽。糖槭树，能做上好的枫糖。

“上好的枫糖。”哈利说，这是植物拉丁语，发出的声音听起来像一种咒语。一首安魂曲。枫糖、枫糖、枫糖。

他把车开到了碎石路上。树林深处有一幢两层楼的木屋，除此之外，没有其他的房子。到处都是树，顺着路边，路两边的树木很茂密地长在了一起，形成了一条隧道，上面的树枝像指甲一样在他的车顶上刮来刮去。在路的左边——树枝几乎就擦着车身——突然厚实的树叶墙上出现了一个洞。那是一个被遗弃的采石场，这是由于树枝过度生长而形成的入口，还是以前运送木材的一条老路？哈利似乎被什么力量迫使着，突然用力打死了方向盘，左转挤进了入口，以前留下的旧车辙印子让车子一路颠簸，直到野生的杜鹃花和茂密的山月桂挡住了去路，使他不得不停在了半英里远的地方。

他下了车，把绳子搭在肩膀上，走进了森林里。冰冷的枯叶在他的脚下嘎吱作响。他没有感觉到寒冷，事实上除了糖槭树的存在，他其他什么也没有觉察到。他步履艰难地向前走着，用手指轻轻抚摸着糖槭树那宽大的、满是皱纹的树干，抬起头看着头顶上的树枝。他被糖槭树巨大的树冠以及午后天空那无限迷人的蓝色给吸引住了，一不留神撞到了一堵齐腰高的石墙上，伴随着一声惊讶的呼声，他已经被撞趴在了墙上。

他挺直了腰，后退了几步。这堵墙大约有3英尺高，10英尺长，是某个古老家园留下的最后遗迹。长墙的其他部分在很久以前就已经倒下了，现在只是一堆由苔藓覆盖的岩石，它们蜿蜒穿过树干，伸向了远方。一棵巨大的糖槭树把它巨大的根茎长到了墙基的岩石中间。过不了多久，根就会把它推倒。

哈利想，森林可以带走一切。

他把手放在墙上，抬头望着糖槭树。在那里，它又粗又壮——这是他一直在寻找的树枝，而这一段石墙也正好就矗立在那儿。那里离树枝的高度刚好合适。这是一种完美而可怕的必然性。

他爬上了墙，开始弄绳子，惊讶地发现自己绑了个这么复杂的结。他忘了他是怎么知道的。谁教过他？当然，是他的兄弟，哈利想起了他们还是孩子的时候，在车库的后面，大狼向他展示了如何绑一个绞死人的绞索。大狼知道这些事情，了解这些黑暗的技艺。他笑着对哈利说："有一天你会用到它的。谁知道呢，对吧？"他的哥哥看着他。

哈利弄完了绞索，把绳子的另一端系在树枝上。绞索在山风中摇摆不定。他伸出手，抓住了它，把它套到了自己的头上。一个刽子手的绞索、一棵糖槭树、一堵石墙：哈利·克兰在他的森林绞架上。他从他的钱包里拿出了彩票，让钱包从他手中掉下。它落到墙上弹了起来，最后掉在了地上。

哈利握着彩票。在他的脑海里，他听到了他的判决：被判死刑的官僚、懦弱的丈夫、彩票购买者，你要在这个树枝上被吊死；肉体会从你的骨头上腐烂掉下，你的骨头会变软，变成尘土，这样你就会被分散，永远消失。

大狼的声音突然插了进来："分散？你把贝丝的骨灰像五彩纸屑那样他妈的到处乱撒！"

哈利收紧了绞索，他的身体在颤抖，他脑袋里那些自我诅咒在疯狂地喋喋不休。你所要做的就是牵住她的手，但是你没有。你没有牵住她的手，哈利。你说，在这儿等着，然后穿过马路，抛弃了她。拆迁吊车的加长臂倒塌了。所以，哈利，哈利，把你的灯关掉，哈利。快点，哈利，快点，快点！现在！

哈利松开他的手，让彩票飞了，伸出他的右脚踩向深渊。时间停滞了。

嘿，树上的浑蛋。跳啊！大狼的声音又一次响了起来，就像他在树林里的某个地方一样。哈利扭转套在绞索里的脑袋，四处寻找他的兄弟，粗糙的绳子陷入了他的皮肤。他看见大狼在树干间窜来窜去。但那是不可能的，大狼并不会在那里。走开，大狼，你不在那里。没有人在那里。

哈利弓起身子准备跳下围墙，他抬起头，这是所有发现自己脖子上有绞索的人的最后一种姿态。抻长脖子看了这个世界最后一眼。就在那最后一秒，哈利看到了一样东西——在他系着绳子的那个树枝上，有一个树洞，里面有东西闪着金色的光芒。他眯起了双眼。它是一个小小的长方形的金色物体，上面有文字。

等一下，他想，不，那是不可能的。一个迷你士力架？

哈利知道糖果不是真实的，这只是对心灵的最后一次折磨。那糖果很像贝丝那天在市场大街上想要给他的那种迷你士力架。它不会在那里的，但他还是准备伸手去拿它，好像贝丝又给了他一次机会，把它再次交给他，这样他就可以重回那个时刻，去改变致命的结果，阻止那一天的灾难，抓住糖果和她。

藏在树洞里的救赎。那不是真的，但是他还是伸手去抓了，在抓到之前，两件事发生了。那一瞬间，他的指尖触碰到了一个真实的迷你士力架。他听到了金色包装纸沙沙的响声，感觉到了里面那块冰冷坚硬的巧克力。它是真的！但这并不重要。在他伸手的时候，他踩着长满青苔的石头一滑。

哈利挥动着双臂，努力恢复平衡，但他还是从墙上掉了下来。当他从墙上掉下来的时候，他将双手举过头顶一顿摸索，终于在绳子绷紧之前抓住了它，但肩膀上立刻传来一阵灼热的疼痛。他的双腿开始乱踢乱蹬，双手乱挥乱划，通向永恒的大门打开了——以及最后的视觉影像——一对巨大的天使翅膀在离脸仅仅几英寸的地方展开了，接着就是最后的来自物质的感觉——有羽毛在他的脸颊上拂动着，他的眼睛慢慢地闭上了。

然后，啪啦！他的脖子断了。不。

不！

不，不是他的脖子——而是树枝折断了。当哈利乱踢乱蹬时，绳子松了。他屁股着地地落到了地上，向下掉落的冲击力让他的头向后撞到了石墙的地基，猛烈得足以折断他的头颅。第二次通向死亡的机会。

他看到一颗金色的星星，然后是一个银河系那么多的迷你士力架，闪烁着，最后在黑暗中消失。

他的眼皮逐渐打开了。

关闭。

又打开。

他躺在墙边，盯着天空，脖子上还挂着绞索，绳子另一端还缠在身旁掉下来的树枝上。他的视线终于集中了，他看见一只大鹰从树顶飞起。不是死亡天使的翅膀——是一只红尾鸶。哈利感到这只大鸟仿佛是在另一个世界飞行。接下来的瞬间，他感到了重力和他尚在人世的事实。他的背部一阵疼痛，头痛欲裂。他呻吟着，摸了摸他的头骨。有肿包，没有血。

再摸，他的手指碰到了一个又平又光滑的东西，那不是石头。他支着手肘坐了起来，转过身，摸到一本旧书，是这本书保护了他，让他的头从墙上摔下来时，没有像一个掉下的西瓜那样一摔两碎。他拿起书，靠在墙上，凝视着森林。

他看到了一些东西。

然后，他看到了很多东西。“天哪。”他说。

他先前在森林里茫然地走着，到处寻找着一棵可以上吊的完美的树的时候，他居然没有注意到，不仅仅树洞里有迷你士力架，这里到处都是糖果，树桩上、树枝上、灌木丛中。三个火枪手、好时巧克力棒，彩虹糖、果汁夹心糖，还有装满了饼干的密封零食袋。其中很多都被风化了或者被动物啃咬了。他眯着眼看着几个彩色的小点被压在附近的白松树皮上——M&M 花生巧克力豆。

但在他还没来得及明白其中的任何一种——书、鹰、糖果时，另一个元素进入了他的意识：人。在墙的另一边，声音和脚步声，走得很快。他扶着墙站了起来，从脖子上扯下绞索，把它塞进了岩石和树叶中间。

鹰在头顶盘旋，在树顶周围盘旋，仿佛在向哈利宣示主权。

当哈利在墙上忙着上吊以及上吊失败的时候，阿曼达和奥利安娜就在附近，她们在森林里时断时续地争吵着。她们不是在路上走着，而是在森林里随意踩踏。这是一件好事，当她们跺脚的时候，有很多粗树干把她们分开。

“我不知道我走了这么久，好吗？”当她经过一棵白橡树时，奥利安娜喊道。她用手拍打着树干，生气地看着她的母亲。

“你知道！”阿曼达对她吼道。阿曼达撞到了一根细长的山杨。它屈服于她的愤怒，掉下了一簇干黄的叶子。

她们来到一片空地，面对着彼此，像相扑选手一样，在黑暗中眯着眼睛，都在盯着对面的对手。

“我们需要把一些事情弄清楚，年轻的女士。”阿曼达说。

“我知道你会说什么，”奥利安娜说，“你会说我不应该偷食物，把它们藏在树林里。”

“这不是我想说的。但这是对的，你不应该偷食物。”

“这不是偷窃。我拿的是我的部分。”

“你不是拿走，你是在浪费它们。你把我的钱都扔了。”

她们在打圈圈。

阿曼达说：“但这不是我生气的原因。”

“是我把图书馆的书丢了吗？我告诉过你我会找到的。”

“你找到了吗？”

“还没有。”

“嗯，这也不是我生气的原因。”阿曼达用非常谨慎的语气说。

“那是没有按时做我的家庭作业？那只是一些数学题目，它们很容易。”

阿曼达摇了摇头。“不是。这不是我生气的原因，奥利安娜。”

哦。奥利安娜看了看她母亲的脸。阿曼达的脸很红。妈妈总是能控制自己。但现在，她看起来很危险。奥利安娜停了下来。

“那么，我到底做了什么可怕的事情呢？”

她们周围的世界似乎突然静止了。树木也屏住了呼吸。

阿曼达要爆发了：“不是一件事，而是一切！所有的事情，奥利安娜！我讨厌这片森林。你认为这里会有大事发生，一个巨大的神奇的‘爸爸重现’事件。我讨厌它！”

“我没说那是多大的尺寸。”

“你不要跟我狡辩！这不是大小的问题。是魔法。是你一天二十四小时永不停歇的大脑，不是偷偷地藏糖果，就是一大堆有关童话和森林的废话。”

奥利安娜没有回答。她们继续打圈圈——两名战士在一个古老的竞技场进入战斗——但阿曼达正在慢慢地缩小这个圈子，她准备好姿势要进攻了。

“看看你周围，”她说，“好吗？看，奥利安娜。用你的两只眼睛，看。你知道树林里有什么吗？在你的魔法森林里？树，只有树。普通的动物，普通的灌木丛和该死的普通的树！”

奥利安娜喃喃自语。不是喃喃自语，是念咒语。

阿曼达的脸涨得通红，与奥利安娜的红色上衣不相上下。“你刚才说什么？”其实她知道。她们都知道，奥利安娜说的是什么。

奥利安娜重复了一遍：“坚持。等待。相信。”

这足以惹怒她母亲的话，这短短的一句唱词，像是奥利安娜在释放的咒语，神奇的反抗咒语。

难以置信的是，奥利安娜突然又说了一个词。这个词绝对会引爆她母亲的大脑。有三个音节的那个。

“有翼的。”奥利安娜小声说道，但不是对着阿曼达，而是向着天空说的。因为奥利安娜正仰头望着天空。

阿曼达正准备冲向她的孩子，把她从森林里强行带出来，然后带回家里，在那里，她有足够时间来解决所有的事情。但在她还没来得及行动时，一只巨大的红尾鵟俯冲到她们的头上。伴随着翅膀的影子，巨大的飞羽“呼”地拂过上空。阿曼达赶紧避开了。

但奥利安娜却跟着鹰跑起来。鹰消失在树林里。

奥利安娜穿过了空地，阿曼达站了起来，转过身来，突然停在了树林的边缘。

树林里有人大声喊叫。一根树枝被折断了。阿曼达跑到奥利安娜的后面，把她拉到身边，透过厚厚的糖槭树树叶窥视着……她看到一截旧石墙，上面有一根刚折断的树枝。

……老糖槭树那个巨大的伤疤已经开始往下滴糖浆了。

墙的另一边——一阵干树叶的沙沙声。

阿曼达在她女儿面前保护着她。“喂？”她喊道，她的眼睛盯着地上的一个物体。一个钱包。她把它捡了起来。

奥利安娜也看到了一些东西在树叶上飞舞。她俯下身子，捡起了一个白色的小长方形纸片。

一张彩票。她瞥了一眼正在忙着翻动钱包的母亲。

阿曼达看到了一张带照片工作证，上面印着大大的黑色字母：美国农业部门。下面是林务局。

从墙的另一边发出了呻吟声。工作证上的那个人站了起来。

06

这里竟然有个树屋

受了伤的哈利虚弱地站在她们面前，手里拿着那本书。奥利安娜盯着他，他也盯着奥利安娜。她眨着眼看着那本书。他的眼睛里则映照着那张彩票。她把抓彩票的手指合拢，抬头看着红尾鹭在头顶盘旋，然后又转向哈利。他能感觉到她正在把这些奇怪的点——鹰、彩票、书——联系到一件非常重要的事情上。他从来没有见过这样专注的神情，如此强烈地展现在一个孩子的脸上。

现在哈利的眼睛开始转向那个年轻女孩的……妈妈？是的，她们有同样的金发，同样坚定的面孔。这位母亲很高，她看起来很有力量。就这一点而言，这个女孩看起来也很强大。不，应该是很野。这两个人都有一种野性。跟她们说话啊，哈利想，说点什么，以防她们猛扑过来。她们看起来好像马上要扑过来一样。

他清了清嗓子——可以理解的，因为很痛——说："士力架。"他抬起胳膊，指着糖槭树上的那个树洞，树洞下的伤疤正滴着枫糖。金色的包装纸在阳光下闪闪发光，它在召唤他。"我爬上了墙，滑倒了，抓住了树枝……"他耸耸肩，懊恼地说，"太痴迷于士力架了。"

"哦，我的上帝。"阿曼达边屏住呼吸说道，边思考这一切。这个人——她又看了一眼那个工作证：哈利·克兰——为林务局工作，这片土地，这片森林，在他的保护之下。他们房子后面的这一万英亩的土地，奥利安娜花了这么多时间在里面游荡的林子，是联邦政府拥有的国家荒野地带。这么多年来，阿曼达从未在这里见过一个政府雇员，难道是特工？政府的？这是她第一次见到的政府职员，而且还被奥利安娜的一块士力架给弄伤了。

她看了一眼奥利安娜。“你惹麻烦了吧。”阿曼达咆哮道。

哈利开始摇摇晃晃起来。阿曼达跳上了倒塌的墙，一把抓住了他。他看了看她，有点像做梦。他眨了眨眼睛。

“我叫阿曼达·杰夫斯，我是一名护士。”她说，“当你跌倒时，你撞到了头吗？”

哈利伸手越过阿曼达，从旁边的白松树皮上摘下了一颗 M&M 花生巧克力豆。“我掉在糖果大陆了吗？”

“这是我的游戏！”奥利安娜说，越过墙走到了他们身边。

阿曼达对哈利说：“对不起，我的女儿……这很难解释……她是在喂动物。”

“不是动物，”奥利安娜说，“这是给——”

“奥利安娜！”阿曼达打断了她。

哈利看看皱着眉头的母亲又看看皱眉的女儿，是时候改变话题了。他扬起了那本书。“我发现了这个。”他以前从来没有看过这本书。这是一本企业或者银行的旧账册，但是有人改变了它。“账本”两个字凸印在柔软的、褪色的封面上，但“格鲁的”这几个字是手工绘制的金色字体。

“《格鲁的账本》。奇怪的书。”他说。

阿曼达说：“她读的都是一些奇怪的书。”

奥利安娜点点头：“我爱读书。”

哈利又看了看那本奇怪的手工书，看了看他周围的糖果，又看着那个小女孩。“奇怪的森林。”他说。

奥利安娜更加用力地点了点头。

阿曼达马上挡在了他们中间："不，不，这只是一片非常正常的森林。你的头被撞得肿包了。"

哈利突然注意到，离阿曼达一英尺的地方，他刚刚藏起来的蓝色尼龙绞索，大约有几英寸长的一截露出了树丛。小女孩显然和他非常合拍，马上读到了他脸上紧张的神情，低头看到了那根绳子。她赶紧用她的鞋尖，把绳子轻轻地踩回到树叶里面去了。

与此同时，哈利居然可以奇迹般地一瘸一拐走动了，他离开了墙壁。阿曼达急忙追上他，一把扶住了他。越过阿曼达，哈利打量着奥利安娜。现在他知道这两个女人中哪一个是最危险的了。他不确定到底是什么危险，但是某些他无法感知的东西从这个小女孩身上放射出来。

"等一下，我来看看。"阿曼达说。

哈利故意把《格鲁的账本》掉了，好像是为了打破他和那个女孩之间的奇怪气氛。奥利安娜捡起那本书，她紧紧地握着书，母亲则紧紧地抓着哈利——但紧紧抓住他的心的绝对是那个小女孩。

阿曼达的双手握住哈利的头，用手指在他的头皮上搜寻。他闭上了眼睛。"你脑袋后面有一个大肿块。"她说。当他闭着眼睛时，阿曼达快速地看了一下这张脸。对一位联邦官员来说，这不是一张糟糕的脸。当然，不健康。在日光灯下的时间太长，皮肤苍白。身材不错，但肌肉不够。这也是官僚生活的副作用。他需要的是一点山里的阳光、一些肉和土豆。不是提出提议，而是观察结果。

当她的手指碰到肿块时，他痛得龇牙咧嘴。肿块很大。如果这是罗尼或克里夫，他们的头骨密度大，那么这个肿块就没什么可担心的了。当她的手指离开他的头皮时，她想，多好多浓密的头发呀。当然，这也仅仅是一个临床观察。

哈利睁开眼睛，惊讶地发现她靠得那么近。"我没事。"他说。

"不。你需要去急诊室。"

哈利摇了摇头。“不，我不想去。”他不想离开这片森林。他来这里是为了什么？应该不是为了自杀，他在想。他必须弄清楚这一点。他非常警惕，但同时他也头昏脑涨。这对母女很让人分心。

“头部受伤可不是闹着玩的。”阿曼达说。

“是的。不。对的。”

“如果是脑震荡，克兰先生，我必须把你扛在肩膀上，然后把你带到急诊室。”

哈利看着她。“请原谅，你说什么？难道不应该先做个测试？难道前提不应该是我不能通过测试或者某种神经测试，然后你才能把我撂在你的肩膀上吗？”

“你以前撞过头吗？”

“9 岁的时候。我从院子前的树上掉了下来。一棵水青冈属的山毛榉树，这是美国山毛榉的拉丁语名字。”也许如果他说话非常精确的话，护士阿曼达就会放过他。

一听到拉丁语、美国山毛榉几个字，奥利安娜立马歪过了她的头。现在怎么办呢？哈利想。如果她再盯着他看，她会把他看穿的。她正要说点什么。

但阿曼达首先发言：“谁是美国总统？”

“詹姆斯·布坎南。”哈利说。

阿曼达看着他。

“这是一个笑话。”哈利又说。

“我不开玩笑。”阿曼达说。

奥利安娜看着这个男人和她妈妈的较量，如果这就是他想做的。不管怎么说，这都是新鲜事，而不是麻烦事。

“看，这是个笑话，因为这是宾夕法尼亚州。”哈利说，“詹姆斯·布坎南是唯一出生在宾夕法尼亚州的总统。”

“我不觉得好笑。”

他真的不想被人从树林里带走。那种感觉很快就变得非常确定，一种绝望的肯定。“宾的……夕法尼亚。”他低声说道。

“你在重复你自己。”阿曼达说，她的手像把钳子一样紧紧地抓住了他，“不，不。宾夕法尼亚意味着宾的树林。威廉·宾，他是个殖民的贵格会教徒吧？如果你仔细想想，既然我在林务局工作，我管理这片土地，在某种程度上说，这就是我的树林。”

对阿曼达来说，这是一个脑震荡的男人的胡言乱语，但对哈利来说，这纯粹就是被揭露的真相。他脸色突然变得苍白。“我的树林。”他说。因为这就是事实。他突然明白了这个地方是什么，这些树，这个特别的地方。树梢上吹过的风变成了贝丝的声音，贝丝的低语。

哈利点点头，大声说了出来：“哈利的树林。”

“什么？”阿曼达说。

“哈利的树林。这个地方。”

“不可能。”奥利安娜说，“不对。这是奥利安娜的森林。”阿曼达看看哈利再看看奥利安娜，又回头看着哈利。她马上明白了。“再说一遍。”她对哈利说，“你刚才说什么？”

“哈利的树林。”

阿曼达把他放了下来，走到石墙上，他的钱包放在那里。她把他的工作证拿出来给奥利安娜看。“认识一下哈罗德·克兰——”

“哈利。”哈利说。

“哈利·克兰，林务局。他拥有这片树林。”

“不是拥有，”他说，“是管理。”

“对了。他在这里管理他的树林，奥利安娜。”

完美！哈利想，是的，这就是他到这里的目的。不是把自己吊死在糖槭树上，而是管理他的树。他另半边的官僚大脑开始工作了。“牧场管理、森林资源利用、可持续收益、库存和分析……”

“无聊的政府调调。”阿曼达说，打断了他，也为她自己这脱口而出的话感到吃惊。

“非常无聊，”哈利说，“但这就是我要在这里做的。这就是我的谋生之道。无聊、单调、乏味的树。”奥利安娜拱起了眉毛，哈利避开了她那锐利的目光。

“那么，克兰先生，让我问你一些问题。”阿曼达说，“除了大量的偷来的糖果和饼干，这片森林有什么不寻常的地方吗？以你的专业意见来看，这是一片被施了魔法的森林吗？”

这个问题是什么意思？头上血管一阵阵跳动。这当然是他不愿意向这个护士承认的。但是，等等，从眼角的余光中，他突然看到了一道道的亮光。他的头一定撞得非常严重了，因为他突然看到的这束光真是令人难以置信地怪异。

“妈妈。妈妈。”奥利安娜说。

哈利眨了眨眼睛。这到底是怎么回事？在远处，有五彩斑斓的光束穿过森林。要么这就是一片被施了魔法的森林，要么是他要马上死于脑震荡了。

“妈妈！他能看到它！”

哈利突然向光束奔去。

阿曼达试图抓住他，但她反应不够快，没抓住。“该死的。”她气急败坏地说。因为她忘了，她完全忘记了树林里的那个东西。

哈利在树林里钻来钻去，追逐着那束光的源头。而那光仿佛在树枝、树干和杜鹃花上疯狂地跳跃着。阿曼达和奥利安娜就跟在他身后。在离墙有 500 码[1]远的地方，糖槭树林被一大片山杨树所取代，他停了下来。

他气喘吁吁，惊讶地、紧紧地抓住了一棵小树的树干，抬头望着面前的大片树林。

奥利安娜和阿曼达赶紧刹住脚，在他身后滑了一段才停到了他身后。

---

[1] 码：英美制长度单位，1 码等于 3 英尺，合 0.9144 米。

三个人都站在那里。

“我的树。”他低声说。因为那是一棵巨大的美国山毛榉树，和他童年时院子里的那棵一个模样。它就屹立在他面前，庄严而孤独，屹立在一群山杨树中，像一个巨人站在一堆侍从中间。象腿那么粗壮的灰色四肢伸向午后的天空，树枝向上千个方向延伸，形成一个巨大的树冠。

“水青冈属山毛榉。”奥利安娜说。

“你怎么——？”不，等等，这个山毛榉的树干上有五个分支，而他原来院子里的那棵只有三个。有了这五根巨大的手指，这个地方就像一个巨人的手掌，手掌中是他孩提时所想象的庇护所：弯弯曲曲的木栏杆和在巨大的树干上绕了三圈的楼梯，在 40 英尺高的地方，搭上了一座华丽的树屋。树屋大小像一个大棚。这是完全的不完美，就好像这棵树是在一群木匠的帮助下，随着时间的推移自己有组织地把自己建成了一个房子。树枝穿过地板，从三角形的屋顶上穿了出来。外部是一个不对等的八面形，每个面的外面都是编织好的树枝。哈利看到的光束呢？那是太阳光照在窗户上发射出的光线，窗户的大小和形状各异——三角形、椭圆形、长方形——其中一半镶嵌着五颜六色的玻璃碎片，它们像红宝石和绿宝石一样闪着明亮的光。

“这是非法的。我们知道，我们知道。”阿曼达说。

“我爸爸建的。好神奇吧？”奥利安娜插话，“下午的太阳总是会让它发出光亮。像一块魔法石！”阿曼达接着说道：“但我们知道这是政府的土地。这肯定是不对的。”

哈利转过身去面对她们。他的嘴是干的，他感到头晕，不仅仅是因为他撞到头，而是所有的事情都让他头晕。在过去的 5 分钟里，所有发生在他身上的事情。但现在他知道该怎么做了。他得到了他的“免于坐牢卡”。

“我想坐下来，”他说，“我看到那座树屋上有个烟囱，上面看起来很舒服。我打赌那里有一把椅子，我想坐下来。”

“还有一张小床。”奥利安娜说。阿曼达用手捂住了她的嘴，紧紧地抱住了她。

“是吗？还有一个小床吗？太好了。因为实际上，我想躺下。不是在急诊室，而是在那里。”他对阿曼达说，“我希望你能把我带到政府土地上那又大又舒适的非法建筑里，我希望能舒展身体，休息一下。我的背很疼，但它没有受伤。我的手臂很痛，但它们也没有受伤。是的，我的头上有个肿块。我被撞伤了，但我很好。”

阿曼达点点头。

奥利安娜从她母亲那里挣脱出来，说：“那里有一个炉子，还有水，还有你需要的任何东西。”

“太好了，还有其他东西。我有点头晕，因为我还没吃午饭。”哈利走过去，从附近的月桂树丛中拿下了一条迷你士力架，并把它举了起来。“所以，如果没有异议……”他扯掉包装纸，把糖果塞进嘴里。一束闪烁的光从一扇窗户上反射出来，照亮了空空的包装纸，他的脸沐浴在金色的灯光下。

奥利安娜盯着他。她在脑海中制造了一份与哈利·克兰相关的物件清单，现在这个清单上又多了一件。鹰、彩票、书、士力架、美国山毛榉，还有金色。

哈利看着她。“什么？现在该做什么？”

奥利安娜领头登上了螺旋形楼梯。

07

树屋中的“交易”

树屋是一间单人房，不知怎的，房子很小，却又显得很大，到处都是凹处和缝隙。树穿过房子中央，外露的五根树枝就像希腊神庙里的柱子一样。两个布满灰尘的天窗开向山毛榉的树冠，树冠在离树屋屋顶至少一百英尺高的地方。再过两到三周的时间，树枝会长出浅绿色的叶子，明亮的阳光会透过茂密的树叶，变成斑驳的光线。

树屋的形状很奇特，许多奇形怪状的窗户把房间给照亮了，屋里有简单的摆设，这让小树屋变得别具一格、别有洞天。一张小床、两把粗糙的用手工削制的木头做成的阿第伦达克椅子、一张三角形的桌子、一个小小的厨房区，里面有一个古老的铸铁大肚炉。

哈利躺在小床上，盖着一条羊毛军毯还瑟瑟发抖。在房间的另一边，阿曼达跪在火炉前，划着了一根火柴，点燃了一堆桦树树皮和松叶来生火。奥利安娜坐在小床边的阿第伦达克椅上，《北美森林野外工作指南：东部地区》放在她的膝盖上，这是她从门边的矮书架上取来的。书架上摆满了各种各样的野外指南：关于哺乳动物、昆虫、鱼类、蕨类植物、地质学、恒星和行星的。在过去的 5 分钟里，她一直在出题考哈利。

火被点燃了，烧了起来。阿曼达又加了些大木棒和一根小圆木，调整了烟道，站了起来。“够了，奥利安娜。让克兰先生休息。”

“没事的，”哈利说，“我喜欢谈论树木。”他正好希望这个女孩忙碌的大脑被占用和转移。

“Fraxinus americana。”奥利安娜说。

“美洲白蜡树属。”哈利说。她想用树的拉丁学名把哈利难住。

“美国椴木。”

“Tilia americana，”哈利说，“而且告诉你一点关于椴树的知识。这些花有很多花蜜，蜜蜂喜欢它们。在美国的一些地方，它们被称为‘蜜蜂树’。还有，在威廉·宾的时代——”

“宾的……夕法尼亚。”奥利安娜说。

“对，在宾先生的时代，他们用椴木的内树皮，叫作韧皮部，来编织篮子和垫子。”

阿曼达听到他们这一来一去的对话。“奥利安娜，让他休息，看着炉子，别让火灭了。我很快就回来。”但他们几乎没有听到她的声音。阿曼达走出门，沿着螺旋楼梯下去了。她得回到家里去拿抗生素软膏、创可贴、布洛芬——护士的天性让她不能不给哈利治疗——还有一些热的食物。

“山核桃树。”奥利安娜的声音传来。

“山核桃属，”哈利回答说，“顺便说一下，山核桃树也叫——你准备好了吗？——甜山核桃、海岸山核桃、光皮山核桃、沼泽山核桃和扫帚山核桃。它有梨形的坚果，在秋天的时候成熟。野生动物非常喜欢它。”阿曼达在山毛榉树底下停了下来，心满意足地听着，这是一份礼物——这个“森林人”给奥利安娜的森林带来了一定程度的秩序和现实。

当然还有迟钝。她不想说这么残忍的话，但事实上，联邦雇员哈利·克兰背诵的这些树木知识，有点无聊。但是依然有人嫁给了他——他戴着结婚戒指。可能是另一个联邦雇员。阿曼达从树林里走了出来。

树屋里面，哈利把手伸到头后面，摸到了一根巨大的穿过房间的树枝。树总是有一种让他感到惊讶的品质：恒定的体温。在冬天，树木从不会摸起来很冷，而在夏天，它们也不会散发任何它们吸收到的太阳热能。恒温是它们活着的有力证据。它们不是岩石，会在正午的太阳下变暖，或在冻结的溪流中变冷，它们能像人一样自我调节温度。想象着树木有灵魂，这是一个小小的飞跃。

他拍拍那根树枝，闭上了眼睛。那个小女孩不再用树的名字来考他了。他能听到她在房间里走来走去，摆弄着炉子。房间已经开始暖和起来了。

奥利安娜从一扇椭圆形的窗户看出去，正好看到她母亲从树林里消失，她瞥了哈利一眼，然后折回到书架那里。这些野外指南都是她父亲的，它们被翻得很脏，像其他所有的东西一样。书籍不是神圣的东西，它们是有用的工具。当迪恩和奥利安娜一起走进森林时，他们会带上一本。他想让奥利安娜成为森林里的精灵，而不是一个愚蠢无聊的生物。他会问她各种问题，就像她一直在问哈利·克兰。

她把《西布利鸟类指南》抽了出来。封面上的插图是一只雄伟的红尾鹭在飞行。奥利安娜的心突然怦怦乱跳。在过去的一年里，奥利安娜想到过很多迪恩可能成为的动物。也许他是这个，也许是那个。一只甲壳虫、一只蝙蝠、一只猫头鹰。现在她知道了，她用自己的眼睛看到了他——她爸爸，是一只，有翼的，红尾鹭。

她读了那么多童话书去寻找线索，但答案就在这里，在他的一本书里。它是如此完美。在飞行时，会张开双翅，封面上的这只大鸟是强有力的。胸部很宽，肩膀非常结实，像爸爸。还有红色的尾巴。爸爸是红色的。

奥利安娜用嘴唇轻轻触碰了一下《西布利鸟类指南》的封面。

坚持。等待。相信。在过去的一年里，她做到了，最后爸爸奖励了她。

她放下了《鸟类指南》，捡起了《格鲁的账本》，书正放在阿第伦达克椅子的扶手上。她走到小床边，打开书，把书拿到了离哈利鼻子几英寸远的地方。她用脚踢了一下小床。“在妈妈回来之前，我们需要快点说。”

哈利吓得赶紧睁开眼睛，发现格鲁正盯着他看。奥利安娜已经把《格鲁的账本》打开到第一页，这里有书里唯一的插图，用黑色的墨水画的。画里是一个古老的、毛茸茸的，像精灵一样的生物——格鲁——坐在一堆金币上，孤独地盯着任何在看这本书的人的眼睛。

“这是你吗？”她说，“你是格鲁？告诉我是或不是。”

哈利把书推开，坐了起来。“嘿，天哪，你怎么了？”

“我的意思是，有可能你已经变成格鲁了，这在某种程度上是说得通的。虽然你看起来不像格鲁。好吧，你的眼睛，也许是鼻子很像，但是你个子太高了。毛也没有他那么多，但是生物们会转化成其他生物。你是格鲁吗？”

“我们在这里玩游戏吗？我没有孩子。”哈利说，“我不懂小孩子说的话。”

奥利安娜眯起眼睛。“你没有说是还是不是。但我敢打赌，你就是。”

“别打扰我，好吗？你可能已经忘记了，我刚从树上掉下来砸到了头。”他小心翼翼地轻敲着他的头骨。

“不，你没有。你没有摔跤。我看到发生了什么。我看到了一切。”

好了，我们开始吧，哈利想。现在他陷入了困境。一方面，他拼命地想要走出这个树屋，跑回他的车里，因为奥利安娜是较真的。但另一方面，你知道吗？他也清楚。是贝丝把他带到这片森林的。他终于找到了哈利的树林，他很想留在这里。即使护士阿曼达会发现他试图上吊，会把他拖到急诊室。不，更糟。他想象着一个乡村的精神病房。他们在山里可能还有禁闭处。

奥利安娜从小床边退后了几步。像夏洛克·福尔摩斯一样盯着哈利，通过放大镜仔细地观察着线索，然后分析案情。“好吧。所以，第一，哈利·克兰试图上吊自杀，而我爸爸救了他的命。为什么？”

她爸爸救了我的命？什么？哈利想。

“第二，哈利·克兰发现了《格鲁的账本》，奥利安娜·杰夫斯找到了彩票。为什么？”

哈利的腋窝突然直冒冷汗。彩票，他不幸的护身符。“不，不！你得把它还给我。别胡乱摆弄那个东西，真的。”

“为什么？”

“那是个不幸的东西。”

她带着胜利的表情用拳头砸向自己的手掌。“我就知道！我知道这一定是魔法。”

“我说，不幸。”

“不幸是一种魔力。”奥利安娜闭上眼睛，说，“十一，二十九，三十六，六十七，五十八。”突然停了下来，“十五。”

“那是什么？你在做什么？”

“你不知道？”

“嘿。奥利安娜·杰夫斯。我试着上吊。我只吃了一个迷你的士力架。你说的是谜语。”

“这是你的号码。你彩票上的号码。”

“把它还给我。”

奥利安娜把她的红色夹克口袋翻了出来，又把她的裤子口袋也翻了出来，一直盯着哈利的眼睛。“我把它藏了起来。我可会藏东西了。我把它藏在了那边的树上。”她指着一扇巨大的三角形窗户，“它就在奥利安娜的森林里。不管怎样，如果里面有不好的魔法，那就太迟了。因为我摸了一下，我记住了。这些数字已经记在内心深处了。”

哈利无言以对。

“魔法通常很快就能起作用，”奥利安娜继续说道，“就像睡美人把手指放在纺车上一样。或者白雪公主咬了一口苹果。但我没有睡着，也没有变化，也没有发生其他什么不同的情况。”

睡美人吗？哈利想，白雪公主？

“这意味着——它的魔力只会在你身上起作用。”她停顿了一下，沉思着，“肯定是这样的。一定是这样。这张彩票的魔力让你想上吊，不是吗？”

哈利抓住了小床的金属边缘。他几乎能感觉到树屋，被女孩那奇怪的、炽热的大脑里不断咯吱转动的齿轮所带动，开始天旋地转。但是我的上帝，从某种程度上来说，她是对的。彩票的魔力，他不幸的护身符，最终把他带到了糖槭树林——手里拿着绳子。

“你知道我是怎么想的吗？”奥利安娜说，“我应该留着它。这就是它来找我的原因。如果我留着它，你就不会再去尝试任何的绞索了。”

她说的话有一点道理：她拿着这张彩票——不管这张彩票有什么疯狂的能量让他爬上墙，脖子上挂着一根绳子，这些能量最终已经消散了。

但有些事依然是没有道理的。好吧，事实上所有这些都没有道理，但还有一件事是完全不可能的。“刚才你说你父亲救了我。”他回想起墙上的那一刻，绞索套在脖子上。士力架。树枝断裂。“我是独自一人。没有人救我，你在说什么？”

奥利安娜没有回答。相反，她转过身来，把手放在一根粗壮的树枝上，那根树枝穿过了树屋的地板。哈利颤抖了，不知怎的，他居然觉察到了来自山毛榉粗糙的树皮下的交流，直达他自己的指尖。

她一直把她的手放在山毛榉上，仿佛她也觉察到了这一点，知道直达哈利内心的方法就是通过树木。树木，是他们所拥有的特殊的共同语言。树屋在风中抖动，来回摇摆，就像一个轻轻摇动的摇篮。她说：“你什么时候爱上了树？你父亲教过你吗？我的父亲教过我。”

他指尖的那种感觉——真实的或想象的——突然消失了。

“即使有棵树倒在他身上，我父亲也不会知道那是什么树。”哈利常常希望会有树倒在他身上。尤其是要倒在他那辆雪佛兰赛特 X-11 上，因为杰弗里·克兰在购买它的那一天，抛弃了家人。

“你的美国山毛榉，”奥利安娜说，“在你家前院的那棵树上，你父亲也给你建了一座树屋吗？”

“我告诉你，他对树木不感兴趣。我们不是要谈论我的父亲，而是你的父亲。”

“你小的时候有一棵山毛榉树，现在我也有一棵。你爸爸给你建了树屋吗？告诉我。”

“没有，他没有。”在他的脑海里，哈利看到了他童年的那棵树，看到自己安然坐在它强大的臂膀中。他眨了眨眼睛。

“什么？”奥利安娜说。

哈利越过她，抚摸着山毛榉树的树枝。他的手指在树皮上移动。奥利安娜闭上了眼睛，仿佛这一次是她通过树枝从哈利身上得到某种信息。她说：“告诉我。”

“我父亲从来没有为我建过树屋，但是他做了一件事，很小的事，甚至都不是为我。我知道不是为了我。”

“你的父亲在你小的时候就死了吗？”奥利安娜的声音像是耳语。

“不，”哈利说，“嗯，也可以这么说。他消失了，当我在你这个年纪的时候。”

“消失了。”

“等等。不。错误的用词。不是以某种神奇的方式消失的。不是像一团烟雾一样消失，而是他离开了我们。开车走了，再也没回来。”

奥利安娜终于明白了。“你再也没见过他。”

上帝啊，这个孩子要把他引到哪里去？这个孩子有点，有点让他受不了了。

“听我说，”他说，“不管你怎么想我们之间的这种神奇的联系，不管你认为我是什么，我都不是。好吧，我是某个人。一个人。不是格鲁，不管那是什么，什么样的秘密的魔法任务，你在编造故事……凭空捏造。”

奥利安娜依然坚持不懈。“你爸爸在你的山毛榉树上给你留下了什么？”

“他名字的首字母。就这样。JC。他把它们雕刻得高高的，有一天我发现了它们。”

她伸出手，抓住哈利的手，领着它摸到了山毛榉树树干的另一面。在光滑的树皮上，他摸到了两处伤疤，已经愈合有一到两年了。是字母。哈利用指尖摸着它们。“D，”他说，“和 J。”

“我爸爸的名字是迪恩·杰夫斯。”

哈利深吸了一口气。

“妈妈随时都会回来，”她焦急地说，“我们还有很多事情要弄清楚。”

“这不是‘我们的’事！这只是‘我’的事情。我，哈利·克兰，来这里自杀！这和你没有任何关系！”

“彩票引导你来到这里，因为我父亲可以救你。”

“如果他都不在这里，他是怎么救我的！”

她盯着一扇小小的椭圆形的窗户看了很长时间。没有看着他，她继续说道：“我穿过树林的时候，你站在石墙上，准备跳下去。但是你没有。因为你看到了士力架，你伸手去拿它。”

她转过身来，用让人无处可逃的目光盯着他。“当你看到士力架的时候，你不想死。当你滑倒的时候，你抓住了绳子，坚持着。你坚持着，用尽全力在踢蹬，直到你把树枝弄断了。”

哈利摸了摸他的脖子。“好吧，也许吧。我想这是一种解释。”

“这就是他救你的方法。我并没有把士力架放在树洞里，那太高了。”她挥手让他到窗户这里来。当他走到她身边，她指了指，后退了几步。他向外望去。他可以在山毛榉树周围的树林和灌木丛中看到许多糖果和果汁袋，但所有这些糖果都只在奥利安娜踮脚能够到的高度。

“他把它放在了树洞里，”奥利安娜说，“我爸爸把士力架放在那里了。”当哈利从窗口转过身来，她把《西布利鸟类指南》递给了他。书的封面上是一只红尾鵟。

这只鹰似乎准备从书页上跳下来。哈利立刻被拉回到石头墙和糖槭树那儿。他感觉到有羽毛拂过他的脸颊，听到了翅膀的拍打和颤动的风。他眯起了眼看到了那一抹闪闪的金光。

“爸爸为了你才把它放在了树洞里的。他让我们相遇。他把我带到了你的身边。”

“奥利安娜。”

“你现在相信我了吗？”

“不。”

“嗯，你必须！你没有选择。你知道为什么吗？你知道还有什么吗？”

哈利靠在山毛榉树上稳住了身子。

“你的魔法彩票！”她的眼里充满了泪水，狂热而绝望，“上面的日期？是你买彩票的日期？那是我父亲在雪地里死去的日期。我的爸爸，迪恩·杰夫斯，在雪地里做了翅膀，变成了一只红尾鵟。

“然后，他把士力架放在树洞里，他救了你的命。你知道的！”

哈利张开嘴，又闭上了。他抬头望着天空，望着山毛榉树的树冠，望着那无云的天空。时间又切换了，他看到贝丝穿着红色的外套，她试图递给他一块金色的迷你士力架。时光再次切换，他看到一只红尾鵟在头顶盘旋，它的爪子抓着一块金光灿烂的金色士力架。

奥利安娜从他手中夺过《鸟类指南》，把《格鲁的账本》推给了他。哈利紧紧地握着它，仿佛在拼了命地抓住它。

“我们必须读它，”奥利安娜说，“我们必须把所有的事情都弄清楚。”

他们听到了阿曼达到达山毛榉树底部的声音，她开始登上了螺旋楼梯。

哈利把书推给奥利安娜，又跳回床上。奥利安娜爬到阿第伦达克椅上，把《格鲁的账本》放在座位上，一屁股坐在上面，但她突然意识到手里拿着的是《鸟类指南》，她马上冲到书架上，把它放回去，拿起了

《树木指南》。

阿曼达走了进来，带着一个装满补给的塑料袋，陡峭的楼梯让她喘不过气来。她看到奥利安娜在翻阅《树木指南》，然后，看到哈利躺在小床上，军用毯子拉到他的下巴上。

“嗯。她把你难住了吗？”

“被难住无数次。”哈利说。

“也许是因为你头上的肿块。”

“也许。”他说。

阿曼达清理了他的擦伤，并消了毒，贴上了创可贴，她还给了他一颗布洛芬。现在他正在吃炖肉。

“以前从来没有吃过鹿肉，”哈利说，“味道不错。”

“很高兴你喜欢。”阿曼达说。

她伸手去拿哈利手里的空碗，把它递给了奥利安娜，奥利安娜把它拿到了水池。

“好吧，”阿曼达说，“我们别兜圈子啦。你打算怎么处理我们的非法小树屋？”在小水池里洗碗的奥利安娜专心地听着。

“留在这儿。”

这让阿曼达很吃惊。“什么？”

奥利安娜在她身后挥舞着拳头，静静地做了一个“耶”的口型。哈利并没有理会她，把注意力集中在阿曼达身上。“我本来打算住在斯克兰顿的快捷假日酒店。”

“但现在你想留在这里，这外面。很抱歉，你看起来像坐办公室的人。”她盯着他的手，没有一个老茧。她的目光停留在他的结婚戒指上。

“是的，我是，但随着开支削减和裁员，办公室职员不得不进行更多的实地调查。这片土地——A803 号荒野——已经 10 年没做过实地评估了。摄影测量和遥感数据必须与实地数据相结合，实地数据必须来自徒步测绘、测斜仪和探木钻。”

哈利看着她呆滞的神情。好。他希望他已经骗到了她：哈利·克兰并不有趣。哈利·克兰不是想把自己在糖槭树上吊死。哈利·克兰是隐形的，所以不要打扰他。走吧，把你那烦人的女儿带走。

“是这样，”他说，“如果我要在树林里待着，那还有什么比这儿更好的地方呢？顺便说一下，我不是生来就待在办公室的，我有一半的林业培训是在户外进行的，很明显，而且，老实说，斯克兰顿的汽车旅馆，我一分钟都不想待。”

“我明白了。”

“我们也讨厌斯克兰顿，除了火车博物馆。”奥利安娜说。

“我有生活费用补贴，”哈利说，“但是，我不打算出汽车旅馆的钱，我付钱给你。”

“这里没有冰箱，”阿曼达说，“没有洗手间，也没有热水。”

“好吧，所以也许你拿不到全部的租金。”

她几乎，但不完全是，笑了。“你的妻子会怎么想，你住在树屋里？”她说。

哈利摆弄着他的结婚戒指，然后抬头看着阿曼达。“这正是我所需要的。她认为我在办公桌子后面待太久了。”

哈利从他的口袋里掏出了手机，好像是打算给她打个电话。一个谎言，但实际上，今天他不确定任何事情。今天，没有确定的事情。石头墙不稳定，糖槭树的粗枝也不结实。还有——告诉她关于贝丝的事吗？不。太多了。阿曼达也没有提及她的迪恩，他也不会把贝丝说出来。

“所以你会在这里住……”

“三周……”他凭空胡说了一个数字，这个时间似乎足够让他来重组和思考他的下一步。

“三周后，我们就不需要拆掉它了？即使是违法的？”

“三周后，政府将对这座树屋视而不见。”

“妈妈，答应他。”

“还有一件事，”哈利说，现在他直接看着奥利安娜，“所有的拉链袋和糖果包装纸——这叫乱扔垃圾。乱扔垃圾是违法的。”

现在阿曼达笑了。“她会把它们清理干净的。是吧，奥利安娜？”

奥利安娜看着这两个成年人，然后，点头同意了这笔交易。

夜间，奥利安娜穿着睡衣，站在她的卧室窗前，望着漆黑一片的外面。

“我能看到他的灯光。你看到了吗，妈妈？”

“是的。”

阿曼达把奥利安娜推上了床。

当她走过窗边时，阿曼达停了下来。月亮，一颗星星，还有一盏遥远的煤油灯在微弱地闪烁。很好，不错。你想待多久就待多久，哈利·克兰。坦白地说，我可以收租金了，你可以在树林里用几周的时间来清洗一下你的肺。也许你的头发会长一点。你的头发很好，阿曼达脸红了，想到她的手在哈利的头上摸过。你的头发很好，我敢打赌你的妻子会喜欢它长长一点。这个人结婚了，阿曼达提醒自己，无聊的人。她又看了一眼月亮。但对一个无聊的人来说，他确实知道如何让一天变得有趣。

哈利坐在阿第伦达克椅子上。他戳了一下炉火，向窗外望去，森林的夜晚。他可以看到杰夫斯家的灯光。然后灯熄了。

睡觉的时间到了。他疲惫不堪。托兰、贝丝，这片森林和树屋。天哪，他想上吊自杀？漫长的一天。他躺在小床上，倒在枕头上。

他头撞到什么东西，这是他在同一天第二次了。他把手伸到枕头套子里，拿出了《格鲁的账本》。这个孩子，她的思维方式，不能解释的不屈不挠。他一定会找到原因的。奥利安娜去想她想要的东西，不管那是什么。他去想他想要的东西，就是待在这片树林里。

他们想要的是同样的东西吗？他知道他不应该让这种想法出现，但事实就是如此。

哈利的树林。奥利安娜的森林。

他们是走了两条不同的路到达了这片森林，还是一条同样的路？

哈利的彩票。奥利安娜的书。

他把《格鲁的账本》翻开到第一页。格鲁就坐在那里，带着他那双忧郁的眼睛。我的上帝。哈利并不想去看这本书，但开篇的第一句话就在这个生物的下面，在白色的书页上，一串用黑色的墨水写的大字，歪歪扭扭的。是因为年龄大了，还是因为情绪呢？他静静地读着："在不知道多久以前，在绵延不绝的大山里……"你几乎可以听到他们疲倦的窃窃私语。

不。他合上了书。他才不需要一个让他费尽脑力的格鲁。如果那个小女孩认为他要读她那本该死的书，她就错了。他把它扔到阿第伦达克椅子上，然后背对着它。书轻轻飘落，仿佛格鲁在他身后呼吸，一声叹息。

够了，够了。哈利闭上眼睛，山毛榉树托举着他。不久，他就在奥利安娜的森林里睡着了。

08

幽灵图书馆

“在不知道多久以前，在绵延不绝的大山里……”欧丽芙·帕金斯边说着，边在她那破旧的布书包里四处摸索，摸出一把大铜钥匙。欧丽芙是一个 79 岁的瘦骨嶙峋的老人。她佝偻着身子，透过她的近远视两用眼镜，眯着眼睛，对准了普拉特公共图书馆那厚重的橡木大门中间的铁锁眼，像穿针一样把钥匙插了进去。这座图书馆建于 1910 年，那时候书籍是神圣的，图书馆看起来和斯克兰顿新古典主义风格的老银行一样，或者像是富人墓园里的一座豪华陵墓。

陵墓。目前，普拉特公共图书馆的确就像座陵墓。欧丽芙打量着曾经辉煌的石灰岩外墙，外墙上那一道道绿色的纹路是曾经华丽的铜质排水沟和下水管下垂漏水后留下的痕迹。一块风化的天台顶砖掉了下来，摔碎在已经歪斜的大理石台阶上。

“不知道多久以前。”她又叹了口气，用她穿着便鞋的脚把砖踢到一边。她把钥匙放回包里，瘦骨嶙峋的肩膀顶在大门上，推开了门。她叹息着，门也叹息着回应她。有时候，这就是欧丽芙在人世的所有对话。

两声叹息，打开图书馆，再两声叹息，关闭图书馆，中间几乎没有其他声音。

欧丽芙是镇上的图书管理员，或者是“幽灵”图书馆的管理员，正如她自己不那么高兴的时候所说的那样：“我是书籍陵墓里的幽灵。”好吧，这个小镇有时会让你失去所有的快乐。2010 年，新米尔福德几乎要关闭这座图书馆，欧丽芙握着她的拳头向镇议会抗议。

那天晚上，她从折叠椅上站起来，走近七名镇议会成员，一拳头捶在那张铺有桌布的桌子上（桌布下面的桌子事实上是三段胶合板搁在一个锯木架上），用锐利的眼光把每一个成员都盯了一遍，然后她退下去，抱着胳膊站在那儿。

“一个要关闭图书馆的小镇。你们真丢脸！”她喊道，事实上这还算不上喊，因为她的声音，由于几十年来给小朋友读故事以及抽她的海泡石烟斗而变得沙哑和低沉。海泡石烟斗象牙色的斗钵上是手工雕刻的马克·吐温的头像，这位作家目光如炬。她喜欢坐在齐克山她的小隔板房子门前的台阶上，看着日落，抽上一钵烟，或者是在日出的时候，或者是当她那把老骨头在夜里把她痛醒，痛到无法入睡，或者寂寞到无法入睡时。

镇议会主席是斯图·吉普纳，他是无尽梦想房地产公司的助理经纪人。“我们不能维持图书馆，不能付给你薪水，欧丽芙。”他说，用他那尖锐的鼻音，“国家没有钱，这个城镇也没有。我们只是小城镇的商人、奶农和采石工人。”当看到布莱尔·彼得森从桌子的一端探出身子，扬起眉毛时，他迅速地补充道，“还有食品和加油站的领班。”

欧丽芙说：“所以你们不想给我付工资，不想付电费和暖气费，是这个意思吗，斯图？”对于精明得五分钱都要算清的斯图，她不该在他七年级时给他推荐《本杰明·富兰克林自传》，让他有了那本书的读书报告。她知道，斯图一直在关注和盘算着如何拆除普拉特公共图书馆，因为普拉特公共图书馆坐落在城镇中心的一块极佳的地段上。她不止一次在图书馆那里碰到斯图，他像一名丧事承办人一样，在停车场里来回踱步，步测着墓穴的大小。

“我很抱歉，但这是完全正确的，欧丽芙。”斯图回答。他看起来就像秃鹰在对它的猎物道歉一样。

“那就只让暖气和灯开着吧，我不需要镇上的钱。”但她需要图书馆，比食物或氧气更需要。孩子们也需要书，不管他们的父母理解与否。住在山上的大人们也仍然有智慧和能力打开一本书来阅读，即使这些镇议会的傻瓜从未读过任何比手机推特上的废话更为复杂的内容。

因此，随着斯图手中小木槌“砰”的一声——上帝让他喜欢上了官方小木槌的声音——它让欧丽芙·帕金斯从一个低收入的图书管理员变成了图书馆唯一的志愿者，一个让图书馆的灯一直亮着的鬼魂。她的生活方式并没有因此而改变什么。她在好意商店买毛衣，在房子里用木头取暖，自己做面包，在狩猎季节对邻居们送她的鹿肉和火鸡表示感谢。和其他所有人一样，她有一个巨大的肯莫尔牌冰柜，里面装满了野生草莓和黑莓，还有她在阿克湖捕获的那些白色的太阳鱼。

“一个傻瓜和笨蛋。”欧丽芙抱怨道，她指的是斯图·吉普纳，当她打开图书馆的灯时，就会回想起那次会议。旧的荧光灯管先是闪烁不定，然后开始嗡嗡作响。呃——好刺目的光线。她回头瞪着灯。“荧光灯，”她说，“发明荧光灯管的人应该被扔进萨斯奎汉纳河。”

作为一名图书管理员，她根深蒂固的本能就是查找事实。欧丽芙突然迫切想知道谁发明了荧光灯管，所以她连外套都没披，就直接去了参考书区，在1980年出版的《世界图书百科全书》中搜索“荧”字，这套二十二卷的图书是她为图书馆做的最后一笔重大采购。

她肯定不会在图书馆唯一的那台电脑上查维基百科的，如果能不用，她是肯定不会用的。

她坐在梯凳上，用手指翻寻着百科全书的书页，突然她在“佛罗伦萨，意大利”词条那里停了下来，开始阅读有关大教堂的故事，还有米开朗琪罗的大卫。10分钟后，她突然想起了她原来的任务，并责备自己，迅速地翻到了“荧光灯”词条那一页。

“彼得·库珀·休伊特，”她大声朗读出来，“休伊特利用了19世纪中期的物理学家尤利乌斯·普吕克和吹玻璃工人海因里希·盖斯勒两人的成果，发明了荧光灯。”

欧丽芙抬起她的头，看着油漆剥落的天花板深处那条闪个不停的灯管。“盖斯勒？在梅普尔伍德墓园就有一个盖斯勒。不，不，那是盖茨勒。阿尼·盖茨勒是养羊的。的确，曾经有过一个脾气暴躁的浑蛋，暴脾气的阿尼和他暴脾气的山羊。”她的眼睛又回到了百科全书。“休伊特在19世纪90年代末发明了水银管。嗯，是的。哦，天哪，他加入了西屋电气公司。好吧，那是你的末日，休伊特先生，你出卖了你的灵魂，他们辱没了你的好名声，现在没人记得你了。”

她合上百科全书，抓住了书架，随着一声呻吟，把自己拽了起来。当她转过身来的时候被吓了一跳，一个幽灵从图书馆入口的晨光中飘了进来，她紧紧地抓着她的书包，吞咽着口水。

既然是图书管理员，欧丽芙拥有一个思维非常缜密的头脑。她系统地研究了一下各种可能性。是死神吗？欧丽芙一直相信，当死神来找她的时候，他一定会从普拉特公共图书馆的前门进入。她伸手摸了摸心脏，仍在跳动，没有死。那么另一种可能性：浣熊吗？它们都在房梁上呀，这些小恶魔已经把这里当成了家。还是奥利安娜·杰夫斯？

“奥利安娜，是你吗？”

在过去那让人心碎的一年里，奥利安娜·杰夫斯是普拉特公共图书馆最重要的主顾。欧丽芙应该对斯图·吉普纳说：“你不认为图书馆里的灯和医院急诊室的灯是一样的吗？你为什么不明白这一点，你这吝啬的傻瓜？”

通常情况下，当厚重的橡木大门被打开，有人（通常是邮递员，或者是一些急需洗手间的人）走进普拉特公共图书馆时，都会有一股阳光，一股明亮的刺眼的光线，闯进图书馆这片昏暗和寂静中。但是当奥利安娜·杰夫斯穿过大门的时候，强烈的光线变成了月光和星光般柔和，书架上所有的书都纷纷鼓翼醒来。哦，开心，它们争相低语，一个读者。

欧丽芙将会笑着朝奥利安娜挥手。“是我最喜欢的顾客吗？”她会喊道，“是奥利安娜吗？是勇闯雪山堡，戴着羽毛冠的，像青蛙公主蒂安娜、灰姑娘辛德瑞拉、雅典娜、白雪公主般的奥利安娜·杰夫斯吗？

“你可以叫我奥利安娜。”奥利安娜会回答，然后也会朝她挥挥手，她喜欢欧丽芙·帕金斯。欧丽芙所有的一切都是美好的：她有难以置信的皱纹，散发着烟斗烟草的味道，她突然笑起来会把你吓坏，她讨厌电脑，但是她会用它搜索萨斯奎汉纳县的馆际互借，寻找你想要的而普拉特公共图书馆书架上并没有的书。而且，她还会说脏话。

“哦，我可以叫你奥利安娜吗？我可以吗，只是奥利安娜？”欧丽芙会回复。奥利安娜喜欢欧丽芙的一件事是，欧丽芙把她当一个成年人，用握手来问候她，她让奥利安娜直接叫她的名字。“这就是名字的作用，”欧丽芙解释说，“如果你不使用它们，它们就会在西风中枯萎和飘走。”奥利安娜喜欢的另一件事——欧丽芙总是像一本书一样说话。“在西风中枯萎和飘走。”与欧丽芙相比，其他的成年人都只会抱怨。欧丽芙会走上前，握着奥利安娜的手，越过她瞟向坐在蓝色小货车前排的阿曼达·杰夫斯。欧丽芙会挥挥手，阿曼达会略微地点点头，然后开车办杂事去了。阿曼达并不是欧丽芙和她的图书馆的粉丝。

欧丽芙和奥利安娜的图书馆仪式总是一样的：问候、握手，然后就是回声。欧丽芙知道，仪式和例行公事对一个被悲伤和月光笼罩的孩子来说是非常重要的。奥利安娜会穿过那块斑驳的棕色油毡地板——这是20世纪50年代图书馆改造的一出闹剧——走到借还处，把她怀里抱着的书滑进借书槽。书撞在金属车上的声音会在图书馆大理石墙壁间回响。在回声中，奥利安娜会拍拍她的手，让图书馆再次回响起她的拍手声。在欧丽芙的图书馆里，奥利安娜被鼓励做一些事情，比如大声拍手。

“你有这个特权。”欧丽芙告诉奥利安娜。她在迪恩·杰夫斯死后如此频繁地出现在图书馆。“我代表官方宣布你是本图书馆第二等级的‘求知读者’。我是第一等级的‘求知读者’，因为我读完了整个《牛津英语词典》中超过 30 万的词条。但我花了 8 年时间，孩子，所以你不要灰心丧气。作为一个第二等级的‘求知读者’，你有一些不可剥夺的权利和特权，其中最重要的是，只要你愿意，第二等级的‘求知读者’可以在这个图书馆里拍手。”

然后，欧丽芙开始带着奥利安娜在图书馆到处转悠，展示能够得到回声的最佳地点。因为没有人进来，所以没有人打扰。她们拍手，然后高声大笑。

欧丽芙对她喊道：“哪天我会在这里开一枪。那个回声肯定不得了！我要射杀住在阁楼上的浣熊。”她指了指非小说类书架上方天花板上一个越来越大的洞。奥利安娜抬起头，看到一双闪闪发光的眼睛从黑暗中警觉地往外看。

“这可不是个好主意，”奥利安娜说，“因为你不知道那只浣熊也许是什么人变的。”

奥利安娜知道阿克特翁，这个希腊神话中的猎人最后变成了一头雄鹿，而奥德修斯的同伴则都被女巫喀耳刻变成了猪，还有《青蛙王子》《美女和野兽》《被施了魔法的蛇》[1] 和《金螃蟹》[2]，都是这样。

“是的，是的，变形，但我很确定，”欧丽芙说，“在我的墙壁和天花板上奔跑的浣熊一直都是浣熊。不是所有的动物都是一个被施了魔法的人，你觉得呢，亲爱的？”

奥利安娜咬着嘴唇，扯着她的马尾辫。“我不知道。但我想，在这里会有更多的人被施了魔法，会比一般的地方要多，因为我们有很多森林。你知道吗？夜晚的星星都会多很多。我们有山脉和峡谷，但是我们的山更像大山，因为我们住在阿巴拉契亚山脉的盆地。”

欧丽芙咂着嘴：“你是一个非常聪明的孩子。”奥利安娜笑了：“但这里很特别，有这么多山和星星，你不觉得吗，欧丽芙？我们就生活在

[1] 原文为 *The Enchanted Snake*。

[2] 原文为 *The Golden Crab*。

这恩德莱斯山中。绵延意味着无穷无尽。无穷无尽意味着什么事情都会发生。”

欧丽芙有一股冲动，想从期刊架上拿起一本杂志来扇灭这个孩子头脑中不切实际的幻想，但转念一想，奥利安娜正经历一段艰难的旅程，只要她有一本书，她就不会受到伤害。欧丽芙当然希望阿曼达·杰夫斯也能明白这一点。好吧，也许她就是这样做的，奥利安娜来图书馆肯定是经过她的默许。

很少有人知道阿曼达是怎么想的，但是，是的，欧丽芙坚信，阿曼达的行为说明了一切——她把奥利安娜托付给了普拉特公共图书馆。但是，如果阿曼达可以进来借一本书，哪怕只是一小会儿，这都可以减轻她的痛苦。毕竟迪恩·杰夫斯死得如此年轻，生命和爱情的突然终结——欧丽芙光想想就觉得无法忍受。

头顶上突然响起了一阵爪子的抓挠声，接着是一阵低低的哀嚎和咝咝声。欧丽芙抬起头。“好吧，也许那些浣熊曾经是人类，就像你说的那样，但肯定是坏脾气的人。事实上，我很确定其中一个是阿尼·盖茨勒，他在你出生之前就死去了。”一块灰泥突然从洞的边缘落下来。“那些生物。我怎么能经营一个这样的图书馆，野生生物比野外还要多？”

等等，她在跟谁说话？奥利安娜并没有进图书馆。

不好，不好，你在自言自语，欧丽芙。别这样，老姑娘。

有沙沙作响的声音，肯定有人在这里。一个影子在书架间移动。“格鲁，是你吗？”不，当然不是。为什么她会这么问？

因为她脑子里想的都是格鲁。那是令人不安的一周，《格鲁的账本》在上周一被送到了她家的邮箱。大信封上的回信地址是“夏皮罗和普尔曼房地产法律事务所，斯克兰顿，邮编 18503”。欧丽芙以前从来没有收到过律师事务所的信，这让她很害怕。起初，她认为这是斯图·吉普纳这个狡猾的蜥蜴的一种房地产策略，但这说不通。她给自己泡了一杯接骨木花茶，抽了几口她的海泡石烟斗后，她打开了信封。

里面有一封简单的法律信函以及一本奇怪的书，书是手写在画了线的旧账本上。作者的字迹非常不规则，好像他是费尽了自己的所有力量在写这个故事。在第一页，有一幅巨大的插图，格鲁团坐在一堆金币上。多么可怜的、沮丧的家伙！他脸上的表情刺穿了你的心。他的眼睛里充满了那样的遗憾，如此渴望，如此令人难以忍受的悲伤。

欧丽芙读了这本书，书只有几页长，是一位业余作家写的一个简单的故事。在她的一生中，她读了无数的故事，比这篇更好、更聪明、更有诗意、更有趣的故事。然而，在看完它之后，欧丽芙哭了整整两个小时，抽了三钵烟，喝了一杯淡绿色的薄荷酒后又来了一点点泉水来安抚她破碎的神经。她整晚都没睡。

这是一个怎样的故事！《夏洛特的网》《人鼠之间》《罗密欧和朱丽叶》《西线无战事》《鹿苑长春》《老雷斯的故事》《星运里的错》《不老泉》《赎罪》和《老黄狗》——把它们塞进一个文学离心机，提炼出最精华的悲伤，甚至那些最具有毁灭性的片段都远不及《格鲁的账本》那么令人悲伤。

第二天早上，欧丽芙把书拿到了图书馆，试图让这本书被遗忘在图书馆的书架上。你不能就这样把书扔掉，你又不能保留它，你不知道该做什么，你真的不知道怎么做。

哦，亲爱的，但是她都做了什么呀。为什么？好吧，这是一个童话故事！周二那天，当小女孩穿过大门走进来的时候，她没有任何书可以借给奥利安娜。你当时太冲动了，欧丽芙——你不应该这么做！

欧丽芙不知道她把这本书转手交给这孩子，是为了帮助这孩子，还是只是想让这本书从她的图书馆消失，消失，永远消失。

“帕金斯小姐。”青少年读物那里传来一个近距离的声音。欧丽芙魂几乎都吓飞了。

“谁？谁在那儿？”

一个瘦瘦的男人，一头拉丝状的黑发，穿着一件不合身的绿色套装，不安地走了出来，吱吱作响的荧光灯的灯光在不稳定的光影中投射出了他的容貌。

“你是谁？”

“是我，罗尼·威尔玛斯，帕金斯小姐。”

罗尼扯拽着他的领带。他不习惯打扮得这么整齐。他以前从来没有戴过真正的领带，也没有穿过西装。好意商店的苏西·戴维斯帮他系好领带，并告诉他这套衣服在他身上看起来很漂亮。衣服闻起来是卫生球的气味。腋窝是右卫牌除臭剂，脸是吉列的柠檬剃须膏，头发他就不知道了——他只是从便利店的货架上抓了一瓶洗发水，然后扔进了他的购物车里。

他几乎买遍了所有能买到的人能用的清洁和净化剂。然后他就来到了这里，站在普拉特公共图书馆的中间，洗得干干净净，还用牙线清洁了牙齿，刮了脸，梳了头，好像要参加最重要的仪式一样把自己弄得干干净净的。

“罗纳德·威尔玛斯。”欧丽芙说。

“嗯。”他把一只手放在背后，她注意到他在隐藏着什么，“就叫我罗尼好了，夫人。”

她歪着头。“这里没有多少威尔玛斯的姓，你们以前是成群结队地住在山上。”

罗尼点点头。“是的，威尔玛斯家族的人少了，越来越少。死了的，搬到威尔克斯-巴里和阿伦敦的，什么样的都有。”还有一些在监狱里，他没有说。

“威尔玛斯家的人并不太爱读书呀。”

罗尼闭上了眼睛，试图在他的姑姑、叔叔和堂兄妹们凌乱的房子和拖车里搜寻到一本书。书架上有许多满是灰尘的瓷雕和钩针编织的小装饰品，但是没有书。当然，除了《圣经》，尽管他想不起有谁曾经打开并阅读过。

“是不太爱读书，不爱，所以，这件事，有件事，帕金斯小姐……”他紧张得脸都扭动了起来。

“是的，亲爱的？”

罗尼大口地喘着气，抬头望着天花板，仿佛在望着天上的星星。“事情是这样的，昨晚迪恩·杰夫斯又来找我了，这附近的每个人都知道他是我害死的，因为当他在布莱恩·泰勒家的地里死去并变成白雪天使的时候，我本应该在他旁边守着他的，但是我却离开了我的伙伴去吉姆餐馆吃汉堡包了。”

欧丽芙眨了眨眼睛。“你介意我坐下吗？罗尼，你这一个句子里的信息太多了，亲爱的。”

欧丽芙走到借还处，脱下外套，坐了下来，罗尼跟着她，站在桌子的另一边，仍然藏着他背后的东西。

他继续说：“这么说吧，这是关于羽毛的故事，他的羽毛。去年迪恩去世后，好吧，我喝醉了，我是真的喝醉了，在雪地里昏倒了。第二天早上，当我睁开眼睛的时候，他就在我的脑袋边上，留下了他翅膀上的一根羽毛。这羽毛，你看，的确是很普通的东西，却出现在了奇怪的地方。”

不会吧，欧丽芙想。为什么迪恩·杰夫斯的死在她的生活中扮演如此重要的角色？但她还是鼓励地点了点头。“好吧，亲爱的。但是在恩德莱斯山中有很多鸟，羽毛比比皆是。”

“是的，夫人，有自然的、日常的羽毛，但也有，嗯……”

“神奇的羽毛。白雪天使的羽毛。”

“没错！神奇的羽毛。这已经持续了一年了，他神奇的羽毛到处都是。有一次，我的风挡玻璃上有一根羽毛，另一次是在我的门口，三周前，是在我的拖拉机的座位上。”

欧丽芙点点头，好像罗尼是有道理的。她觉得自己像个牧师，听到了最令人费解的忏悔。除了威尔玛斯和她不是同类人——他们不喜欢读书。他到这里做什么？这里又不是神圣的图书馆教堂，但她还是往前倾了倾，因为她总是喜欢听故事。

罗尼说："我并不是很能明白迪恩羽毛的意思。我知道他想让我帮助阿曼达和奥利安娜，但有时他也有其他的要求。比如，昨晚的羽毛呢，我很清楚这是什么意思，这是为了弥补我过去犯下的罪行。"

"哦，天哪。"欧丽芙说。

"当我明白他想要什么时，重要的是我需要做什么的时候，帕金斯小姐，如果我能为迪恩做点什么，如果我能成为一个更好的罗尼，也许这是一种能让迪恩复活的方式。我的意思是，我知道我不能把他带回来，但也许我可以在坟墓之外实现他的愿望和梦想。

"如果我做他想让我做的事——即使我不是很理解他的意思——至少那样的话，就会觉得他还活着一样，通过我活着，对吧？"他的声音几乎是自言自语了，"迪恩活着，你懂我的意思吗？"

也许是因为闪烁的荧光灯，但罗尼眼里的神情却是格鲁那样的，账本上格鲁的样子。眼睛同样淹没在困惑和悲痛中。

"这一次，迪恩把我送到了你这里，帕金斯小姐，"罗尼恳求道，"这个地方。"

欧丽芙真想点燃海泡石烟斗抽上两口烟，再喝杯薄荷甜酒，让自己冷静一下。"好吧，可爱的人，准确地说他是怎么做到的？"

现在罗尼向她展示了他背后的东西。那是一本旧的精装书，被翻阅得非常破旧了。书的顶端露出一根羽毛书签，就像罗宾汉的帽子上的羽毛一样，欧丽芙不记得她曾经把这本书借给了罗尼·威尔玛斯。

"我偷了它。"罗尼说。

"偷的？"

"27 年半以前，我还是个孩子。我趁你望向另一边的时候偷了这本书。好像是昨晚做梦的时候？迪恩在叫我的名字。当我被吓醒的时候，这本书从我床尾的书架上掉了下来。这根羽毛落在上面。"

罗尼小心地把书放在桌子上。欧丽芙瞥了它一眼。《金银岛》，作者是罗伯特·路易斯·史蒂文森，著名的插画家韦思给书画插图。精彩的好书，这是有史以来最好的作品。她越过近远视两用眼镜，用图书管理员严厉的眼神看着他。“你偷的？这是你第一次犯罪吗？”

“没错，是的，夫人。”罗尼用极度谦卑的声音小声地回答道。即使那么小声，他的声音也在图书馆中回响起来。他在这座古老的大理石建筑里所做的每一个动作，比如手指指向某处，都会产生回声。“是第一次。我来这里就是为了弥补过失。”

哦，欧丽芙想，这些都是非常有趣的。斯图·吉普纳，她想大叫，你看到书的重要性了吗？这个威尔玛斯为一本书着了魔。“你为什么不借阅它呢，罗尼？”

“我的犯罪本性，帕金斯小姐。”

“我明白了。从那以后你就一直过着犯罪的生活？”

“我做过一些事，是的。但关键是，迪恩特意——”

“拜访了你，留下了他的天使羽毛书签，然后你就到这里来了。”

“是啊！”

就像人们经常做的那样，罗尼把犯错和犯罪混为一谈。很明显，这不是一个你可以用理智劝解的人，罗尼，你只是离开去吃汉堡，你又没有喝醉了把你的朋友打死在雪地里。也许她应该给他一本有启发的书——《罪与罚》。

欧丽芙检查了羽毛，这位实事求是的图书管理员——以及业余的观鸟者——很想纠正他的想法。这当然不是天使的羽毛，而是红尾鵟的，是宾夕法尼亚州一种相当普通的山鹰。但是罗尼沉浸在自己的故事中，越走越远。罗尼需要他所需要的东西。奥利安娜需要她所需要的东西。我需要我所需要的，欧丽芙想。

“我该怎么做呢？”罗尼问道。

欧丽芙是一个经历过不幸的人，冷静的实用主义者。独自生活，一个乡村的老姑娘，她能很好地处理她的生命中所有的好运和歹运。

上周，狩猎季节，一只肥胖的火鸡正好穿过她茂盛的草坪，她把它射杀了。正好是晚餐时分，她正好就把它吃了。上个月？她在图书馆外的排水沟里发现了一张皱巴巴的10美元钞票，她没有把它交到市政厅的失物招领处，而是留下了它。如果这个令人不安的威尔玛斯需要穿上一件刚毛衬衣[1]，那对普拉特公共图书馆来说倒是非常实用。

“罗尼，”她说，“你必须完全按照迪恩和魔羽告诉你的去做。是的，你必须赔偿。”

他靠了过来。“怎样赔？”

“这并不容易。”

“好的。”

“而且非常非常久。”

“好的。”

“你可能会感染上狂犬病。”

“当然，是的。”然后停了一下，“狂犬病？”

欧丽芙站了起来，绕过了借还处的桌子，用手指指着他胸部的中央，她边说话，边敲着他的胸骨。

“你，罗尼·威尔玛斯，通过迪恩做中介，将还清你的债务。对一本过期27年半的书来说，图书馆的罚款可不是小数目。”

罗尼一拳打在他的手掌上，咧嘴一笑。“好吧！很公道！”

哦，罗尼，我要让你好好辛苦一下，欧丽芙想，不知羞耻的我，利用你那容易上当受骗的善良本性，但是一个老图书管理员又能怎么办呢？我必须抓住这一天——或者在这种情况下，抓住罗尼——因为房屋检查人员马上要进行年度检查，而这一次，再多的恫吓和乞求都会无济于事。没人可以阻止他们，也没有志愿者站出来。这些年来，人们对图书馆的

[1]过去有些宗教信徒惩罚自己时穿的衣服，用粗麻布或动物粗毛制成，穿着极不舒服。

关注程度很低。

“罗尼，这个地方的情形很糟糕，从马桶到瓦片。”

罗尼脸红了。“是的，夫人，我明白了，我明白了。我可以修理任何东西，石膏板、管道、屋顶、马桶。”

“我没有钱买材料。”

他只是摇了摇头。“让罗尼来操心材料吧，夫人。我有一谷仓的材料。”

“但是，你得明白我们不能用偷来的东西，罗尼。”她听到一根管子的嗒嗒声，屋顶上有一个瓦片滑了下来，她低声说了一声，“除非我们被逼无奈。”

“你提到了狂犬病，帕金斯小姐。”

他们头顶上方的天花板上传来了低沉的咆哮和骚动。欧丽芙转过身，指着非小说类那排书架上屋顶的破洞。一个尖尖的，有胡须的鼻子出现了，又消失了。欧丽芙皱起了眉头。“我不知道它们是不是有狂犬病，但它们疯狂地出现，我疯狂地希望它们能被清除掉。”

罗尼眼睛一亮，已经解开了他的领带。“我绝对是浣熊的地狱使者！”

他向前一个趔趄，撞到了一个书架。欧丽芙抓住了他西装外套的衣角。“我不希望你让它们下地狱，罗纳德。天启不是这样的，亲爱的。把它们抓住，让它们回到森林里去。”

罗尼伸出手，拿起一本在他撞到书架时掉下来的书。是《西布利鸟类指南》，他把它放回了原处，然后他和欧丽芙一起去看仓库里是否有梯子，这样他就能更好地查看天花板上的浣熊洞。

09

寡妇阿曼达

当阿曼达一大早去看哈利·克兰时，他已经出去了。树屋空荡荡的，好像他不是出去了，而是走了——他改变了主意，他打算住在斯克兰顿。一切都太整洁。小床整齐地铺好了，大肚炉子里的火也熄灭了，冷了，她昨晚给他带来的食物，今天早上的早餐——谷物、奶粉、格兰诺拉燕麦卷、苹果——都没有碰过。

他为什么要留下来？他是个成年人，这只是个树屋，也许他妻子说太奇怪了。谁知道一个联邦官员的脑袋是如何运转的？也许她们会在树林里碰到他，他正在做测量。或者根本碰不到。

阿曼达心里有一点点的失望，她迎着清晨的阳光走回了房子。哈利·克兰的到来对奥利安娜来说本该是件好事。也许他已经足够好了，因为在很短时间内，他亲自遇到了她们，还宣布了自己对森林的管理权。

奥利安娜恨不得能和阿曼达一起去树屋，但阿曼达不同意，奥利安娜需要给自己做个便当，她得准备去斯克兰顿的蒸汽城火车博物馆上课。当阿曼达回来的时候，奥利安娜在后院的边缘来回踱步。

“你说什么，他走了？”奥利安娜说。

“不在这里了，宝贝，已经走了。”

“他一定是在森林里，做他的工作。”

“也许。但他确实离开了，并收拾得干干净净的。也许他只是说说而已，奥利安娜。”

奥利安娜想问：他读过《格鲁的账本》了吗？还是把它带走了？他不可能离开。她所能做的就是控制自己不跑到树屋，去检查她母亲可能会错过的线索。但阿曼达能感觉到她的想法，她像个狱警一样时刻警惕着。她把奥利安娜塞进了小货车，开车送她去了学校。

阿曼达在急诊室里上了6个小时的轮班，然后回到家洗澡。她又检查了树屋，甚至到老采石场去寻找哈利·克兰的车。她能看到他曾经停车的地方，以及他倒车并开走时车轮留下的痕迹。

我想就是这样，她想。然后钻进她的卡车，驱车去和克里夫·布莱尔做爱去了。

她和克里夫一共睡了五次。现在是4月，他们相遇于2月——也就是迪恩死后的第十一个月。

迪恩死后（阿曼达想到就害怕）的生活就是这样的。从第一到第三个月，床是为了哭到不想起来而准备的，想触到迪恩的那边，他那边却空空如也。床是痛苦的。从第三到第六个月，床是孤独的，太大了，但至少她可以像一个半正常的人一样躺下、爬起。在第六到第九个月之间，事情开始发生变化。当她睡意蒙眬地向迪恩那边靠过去，希望能在那里找到他，而他却不在的时候，她很恼火。“你为什么不来抱我，迪恩？我想被你抱着。”

几个月后，情况很明显，她想被人抱——任何人。这让她又羞又窘，但这是不可否认的。她需要一个温暖的身体。床是为了性，而她睡在一张没有性的床上。性就是生活，她需要生活。阿曼达得了一种很坏很坏的病，叫作“寡妇疲劳症”。

所以要怎么办呢？她又不想在医院里和医生睡觉。她可不想成为一个和医生一起做“玩医生”游戏的护士。此外，她不喜欢男医生。他们是坐办公室的男人，她更喜欢在户外干活的男人，他们会有一双长满厚茧的手，能用这双手砍柴，或者在暴风雪中发动一辆卡车。她不是乡村歌曲中唱的那种傻傻的，只在卡车边搔首弄姿的姑娘。不，她是真的喜欢在田野劳动的男人。山、树、鹿和湖泊是她所能了解的，也是她的全部。

那么谁会是这个人呢？在新米尔福德以及恩德莱斯山中的其他小镇上，有很多在田野里干活的男人。但是，当你戴上你的眼镜时，你放眼看不到一个理想的人。

但是，但是——别说了，阿曼达。这是宾夕法尼亚州的乡村，你凑合一下吧。因为说句实在话，在迪恩之后，一切也就是凑合而已。

所以今年 2 月，当阿曼达和奥利安娜在绿色庄园吃晚饭的时候，她开始强迫自己四处看看，认真地研究了一下新米尔福德这家最好的餐馆。她不知道那些男人也在看她。医院急救队的队员们早就开始在她周围嗅来嗅去寻找机会了，现在坐在绿色庄园酒吧里的那些男人也开始了。好吧，已经快一年了，发动你们的引擎吧，阿曼达·杰夫斯现在开始公开竞标。

她和奥利安娜在绿色庄园的包间里吃晚餐的时候，第一个接近她们的人是酒保。自从迪恩去世后，阿曼达尽量每两周带奥利安娜出来吃一次饭。她们总是点同样的东西：奥利安娜是烤奶酪和番茄，甜点是冰激凌卷，阿曼达是麦芽香肠浓汤，还有一份来自乏味沙拉吧台的沙拉。她惊奇地发现，这卷心莴苣的颜色是多么苍白，就好像它们是在瞎眼的白化蝾螈洞穴里特别培育出来的。好吧，你不是为了美食而来的，你来绿色庄园，是因为它很亲切，而且有很多停车的地方，它能帮助你驱赶孤独。

阿曼达抬起了头，正好看到紧张的汤姆笑着走进了包间。“免费提供的，阿曼达。”说着，在她面前放了一杯康盛牌淡啤酒，在奥利安娜的餐具垫上放了一杯宾夕法尼亚产的荷兰乐啤露。

奥利安娜从她的书上抬起头，咧嘴一笑，在她伸手去拿那个结满水珠的杯子之前，她在等着她妈妈的正式许可。

阿曼达犹豫了一下，然后点头表示了同意。

她穿着医院的工作服，虽然不是很性感，但确实吸引到了汤姆，从他一直盯着她转的两只眼睛就可以看出来。

“谢谢你，汤姆。今天是有什么活动吗？”

这并不是一个考验大脑的问题，但是汤姆的脑袋却一片空白，无言以对，开始紧张地摸着自己肌肉鼓鼓的前臂，想让阿曼达注意到它们。我可不想让这样的两只胳膊在床上搂着我，她想，它们油光闪闪。上帝——他居然抹了油。更糟糕的是，她闻到了一种杏仁的香味。迪恩虽然肌肉发达，但那是劳动的结果，非常自然的肌肉，他也不会对自己的身体如此迷恋。迪恩的肌肉光亮闪闪，那是诚实的汗水。

汤姆还有一点非常不吸引人的地方——他把裤子穿得太紧了，制造了一个她不愿看到的凸起。

“没有活动。只是为了……我不知道，只是为了……”他站在那里，极度慌张混乱地支吾了一阵，然后他耸耸肩，退回到吧台里面遮掩他的窘态，其他的人眨着眼睛，俯身去喝他们的啤酒，他们完全能感受到汤姆的痛苦。

他们中没有一个人有女人缘。克里夫·布莱尔回过头，偷偷看了阿曼达一眼。克里夫一直没有找到合适的女人。坐在克里夫左边的斯图找了一个错误的女人，然后离婚了。罗尼一直和酒瓶子约会。汤姆和来自蒙特罗斯的丽莎·斯塔克约过会，但那似乎也已经结束了。

丽莎是健美运动者，当她由于旋转脚筋撕裂进入急诊室时，阿曼达曾经看过她肌肉发达的身体。每一盎司[1]的体脂都被她从身上甩了出来，取而代之的是厚厚的静脉和筋腱。

“你使用类固醇吗，丽莎？”阿曼达手里拿着记录板，正在填写丽莎的病史和身体状况，所以她不得不问。

[1] 盎司：英美制质量或重量单位，1盎司等于1/16磅，合28.3495克。

“哦，是的，但没有危险，只是让我保持健美。”丽莎那令人不安的声音跟锡安山浸信会教堂男唱诗班的低音部声音一个样。

就在酒保汤姆那次行动大约一周后，如果可以把那称为行动的话，阿曼达正在11号公路的加油站里加油，克里夫正好把他的那辆破旧的小货车停在了阿曼达身后。好吧，不要加满了，因为她没有那么多钱。没有了迪恩，她真的开始感到手头拮据了。

当克里夫从卡车里出来的时候，阿曼达想，克里夫·布莱尔，不错。克里夫朝她倾斜了一下他的拖拉机帽，她朝他微微挥了挥手。

哦，但是看看你，克里夫。我是完全没法和一个整天和牛粪打交道的男人上床的。克里夫穿着他的工作靴，上面结了一层硬壳，这是无法避免的，因为他每天大部分时间都在牛棚里打扫。但是，卡车上的四个轮胎上都有牛粪，前保险杠和前灯上也是厚厚的一层。前灯上也有，克里夫！你把卡车停在哪里——难道是粪堆里面？

克里夫走近时，她可以看到他从卡哈特牌工装外套里露出的棕色胳膊。他是一个很好的人，很正派，很高大，还算英俊，但是他天天都泡在奶牛堆里，以至每当克里夫开口说话的时候，她就会想他会不会哞哞地叫。

“你好，阿曼达·杰夫斯。”

眼前的这个人和她一起上过小学和高中。“你好，克里夫·布莱尔。”他没有明白，她只是想取笑他太过正式的招呼。

“今天很冷。”他说。

“奶牛们怎么下蛋，克里夫？”

当他把汽油喷嘴塞进卡车一侧的油箱时，他只是咧嘴一笑。“每天大约有二十四个鸡蛋。你知道的，这让我在煎鸡蛋时感觉超好。煎蛋巨无霸。”

克里夫提醒自己不要盯着阿曼达看，但显然他已经被迷住了，一直死死地盯着她，嘴还不自觉微微地张开了，她是那么美。

“当然，当然，”阿曼达说，“煎蛋巨无霸，我相信。”他的牙齿很好，她想，他的头发也不错，但愿他不会像牛一样瞪着你看。

“呃，急诊室很忙吗？”克里夫问道。

阿曼达点点头。“昨天从斯克兰顿送来几个伤得不轻的猎人，他们不应该喝了酒去打鸟。”

“我听说你在那里。但如果是马林 M336 步枪，那就不是轻伤了。”克里夫就有一把这样的猎鹿专用的步枪，显然在克里夫眼里，打鸟是小游戏。一个要照料几百斤重的奶牛的人当然会偏爱猎取更大的动物。

“当然，如果是马林步枪的话会够呛，”阿曼达说，“让我想想，还有什么？哦，弗雷德・尼尔斯周三过来了，猜猜看，他带来的一杯冰水里有什么？”

“他的手指。”当阿曼达点了点头，克里夫笑了。“弗雷德和他的陷阱。”他说。

“夹住的手指比麝鼠还多，”她举起手，指着她的第四根手指，“就断在他的第一个关节上。不过，医生们还是很成功地把它接回去了。”

“那就好，”克里夫说，“下次我见到他的时候，我要好好看一看。”

他们互相看了一眼，各自离开了。

克里夫虽然也渴望得到阿曼达，但他绝对是顺其自然的那种人。迪恩・杰夫斯是一个好人，他有时会加入绿色庄园里喝酒的队伍。他活着的时候，甚至没有任何人会考虑去看阿曼达一眼。

不，让我们面对现实吧，迪恩不仅仅是一个好人，他还是一个了不起的人，他的死亡几乎被神化了。迪恩是一名“弓箭猎人”，他自己砍木头建造了自己的房子，迪恩有完美的牙齿和轻松愉快的微笑。强者迪恩。汤姆不是也有一身强壮的肌肉吗？迪恩曾经和汤姆掰过手腕，他一下就把汤姆的手狠狠地摔在了吧台上，那声音听起来就像枪走火，打中了木头。当然，他们都在思考这个问题，但从来没有想象过——作为丈夫的迪恩，和阿曼达在床上的迪恩，应该是史诗、奥运会级别的媾合，对吧？当他想象这些的时候，克里夫仿佛听到了来自丛林里野性的呼唤。

迪恩的死使他们陷入了混乱。先前，那种渴望和冲动被遏制在幻想的背后，只能蠢蠢欲动，但在将近一年之后，这种欲望越绷越紧，几乎要全部爆炸。这并不是说它值得一提，但这真是可悲的，真的。阿曼达几乎没有意识到在酒吧里，那些趴在吧台上的笨蛋的目的根本就不是向她们母女俩打招呼。尽管如此，每次当她和奥利安娜一起走进绿色庄园时，他们还是变成了紧张得发抖的少年。

每次她穿过门阶时，他们全傻愣在那里。坐在他们中间的克里夫清楚地知道，他们就像奶牛一样。门一开，他们会不约而同地把头转过去，愣在那里，就像牲口听到突如其来的响声一样。

克里夫的嘴会变干，但他会从阿曼达完美的光环中转过身去，盯着其他的人。罗尼会把他的啤酒吞下去，像吃药一样。斯图会划燃他的火柴，但忘了把它凑到他的香烟上，傻坐在那里，就像自由女神像举着一个小小的火炬。老沃尔特会咯咯地笑，摇着头。汤姆可能会把他的啤酒杯失手掉在水槽里。哦，对了，汤姆已经打碎过几个杯子了。

当她走过椭圆形长长的核桃木吧台时，阿曼达会瞥一眼他们，说："伙计们，这么多啤酒怎么喝得下去？"类似这样非常中性的话语。奥利安娜则不会说话——她的鼻子总是埋在一本书里。

他们马上都会哞哞直叫。"走好，阿曼达！""阿曼达，你好吗？"

"噢，嘿，阿曼达。"噢，嘿，阿曼达。那会是斯图，他试着表现得随意些。

克里夫呢？他根本喊不出阿曼达的名字。阿曼达这三个字会困在他的喉咙里，然后一直停留在那里，直到一小时后，当他开着他的小货车，像一头孤独的公牛一样开始走在回家的路上的时候，他才可以最终低低地吐出这三个字。

克里夫是一个害羞的、口齿不清的人，和牛说话舌头都会打结。不过他喜欢和它们说话，说得还很多，在家务活太多的时候，有时他会累到产生幻觉，能幻想出一些斑点（不仅仅是在奶牛身上）在跟他说话。有时，他会和他的工人胡柏·斯隆说话。

克里夫和胡柏也可以连续一周不说话。既然这两个人都不能自信地表达他们内心深处的想法，那为什么还要费那个神呢？除此之外，他们意见永远一致。两人都喜欢干草的味道，喜欢修理电动围场的栅栏，甚至喜欢修理挤奶机器，这很烦琐，尤其是在黎明的冬天，你需要挤奶的时候。在寒冷的天气里你真不会希望有一个让你失望的真空泵，因为没有一个持续稳定的脉冲，奶牛那湿湿的乳头会在乳头杯里擦掉皮，有时，如果真空泵完全抛锚，乳头甚至会被冻住。克里夫无法忍受一头不舒服的母牛的哀怨。

作为独子，克里夫从他的家人那里继承了奶牛场，他们都死了，葬在梅普尔伍德墓园的家庭墓地里。他父亲经营农场已经有四十多年了，他是典型的用谷物饲养奶牛，圈养了一百头黑白花大奶牛，但是克里夫将其减少到了五十头，而且转向了季节性的放牧。有机食品是当今的趋势——低维护、低成本，最重要的是，奶牛更快乐。你可以从它们的眼睛里看到，从它们的哞哞声中听到。

“这是一个快乐的哞哞声。”胡柏经常会在修理牛棚铰链的时候，或者趴在蜿蜒着无数水管的地上调整其中某个太阳能水泵时，抬起头说上一句。

“是的，那是一个快乐的哞哞声。”不过等到克里夫回答的时候，可能一个小时已经过去了。

换了其他男人，肯定会继续有关奶牛的这段对话，并开些有关哞哞的笑话来打发时间，但那不是克里夫和胡柏的风格。

克里夫强迫自己去绿色庄园，是因为他还不想完全取消和两条腿动物待在一起的习惯。胡柏已经摆脱了这个习惯。他可以在没有镜子的情况下剃胡子，他的下巴上常常会遗留下一小撮毛茸茸的胡须。在7月炎热的天气里，他的体味可能会把人熏晕。

尽管这样，克里夫还是努力留在人类的游戏中，所以当他挤完牛奶，收拾好后，他会穿上干净的衬衫，每周一次或者两次与斯图、沃尔特、罗尼，还有其他可能出现的人一起坐到绿色庄园椭圆的酒吧台边，让汤姆为他们服务。他总是第一个离开的人，因为他的一天要从黎明前的黑暗开始。

和其他男人一起出去对克里夫来说已经很困难，和女人混在一起更是纯粹的折磨。在他年轻的时候，他会四处寻觅，但不知怎的，自从照顾这五十个生命开始——如果算上胡柏，就是五十一个——克里夫在从独身到寻找伴侣这段距离中耽搁了太多的生命和时间。对于错综复杂的交配舞蹈他已经考虑得太久太久了，但有些事一旦你考虑得太久，所有的一切倒变得不可思议地复杂和难以实现。

因为你遇到的每一个女人都是栖息在树枝上。而她栖息在最高的树枝上，双臂交叉，她的眉毛警惕地高高挑起——阿曼达·杰夫斯，寡妇。

因此两个月前，当阿曼达·杰夫斯意外出现的时候，他差点就心脏病发作了。

2 月的那天，阿曼达也差点心脏病发作。她开着卡车从内战联邦退伍军人协会的高速公路上一路飙到了克里夫·布莱尔的奶牛场，因为她要和他上床。她紧紧地握着方向盘。她肯定会和克里夫·布莱尔上床。是时候和某人睡觉了。克里夫，他是一个令人愉快的、体面的人。阿曼达紧紧地抓住方向盘，几乎要把它掰成两半。哦，天哪，她太紧张了。

她瞥了一眼后视镜。看看你，她想，那么紧张而且皱着眉头，你不能去克里夫家，对那个男人皱眉。她勉强地笑了一下。最终，他会觉得她很有魅力吗？她不是一个花很多时间照镜子的女人，阿曼达看到自己嘴巴和眼睛周围的皱纹，她以前从来没有注意过。她有点想后退了。阿曼达，你到底在做什么？你有皱纹了，大把该死的皱纹。当然，你会有皱纹，你就像干旱的河流一样干涸了。你需要让你的河水再次流动起来，这不仅仅是性，也是为了你的健康。

不。看在老天的分上，这是为了性，你知道的。

那是一个傍晚，一个异常温暖的冬日，克里夫正坐在一条古老的三脚橡木挤奶凳上，手里抓着一头奶牛的奶头，年轻的奶牛得了乳腺炎。他要使用短插管法将抗生素注入奶牛的乳头里面。这个方法最重要的部分，他在孩童时期就学会了，他成功地避开了牛的踢腿，如果被踢中，你的头可能会飞到下一个县。

克里夫在挤奶的时候，试图温柔一些，但又必须让牛奶强有力地流出来。被拴住的母牛呻吟着，踢了几次，最后终于平静下来了。牛奶里有厚厚的雪花，由于用了抗生素，牛奶闻起来有酸味，但大约三天后牛奶会变清。当然，他也得倒掉，尽管一些奶农试图把坏牛奶从检查人员眼皮子底下蒙混过关，结果却失去了他们的 A 级。傻瓜。

克里夫独自一人在谷仓里。胡柏会从早上 4 点工作到下午 4 点，之后就回家了，或者去任何他在离开克里夫家之后会去的地方。克里夫听着牛奶滴到桶边的声音，风吹过山里光秃秃的树木，牛在嚼着反刍的食物——所有的声音都是他的一部分，就像所有的呼吸是从他自己的肺里升起和落下一样。

当他发现另一种声音时，他歪着头，那是一个陌生人的脚踩在谷仓水泥地面的声音。

又一个让他心悸的瞬间，他居然闻到阿曼达·杰夫斯的气味，即使是在这么强烈的谷仓气味中。所有的人都熟悉阿曼达清洁肥皂的味道，当她从酒吧路过的时候，他们的鼻子会微微倾斜着，嗅着空气。但这儿不是绿色庄园啊，这是在这里。克里夫手里还抓着奶牛的奶头，在不断地推挤着。

阿曼达出现在谷仓的双层门边，午后的阳光勾勒出她的身影，让她向后梳着的头发泛着光亮。她穿了一条看起来很新的紧身牛仔裤，一件敞开着的运动衫夹克，露出了里面红色的毛衣（在这个寒冷的地方）。她微微转过身，克里夫看到的是她的侧影，玲珑起伏的曲线和鲜明的色彩就被框在了谷仓的木头门框里。

克里夫几乎从凳子上摔了下来。他能开口说话真的是奇迹。“嗯，嘿，阿曼达·杰夫斯。”他立刻想到，笨蛋，不要说全名。你这么做的时候，她总是嘲笑你。

但她回答的是：“嘿，克里夫。”

克里夫想，哦，大大偏离常规，发生了什么？她来这里做什么？

“我可以进来吗？”

就像这是房子而不是谷仓。克里夫决心要好好说话：“哦，当然可以，请。”这是第二个奇迹，他居然补充说，“别忘了擦你的脚。”

阿曼达笑了，在谷仓的地板上擦了擦脚，走了过来。她在大约 5 英尺远的地方停下来，凝视着他。“你是为哈福德集市的比赛在练习吗？”集市上有一年一度的手工挤奶比赛，这可能会很滑稽，因为所有的农民都用机械挤奶，而且大多数人已经忘记了手工挤奶的诀窍。但是那些退休的采石场和伐木场工人，他们只有一英亩的土地，一头牛和几只鸡，他们总是能赢得比赛，每年都是唾手可得。

克里夫在想办法让阿曼达再笑一笑，但他的脑子一片空白。他傻傻地盯着牛奶桶，双手紧紧地抓住了奶牛的奶头，就好像它们是他的救命稻草。

阿曼达清了清嗓子说：“看来你给自己找了一个能摸的。”

这句话把克里夫的眼睛直接引到了阿曼达那高高的胸脯上，这对胸脯像柔软的枕头一样盘旋在克里夫的头顶上，在那里，想必众神都想靠上去休息一下。

阿曼达忍住没有交叉双臂，让他盯着她那里看。克里夫跳起来，把目光转向了阿曼达的脸，以为会看到她满脸愠色，但她的笑容比以往任何时候都要美。“那么，哎呀，嘿，阿曼达·杰夫斯。”他畏缩了，摇了摇他的头。

无论如何，阿曼达不再是那种不太友好的、趾高气扬的姿态。克里夫看到她的皮肤发红，眼睛里甚至有些恐慌。

“你还好吧？”他说。

阿曼达点了点头，扶着自己的胳膊。“噢，是的，一切都好。我只是有点紧张。”

“紧张？”他轻轻问道。

“激动得紧张。”阿曼达几乎在自言自语。

克里夫盯着她。“对不起？你说什么？”

阿曼达声音又重拾了勇气。“我很兴奋。因为到这里来和将要发生的一切。”她接着说，“我给奥利安娜找了个临时保姆。”

“一个临时保姆？”克里夫说。

“海特纳双胞胎中的一个，黛比，一个好孩子。是的。但是……我到这里并不是真想要谈论这对双胞胎。”

“哦，好的。”克里夫从来没有和阿曼达站在一起过。她在不断地前进，他却不能后退，因为他靠着一个柱子。他开始张口喘气。在他的身后，拴着的奶牛轻轻地叫唤着，好像在低声劝告。

“我们一直都是朋友，克里夫。”

“嗯。”

“所以，既然是这样，我想让你帮我一个忙。”

“哦，当然，任何事情。”克里夫咽了一口口水。她的呼吸里充满了薄荷口香糖的味道。她的清新，她的亲近，那件贴身的红色毛衣，让他把持不住。克里夫觉得下面有东西在膨胀，他真希望他的工作服能把它隐藏起来。他不能看着她，不能移动。

阿曼达吸了口气，伸手要去摸他的胳膊，但在最后一秒钟，她羞涩地抓住了他胳膊上方的木柱。“好吧，是这样，”她说，她的眼睛盯在他的身上，“克里夫，我已经有将近一年的时间没有……和……男人在一起了，所以我想问你的是……嗯，你应该知道我在问什么。”

克里夫肯定地点点头。与其说他是在点头，不如说他的头从他的肩膀上被卸下来了，他像一个点头娃娃。

“但这个提议是有条件的，克里夫。条件是，如果你走进房子，洗个热水澡，洗掉你身上牛的香味……当你出来的时候，我就在床上等着你。”

克里夫不停地点头。

阿曼达笑了。“你床上有干净的床单吗？”

“今天是周二。”克里夫嘶哑地低声说。

“是的，这是周二……？”

“周二是更换床单的时间。”

阿曼达伸出手，摸了摸他那强壮的下巴上的胡须，转身向门口走去。她停顿了一下，越过肩膀回头看了看他。“你不来吗，克里夫·布莱尔？”

在他身后，奶牛们大声地叫着，把克里夫往前推着。阿曼达伸出她那颤抖的手。克里夫抓住了它。他们穿过谷仓，朝着山上的小白房子走去。突然，她握着他的手开始用力，克里夫皱了皱眉，心想她可能要把他的骨头给弄断了。他偷偷地看了她一眼，她看起来一点也不兴奋，也不紧张。她看起来令人恐惧地淡定。他绊了一脚，她把他抓得更紧了，几乎是把他拖到房子里去了。

在克里夫的卧室里，每当阿曼达脱掉一件衣服，她就停下来，说出克里夫身上她欣赏的一种品质。“很好，”她说，从脱落在地上的牛仔裤上走了出来，“他是一个好男人。”正在洗澡的克里夫听不到她的声音，水在猛烈地跳动着。不过，她能听到他的声音，他宽阔的身躯时不时会重重地撞在沐浴隔间的塑料屏风上。她想象着他的手在颤抖着给肩膀搽肥皂。

“强壮的肩膀。”阿曼达用柔和的声音说，把她的红色毛衣从身上滑了下来。她转过身来，望着旧梳妆台上那片褪色的椭圆镜子。它应该属于克里夫的母亲，米尔德里德·布莱尔。阿曼达无法想象克里夫会在里面看着自己。她也不是镜子里的她了，但她忍不住看了一眼那奇怪的、令人兴奋的一幕，那就是阿曼达·杰夫斯穿着文胸和内裤站在布莱尔的卧室里。她脸红了，为了这一刻的到来，她早就从亚马逊网上购买了她这套内衣。包裹昨天已经到了。这款文胸（她最喜欢的蕾丝内衣，亮桃色）售价 33 美元，外加运费。内裤是青绿色的，天哪，当他们说超低超小的比基尼时，他们是认真的。阿曼达把一只手羞怯地放在她的腰上，然后命令自己把它脱掉。她站在房间的中央。她应该加入克里夫一起洗澡还是直接上床呢？她溜到了床上。

淋浴中的克里夫已经是第三次用香皂把自己从头到脚洗了一遍。他希望他用的是爱尔兰的泉水香皂，一种有香味的东西，而不是普通商店里的这种淡黄色的没有牌子的肥皂。他等下一定要问阿曼达：她喜欢她的男人用什么牌子的什么香味的肥皂。他咽下了预设：她的男人。这整件事是如此不可能——为了在他卧室里的阿曼达·杰夫斯洗澡，他把头靠在浴帘外面，以确保她没有在尴尬的悔恨中跑掉。不，他能听到弹簧的吱吱声。那是他父母的床，是整个核桃木卧室家具套件的一件，是他们在 20 世纪 50 年代末从西尔斯百货公司购买下并邮寄回来的。

床又嘎吱作响，他退缩了，尽量不去想象他父母的结合。他一生都住在这栋房子里，但从来没有听到过那张床发出过声音，尽管有很多呻吟和叹息的声音飘到他三楼的小房间里，但那只是爸爸在凌晨 4 点半起床挤奶。

克里夫关掉了淋浴，朝他赤裸的身体低头看了看。哦，天哪，他想，颤抖着，这对她来说足够了吗？因为我的意思是，她可是欲火焚身啊。当阿曼达抓住他的手，把他带到房子里时，他还在想她是不是生病了，她的身体如此滚烫。她已经跃跃欲试，准备出发了。他向上帝祈祷，他能适当地照顾她。他拿起毛巾，把它包在腰上，转向浴室的门，把手放在有破损的瓷质门把手上。

阿曼达在克里夫的床上等待着，看到门把手转动了。她一丝不挂地躺在柔软的被子里，就像一颗放在簇绒盒子里的精致糖果。当门开始打开，蒸汽卷进房间的时候，他好像从她渴望的迷雾中，被她召唤出来了。啊，她想着，在被子里扭动着，把被子紧紧地抱在胸前，就像狼来了时的老奶奶那样。

站在敞开的门口，克里夫只是一匹羞怯的狼，把他的白毛巾紧紧地裹在腰上，甚至比阿曼达抓被子的手还要紧。被子是克里夫的妈妈米尔德里德自己做的。阿曼达瞥见自己的身体被顽皮地映衬在被子那原木小屋图案的下面，她记得这个被面曾在 1988 年 8 月在哈福德集市的纺织大厅里展览过，因为它获得了特等奖。

她找到了说话的勇气。“好吧，我在这里，克里夫，在你漂亮干净的周二床单中间等着。”

克里夫傻愣在地板上，离床 3 英尺远的地方。

阿曼达对他挥了挥手，就像她站在尼克尔森五金店门外，从她的小货车里向他打招呼一样。“嘿，是我。”

克里夫用他抓住毛巾的手也朝阿曼达挥了一下，毛巾太小，马上要掉下来，他赶紧收回手想去拉住毛巾，但阿曼达更快。她伸出手，把毛巾扯走了。除了他的农夫般棕褐色的皮肤，他什么也没穿，他想用手遮住自己的身体，但随后他停下来，站在那里给她看。

阿曼达上上下下打量了他一番。“哦，我的上帝，”她呼吸着，“你真不错。”她慢慢地掀开被子，向他展示了自己的身体。

克里夫眨了眨眼睛，嘴巴张得大大的。

“来吧，克里夫，到这张床上来，让我们死于心脏病吧。”

克里夫无法把眼睛从她身上移开。她的腰有点粗，肚脐下有一个旧的阑尾手术疤痕，她的胸部却是他有生以来见过的最漂亮的乳房。他的赞赏不仅仅是从性角度——更多的是她让他这样一个专业的挤奶工人印象非常深刻。

克里夫脑海中浮现出一幅他很久以前就看过的画面，当时他在普拉特公共图书馆里悠闲地翻阅着一本满是灰尘的艺术历史书，里面有欧丽芙·帕金斯没有注意到的一幅画：丁托莱托的《银河的起源》。在这幅画中，朱庇特把小大力神放在朱诺的乳房上，她的乳汁喷向天空，形成了银河的星星。

乳汁对宇宙秩序是如此重要，克里夫很喜欢这个观点。他激动地把这张照片展示给了他的父亲，他的父亲站在杂志架旁边读着农场杂志，扇了他几个耳光。

克里夫躺在老西尔斯床上阿曼达的旁边。阿曼达闭上眼睛，把她整个身体压到他身上，她是他怀里的女神。她把他抱得越来越紧，这力量如此强大，他几乎无法呼吸。

之后，阿曼达哭了。但在接下来的几个月里，她又多次与克里夫发生了性关系。这是一种令人沉迷的安慰方式。

现在是 4 月。但今天，在克里夫家里，阿曼达感到很不自在。哈利·克兰的到来（和离开）已经扰乱了她的生活。有些东西肯定是不正常的，虽然她不能确切地说出它是什么。克里夫像往常一样从浴室出来了。她像往常一样躺在床上。她需要舒适地抚摸，他们都上了床，她仰面躺着，克里夫俯在她的身上，开始了爱抚的前奏，一切都很顺利，但并不完全是这样。她的眼睛在房间里徘徊，而且——

她终于发现了它，很像一只鹰眼，夹在梳妆台上的两本书之间，一个闪着光的小小的黑圆点，但肯定不是一块黑斑。因为它在闪烁。

她愣住了。“那是什么？”

在对最纯粹的快乐的期待中，一切都准备好了，克里夫呻吟着：“什么？”

她指着梳妆台。不管那个点是什么，它开始严重失灵。它疯狂地闪烁着。

阿曼达尖叫着把克里夫从她身上推了下去。“那是什么鬼东西？”

掉在地板上的克里夫转过身来，看着梳妆台。“不，不，这只是——”

阿曼达气呼呼，一丝不挂地冲到房间那头，发现了一个扑克牌大小的黑盒子被夹在书的中间，那是个迷你数码摄像机。“你一直在拍摄我们？克里夫，你这个肮脏的家伙，你在拍我们！”

她把相机砸向克里夫头上的墙上。被摔碎的黑色塑料片纷纷落在他身上。“阿曼达，这只是——我知道。”他站起来了。

“你知道什么吗？你在说什么？你把这个放到网上了吗？你这个浑蛋。”

“不，不，不！不可能的。这只是拍你一个人，腰部以上。是给自己看的，当事情结束的时候。”

“什么？”

“只拍了腰部以上。”

“不要说了！”

克里夫的声音是一种羞愧的低语。“我知道，我的意思是，我们都知道，它无法持续。这只是你企图忘掉迪恩的方法。”

阿曼达默认了。

“我从来没有把它们放到网上，真的。唯一的另一个人——”他抓住了自己。

阿曼达的目光立刻变得强硬，她的眼睛瞟向了他。“你给胡柏看了。”

“只是因为——”

她穿过房间，站在克里夫面前，面带不可置信的微笑，狠狠地扇了他一耳光，扇得他眼冒金星。“你的电脑在哪儿？”

他倒在床上，摇着头，试图让自己清醒，说：“在书房里，但是——”

她跑出了卧室，克里夫听到电脑被砸得粉碎的声音。阿曼达愤怒地出现在了房门口。

腰部以上。她低头看了看她的胸部，然后从卧室的窗户望了出去。远处是一个巨大的谷仓，里面挤满了奶牛，每头奶牛都有鼓胀的乳房。

她双臂交叉在胸前，怒目而视。“你们俩是一对奶变态。”克里夫低声说：“他感到孤独，是这样的。他从来没有见过女人的乳房。”

她挣扎着穿上衣服。“你最好了解一下女人和一头该死的牛的区别。你脑子有病吗，克里夫？你妈妈没有给你喂过奶还是怎么啦？”

他脸红了。

她穿好衣服，站到克里夫面前。“如果迪恩还活着，他会抓住你的脖子，把你的屁股扔到粪堆的中间。因为你就是牛屎，将来也会如此，克里夫·布莱尔。你浑身都是牛屎！”

在回家的路上，在蜿蜒曲折的 11 号公路上，阿曼达遇到了斯图的别克车、汤姆的本田车，以及四个急救队的队员。满地都是男人。阿曼达想，不，再也不会了。十亿年以后都不会了。到处都是些失败者和古怪的人，你们这些该死的家伙。

她对着每辆经过的车很不友好地竖起了中指。

10

懦弱的男人

回到无尽梦想房地产公司的办公室，斯图·吉普纳陷入了沉思，阿曼达·杰夫斯朝我竖起了中指，这真是我在后视镜里看到的吗？是的，它是，肯定。哇！这难道不是毁掉了完美的一天？零销售业绩以及阿曼达·杰夫斯给他的中指。她是在嘲笑他的一无是处吗？失败会使他达到那个程度吗？确实。现在每个人都开始朝他竖中指了吗？毫无疑问。他开始抓挠自己已经秃顶的后脑勺上那块鱼鳞状斑秃。这块斑秃从童年起就一直是被人嘲笑的把柄。在生气的时候，他会拼命地抓着挠着，干干的刮擦声，听起来就像松鼠在啃核桃。当斯图真正开始抓挠、抓挠、抓挠的时候，走廊里其他房地产经纪人的门都是关着的。他皱起眉头。噢。如果他再不打住，他会挠出血的。于是他把双手叠放在膝上，开始念他的咒语。每当他经历了漫长而毫无成果的一天，不断重复他的咒语总是有助于中和他消极的情绪。

“六位数。”他说。啊，真好，是的，仿佛唾手可得的钞票上那绿色的暖流洋溢在全身。“六位数，六位数。”立刻、马上、很快就会到来的某一天，他会成为一位财产达六位数的房地产经纪人。来吧，斯图，抓住那美好的感觉，坚定你的意志，不要让它消失。哦，不，它在消失。

坚持念咒语。“六位数，六，六，六。”立刻、马上、迟早，总有一天，迟到总比不到好。从来没有，永远，永远，永远。

他永远实现不了，永远不会。六位数。这是斯图无尽的梦想，也是他无尽的折磨。如果他能成为一名普通的拥有六位数财产的房地产经纪人。如果他可以……

他叹了口气，又开始抓挠，他那疲惫的目光移到了无尽梦想房地产公司的日历上，日历离鼻子仅几英寸远，挂在一堵吸光的、昏暗的、假木头做的护墙板上。他的办公室就杂物间那么大。“是啊，没错。”他对着日历上的图片——一栋巨大的原木别墅——哼了一声，它应该属于某个有钱的大亨。房子的后面，白雪覆盖的落基山脉高高地矗立在蓝色的天空下。“对了。让我休息。”

无尽梦想房地产公司，在以斯图那不起眼的办公室为中心的一个方圆 30 英里的范围内，经营商住房、土地的买卖以及房产租赁，北到哈福德，南到埃尔克代尔，西到迪克森，东到西泽尔瀑布。但连绵不绝的山脉不是落基山脉，它们甚至不是卡茨基尔。让我们面对事实吧，这只是一片寂寂无名的山脉，富豪们从来都不会在这里建房置业。唯一的在这儿建过房子的富豪是斯克兰顿的煤炭大亨，那是……多少年前？

让我们算算，他想，宾夕法尼亚的煤业巨头们活在……1900 年还是其他什么时候？斯图为自己的愚蠢开始感到脸上燥热，就像 25 年前在克鲁科斯基夫人的教室里那个愚蠢的孩子一样。他当然不是愚蠢，一点也不——他是不走运。因为克鲁科斯基夫人总会在他碰巧做着白日梦的时候——通常是关于如何不努力工作就可以赚到钱的白日梦——点他的名。如果她今天还活着——不过谢天谢地，她现在躺在梅普尔伍德墓园 6 英尺以下的地方——这会儿再叫他，他依然是做着同样的白日梦，依然被克鲁科斯基夫人抓了个正着。

他眯着眼看着日历上的图片，很想知道：煤炭大亨们是不是工作很辛苦？可能。所以，真的，他宁愿做一个煤炭大亨的儿子。那些该死的煤炭大亨到底活在什么年代？好吧，管他们是什么年代，他们肯定和苏西一样不会在这个令人悲伤的小角落里建造任何宏伟的房子，就是那个日历上画着的那样的原木别墅。

斯图伸手从他外套口袋里拿了一包香烟，叼了一根在嘴上，吸了一口，享受没有点燃的香烟的香味的挑逗。过了一两分钟，他把湿润的香烟塞回了盒子里。每天午饭后一根烟是他所能允许的，如果他用那一根烟熬过了整个白天，他会奖励自己晚上再熏半包，晚上他往往是在绿色庄园酒吧里和克里夫、汤姆、罗尼、沃尔特和其余的赢家一起消磨的。整个白天，他要么与他的潜在买家们（是的，没错）周旋了漫长的一天，要么颓废地坐在无尽梦想房地产公司那毁灭灵魂的办公室里等了一天的电话——电话的另一头，斯图确信，是连接到某个墓地或沙漠——所以夜晚的香烟和一两杯啤酒简直不是奖励，而是能拯救他生命的东西。

“煤炭大亨，没错。”他脱口而出，接下来的一个小时里，他的思绪停在了让自己受折磨的主题上。这里没有有钱的煤炭大亨，他想到。只有老的煤矿工人，他们从年轻的时候就随着日复一日的劳动为自己挖好了黑色无烟煤的坟墓，所以现在只能坐着咳嗽度完剩余的时日，住在小的破旧的护板墙小屋里，这当然不值六位数——寒酸的需要修缮的房子——这也是文斯·布罗姆勒，无尽梦想房地产的老板兼经纪人曾经让斯图出售过的唯一房产。废弃的煤矿工人的房子以及采石工人脏兮兮的双层房车。永远不是在恩德莱斯山上的某个奶牛场，永远不是沿着I-81走廊的商业地产，永远不是湖景房。

湖景房。“哇，是的。”斯图说。

他越想越绝望，就像一个煤矿工人坐着一辆运煤车驶向黑暗的矿井深处。买家们都可以感觉到他的郁闷。他抬起眼睛望着墙上的日历，叹了口气，叹着他专有的断断续续的气。如果他们从来没有买过，为什么他们会被称为买家呢？经济虽然并不总是那么糟糕，但为什么总是那么艰难，这是好时光还是坏时光？

例如，今天下午，在迪莫克有一栋曾经名为“弗里曼角落”的“按现状出售”的好房子里，它的潜在买家，一个名叫罗德·卡普的家伙，结实、不苟言笑，剪着板寸头，穿着那吓人的黑色钢钉工作靴，重重地踩上了房子前面门廊的台阶，当他走到顶上的那一级台阶，他伸手抓住门廊的扶手，稍一用力，一段 4 英尺的扶手就突然断在了他的手里。这栋被取消赎回权的房子在斯图的销售清单上已经有一年了，他一直在威胁和恳求这栋房子坚持住，不要垮掉，他用廉价的填补料来修补各种各样的管子。他一直在他的别克车后备厢里备着一箱子的填补料，还有一把锤子，当然不是用来修理，而是要把那些生锈的排水沟、松垮的百叶窗和其他可能摇晃的东西都敲掉。或者是在一笔交易马上要泡汤的时候，在地上反复地敲打，就像今天的交易还不到一分半钟就黄了。

罗德·卡普愤怒得涨红了脸，甚至头皮也变红了，斯图可以通过卡普的板寸头看到。斯图一直害怕剪着寸头的人，而罗德·卡普的寸头看起来就像数百万的小铁钉被固定在滚烫的血液中。

所以斯图很快就笑了，那是一种咧嘴的傻笑。“五万是非常好，非常好的价钱！”他的声音像是一只小猪发出的尖叫声。

“我只是把我的脚踩在那该死的门廊上！”卡普喊道。

“那只是顶上那个台阶……可以修好的……我会找人修好的！”

卡普把那截破扶手举过头顶，斯图吓得跌坐在地上，缩成一团，生怕被打中，这是他罪有应得的。不过，卡普转而将这种力量转向了斯图的车，车右边的头灯在一团闪光的玻璃粉尘中消失了。然后，他跳上了他那辆黑色的道奇公羊皮卡，就像马背上的阿帕切人一样，围着斯图转了两圈，然后顺着土路，呼啸而去。

斯图过了一分钟后才坐起来。他颤抖着，觉得他可能会呕吐。他仰面躺倒在地上，盯着天空。总有一天，他会倒在地上再也爬不起来了。这是很有可能的，因为他是个懦弱的人。几个月前，斯图偶然发现了这个词，当时他正无所事事地在谷歌上搜索“怯懦”“软弱”和“胆怯”的定义。“懦弱的”这个词给他留下了深刻的印象，因为它似乎是由“脓汁”和“邪恶”组成的，他正是这样看待自己的：由脓汁和小邪恶组成。他是那种只要有机会就会欺骗寡妇和图书馆管理员的人。他会从婴儿那里偷糖果，如果不是因为他不想被抓住，还有婴儿的母亲可能会扇他一巴掌。斯图想，他会被一巴掌打在地上，嘴里叼着一根黏糊糊的棒棒糖，而不是烟。

在一个到处都是硬汉的地区，他是个软弱的人。即使是好人，和罗德·卡普完全不一样的好人，在某种程度上也是很强硬的。克里夫和他们一样强硬，罗尼和老沃尔特也是如此。几乎所有那些在绿色庄园里举起过啤酒杯的疲惫不堪、汗流浃背的人都很强硬，他们的艰苦的工作斯图知道他都坚持不了一个小时，更不用说一辈子了。卡车司机、拖拉机机械师、伐木工人、采石工。我的天，连罗尼都在采石场拼命工作，与石头锯和炸药打交道？还有奶农，像克里夫一样的，开玩笑吗？斯图害怕奶牛。那些又大又笨的半吨重的狗娘养的会把你撞到围栏上，像薯片一样把你的脊柱撞断。

奶牛让斯图想起了鹿，鹿则让他想起一种特别让人感到羞耻的恐惧——枪。他几乎无法忍受任何枪开火的声音，讨厌清洗油的味道，甚至害怕和一盒弹药共处一室。在这里，每个人都能猎到一些东西——甚至是小个子欧丽芙，图书管理员，她为了吓跑土拨鼠而弄了一把22式手枪。这个欧丽芙·帕金斯，个子比麻雀大不了多少，却比他还强硬。该死的，30英里的房地产范围内的所有女人都很强硬，包括，尤其是……阿曼达·杰夫斯。

阿曼达。

斯图叹了口气（这次很高兴），他回到办公室，坐到椅子上，把脚搁到桌子上，漫不经心地摩挲着左手中指上的小伤疤，就像在搓着一盏神奇的阿拉丁灯，准备召唤出一个精灵。也许阿曼达给了他一根手指，并不是轻蔑，而是友好地提醒他一段有关手指的插曲——一场危机——3年前，在她的帮助下，如此精彩地化解了。当然，当然，是的。这就是她在11号公路上经过他的车时竖起指头的意思。斯图边摩挲着，边陷入了沉思。甜蜜的阿曼达。

3年前，他的手指被金枪鱼罐头的盖子给划伤了，从此开始了一段美好的旅程，让他终于接近了阿曼达。如果是罗尼或克里夫，他们会用胶带和纸巾把伤口包扎起来，然后会回去继续和他们脏兮兮的手提钻或者脏奶牛一起工作。对他们来说，只有严重损伤到扣扳机的手指时，伤口才叫严重。

但斯图是一个懦弱的人，当看到血从伤口冒出来，他哭了出来，那个伤口对他来说就像马里亚纳海沟一样地深。他抓起一条洗碗毛巾，一屁股坐到他那小公寓的地板上，脸色苍白，浑身颤抖。斯图害怕牛、枪和板寸头，但真正让他害怕的是失去一根手指的想法。他认识的人中，有一半的人都失去了手指，现在，他只不过想要做一个金枪鱼三明治而已，却马上就要加入这个缺手指俱乐部了。他偷看了一眼毛巾，血在左下角的地方闯进了视线。他那宝贵的血液流得足够多，居然浸透了毛巾。他把手伸到腋窝下，使劲地压住，想止住伤口的血，另一只手在裤兜里摸索着他的手机。他要打电话给他的前妻如熙。

他犹豫了一下，想起了他们最后一次的见面，只好放下了电话。上个月，他在西吉普森给如熙介绍了一套“按现状出售”的房子，当她打开厨房的厨柜门时，一只嗞嗞作响的负鼠跳了出来，对着他们龇牙咧嘴。斯图一声尖叫，紧紧抓住了如熙。负鼠逃离了他们俩，在厨房的台面上绕了两圈，跳到了地板上，跑进了起居室。

如熙挣开了他，眯起了眼睛。“你要把这个鼠满为患的垃圾地方卖给我吗？我的意思是，天哪，斯图，我知道你会欺骗我，但我不知道你会做这么差劲的事情！”

“就好像我知道有一只负鼠住在这里一样，看在上帝的分上，如熙！”事实上，他多少是知道的。昨天他在屋子里东堵西塞的时候，听到了喧闹的声音，但他希望那只是老鼠。

如熙把他上下慢慢地打量了一遍，就像用激光眼，把他切成了两半。在他们的头顶上，楼上浴室的墙壁上，叽叽喳喳的负鼠在墙上弹上跳下。突然莫名其妙地，马桶自己冲了起来。

他们都盯着天花板。斯图开玩笑说："至少它是受过洗手间训练的。"

如熙推开他，冲出了房子。

所以他不能打电话给如熙，他也不能报警，即使他再害怕，他也不愿意给那些寸头一个机会，来对着他摇头、翻白眼，然后把他放到一辆完全没有必要的救护车的后面。纸巾和管道胶带，他们通常会认为，这就是皮肤小切口所需要的。

在公寓的地板上坐的时间越长，金枪鱼的盖子上致命的外国细菌就会越来越深地钻入他的伤口。他要失去手指了，但上帝，他不想失去手臂，他使出了全身的力量（很小）、所有的勇气（少），跑下楼，上了他的别克车，用了不到 15 分钟的时间，开了 20 英里的砾石小路，一路开到萨斯奎汉纳县医院的急诊室。

斯图坐在他的办公室里，回想起这一切，来到了有关"我几乎失去了我的手指"的回忆中他最喜欢的那部分——阿曼达·杰夫斯的部分。依然在微笑的阿曼达，在迪恩去年死在雪地上之前的阿曼达。

在急诊室的候诊室里，斯图瘫倒在两把椅子上，试着不去想手术刀，因为它会接着完成金枪鱼盖子才刚刚开始的切割工作。萨斯奎汉纳县医院的医生会用内战战地外科医生的效率和残忍来治疗他的伤口。嘴里咬着浸有威士忌的毛巾，吉普纳下士，现在你可以自由地哭喊妈妈，因为我们要开始锯啦。

阿曼达·杰夫斯出现在了朦胧的远方，一位穿着外科手术服的地球天使，尽管斯图知道他将会失去他的手指，当他们把它切下来的时候，至少阿曼达，性感的、强大的阿曼达会是那个照料他的人，她是如此美丽。她沿着走廊向他走来，他在那惊慌失措的心跳之间，听到了真正的天使的音乐。甜蜜的小提琴，潺潺的小溪，黎明天堂的鸟。

“嘿，斯图。”她看着他裹着毛巾的手说。她的声音与当地妇女的斯克兰顿鼻音没有任何相似之处，那是纯天鹅绒的声音，当她抓住他的手臂时，她的皮肤也是天鹅绒一般的。在无尽的大山里，每个人都是波兰人和德国人的混合体，但阿曼达看起来像个荷兰姑娘，或者是瑞典人，微笑着，白色的牙齿，金色的头发，完美的臀部。她是斯图永远不可能拥有的女人的缩影。

“多少根手指，你是怎么做到的？”当她领着他去急诊室时，她问道。在他那略带好色的恐惧的想象中，连她的声音都被他迷迷糊糊听成了浓浓的瑞典腔。

“一根手指，”他设法低声说，“金枪鱼罐头盖子。”

“哎哟。”阿曼达说。没有嘲笑，一点也没有。伤口不需要来自枪支、斧子和拖拉机事故。世界上有更小的，完全合法的伤口。因为她承认了这一点，斯图真想吻她一下。他躺在担架上，她小心翼翼地打开洗碗毛巾，把它扔进了生物危害的垃圾桶里。他感觉不到他的手指，在一阵恐慌中，他以为它已经被扔进了垃圾桶里，还带着血淋淋的毛巾。他偷偷看了看，它还在。他很快地再看了看，尽量不去呜咽。

阿曼达调整了急诊室的灯光。“哦，只是一个小伤口，斯图・吉普纳。甚至不需要缝针，只需要几根绷带。”

那会儿，斯图浑身已经被汗湿透，无法开口说话。他闭上眼睛，立刻想到了这次对急诊室的小小拜访所带来的后果。“嗯。”他低声说道。

“怎么？”

他睁开了眼睛，但不敢看她。“你不会告诉……任何人吧？”

阿曼达莞尔一笑。“你是说告诉迪恩，然后他会告诉罗尼，罗尼会告诉汤姆，所以当你今晚去绿色庄园的时候，酒吧里的每个人都会——”

“对，对，”斯图低声说，“这就是我的意思。”阿曼达把一只手放在斯图的肩膀上，对着他微笑，她的眼睛像珠宝一样，她的呼吸带着薄荷味，是她慢慢嚼着的口香糖的味道。他想起了高中时的她，用她独有的方式慢慢地嚼着口香糖，这非但不是拖拖拉拉，反而是她活力的象征，她需要让她那强壮的身体里每块细小的肌肉都保持运动。迪恩也一样，总是把他的重心从一条腿移到另一条腿上，在他和你说话的整个过程中他都会揉搓着他的手臂。他们两个人都爱活动，所以没法静止。斯图能想象到他们之间的宏伟的性爱。

“听我说，斯图。迪恩、克里夫这些笨蛋都不会来急诊室，但是你知道来打破伤风疫苗。牛和鸡，农场空气中的粉尘，都是破伤风的培养皿。你的思考可以得 A 级。”

斯图脸红了，惊讶地瞪着眼睛。克鲁科斯基夫人从来没有给他的思考打 A 级。阿曼达是善良和美丽的，她像母狮一样充满爱心。在急诊室灯光刺目的光环下，她就像是上帝派来的。那一天，斯图是世界上最幸福的人。他宁愿每周都牺牲一根手指，让阿曼达·杰夫斯照顾他。当她给他注射破伤风疫苗时，他表现得像个男人一样。

现在，在他的办公室里，他转到他的电脑屏幕上，找出了一个文件：

阿曼达·杰夫斯

RR4，邮箱 4152，枫林路。

新米尔福德，PA18414

斯图对他将要对阿曼达做的事感到很难过。他希望他能为迪恩做点什么。他祈祷他能做点什么，让他感觉真正的好。

他皱起眉头，眯起眼睛。但是你知道吗？今天下午她朝你竖起了中指。因为她就是这么做的。她拒绝了你，让你走开。和她，你从来就没有过机会。没有，无，零。

他滚动鼠标往下翻，皱着的眉头变成了一种征服的傻笑。他在萨斯奎汉纳县抵押贷款中心有个小耳目，名字叫作史蒂夫·琼斯。史蒂夫会及时通知他那些拖欠抵押贷款和房屋净值贷款的人。看看上个月谁在这个清单上：

迪恩·杰夫斯和阿曼达·杰夫斯：账号

#382W904

10 年期房屋净值贷款，始于

2008 年 6 月 15 日

还款总金额

265.09 美元 每月支付	53000 美元（含税） 总共 120 个月
19,592.27 美元 总利息	2018 年 6 月 完成日期

★★贷款拖欠★★

2016 年 12 月 15 日，265.09 美元

2017 年 1 月 15 日，265.09 美元

2017 年 2 月 15 日，265.09 美元

斯图咧嘴一笑。寡妇杰夫斯已经错过了三次还款。他不能拥有她，但他会得到她的房子，她可爱的六位数的房产。

斯图向后靠在椅子上，双臂放在他的光头后面。双臂像弯曲的翅膀，和那光秃秃的脑袋一起——他看起来就像一只秃鹰，盘旋在恩德来斯山中的树梢上，等待着容易捕获的猎物。

六位数，宝贝。不再受她烦扰，他马上将成为一个六位数资产的男人。然后我们就会看到谁可以朝谁竖中指。对谁，她还是他？他脸红了，因为他几乎能听到克鲁科斯基夫人在她的坟墓里说话，咯咯地笑他的愚蠢。

11

消失前的准备

吃完晚饭，做完作业，奥利安娜跑到树屋中去搜寻，《格鲁的账本》被藏在枕套里。她在这本书的第四页的夹缝里留下了一小根红冠啄木鸟羽毛的绒毛。如果它跑出了夹缝，那就意味着哈利·克兰读了这本书。但它仍然在原地。

他怎么能离开？她气得眼冒金星，还有恐惧。哈利必须回来，他必须回来。如果他出事了怎么办？如果——她阻止自己再想下去。她颤抖着喘着气，强忍着眼泪。

她走到书柜前，拿出了《树木指南》。她翻到了“北美硬木树”那节，发现了枫树：红花槭、银白槭、糖槭。她点着头，研究着植物的名字。然后，她大声地倔强地说着话，说出了她的咒语。这是能把哈利·克兰带回树屋的咒语。

“糖槭树，”她说，“糖，糖，糖槭树。”

她望向树林。咒语，会像一团无形的烟雾，在树干间蜿蜒而行，找到哈利，迫使他回来。

但咒语没能使他在晚上 8 点或 9 点的时候回来，当她从卧室的窗户向外看他是否亮灯的时候，她想，也许会是晚上 9：01 或 9：02 吧。到处一片黑暗。

“上床，奥利安娜，来吧。就这样啦。”

你不知道那是什么，妈妈，她想，你真的不知道。当她经过时，阿曼达甚至没有扫一眼奥利安娜的窗户。总的来说，阿曼达对男人并不是很有好感，尤其是在今天和克里夫的那段插曲之后。无论是在雪中早死的男人，还是用愚蠢的小摄像机欺骗她的男人，还是突然掉入森林让她的女儿鼓起满心希望的男人。

回到她自己的卧室，她在10点关灯之前还是朝森林里看了看。森林，这一大片政府的荒野地，和她的心情一样黑暗。她对着空荡荡的树屋，空荡荡的森林，空荡荡的床的另一边，说，晚安。

但是晚上10：10，当奥利安娜踮着脚走到她的窗前向外眺望时，她看到远处树林里出现了火柴的亮光，接着一盏煤油灯被点亮了，发出了明亮的光。

奥利安娜，秘密和隐身的女王，对家里所有会吱吱作响的地板了如指掌，知道如何像幽灵一样安静地走下楼梯。她穿戴整齐，准备采取行动。她找到了挂在杂物间木栓上的手电筒，打开了后门，溜进了黑夜。她穿过树林走向闪烁的灯光。

她不需要灯。她所要做的就是跟着哈利的咒骂声。

“妈的。该死的。”

他就在山毛榉树树底附近。

“哈利·克兰，你去哪儿啦？”

她打开手电筒，照在他身上。他晃动双手遮住了脸。“嘿！我的眼都要被你晃瞎了。”然后说，“你妈妈知道你在外面吗？”

“你在开玩笑吧？”她接着说，“我以为你跑开了。”

“如果我想的话，我早就走了。”

奥利安娜满意地点了点头。“但你没有，是吗？”

“没有。我缺乏常识，越来越缺乏。”

他抬头望着那棵巨大的山毛榉树。在屋里煤油灯的照耀下，窗户上的彩色玻璃把树屋变成了一个飘浮的珠宝盒。树屋似乎是他自己心灵的一种表现。在过去的12个小时里，他的生活发生了惊人的变化——如果他自己突然开始发出同样令人眩晕、五彩斑斓的光芒，他也不会感到惊讶。

“你没有在做森林工作。”奥利安娜说，她把手电筒的光照在一个行李袋以及靠在山毛榉树底部的一个冷却器上。

他指着树屋说：“这是安身的住所，这是食物，这是衣服。这三样东西总是必需的。”

“你去哪儿了？”

去哪里了？去了一个所有试图自杀，然后被一个糖果棒和一只红尾鸳给救了下来的森林官员都会去的地方——斯克兰顿。

今天早上，他在树屋醒来，哈利心想：在这儿。他已经有一年没有出现在其他任何地方。他坐在小床上，认真地倾听着，他听到了贝丝的话——亲爱的，辞掉林务局的工作。

他透过奇幻的窗户望向森林。我住在树屋里，他想，在森林的中央。在“哈利的树林”设想中，他和贝丝从来没有想过要跑到森林里，在树屋里安家。他们是一对理智的夫妻。他们想象的是他辞掉了林务局的工作，到贝勒植物园工作，或者成为一名庭院设计师或树木栽培家。他回家——回到的不是树上，而是坚定的脚踏实地的房子——贝丝会在那里。

现在，他在树顶，几乎是飘浮着的。他看着糖槭树和沼生栎的尖端。随着春天的可能到来，末端的蓓蕾会变得肿胀起来。不仅仅是一种可能——春天是不可避免的。它即将横扫这片森林，树木所积攒的能量会像波浪冲到了波峰。当那一波绿色的浪潮袭来时，树顶的蓓蕾，那将是怎样令人震惊的场景。

哦，贝丝，他想，我希望你能在这里看到这个。他想聆听她的回答，他听到了，却不是她的声音，而是树林里的风声。她和他的交流没有完全消失，而是变成了别的东西。她无处不在，但不在这里。

哈利紧紧抓住窗台，稳住自己。哈利的树林里没有贝丝，只有他自己。

远处阿曼达家的方向传来一丝亮光，黎明的阳光在闪烁。哈利从窗口后退了。毫无疑问，奥利安娜在用镜子朝他反射光线。紧急联系。事实是，他根本不是一个人。因为他的生活中似乎多了一个小女孩，一个势不可当的小女孩。他必须控制住她，这样他才能留在这里，这样他就可以成为他想成为的那种森林人。

他需要理清思路，组织起来，制订一个计划。他会对未知的事物做出承诺，是的，但他会以一种非常实际和有分寸的方式来做这件事。毕竟，他有一份工作，一栋房子，还有数百万美元要处理。他小心谨慎地计划着。如果他毫无理由地消失得无影无踪，他们就会去寻找他。

因此，斯克兰顿，他驱车 20 英里，往南到达斯克兰顿市中心，因为：

（1）森林里手机信号很不稳定，他有很多短信和电子邮件要发；

（2）他需要补给；

（3）斯克兰顿是个，嗯，寂寂无名的小镇。

斯克兰顿是一个疲惫的老镇。拉克瓦纳河从北流向南，把城市一分为二，用它那股慵懒的气味填满了空气。煤尘熏黑了曾经辉煌的市政厅砖木建筑。斯克兰顿人似乎无法从破碎的路面上抬起头来。真的，没有一个人抬起他或她的头去看哈利的脸。这是绝对完美的。

他在家得宝商店和哈格里露营用品店度过了一个上午。他用现金付了所有的账单。他买了一个冷却器和一些冰，然后去了杜伦大街的吉安特超市。再然后他回到市中心吃午饭——但主要是啤酒。

他坐在京斯特大道附近的一个叫麦克-斯克的酒吧兼餐馆的小隔间里，吃了一大份沙拉和一个汉堡包。他点了一份吉尼斯烈性黑啤酒，因为他需要额外的烈性和勇气。他要做一件他从未做过的事——应付大狼。

哈利浏览了他的短信。从昨天到今天早上，有 15 条来自大狼，所有的短信都用典型的不断升级的语言问着本质上是一样的问题：你他妈的在哪里，小弟弟？大狼以他的狼人方式，已经知道“麦克威廉斯，托里和康维尔”律师事务所已经和拆迁公司达成了协议；知道哈利，就像大狼所预测到的那样，已经变得非常富有了。哈利惊讶地笑了。他在这里，正是要躲在魔法森林里，躲避一匹贪婪的大灰狼。哦，对了，这个童话里的女孩穿着红色的衣服。

哈利擦了擦额头上的汗珠，开始在他的手机上打字。大狼立刻就回答了。

哈利：嘿，大狼。

大狼：你在哪里？

哈利：在一个好地方。

大狼：你听起来不太对。

哈利的电话响了。哈利没有接。他又发短信。

哈利：我不接。

大狼：拿起电话，哈利。

哈利：不。

大狼：哈利。

哈利：不。

大狼：你在哪里？

哈利：在一个好地方。安全。

大狼：安全？这到底是怎么回事？安全???

哈利：只是个好地方，大狼。

大狼：回家。

哈利：你是谁？爸爸？

大狼：爸爸从来没有回过家。去你的狗屎，哈利。这很重要。

哈利：不能。知道你在那里。坐在我屋前的台阶上，吸烟。

苍穹下，一种听得到的暂停声。大狼很可能在弹烟屁股，然后点燃另一支香烟。哈利几乎能听到他愤怒的吸气。

大狼：我在这里。因为你需要我。

哈利：听着，我不会回家了。

大狼：他妈的，你会被骗的，会把你的钱搞砸的。我知道投资。这是笔巨款，哈利。这是你生命中最重要的时刻。

哇，哈利想着，哇，哇，哇。

哈利：贝丝的死……才是非常重要的时刻，大狼。

大狼：别跟我周旋了。你待的不是个好地方。这些钱让你他妈的风掉了。

哈利：“疯”字你打错了。听起来好像是你要疯掉了。

大狼：你坝在回家。

哈利深吸了一口气，向女服务员招了招手，又要了一杯吉尼斯烈性黑啤。

大狼：你还在吗？这是700万美元，小兄弟。

大狼：你在吗？7,000,000。看看这些0。

哈利：关于0？0等于什么都没有，兄弟。

大狼：别他妈跟我装傻了。

哈利：恕我冒犯，但是托兰律师得到了三分之一。所以，只有差不多400万。

大狼：哈利。

哈利：4,000,000。

大狼：哈利。上帝。你必须正确地投资。建立你的储备基金。

哈利：把所有的鸡蛋都打碎，大狼。我会尽快地摆脱它。

哈利可以听到大狼的头爆炸了。至于哈利，他的心也在爆炸。看看他刚刚写的句子。想想所有的钱，以及它们是怎么来的。也许他会拿到现金，然后在森林里一把火烧掉它们。他不知道他要怎么处理这些钱。但他会做得很快，而且不会让大狼掺和。

大狼：求你。

哈利：我不回家了，大狼。我在一个安全的地方。你明白了吗？

大狼：求你。

求你。这个词以前从来没有从大狼嘴里吐出来过。哈利觉得有点不舒服。

哈利：好的。我要走了。

大狼：等等。你有一栋房子和一份工作。

哈利：都处理好了，大狼。

这是一个谎言。哈利有些手忙脚乱。

大狼：求你。爸爸遗弃我。现在是我的弟弟。

哈利想，你有那么多妻子，你忘了把她们也算进来。

大狼：还有我的妻子，哈利。三个人都离开我了。

哈利：但是都还活着，大狼。支票一开，钱就不见了。

大狼：哈利！！！

哈利：有事会通知你的。再见。

大狼：请不要！！！

哈利：结束了。

"他妈的，他妈的，他妈的！"大狼站在哈利的前廊台阶上，瞪着他的手机。

一个遛狗的人走到街的另一边。前院到处都是大狼的烟头。他转身想把手机扔到树上，但他停了下来。他妈的。

我为这笔钱这么努力，大狼想，哄着他、宠着他、指导他。我应得的一份，我的一份。应该比一份还要多，哈利对钱了解多少？现在这个小虾米正在做什么，确切地说，一不小心就会把一切都搞砸。

他在什么地方？

在支票被兑现之前还有多长时间？

他能让哈利做出承诺吗？现在他们还会向其他人做出承诺吗？

他能雇一个私家侦探吗？现在他们还有私家侦探吗？

"他妈的。"大狼点燃了一支烟，转过身来，面对着哈利的房子。他的大下巴的肌肉扭曲了。

他几乎像一头公牛一样在喘气。我应该得到我的那一份。我得看着他。我就像这个小浑蛋的父亲。

他的电话响了。哈利？不。去他的。马上要成为前妻的那位从弗吉尼亚联系他了。从他说“我愿意”的那一刻起，他们的一切就结束了。甚至在他遇见她之前就已经结束了。艾希莉。

现在是她给他发的短信。等等，不是艾希莉，是巴布。艾希莉是他的第二任妻子。大狼盯着他的屏幕。

巴布：你在哪里？四方会谈，1 点。你最好出席。

“他妈的。”大狼喃喃自语，“我在躲巴布，哈利在躲我。”世界是一个他妈的捉迷藏的大游戏。哦，他会找到他的弟弟。他会寻找并找到他，很好。

“哈利躲不掉我的。”大狼想。他看到一辆车经过，立刻想到了他的父亲——他不是抛弃他们而离家出走，而是开车离开了家。所以大狼讨厌汽车，讨厌 60 岁以上的人，就像那个家伙一样，因为如果那个老家伙还活着的话，那就是他的年龄。

大狼转过身来，瞪着哈利的房子。他可以把门踢开，这是一个选择——我要气冲冲地把这扇门踢开。

一辆韦弗利警车慢慢驶过。大狼收回了他要踢门的腿，假装他在做伸展运动，或者打太极，然后他向车点点头。警察甚至都没有看他这边。大狼想，我应该去找警察，让他们发一个有关寻找哈利的全境通告。因为他偷了我的 400 万美元。他们有全境通告吗？

大狼露出了一点微笑。在某种程度上，他为弟弟感到骄傲。这么快的行动。你哪里来的勇气做这些，哈利？你是个无勇气的奇迹。不，这不是勇气的事，哈利真的是疯了。我必须在他做蠢事之前找到他。比如，把钱捐出去，哦，上帝。

（1）绿色和平组织；

（2）塞拉环保俱乐部；

（3）红十字会；

（4）众筹网站的骗子发明了一种新的纯素食奶酪，或为第三世界国家偏远山区发明了一种太阳能冲刷马桶技术；

（5）联合国儿童基金会。

大狼在恐怖地战栗。“他妈的！”

在和大狼聊完之后，哈利立刻打电话给“麦克威廉斯，托里和康维尔”律师事务所。托兰说，8 天后，这家律师事务所会从卡莱尔拆迁公司获得一张 700 万美元的支票，然后钱会存入公司的托管账户。在处理了诉讼和律师费用之后——这需要 4 天——他们会以电子转账方式将大约 400 万美元转移到哈利在先锋银行的货币市场账户上。哈利目前的账户余额应该是 11431.21 美元。

托兰还在继续唠叨，依然沐浴在胜利的余晖中。哈利把电话从他的耳朵边拿开，等着声音平息下来，然后说了声：“谢谢你。”挂断了电话。

接下来，他给房地产经纪人萨利·贝克打了个电话，5 年前，正是她把房子卖给了他们。萨利还参加了贝丝的追悼会。

“哈利，不是问题。你要求的是所谓的房产管理。我们在韦弗利有几处房产，负责租赁。但你不是要出租，对吧？”

“不，不卖，”他告诉她，“也不租，因为还没决定。处于一个搁置期。”

每月 300 美元，她的机构将处理一切。草坪修剪，清洁服务，包括清空冰箱，调低暖气——从 A 到 Z 的所有东西。

萨利每两周就会去检查一次，以确保一切都处于最佳状态。他们还制订了一项税收和抵押贷款计划。

哈利说：“我的兄弟可能就躲在房子周围。我们关系不太好。我们正在处理一些家事。没什么大不了的，请不要让他进家门。他很……很会狡辩。”萨利表示理解，她说她路过警局时会顺便提醒一下警察。“我们会保证你房产的安全，哈利。”

家庭和财产——它会变得很紧张。

她又说："那么，你好吗，哈利？"

哈利已经准备好了她会问这个。"很好，萨利，带着悲伤——你知道他们总是说第一年会是如此迷茫吗？我觉得我从雾中走出来了。这是一个过程，这是其中的一部分。"

这就是他想要给萨利植入的想法，因为她肯定会到处说闲话。这是房地产经纪人爱做的。她会说，哈利正在某个地方疗伤，他正在进行一场情感之旅。这里完全合理的。每个人都有自己的处理方式。

"哦，哈利，还有一件事，"她说，"我需要一把钥匙。"当哈利告诉她备用钥匙藏在哪里时，她咯咯地笑了。在花园小屋的右边，山茱萸树的树洞里。"当然，"她说，"林务局的人还会把钥匙藏在哪里呢？"

前单位林务局，这是哈利下一件要办的事。通过电子邮件，他联系了他的老板伊夫·麦克雷，辞职，立即生效。哈利还有一大堆的病假和假期可以休，他再也不会回来了。

另外还有点报复的成分，但就是这么回事。哈利在结束邮件时写道：伊夫，鲍勃·杰克逊能处理森林法案、提案计划报告、国家森林系统研究、森林服务总结、项目进程总结。鲍勃喜欢解决棘手的问题，他是一个绝对的工作主力。

这就是哈利在林业官僚领域的终结。

12

格鲁的账本

接下来，真正的森林生活开始了。他盯着奥利安娜。“森林”这个词不再是一个简单的词。只要想想，他就能感觉到这个小女孩身上的魔力。我想去哈利的树林，他想，但是为了到达那里，我必须穿过奥利安娜的森林。

“那是什么东西？”她问，她用手电筒扫了一下那个鼓鼓的行李袋。他们站在树屋的底部。月亮从云后钻了出来。

哈利从袋子里取出一个奇怪的折叠装置。“瞧，一个营地便桶。”

“什么？”

“野营厕所。”

“你带了自己的厕所？呃。奇怪。”

哈利看了她一眼。“抱歉，你家里没有厕所吗？”

“这是在户外。在户外，你只需要走路。”

“嗯，我做的事情不一样。”

她展开这玩意儿。这是一个三条腿的凳子，上面有一个塑料纤维绳编制的坐垫，坐垫中间有一个圆形的洞。她坐在上面，咧嘴一笑。“这是我所见过的最傻的事。”

哈利交叉着双臂，等待着。“觉得很好玩吗？我们现在可以上去了吗？实际上，你需要回家。很晚了。这是树林。这是晚上。走吧。”

“你还带来了什么好东西？”

她在行李袋里翻了翻，拿出一个旧的白绿相间的帽子，上面有一个林务局的官方标志。

哈利说：“它一直在我车的后备厢里。”

她把它戴在头上。“你还有什么？”她又开始翻寻。

他拦住了她，把袋子的拉链拉上了。“只是些供应补给。”

“什么是供应补给？”

“供应补给。生活用品、食物、衣服。”

“我知道大多数的单词，不是你有时用的那种。我真的很聪明，你知道的。”

“相信我，我知道。”

她打量着他。“你真的没有孩子？”

“没有。”

“但你结婚了。”她的手电筒照到了他的结婚戒指上，金光闪闪的，不可否认。

哈利没有看她的眼睛。虽然天很黑，但他知道她正用激光般的眼神扫视着他。他抓住了冷却器的一个把手。“如果你不想回家，那就帮忙吧。抓住另一端。”他说。

他们顺着螺旋形楼梯努力往上爬。奥利安娜虽小，但很强大，从乡村生活中获得的力量。哈利怀疑那些郊区的孩子都不能做到这一点。

《格鲁的账本》放在角落里的三角木桌上，等待着。奥利安娜来找哈利的时候，已经把它从枕套里拿出来了。几分钟前，当哈利运送上他的第一批物资时，点亮了那盏煤油灯，此时，灯光的倒影在账本皱巴巴的、褪色的封面上跳动着。

哈利移开他的目光。

“你应该读它，但你没有读。”奥利安娜说。

“哦，是吗？你怎么知道？”

她打开书，指着夹在第四页的那一小根啄木鸟绒毛。“还在那里。”她噘起嘴唇，把它吹到空中。

“狡猾的姑娘。”哈利说。

奥利安娜满意地点了点头。“我很警觉的。”她说。

“你从哪儿弄到这本书的？”

“从一个秘密的地方，童话故事里的地方。”

“啊，当然，童话故事里的秘密地方。白雪公主的森林、神奇的彩票以及老鹰，还有独角兽和食人魔。”

“不是食人魔，是格鲁。”

哈利叹了口气。“让我们做一些理智点的事情，好吗？”他把一盒饼干扔到她身上。“帮我把我的东西收起来。”

奥利安娜把他的食物放在厨房水槽两边的两个厨柜里，告诉他水槽是如何工作的。“你抓住把手，然后泵三下。它使用雨水，所以它只是用来洗碗。”一个 50 加仑[1]的橡木桶被固定在树屋的屋顶上。她告诉他，他应该只使用有机肥皂。因为水槽里的水会顺着一根隐蔽在螺旋形楼梯下的长水管一直流到森林的土壤里。这个树屋非常紧凑，完美得就像一艘旧帆船的船长卧室。

“你们什么都想到了。”

“喝的水，附近有一眼泉水。我明天指给你看，很隐蔽的。”她打开水槽下面的厨柜，拿出一个塑料壶，“这是用来装水的。”

“你得回家了。你累了。”

“我要听一个睡前故事，才会睡着。”她盯着他。哈利转向窗户。月亮是明亮的。

---

[1] 加仑：英美制容量单位，美制 1 加仑等于 3.785 升。

他们站在树屋最大的窗户边，面对着西边，望着外面银白色的树顶。

“真美，”哈利说，“我喜欢这种小树丛，一簇簇的树木，正在颤抖。知道为什么这棵山毛榉树正好在这些山杨树的中间吗？”

她摇了摇头。

“因为山杨的叶子酸性很强，而山毛榉树正好需要在酸性土壤中茁壮成长。”他开始滔滔不绝地讲解有关树的知识，“这是双赢的。它们互相帮助。”他拍了一下光滑的、银灰色的树枝，像大象的腿一样粗的树枝从树屋中间穿过。“一棵山毛榉树通常长得非常高，会送来丝丝的阴凉。这又是山杨所要求的，不要太多的阳光或太多的阴影。

“你停停。”她说，把《格鲁的账本》放在他的手里。

他把它放回桌子上。

奥利安娜看着他：“你是山杨树还是山毛榉？”

“一棵山杨。我经常摇摆，我只是一大群中的一棵。我总在风中弯折。”

“我绝对是山毛榉树。”

“为什么？”

“因为我爸爸是个巨人。”她拍了拍一根粗枝，“所以我要像这样，巨大和强大。”

他们长久地盯着窗外，没有说话。她说的是真的巨人吗？可能。她的父亲是一个巨人，她的母亲，在哈利看来，简直就是一位善战的阿玛宗女战士。这个孩子的想象力是会传染的。他望着森林，想象在一个遥远的树干后面，看到阿曼达·杰夫斯，像个亚马孙女战士一样有一个巨大的弓，她把手伸向她的箭袋，摸到一根刻有她名字的箭，瞄准了他。快点，给我女儿读这本书，已经很晚了，她明天早上要上学，别像棵摇摆的山杨。

奥利安娜坐在他身边点着头，好像是决定了一些重要的事情。“好吧。昨晚在床上，我在想，你是对的。”她向窗外月光下的树林做了个手势，“森林是我们俩的。这也是你的树林。”哈利摆弄着他的结婚戒指。过了很长一段时间，他说：“哈利的树林。”他眨了眨眼睛，把目光移开了，清了清嗓子，轻声地说话，“那一直是我的梦想，开始一项叫‘哈利的树林’的事业。”他想，每天工作结束我都会回到有贝丝的家。

他抬起头来。奥利安娜正在看着他玩戒指。他停下来，把右手覆盖在左手上面。

“哈利的树林，”她温柔地说，“这是一个了不起的名字，好听又简单。”然后她退后一步，背道——

“奥利安娜的森林，
和哈利的树林。
一个被施了魔法的地方，
厚厚的树叶。”

哈利点了点头。“哇。让人印象深刻。”

“告诉过你我很聪明。”

《格鲁的账本》躺在桌子上，等待着。奥利安娜也在等待。哈利在躲避。“所以这个树屋，”他说，“为什么没有人会闯入或打扰它？”

“你知道为什么，因为它被魔法保护着。”奥利安娜进一步想了想，“没有人真的会来这里。你可能会看到罗尼，或者斯图。”

“他们是谁？”

“罗尼是我爸爸的朋友。他对我父亲的死感到难过。当他猎到一只鹿的时候，他总是给妈妈带来鹿肉。除非你打扰他，否则他不会打扰你的。”

“斯图呢？”

“斯图·吉普纳。他是一个总是四处走动的怪人。他卖房子。”

“他为什么要来这里？”

“来盯着我们的房子。因为他是一只秃鹰。”

罗尼送肉。斯图觊觎房产。阿曼达·杰夫斯丧偶，自己养活自己。一个有着阿喀琉斯之踵的亚马孙女战士？

哈利看了看《格鲁的账本》。“告诉我更多关于你爸爸的事。”他说。所有的事情好像都与他有关，这是奥利安娜对魔法痴迷的核心。哈利不懂孩子的事，但这是有意义的。如果他在贝丝死去之后度过了疯狂的一年，这个孩子就会有她疯狂的一年。

他想知道，她父亲为她写了《格鲁的账本》吗？这是这本书的秘密吗？如果迪恩·杰夫斯建造了这座八竿子打不着的树屋，他也编故事了吗？当然，严肃的阿曼达·杰夫斯并不是一个会讲故事的人。

奥利安娜说：“现在开始讲，好吗？”

他为什么拖延？因为这本书是奥利安娜的一切，她唯一的目的。如果这本书对她来说是负重的话，那么对他来说也是一种负重。在这里，他本想试着处理自己的痛苦，而她却决定把他拉到她的心里。如果他不能帮助她呢？真的，他自己乱糟糟地在森林里做了这么多糟糕的事情，他又怎么能帮助她呢？看着我，奥利安娜。你看，我还戴着我的戒指。如果我告诉你这是什么意思，你就会明白我是最不能帮助你忘掉你父亲的人。我根本不是一个懂得如何放手的人。

然后他想，上帝啊，哈利，别再想着你自己了，帮帮这个孩子吧。帮助她放手。真的，她要求你什么了？她只是想让你读一本书。不是很多，是吗？这是成年人对待孩子的方式。她需要一本特别的书的安慰。你读了，她感觉好多了，她平静下来了。有什么比一本书更能抚慰人心？这就是他们的目的，对吧？一本好书，然后她回到家，爬进她的小床，睡着了。奥利安娜可以睡觉。哈利可以睡觉。阿曼达可以睡觉。森林进入梦乡。整个行星进入了梦乡。哈利一想到这将是多么美妙的一件事，他就睡眼蒙眬。这是结束漫长一天的完美方式，一个睡前故事。他打了个哈欠。

“好吧。好吧。我们读。”他说，“然后你就回家睡觉。”

“成交。”

他们并排坐在小床上。

他清了清嗓子，眯起眼睛。哈利意识到他从来没有给孩子读过一本书。

奥利安娜伸手打开了旧银行账本的封面。哈利紧张地呼吸着，读了第一行手写的十几个字：“在不知道多久以前，在绵延不绝的大山里……”

奥利安娜用手肘碰了他一下。“慢点。你的声音应该是以一种歌唱的方式发出。”她示范了一下，“在不知道多久以前……”

哈利点点头，又开始了。当他读书的时候，他能感觉到他的心跳。他也能感觉到奥利安娜的心也在跳动。整个树屋也跟着人的心脏在跳动。

“在不知道多久以前……”他说。

格鲁的账本

在不知道多久以前，在绵延不绝的大山里，住着一位老格鲁。从月亮升起，到日出，再到月亮再次升起，格鲁坐在他的金币上，他的心像他的财宝一样冰冷、沉重。

每当漫长的一天结束，他会数一遍他的金币，并在他的账本上写上数字。数字总是一样的。一切都是一样的。

一天晚上，当太阳远远地落在群山后面时，格鲁陷入了断断续续的昏睡。他呜咽着、抽搐着，因为他做了个噩梦，梦里到处是哀伤的幽灵、朦胧的悲伤和不幸的幻影。

格鲁听到了一个声音，他突然醒了过来——丁零，丁零。他的抽搐使一枚金币松动了。它滚下了财宝堆，一路丁零着掉进了绿色的森林深处。这种情况从未发生过。格鲁皱起了眉头，叹了一大口发霉的气，然后马上又叹了口气。他停住了。再次叹了口气。

LEDGER

一次又一次。

有什么不对劲的地方。他又呼吸了一口伤心的气。他那厚厚的胸膛里那沉重的感觉……轻了一点点。他把他那毛茸茸的屁股移了一下，因为他坐在那堆金子上的时间太长了，屁股变得冰冷。当他扭动着左脚的六个脚趾和右脚的七个脚趾时，又有三枚硬币滚了下来，丁零，丁零，丁零一路滚下了金子堆。

现在，他深深地吸了一口气，整个肺都充满了清新的空气，他居然闻到了肥沃的泥土和潮湿的树叶的味道。他那模糊的眼睛不再模糊，他看见许多像金币一样的萤火虫在他周围的空气中跳舞。

格鲁掬起了一把金币。他感受到了它们冰冷的重量，他在它们那闪烁的光芒中畏缩了。他张开手指，让它们从他的手中滑落——叮当，叮当，叮当。

他那早就不再跳动的心脏突然开始跳动了。他弯曲的脊柱不再弯曲。这是多年来的第一次（已经过了几个世纪），他把目光从他的财宝堆转向了那被星光笼罩的天空。星星……居然比他的金子还亮！

格鲁又掬起了另一把金币，把它们扔掉了。然后他又掬了两把扔向了夜色。他又扔了一次。一次又一次，越来越快，越来越快。当宝藏越来越少时，他的手臂变得越来越强壮了。一团油腻的毛皮从他的身体上掉了下来。"噗"的一道烟雾，一个粗糙的脚趾从他的左脚消失了，"噗噗"另外两个脚趾从他的右脚消失了。他盯着他的脚，回忆起来。五是正确的脚趾数呀！他在那天夜里扔的金币越多，他的忧郁就越少。

最后，他大堆大堆地扔掉了所有的金币，这时，他又发现了另一件珍宝，那是他很久以前就失去的第一个，也是最真实的珍宝。一个漂亮年轻的女人，有着栗色的头发，戴着一副玳瑁色眼镜。年复一年，他用一枚又一枚贪婪的金币把她埋葬了，完全忘掉了她。格鲁跪倒在地乞求她的宽恕。

这个女人很聪明，也很善良。她吻了吻他，原谅了他的愚蠢。格鲁变回了曾经的那个年轻人，这对恋人手牵着手穿过一片被金色萤火虫照亮的森林，在恩德莱斯山中永远快乐地生活着。

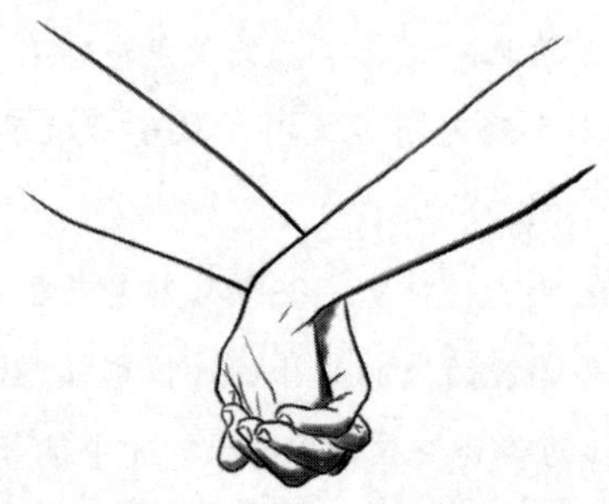

奥利安娜让哈利读了两遍。第二遍她是闭着眼睛听完的。

哈利合上了账本，他感到头晕。

奥利安娜睁开了眼睛。“现在讲另一个故事。它们是一对的。”

这是什么意思？

“我有这本书，你有彩票，”她说，“你得告诉我彩票的故事。”

“等等。这不是个故事，是真实的生活。我也不想说。”

“你必须。”她歪着头，端详着他，“你从来没对任何人说过。是吗？”

他摇了摇头，没有看她。

“因为你一直在积攒，”她说，“攒到这个时候才讲。这是我爸爸知道的。”

“听着，”哈利说，他的声音在提高，“我所做的就是买了那该死的东西。在一家便利店，我在一家破旧的便利店买了一张破旧的彩票。没有故事。不是每件事都是一个故事，奥利安娜。”

“一切都是故事，”她说，“你的故事太大了，你来到了森林里。带着你的绳子。为什么？”

小女孩假装强硬。哈利摸着他的脖子。当然，她是对的。在度日如年的这一年里，他把它藏在里面，从来没有告诉任何人。

奥利安娜把手伸进口袋，等了一下，然后打开她的手，露出了彩票。“我是想在确定你会留下来之后才把它还给你。”她伸手把它递给他。

他不想碰它。她不得不把他的手指松开，把它放在他的手里。他立即用拳头包住了它。

“哈利，你必须看着它。你必须非常认真地看待这件事。”

他厉声说：“你是怎么知道这些的？你怎么对每件事都有一个规则？”

女孩犹豫了，然后把下巴抵在他身上。“规则在童话故事中是重要的。事情就是这样的。事情就是这样的。除非我们遵守规则，否则我们什么也得不到。这张彩票就像一本你必须读的书。这个故事就在它里面。”

天哪，她真让人精疲力竭。他要跟这个孩子说多少？他遇到了她钢铁般的眼睛。

“很好。好吧。好吧。”他慢慢地张开了他的手，看着彩票。“好吧，是这样的，故事是这样的。”他一边说着，一边盯着那张破旧的、皱皱巴巴的彩票。“那是一年前的事了。”他向她眨着眼睛，“你知道确切的日期，很明显。我和我的妻子——我和贝丝——在费城，我们准备去看电影。”

奥利安娜抓住他的手臂。“不，不是这样的。像童话。你必须正确地说彩票的故事。”

“什么？”

“从前……”

“哦，耶稣。”

“从前……”她催促着。

哈利厌倦了争吵，闭上了眼睛，看到贝丝在市场大街上递给他一个迷你士力架。然后，他在糖槭树的树洞里看到了同样的士力架。金色的包装纸闪烁着耀眼的光芒。

他睁开眼睛，眨着眼睛，在回忆的光芒中眯起了眼睛。奥利安娜，不可阻挡的奥利安娜，是对的。这是一个童话故事。一个残酷的童话故事，绝对不真实，又绝对真实。

最后，故事成形了。在坚持了一年之后，他讲述了自己的故事。

他使劲盯着那张彩票——他那倒霉的护身符——开始了，他的声音像山杨树的叶子一样沙沙作响。“从前，很久以前，就像昨天，当太阳照耀着，整个世界都在他们面前的时候，有一个美丽的女人和一个自私、软弱的男人，他非常爱她。”

哈利支吾着。树屋在夜晚的风中摇摆，所以摇曳的事情无处不在。他在树屋里，但也在市场大街，凛冽的寒风吹过贝丝新的红色外套，拍打在她的腿上。

哈利跳了起来，一次又一次地跳了起来。“你做得很好。”奥利安娜不知从哪里发出来的低语。

哈利依然沉浸在很久以前。

“他非常非常爱她，”哈利继续说，“但这个人非常懦弱，这实际是一种贪婪。”贪婪，就像一只坐在他心上的癞蛤蟆，就像一条烧了灵魂的恶龙。他贪婪地追求着所有安全的东西、所有有保障与保证的东西。他对避难所的渴望也是贪得无厌的。他总是在寻找最安全的地方。

“当他还是个孩子，一个小男孩的时候，世界上最安全的地方就是矗立在房子前面的巨大的山毛榉树。树是安全的，树下的房子是不安全的。他爱他的树，所有的树木。树木深深扎根于大地。

“只有一次，他敢从树上下来。那就是他娶了那个漂亮的女人。唯一的一次，他抓住了机会。从那以后，他把一生都用来保护她。他住在安全的街道上一栋安全的房子里，有着一份安全的工作。

“但这就是他的失败。

“因为有一天，他意识到自己不快乐。安全、有保障，但不快乐。

“是什么让他如此不开心？他失去了一些他珍视的东西，一些至关重要的东西。树。他在世界上最安全的地方工作，在一个叫林务局的地方工作，但那是一片无法穿越的、没有树木的森林。到处都是树，但哪儿都没有真正的树。他怎么逃离这片森林，回到那片对他来说意义重大的真正的森林里去呢？如何才能安全逃脱？

“那个美丽的女人是他的妻子，站在他那无树的森林的边缘，说：‘来找我吧。我爱你，我会帮助你的。’她伸出了她的手。‘我的爱人，’她说，‘牵着我的手，我将带领你从没有树木的森林里，进入真正的树的世界。树木会开花，会变换颜色，然后带来冬天和春天的气息。’

“但还有另一个声音。黑暗的声音。是他自己的：‘别冒这个险。有一种更简单、更安全的方式来逃离没有树木的森林。通过黑魔法。有一张神奇的票。那张票是你离开无树森林的唯一出路。’所以每周，这个男人都想要得到这张神奇的票。有了它，他就能打开通往数不清的财富的大门——他会买一条从无树的森林里走进自己森林的路，什么险也不用冒。他知道，抓住他漂亮的妻子的手可能并不会起作用，可能会出错，这是不安全的，但是钱能保护他。它会保护他们俩。

“金钱，巨大的，难以衡量的金钱，会在他逃离无树的森林时给他披上斗篷。他可以毫不费力地、安全地溜掉。

“他的妻子请求他拉住她的手。‘你不需要寻找你的宝藏，’她说，‘你所需要的就是我。’但他不听。‘在这儿等着。’他命令道，然后转过身背对着她。

“他又买了一张票，这一次，当它碰到他的手时，一股恐怖的情绪从他身边经过。那人转过身去看他的妻子。她走了。他所担心的一切都来了。一切可怕的、恐惧的黑暗魔法都降临在她的身上。

“他杀死了他所爱的人，他不是故意的。但贪婪毁掉了他，懦弱蒙蔽了他的双眼。她才是他最真实的财富，他没有伸手去握住她的手，而是伸手去拿那张纸票和它承诺的那座金山——他失去了一切。”

“一切，”哈利低声说，坐在小床的边上，“一切，一切。”不知怎的，他手里多了一张纸巾。他擦了擦眼睛，擤了擤鼻子。

奥利安娜又给了他一张纸巾。她温柔地说：“这是一个很难讲的故事。我很抱歉让你这么做，但你必须这么做。对吧？你必须。”

“是的，”哈利虚弱地说，他盯着窗外黑色的树影，开始摇着头，“但是还不止那些，奥利安娜。我在那家便利店买了一张彩票。告诉我妻子在外面等。当时有建筑工地正在施工，发生了事故，一个巨大的不可能的事故。她死了，她死了。”

“我知道。”奥利安娜平静地说。

“不。还没有完，听着。当这种事情发生时，人们会做一些事情。我哥哥带我去找律师，起诉造成事故的那家公司。奥利安娜，当这种可怕的事情发生时，你会得到钱。这是一种可怕的补偿。”

奥利安娜坐着，什么话都没有说。

哈利说：“这就是我带着绳子来到森林的原因。我彻底震惊了，我的心碎成了碎片。我没有中彩票，但贝丝的死给我带来了很多钱，400 万美元的可兑换货币。”

“哦，”奥利安娜小声说，惊呆了，“哇。”

“但我现在明白了，发生了什么事。这就是贝丝想让我来的地方。如果那天我拉着她的手，她会带我到这里来的。”

“从没有树木的森林里，进入真正的树的世界，”奥利安娜重复着哈利的话，“树木会开花，会变换颜色，然后带来冬天和春天的气息。”

他点了点头，然后摇了摇头。“但是那笔钱……”他用两只手抓住了小床的边缘。

“你必须处理掉它，对吧？”

“越快越好。”

他们俩都看着《格鲁的账本》，静静地躺在哈利的腿上。

哈利打开书。格鲁悲伤的眼睛盯着自己。在过去的一年里，当他在刮脸的时候看着镜子，同样的眼睛曾经盯着他。

“我是那个有钱的伤心人，我不知道你是怎么知道的，但你知道。这本书、彩票。我明白了。好吧？在格鲁把钱扔掉之后，他感觉好多了。我也是。我已经决定了。它很快就会消失。”

“但你必须把它做好。你必须遵守规则。”

“什么？别跟我说奥利安娜的什么规则！我只要打几个电话，和律师谈谈，也许，把它捐出来，我不知道。只是处理掉它，像格鲁一样。他摆脱了它，我也要摆脱它。”

再一次，她重复了他彩票的故事里的几句话：“哈利·克兰住在安全的街道上一栋安全的房子里，有着一份安全的工作。但这就是他的失败。”

她把手伸进口袋，掏出了一个迷你士力架，研究了她手掌中那颗包着金色包装纸的糖果，抬起了她的头。

“哈利，如果这一切都是为了你如何摆脱这些钱呢？”说完，她把糖果扔到空中。闪烁的灯光从包装纸上反射出来，随着糖果棒的旋转下落，小小的树屋变成了闪闪发光的金色穹顶。

13

罗尼的罪恶感

6 英里以北的地方，有一个 A 字形小木屋，罗尼·威尔玛斯在他的床上翻来覆去，想着阿曼达的事情。当斯图·吉普纳内心的“阿曼达计量表”箭头稳定地指向令人讨厌的沉思时，当克里夫·布莱尔的箭头还在欲望和懊悔之间摇摆时，罗尼的箭头却一直都是对准着不可言说的关心。

罗尼认为，因为迪恩，他与阿曼达有着千丝万缕的联系。罗尼没有为迪恩做到的事，他会为阿曼达做的。他会一直守在这里。他是她的守护天使，虽然她不想要一个天使，也不需要一个监护人，但他经常这样明确地告诉自己。

“罗尼，”当她看到他的时候，她会说，“走开。”在萨斯奎汉纳县，没有一个女人比阿曼达·杰夫斯更有能力，甚至在她成为寡妇之后。但是作为一个守护天使，即使面临断然的拒绝，也必须保护他该保护的东西，所以在那一年的时间里，罗尼顽强地盘旋在阿曼达周围，一直在远远地留意着阿曼达的生活。

每隔几周他会开着破旧的小皮卡一路轰轰隆隆、苟延残喘般地驶到阿曼达家，他会留下 5 到 10 磅刚分割的鹿肉放到阿曼达的冰箱。有时她会听到链锯开锯的声音，向后院看去，就会看见罗尼弓着腰，在雨里、雪里或者炎热的夏天，忙着给她劈柴。

有时他只是敬而远之地站在院子里，把帽子拿在手里。她会远远地招呼："嘿！"他会清清他的喉咙，回喊一句问候的话语，用浓浓的密西西比河伐木工人轻快的调子，用曾经住在这一地区的波兰煤矿工人的喉音，再带上他宾夕法尼亚州依山傍水独有的厚重鼻音："哎嘿嘿，阿曼达。你有什么需要我做的吗？"

阿曼达会仔细看着他那张被太阳晒黑的脸，但如果她能从他那因愁苦而皱缩出褶子和线条的脸上读懂一种对迪恩超负荷的愧疚，她会对症下药地给他一些事做。但通常她会把他赶走。

"罗尼，导致迪恩死亡的是动脉破裂，而不是你去吉姆餐馆吃午饭。我知道这个事实，因为我读了验尸报告。所以，你的内疚能不能减轻一点呢？请求你！"

"哦，当然，那我走了。"他会走，但他总是又回来。罗尼知道，迪恩的死亡证明上很可能写的是动脉破裂，但他被朋友抛弃也会被印在那份文件上，其他人看不见，但是罗尼·威尔玛斯能看见。

他翻来覆去，躺在床上。他希望现在他已经开始维护和修理普拉特公共图书馆，这可能会减轻他晚上的烦恼。他在图书馆里度过了一个美好的早晨，困住了天花板上的浣熊。尽管在这种情况下也有一些阻力。一只爪子比较尖利的小杂种居然死死地抓住了罗尼的裤腿管，他不得不一路跛行到前门，狠狠地一脚踢向前面人行道，把它给甩了下来。

他"砰"的一声关上了图书馆厚重的橡木大门，靠在门上，气喘吁吁。

"这真是一种足智多谋的害虫控制方法，亲爱的。"欧丽芙在借还处对着他喊。

当他修理马桶，修补储藏室窗户的漏缝，清理图书馆背后台阶上的排水沟时，他能感觉到一丝精神上的放松，他多希望这种放松能使他的夜晚变得平静。因为如果欧丽芙说的是真的——帮助普拉特公共图书馆就能最终免除他的迪恩之罪——难道他不应该在晚上享受到那种被承诺得到救赎的宁静吗？哪怕是一丁点的平静，或者别的什么。我的意思是，哪怕只有几天的平静，但是，天哪，罗尼想，为什么今天晚上我特别担心阿曼达呢？这是怎么回事？我感觉比以前更糟了。

“如果只是……”他心神不宁地自言自语，凝视着月光下小屋椽子上的蜘蛛网。如果他去年在那片雪地上待着，及时对迪恩做了心肺复苏，他就不会是一个被诅咒的灵魂，不断追求被赦免了。

更让他感到内疚的是，他确信如果是他罗尼在雪中倒下了，迪恩绝对不会丢下他去吉姆餐厅吃汉堡。迪恩肯定会到那里来找他，会把他带到萨斯奎汉纳县医院，在那里，阿曼达会用一种强有力的心肺复苏法来救活他。

罗尼笔直地躺在床上。阿曼达。心肺复苏术。

阿曼达俯下身子，把嘴唇压在他的嘴唇上，会让他重新呼吸。

阿曼达柔软的嘴唇。

罗尼在黑暗中打了个寒战，喊道：“对不起，迪恩！”那些不是我真正的想法。迪恩的鬼魂完全有权利“呼”的一声穿过墙壁，扼住他的喉咙。罗尼突然感到呼吸急促。他从床上跳起来，在冰冷的地板上跳来跳去，想到他的香烟放在他的牛仔裤口袋里，而他的衬衫、袜子、内裤连同牛仔裤都扔在了椅子上。他点了一根烟，深深地吸了一口。

他从来没有让有关阿曼达的想法像今天这样占据他的大脑。好吧，好吧，他确实有，但只是非常，非常少。还有，去他的，阿曼达给他做心肺复苏吗？她不是我的守护天使，我才是她的守护天使。我将会是那个对她做心肺复苏之吻的人。

他一拳打在墙上，好像在打他自己。“不是吻！是生命的气息，这就是我的意思，迪恩。没有接吻，只是呼吸。”他把香烟戳进月色中的黑暗里。“我不是这样想阿曼达的，好吗？当他们在绿色庄园酒吧谈论她时，我从不参加。那是斯图、克里夫、汤姆和急救人员。”他吸了一口烟，吐出了一堆烟雾。

在黑暗的房间里，威尔玛斯祖母留下的座钟在黑暗中旋转起来，开始噔噔地响了起来。罗尼吓了一跳。“该死的钟。吓死我了。”

罗尼没有壁炉架，所以他把钟放在了房里厨房区的冰箱上。他从来都不确定现在是什么时间，因为有时当他用力打开冰箱的时候，它会把时钟吓得一顿乱响，指针会从12转到13，甚至14，或者15。

12声噔。他在11点左右从绿色庄园开车回的家，所以现在是午夜时分，罗尼想。时钟已经运转正常了。

当它再次噔了一声的时候，他吓了一跳。哦。13。他从来没有听到时钟发出过独立的13声噔噔声。他抱住自己。“迪恩？”他低声对着小屋的黑暗窃窃私语。

在客厅的某个地方，有什么东西在微微颤动。超自然的。罗尼猛地拉开顶灯的拉线开关，查看着客厅。

小屋的客厅部分是这样的：一张疲惫的沙发、一台“喜怒无常”的电视、三个鹿头高高地挂在高墙上，它们是如此接近，以至它们的鹿角相互纠缠得像藤蔓，一个巨大的维多利亚时代式书柜（也是继承了威尔玛斯祖母的），其深色的木材上雕刻着天使、鸟和玫瑰。就像小屋里的其他东西一样，它上面布满了灰尘和风干的老鼠粪便，就像胡萝卜籽一样小。

在水晶玻璃镶板的书柜里，可以看到一排罗尼的珍宝，包括：一个咧嘴大笑的浣熊头骨；五个鸟巢；一排用过的弹头——从13岁时罗尼猎得他的第一只鹿所用的弹头开始；一艘用桦树枝、铜线和卷烟纸制作的海盗船，上面还挂着一面黑纸板做的海盗旗；他在新米尔福德的集市上买的一个石灰绿的搪瓷碗，里面装着他的两颗智齿和一只黑熊的爪子。

与书柜里面的藏品不同，书架顶上摆放着一把巨大的带红色把手的意大利式弹簧刀，那是在1981年罗尼12岁的时候，韦德·威尔玛斯叔叔在弥留之际留给他的，韦德叔叔是一个老煤矿工人。罗尼看着那把闪闪发光的弹簧刀，回想起韦德叔叔最后的时刻。

年轻的罗尼穿着靴子，站在一张四柱床的床边吓得发抖，韦德叔叔躺在床上，底下垫着马鬃床垫，身上盖着百家被，这位老人 81 岁，看上去像是 150 岁，他的鼻孔被他呼吸了半个多世纪的煤尘染成了黑色。

罗尼鼓起勇气，走到床边，试图忽略韦德叔叔那缓慢而令人毛骨悚然的气喘声，他的呼吸声就像是从一个无限深邃的矿井的通风口里发出的。

老人那患了关节炎，枯瘦得像爪子的手抓着那把红色的大弹簧刀，他示意罗尼拿走刀。然后他打手势让那个男孩靠近点。

罗尼俯下身。当老人低声说："它会给你带来运气的。"他确信他看到了韦德叔叔嘴里冒出了一股煤尘。但韦德叔叔没能描述是什么样的运气，好或坏，因为他说完这句话就开始疯狂地喘气，然后就死了。

虽然他还蛮喜欢刀和枪，但罗尼还是很害怕这把刀。他从来没有按过刀的弹簧按钮，一次也没有。

罗尼站在那里，抽着烟，盯着那把刀。他感到小屋里有一种压力，那是一种散发神秘的物体。哇，是那把刀在抖动吗？哦，天哪，是这把刀在抖动！或者不，等等，这只是我的眼睛在流泪。罗尼如释重负地笑了笑，他笑的时候，眨了眨眼睛。在眨眼的那一个黑暗瞬间，刀动了一下。

嘀嗒。

弹簧折刀"啪"的一声打开了，被压抑了 35 年的机械张力把它从书柜上弹了下来。罗尼尖叫着避开了它。这颗锋利的导弹从他的头上飞过，刺穿了他小床上的枕头。枕头的"伤口"上面，有一个羽毛状的东西飞向空中。

"我就知道！"罗尼叫道。迪恩的另一根羽毛的信息！那羽毛，又小又苍白，在房间里飘来飘去。

"我在这里候命，迪恩！"

羽毛飘到炉子的搪瓷表面上。这是什么意思？罗尼的眼睛因突然的顿悟和警觉而变得明亮起来。炉子的牌子不是肯摩尔，不是北极牌，是阿曼娜[1]。

阿曼娜。他立即明白了这根羽毛的信息。你所要做的就是将“d”插入“阿曼娜”中，因为阿曼达正处于危险（danger）中。“阿曼达！”罗尼惊叫道。

当他喊出她的名字时，他的呼吸吹起了羽毛。羽毛从灶台上飞了起来，飞了3英尺远，飞到了罗尼的左边，厨房的柜台上方，落在了他的卡车钥匙上。

阿曼达，危险，卡车，走吧！

他穿上衣服，抓起车钥匙。然后他停下来，又看了看那根羽毛。把它从钥匙上拿下来，紧紧地握着它。它不是一根羽毛，那是一根聚酯绒毛。他抓住那个被划开的枕头，看着枕头的标签。“合成物填充。合成物？”

阿曼达，危险，卡车，走吧！

他应该做些什么呢？这是迪恩的信息吗？

等一下。迪恩不知道。就是这样！迪恩不知道那是一个新枕头。上周我把我的旧羽毛枕头扔了。

走，走，走！罗尼从小屋里走了出来，走入夜色之中。他跳上卡车，向南跑了6英里后，在11号公路上，转向了枫树路。

他目光锐利地在阿曼达房子后面的森林里发现了一丝灯光，那里不应该有光。他停好车。火焰摇曳着，当他走近时，它熄灭了。

猎人和守护天使罗尼悄悄地钻过树丛，进入了树屋，像影子一样在房间里移动，手里抓着韦德叔叔的弹簧刀，摸黑向熟睡的陌生人的喉咙摸去。

“你再乱动一下，我就削掉你的鼻子。”

---

[1] 原文为Amana。

14

春天来了

哈利睁开眼睛，他的第一个念头是：格鲁？

哈利刚睡着一分钟就开始做梦了。这个梦真是内容丰富，就像一部独立电影——情节短暂，却富有象征意义。10 岁的哈利穿着奥利安娜的红色夹克，站在糖槭树旁边，那是一棵孤零零的树，挤在高高的自动售货机中间，售货机里面装满了金色的迷你士力架。树上没有树叶，但从糖槭树的树枝上垂下很多微型的蓝色的绳子绞索。红尾鸳在自动售货机顶上的天空盘旋着，抓扑着无助的乐透彩票，把它们撕成碎片。碎片落在小哈利的身上，像小小的便利贴那样贴在了他的红色夹克上。糖槭树颤抖着，蓝色的绳子套索开始摇晃。有什么东西靠近了。咆哮声、咕哝声，自动售货机纷纷倒地。哈利试图逃跑，但他的脖子以下都被埋在了撕碎的彩票中。

“我是格鲁。”传来一个声音，深沉而低沉。这就是他所想象的格鲁的声音。哈利看不见这个生物，但他能闻到他带着啤酒的气息和他强烈的狐臭味。

当格鲁再次说话时，他的声音变成了山里的口音。“你再乱动一下，我就削掉你的鼻子。”哈利的喉咙上多了个冰冷的东西，他睁开眼睛借着月光看到一个陌生的人靠近了他。哈利没有叫出来，因为他以为自己还在做梦。像做梦一样，格鲁已经进入了树屋。但有一点不像梦，因为格鲁戴着一顶破旧的约翰·迪尔棒球帽，哈利完全清醒了。按照命令，他没有乱动，虽然他确实转了一下眼球。他看到那个闯入者拿着一个大锅，倒着拿着，把锅柄的尖端压在哈利的喉头上。

“削掉我的鼻子？”哈利低声说，希望低声地耳语不会被认为是乱动。

罗尼眨了眨眼睛，发现他手中拿着的居然是锅子。当他进入树屋时，因为没有武器，他就随手抓了一个他碰到的东西。

“应该是一把刀。”他说。

因为急于营救阿曼达，罗尼已经忘记了韦德叔叔的弹簧刀。像往常一样，罗尼就是缺根筋。

但等等，不是这样的。不管是刀或锅，他已经亲自抓住了一个森林潜伏者。罗尼想，我现在所处的情形并非缺根筋，而是完全，完全成功的。他放松了他的姿势，宣布：“我是保护者。守护者。猎人。”

“我是哈利·克兰。”哈利说，“你把我吓死了。”

罗尼高兴得脸红了，咧嘴一笑。“是吗？”发觉自己讲错了话而突然住了嘴，皱起了眉头。“你有理由感到害怕，潜伏者。”他把锅高高举起，放到空中。

“该死的罗尼！”从树林里传来一个强有力的声音，然后是一阵嘭嘭的脚步声登上了螺旋形楼梯。阿曼达冲进了房间。

罗尼一动不动地站在她的手电筒灯光下，锅子举在半空中，就像自由女神在空中举着她的火炬。

他用手挡住手电筒的光，眯起眼睛。“别照我，照小床，阿曼达！”

他拿着锅指向了自己身后，然后锅子碰到某个骨头，发出了一声轻微的声音。

“哎哟，该死的。”哈利在阴影里说。

阿曼达把手电筒照到了哈利身上。他坐在小床上，揉搓着他的头。

“罗尼，你打了他。”

“不是故意的。”罗尼斜着眼看哈利，“他身上到处都是创可贴。”

“我知道，罗尼。我给他贴的。”阿曼达走到小床边，把灯照在哈利的头皮上，摸到了肿块。“你没事的。”她说。然后又说，“我们不知道你会回来。”

“我在斯克兰顿有很多事情要做。”哈利说，“分局的会议，还有采购生活必需品。”

罗尼目瞪口呆。她的手指在他的头发上搜寻？到斯克兰顿采购生活必需品？

“到底发生了什么？”他说。

阿曼达转向他。“罗尼·威尔玛斯。如果奥利安娜在这里呢？”

“我从不在奥利安娜面前骂人。”

“我在奥利安娜面前骂人了。”哈利坐在小床上说，“我不习惯和孩子们在一起。”

“他知道奥利安娜？”罗尼说。

很自然地，罗尼“天使号”的保护范围延伸到了奥利安娜。他举起了锅，潜伏者哈利又被锅子砸了一下，因为他在孩子面前骂人了。

阿曼达从他手中夺过锅子。“到那边去点灯，好吗？”

暴躁的罗尼听从了命令。一根火柴被划燃了。他突然想到：“嘿，你怎么知道我在这里？”

“你的卡车，一路奔来像发生了第三次世界大战。”他那辆皮卡惊天动地的轰鸣声和咳嗽声把她吵醒了。什么事，罗尼半夜跑来了？他有时来得晚，那是来劈柴的，但这已经非常非常晚了。他的卡车在离她家很近时停了下来，她从床上跳了起来。罗尼是一个优秀的猎手，毫无疑问，他在树屋中发现了哈利。为什么她没有预见到这种可能性呢？

罗尼咯咯地笑了。“是的，需要去修理一下消音器和交流发电机，还有几处地方。”

“你应该一枪了结它，给它一个安乐死。”

“或者用一个大锅砸到它的脑袋上。”哈利说。

罗尼眯起眼睛，向他走过去。“他是谁？怎么回事，阿曼达？”

她一直在考虑最好的办法来转移罗尼的注意力。她决定利用他的本性。“你知道你是多么不热衷于政府的事情吗？”

“的确是的。”

“你认为你拥有这些森林的吗？”

“当然，我拥有它们。你也一样。所以我们永远能在森林里漫步。”

哈利悄悄地从椅子上拿了他的裤子，在床单下扭动着穿好了，站在了阿曼达旁边。“这真的是介绍我的最好方式吗？”他低声说道。

罗尼斜着眼睛望着他。

“给他看看你的徽章。”阿曼达对哈利说。

徽章？罗尼很快地考虑了他的众多罪行，尤其是在“非法”专栏中的罪行。他眼睛一闪一闪，盯着树屋的门，估计距离和要用的时间。

“这是工作证，不是徽章。”哈利说。他从钱包里把它找了出来，递给了阿曼达，阿曼达把它递给了罗尼。

罗尼把它放在煤油灯的灯光下。“农业部。林务局。哈利·克兰。”

阿曼达看到了挂在门上的绿白色相间的森林服务帽。她拿到了，把它戴在哈利的头上，满意地点了点头。

罗尼斜着眼睛从工作证瞟到帽子，他的表情不太满意。

“是的，林务局。”阿曼达说，“意思是，他不是入侵者。意思是，这是他的土地。”

“不是拥有它，只是管理它。”哈利插话道。

“差不多就是拥有。罗尼，”阿曼达说，“他是来这里工作的。清点树木数量，做测量，抽取土壤样本。你知道的，管理。”

罗尼评估了一下哈利的肿块和淤伤。“看起来好像是什么东西把他给管理了。”

“我从树上掉下来了。”哈利说，他把手伸进裤子口袋，掏出一张皱皱的金色包装纸，“看到一个这样的东西在一个洞里闪闪发光。我不知道那是什么，所以我爬上去看。”

罗尼的脸突然红了，牙关紧咬着。“这是迪恩。这是神圣的糖果。”农业部的人吃了一个小女孩的糖果——政府犯了最严重的私闯罪。

阿曼达说：“罗尼，这已经不再是神圣的了，这是森林里的垃圾。”

“垃圾？那么，奥利安娜是如何看待这个问题的呢？”

“她一直在清理。”

“什么？为什么？”

“因为糖果让一名联邦政府雇员受了伤，因为她已经结束了她的‘糖果阶段’，因为他在帮我们做善事。”

哈利的心抽紧了，移开了自己的目光。结束了她的“糖果阶段”。嗯，是的，他想，那是真的。奥利安娜已经离开了“糖果阶段”，但她已经进入了“格鲁阶段”。这是阿曼达不知道的秘密。

“你能保守秘密吗？”阿曼达说。

哈利看了看她，惊讶地发现她读懂了他的心。他正要回答，却不知道要说些什么，才发现她是对罗尼说的。

“不，”罗尼说，“秘密在我的内心深处，总是推搡着要出去。”

“好吧，这次让我们试试。你是我的守护天使吗？”

“当然，你和奥利安娜的。”

他眯起眼睛，盯着哈利手里的士力架包装纸在灯光下闪闪发光。

“好吧。这是你可以成为我们的守护天使的另一种方式。你知道现在我手头很紧，对吧？你的鹿肉是如何帮上忙的？还有火鸡。”

“没什么大不了的，只是一点肉和一些吃的。”

“嗯，你知道我们很感激。但是现在，罗尼，让我来问你一个问题。”她说，扔给他一个这世界上最简单的问题，“如果一袋钱掉在你的脚边，你会留着吗？”

“当然，是的。”

“好吧。所以，这个树屋是违法的。这是哈利为我们做的好事。他让我们留着它。还有钱的部分。他租了一个月。”

哈利恍然大悟。“等等，是三周。”他说。

她带着甜甜的微笑转向他。“一个月。我的意思是，我可是刚把你从一个挥舞着大锅子的疯子手下救了出来。”

现在罗尼也开始微笑了。他喜欢这个解释，就像阿曼达确信的那样，从联邦政府那里拿钱。“是持刀的疯子。”他说，“你想让我去找韦德叔叔的弹簧刀吗，阿曼达？”

她看着哈利。“他需要去找韦德叔叔那把传奇式的弹簧刀吗？”

“弹簧刀不是违法的吗？”哈利说。

“该死的，这就是你会说的一切吗，合法和非法？”罗尼说，“糖果、树屋、森林和刀子。你简直就是位法律和规则先生，这就是你。”

“说到点子上了，”哈利说，“我不需要看你的刀。我很乐意租一个月。”

“好吧，那么……”罗尼说。

“握手言和，伙计们。”阿曼达说。

罗尼不得不先考虑下这件事。“我以前从来没有和政府的人握过手。”

“罗尼，”阿曼达警告道，“有礼貌一点！”

哈利伸出了他的手。

罗尼烦躁不安，伸手抓住哈利的手，扭了一下脸，迅速地把他的手收了回来。“像婴儿的屁股一样柔软，都没有茧子。你从哪里来的？”

“因为我在电脑前待了很久。”

“想办法从孩子身上偷糖果？”

在阿曼达的怒视下，罗尼再次伸手去握住了哈利的手，并把它摇晃得恰到好处。“好吧，糖果人。请原谅。”

“好，”哈利说，“当我在森林里工作的时候，我会努力让我的皮肤变粗糙一点。”

“你还是努力不要从树上掉下来吧！”罗尼说。

离开的时候，罗尼感到精神上更轻松了。从字面上看，迪恩一直在徘徊的想法已经消退了一些。罗尼微笑着穿过夜晚的树林。他和阿曼达把森林里的这个家伙给修理得很服帖了。迪恩肯定会为阿曼达感到骄傲的。是的，她已经控制住了哈利·克兰，骗他付更多的房租。罗尼发动他的卡车，笑了起来。在萨斯奎汉纳县，没有一个人是她无法打败的，即使是那些有着漂亮工作证的联邦政府职员。

阿曼达和哈利站在三角形的窗户边，望着外面的树林。在北美夜鹰和猫头鹰的叫声中，罗尼的卡车发出了超负荷的轰隆声。

“他是个很称职的守护者。”哈利说。

“罗尼有时会很罗尼，但不会再发生了，他会很好。”

“我不知道他真的想杀我。”

“不，他不是一个杀手，除非你有鹿角，除非你会咯咯叫。”

他们站在窗边一两英尺远的地方。他们对着窗户玻璃上对方的影子在交谈，这显然是一种更轻松的谈话方式。

她用手指轻敲着玻璃。“好吧，有什么问题你就问吧。”

“我没有问题。”

“你当然有。就像我想问的那样，到底发生了什么？所有这些疯狂的废话，对吧？”

他谨慎地对着阿曼达的影子说：“我突然冒出来，把事情搅乱了。”

“你没有搅乱任何东西。你从那棵树上掉下来，陷入了一堆乱糟糟的废话中。让我告诉你，我得了废话疲乏症，非常严重。”阿曼达说，“已经达到了我这一年来的顶峰，那些毫无意义的废话、愚蠢的行为和捏造的故事。”按照这个顺序，她分别指的是罗尼、克里夫和奥利安娜。

她喜欢这个叫哈利·克兰的人，是因为这个乏味的、头脑冷静的政府官员能理解规则和规定，他不会使她的生活复杂化。相反，他还会使它简单化，因为他能把这片森林变得正常，把每一盎司的魔法都吸干。

这个过程已经开始了。神圣的糖果不再神圣。奥利安娜已经收集了两垃圾袋糖果。

哈利感到了摇晃，好像树屋在他下面摆动。阿曼达·杰夫斯讨厌废话。她表达得再清楚不过了。他站在那里，他就是无意义的废话、捏造的故事以及愚蠢行为活生生的，能呼吸的化身。

他的工作证不妨改成：哈利·说谎者。伪造和谎言部门。因为从他从糖槭树上掉下来，从站在这个女人面前开始，他就在滔滔不绝地讲着各种谎言和故事。他是谎言之王。但这是因为他不得不如此，对吧？

他撒谎是因为他要留在树林里，这是他唯一的使命。如果阿曼达看到了绞索，知道这个疯狂的事实，她就会把他从森林里赶出来。从第一个谎言开始——他在这里为林务局工作——这些谎言已经升级到一定程度，会使她的头爆炸。

奥利安娜认为他是格鲁——哈利眯着眼看着窗户，他在窗户上的影子被煤油灯闪烁跳跃的火焰扭曲着。他弯下腰靠了过去。他的耳朵变尖了吗？脸上是不是长出了毛发？阿曼达看清了他的真实面目吗？他碰了碰脸颊。当他伸出手的时候，闪出一道金色的光芒。

“哇。”阿曼达惊叹道，结婚戒指在哈利的手上闪闪发光，她紧紧抓住窗沿，情绪激动得涨红了脸，“对不起。你的戒指——有点让我猝不及防。”

她慢慢地抬起自己的左手，看着窗玻璃上它的影子，摸着光秃秃的第三根手指。“这里没有了戒指，感觉很奇怪，感觉很轻便，好像它飘浮在我的手上，被放开了。”

她瞥了一眼哈利的影子，摇了摇头，神情慌乱。“瞧我！居然像个诗人一样吐露心思。我想说的是我丈夫死了。我敢肯定你猜到了。一年前，噗，在田野里倒地死了。没有诗歌。”

“对不起。”哈利说。

他将自己的左手滑到身后，拇指在他的结婚戒指上来回移动。感觉非常沉重，因为这也是他的谎言之一，一个非常沉重的谎言。

“嘿，”阿曼达说，“我想解释一切，是这样。罗尼一直在周围盘旋。奥利安娜因为想念她的父亲而满嘴疯狂的话语，并感情用事地付诸行动。就像你说的，你卷入了这些事情当中，所以我想让你明白你的处境。你知道，它可能会让你感到有些压力。”阿曼达哆嗦了起来，“不是说我应付不了。我是一名护士，人都死了。生活是不公平的，所有的东西。”她尴尬地把目光移开了，“我说得太多了。太晚了。我只是想把事情澄清一下。”哈利想，她能把事情澄清，他为什么不能？阿曼达·杰夫斯讨厌欺骗和谎言，自从他来到这片森林里以来，他唯一的实话就是他的名字。他必须告诉她一些更真实的东西，但他不知道怎么做。他的内心充满了巨大的压力。他是一艘膨胀的货船，船舱里有太多的秘密，而且马上就要把一颗铆钉给撑开了。

不，不是一颗铆钉。

是一枚戒指。

在他自己强大的意志力的作用下，他的左手，突然从他的背后伸了出来，直接伸到了前面。

阿曼达盯着他的影子，转而看着他的全身。哈利扭动和拖拽着他的结婚戒指。

阿曼达从他身边退后了一步。等待。他取下了戒指……这样她就不会觉得很糟糕了？

“你在做什么？别动它。”这是多么令人惊讶和感人的动作。非常令人不安。或者不是。我没有戒指——他不会把他的结婚戒指给我吧？他会吗？就像它是一把伞，能保护我不受雨淋吗？嘿。停止。我不需要这个，她焦急地想，结婚戒指是不可转让的。

但事情超出了哈利的控制。他把戒指拧松了，好像解开了压抑着自己的压力。它从他的手指上掉了下来，掉在木地板上，滚到小床底下。

阿曼达趴到地板上去钩戒指。她首先钩到的是一张金色的皱巴巴的士力架包装纸。接着，她钩到了更多。“就在这儿。”她说，“找到了。”

她站了起来，有点头晕，把戒指递给了他。

哈利脸色苍白地向后退去。“不，掉了，终于掉了。”

阿曼达盯着他。“你在做什么？”他仍然像一座雕像一样一动不动。

“哈利？”她说，“来吧。发生什么事了？你的妻子会怎么想？”

他抬起左手，盯了很久，然后低声说：“它没有重量了。手指，轻得像鬼魂。”

“嘿。把这个戴回去。”

但他不肯接受，又退了一步。

她想，罗尼把他的头打得有多厉害？

哈利盯着他光光的手指，然后抬起头来看着阿曼达的眼睛。“我有话要说，要告诉你。我必须告诉你真相。”

“有戒指，但是没有妻子。我失去了妻子。”

很长一段时间的沉默。外面，北美夜鹰和猫头鹰都沉默了。

“你没有妻子。”阿曼达说。

“没有了。”

“她叫贝丝。”

阿曼达看了看戒指，又看向哈利。

“你爱的人死了。”他说，“你该什么时候把戒指摘下来呢？我已经戴了一年了。不知怎么的，它就是不会掉下来。”

“哦，上帝。”阿曼达说。她把戒指放在厨房桌子上煤油灯的旁边。光线照射到它，使它开始发光，使它看起来像是房间里唯一的物体，世界上唯一的物体。

“我骗了你，”哈利说，“我撒谎说我为什么来到这片森林。”

阿曼达拥住了自己的胳膊。

“我不是来这里工作的。我来这里是因为我在一个糟糕的办公室里工作了好几年。贝丝总说：‘辞职吧，哈利。去那些真正有树的地方。你能做到的，哈利。’她会这样说。”

阿曼达努力想弄明白他的话。“她……贝丝……她想让你来这里？就在这里？”

“我的确管理着这片森林，真的。有一天，我走出办公室，坐上我的车，出发了。一直开到车没油了，就来到了这里。”

“正是这里，在这片森林里。”他点了点头。

现在她是那个从他身边往后退的人。“哈利·克兰，这可是一件大事。”

“我知道。我撒谎了，你讨厌偷偷摸摸的行为。”

“这是大事。”

“我很抱歉。”

阿曼达盯着远处看了很长一段时间，然后又看着在灯光下闪闪发光的那枚戒指，在尽力消化它带来的这么大一件事情。

“来到这里——这是一种探索。都是关于你妻子的。这是为她，是吗？”

是的，但也不是，哈利想。他本来不是为了贝丝来的。他手里拿着一根绳子。只有在他撞到地上之后，他才意识到他是为贝丝而来的。然后，很快地，一切变得更加复杂——因为现在他似乎也是为奥利安娜而来的。但是，为奥利安娜而来……将意味着一卡车的废话、捏造的故事和愚蠢的行为。

恐慌又开始了，但他抑制住了，因为他至少把戒指取下来了。他说了一点真话，所以他的呼吸轻松了一点。“是的，”他对阿曼达说，“是为贝丝来到这里的。”

阿曼达想，我也会为迪恩做这件事的。如果他让我这么做，我早就做了。我就会来到森林的中央，待在树屋里，不管他要求什么。她突然无可忍受地想念他。她环视了一下他所建造的这个地方，这个坚固的盘旋在树顶的小屋。她的眼睛盯着他收集的那些野外指南——整齐地排放在书柜里。一本《鸟类指南》，一本《野花指南》，一本《岩石指南》，一本《树木指南》，一本《蕨类植物指南》——唯独没有一本指南告诉她如何在没有他的情况下继续生活下去。房间开始闪烁，她知道眼泪已经盈满眼眶。她眨了眨眼睛，逼回了眼泪。

哈利开始说话。她转向他。

“阿曼达，你能让我留下来吗，即使我是说谎的骗子？”

她的声音承载了漫长的一年的负重。“你不是一个骗子，你是一个鳏夫，哈利。鳏夫做事，人们说事。”

“寡妇们呢？”他说，“她们会怎么做？”

“她们……”她说。她们会怎样？她们会跟克里夫・布莱尔乱搞，然后还被拍了下来？她们会在森林里追逐女儿？她说，“她们会非常努力地把自己的事情安排得井然有序。”

“我没法把我的事情安排妥当。”哈利说。

“嘿，你在第一年就完成了。”

“几乎没有。”哈利回忆起他脖子上的绳子，还有拍打着翅膀的鹰送来的风。

“几乎就算胜利。”

哈利想，这不是一场胜利，但在一个女孩和这片森林的帮助下，也许会有暂时的胜利。

阿曼达指着他的戒指。“一个特别的夜晚，哈利。对吧？你把它取下来了。”

“你是怎么取下你的？”

“你知道护士——我们需要用力地扯下绷带。第一周，戒指就被我取下来放在抽屉里了。然后，我就不停地把他的东西扔掉，尽可能多尽可能快地扔掉能扔掉的一切，就好像那样会让事情变得更简单。”

“贝丝的牙刷还在我的牙刷旁边。我什么东西都没扔。”

阿曼达想知道贝丝是怎么死的，作为一名护士，作为一位年轻的寡妇，阿曼达明白死亡的含义。但它是如何突然发生的？又是怎样把一切都抛下，又把所有的东西全都带走？每件物品，牙刷、戒指、衣橱里的衣服，都暗示着回归。每一个物体都是暂时性的永久提醒者。

阿曼达是一名急诊室护士，她能感觉到某种讯息从哈利那里放射出来——贝丝意外地去世了。她的死仍然使他措手不及，让他来到了森林。

“没有正确的方法，”她说，“没有好方法。我想只有一种方法。”她耸耸肩，“向前。”

哈利说：“向前要越过一片土地，在那里几英寸是几英里，几小时是几百年。”他耸耸肩，“瞧我！居然像个诗人一样吐露心思。”

阿曼达的嘴角露出一丝微笑。她看了看她那没有戒指的手，然后慢慢地举起来，示意哈利也做了同样的事。哈利也举起了他那没有戒指的手。他们面对面站着，双手放在空中。

“我们是一个俱乐部了，”阿曼达说，“头年俱乐部。”

哈利带着微笑说：“这就是我们的会所。”

起夜风了。树屋轻轻地来回移动。

“俱乐部里还有一个人，”阿曼达说，“一个年幼的成员。”

“我知道。”

“记得糖果吗？她把它们留在了树林里，因为她认为迪恩是一个天使，然后是一只蝙蝠，然后是一只鸟，总是一些带翅膀的东西。他会回来，但他没有回来。”

“然后没有翅膀的哈利出现了，”哈利说，“糖果小偷。”

阿曼达说：“但你知道吗？我很高兴你不像迪恩。为了女儿，我希望你待在这里。你是一个愿意住在森林里的正常人。”

“你忘了说无聊。迪恩应该是个不可思议的人吧？”

“哎哟。”阿曼达说。

“我明白了。我也有一个这样的人。贝丝是一个不可思议的人。”

“她能在水上行走吗？迪恩能在水面上行走。”

“贝丝还可以在水上跳舞呢。”

他们互相注视着对方的眼睛。

哈利清了清嗓子。“让我们出去透透气吧。”他说。他走到露台上，阿曼达跟着出来了。他们站在栏杆边，夜色下的树林包围了他们。

哈利心有所感，深深地吸了一口气。“树林，”哈利说，“闻到它们没？”

“是的。”阿曼达说。

哈利说：“两天后，非常准确的两天后，颤杨会开始绽放它们的花蕾。再一天后，正好是一天，相信我，糖槭树会跟着开花。”

他朝着若隐若现的树林挥了一下手，就像一个管弦乐队的指挥，在吸引乐队的注意。“一个接一个地，像慢动作的烟火，一棵又一棵的树将会绽放。最后一棵树将会是这个大家伙，美国山毛榉。”哈利拍了拍山毛榉树灰色的巨大枝干，仿佛他在拍着某只温暖、友好的大型动物。“山毛榉的花开得如此之快，这是你唯一能听到的东西，真的。”他笑了，“如果你是一个能听树的人。”

他伸出手，摸到了一根尖尖的花蕾，像一根微型雪茄一样紧紧地卷着。“山毛榉的叶子具有齿状的边沿以及树脂状的绒毛。换句话说，它们是黏性的。所以当花蕾开放的时候，大约二十万个一起，听起来就像这棵树发出了一声巨大的、刺耳的叹息声。”

阿曼达明白哈利。“因为春天来了。”她说。

“因为冬天已经过去了。”哈利说。他们呼吸着森林的空气，吸入、呼出。

“我不懂孩子，阿曼达。贝丝和我没有孩子。”他不懂孩子，但他知道奥利安娜是一个旅伴。这让他很惊讶，确实如此，不知什么原因，他意识到，她需要一些只有他才能提供的东西。冬天已经结束了，但是他和奥利安娜的春天还没有到来。他们处于一个未知的季节，处于变幻莫测的风口浪尖，而且只在风口浪尖。他不懂孩子，但他认为有时候孩子需要一些她在家里找不到的东西，只有在野外森林里能找到的东西。

“在接下来的几周里，我要在这片树林里散步。我会在这里。我不知道我会做什么。”

“完美。”阿曼达说。

“我来这里是为了盯着树看。”

“完美。”

“相信我，并不完美。”

“继续做哈利·克兰。继续盯着你的树，你的事，哈利。因为不管你在做什么，它已经影响到奥利安娜了。做你需要做的事。”

在法庭上，也许，在道德社会的绝对论中，他要做的事是站不住脚的。但对哈利来说，这个疯狂的夜晚，他已经得到了足够的许可。此外，几乎没有选择。他要做他的事，不是因为他想做，而是因为他必须这么做。咒语已经被实施了——他已经变成了格鲁，他必须以一些还未被确认的方式，按照一个10岁女孩的童话规则，扔掉400万美元。

哈利和阿曼达在栏杆边站了几分钟，然后阿曼达道了晚安，回家睡觉去了。

哈利躺在他的小床上。他进入了梦乡（这是当晚的第二次），他看到一枚金币从一大堆金币的顶端滚下来，消失在了一片深林里。

在以北6英里的地方，罗尼躺在他的床上梦到一根神奇的羽毛变成了红尾鸳，飞进了小屋的窗户。

斯图被汗湿的床单缠住，梦见阿曼达，赤身裸体，手里拿着一袋袋的钱，走进他的房地产办公室，办公室的面积相当于一个足球场那么大。

阿曼达梦见了闪闪发光的烟火，变成了一棵棵开了花的树。

克里夫梦见奶牛排成一排，在他面前，向他失望地摇着头，低低地伤心地叫着。

克里夫的一头牛梦见了克里夫，并发出了幸福的哞哞声。

大狼梦见哈利蜷缩在山毛榉树上，那棵树和小时候他们家前院的那棵山毛榉树一样，而大狼在树底下咆哮着，四脚着地，一圈一圈地在树底徘徊。

欧丽芙·帕金斯在睡梦中喊道：“格鲁！格鲁！”当所有的成年人（和奶牛）都做着自己的梦时，奥利安娜醒了，在厨房里的电脑前工作，轻敲键盘，像老鼠一样地安静。

15

像“森林人”一样生活

哈利爬上了一棵树，准确地说，是一棵“年轻”的核桃树，35 英尺高，树干直径约 40 英寸。他看了看表。他本来打算在泉眼那里把他的塑料水壶灌满，然后回到螺旋形的楼梯上，回到树屋去喝一杯咖啡。他并没有打算在早上 7 点半就爬到一棵山核桃树上。

昨晚是一个漫长的夜晚，第一次手指没有戴婚戒地度过了一个晚上。他躺在小床上度过了黑暗的时光，他很想把戒指戴回去，但他没有这么做。他成功了。所以他需要喝一杯泉水冲成的咖啡。他会平静地面对这一天，或者至少是试着去平静地面对这一天。

泉水从那长满青苔的岩石中慢慢地流淌下来，他把水壶浸入了冰冷的泉水中，这时奥利安娜突然出现了。她背着她的书包。好迹象——看来她并不会待太久。但是她眼睛里的野性和她脸上那大大的、兴奋的笑容——却是不好预兆。

“这就是我们的计划！”她说，“这就是你处理 400 万美元的计划。”

哈利用两只手抓住水壶，静静地听着，眨了眨眼睛，又眨了眨眼睛，说：“不可能。我绝不可能那样做。”

“但你必须这么做，”奥利安娜说，“你同意了。你摆脱这些钱的方式必须是不安全的，这必须是一场冒险。”

他了解他必须同意的东西。不安全的东西，是的。但这个计划真的只是不安全吗？这真的只是一场冒险吗？

“这不可能是合法的。”他说。

“但事实上它是的。”她说，“把你的手机给我，我给你看。”哈利盯着那闪闪发光的屏幕，她从一个网站切换到另一个网站。他想，这完全是疯了。他几乎无法去看屏幕。每次她打开一个新的网站，屏幕就会变得更亮。他从她手中夺过手机。

“你同意了。”她说。

“我同意某些事情。”

“太完美了。”

是完美，但他不打算这么做。

“但我要帮你，”她说，“我们是一个团队。”

一个团队？哈！哈利想。等到阿曼达发现了，她肯定会非常喜欢这个团队执行的这个计划。在他的大脑里，计划变成了粗体字的招牌。它一直在变长，变成了一个不断闪烁的霓虹招牌。计划。计划。计划。

“你走吧，我会考虑的。”他说，打算不去想它，但它已经渗透到他的大脑中了——令人眼花缭乱的范围，简单、正确。

“你要考虑多久？”她说，眼睛眯了起来。

她的手机响了。上学的时间到了。“多久？”她重复。

“走吧。”哈利说。

接下来他只知道，奥利安娜跑回了她的家，而他开始爬那棵山核桃树。在离地 20 英尺远的地方，才意识到自己在树上。在奥利安娜说话的时候，为了稳住自己，他一直靠在山核桃树的树干上。他不断用力地靠向核桃木光滑的、棕褐色的树皮，本能地寻找曾经的熟悉的那种感觉。当奥利安娜消失在灌木丛中时，哈利转过身来，不假思索地抓住了一根低矮的树枝，踮着脚开始往上爬。

现在，在 20 英尺高的地方，他停止了攀爬，坐在了树枝上。他气喘吁吁，胳膊和腿都在颤抖着。他的身体状况并不太好。当然，在过去的一年里，他几乎没有移动过自己的身体。

他做了几次深呼吸来平息他那颗剧烈跳动的心脏。他点了点头。“好吧。好吧。这很好。”他说。没有什么比一棵树更好的了。自从他小时候第一次爬树以来，已经过去多久了？

他又深吸了一口气，上上下下打量着核桃树。它有一个强有力的中央树干。没有树皮甲虫，也没有旋枝甲虫。树干没有任何腐烂。

“Carya cordiformis（心果山核桃）。”哈利说，说出这个正式的拉丁语名字时，声音已经很稳定了，“你的形态看起来很好。其他情况如何？”树枝上小小的、紧绷着的柔荑花（四五天之后，春天来了，它们就会开放）荡来荡去，在风中颤抖着，这是它的回答。树木有它们自己的交流方式。你只需要仔细地倾听、观察和了解。树木会向你展示它们自己。哈利很久以前就见识过这种展示。

“在大西洋中部阿巴拉契亚山脉的高海拔地区，你不会看到很多像你一样的人。”哈利感到一种可爱的平静。他在森林里，像个森林人一样地思考。昨晚和阿曼达一起站在露台上，凝望着夜幕下的树冠的时候，他就有了这样的感觉，现在又发生了。我在一棵树上，思考着树在思考什么。

他低头看了看如银子般从岩石间泻下的泉水。核桃树的一个侧根在泉水的边缘上蜷曲着，就像一根吸管深深地扎进了一个高高的饮料杯里。“你选了一个好地方。”他说。对于一棵“年轻”的山核桃树，它的根部面积是它树冠的两倍。在炎夏，突如其来的强风会吹过阿巴拉契亚山脉的上半部。铁杉和云杉可能会被连根拔起，但只有山核桃树，因为它有着宽阔而深厚的根系，可以防风。它会直直地站着。

“防风。”哈利说。好词，防风。

他站起来继续往上爬，他爬到了树顶。这是一棵小树，但对哈利来说，这是一份让人精疲力竭的工作。他紧紧地抓住了树的旁枝。山风轻柔地吹拂着，加上哈利的重量，树枝就像一个老爷钟上的沉重钟摆一样摇摆着。哈利跟着摇来摆去。他闭上了眼睛，想起了他在另一棵不同的山核桃树上的景象。15 年前，在俄亥俄州立大学的查德威克植物园。

“你今天过得很糟糕吗？”贝丝朝着他喊。22 岁的哈利坐在一根树枝上，俯视着她，手里握着一把干的柔荑花。收集柔荑花是因为实验室需要，在那里，他会对它们进行各种测试，以寻找那些只有林业学院研究生感兴趣的东西。“不，我今天过得很好。”哈利回答。

“但你在树上。通常，你这个年纪的人只有在喝醉的时候才会爬树，或者他们认为自己是松鼠。”

“你这么说很有意思，不过上周我看见一只喝醉了的松鼠。”

“你的朋友？”

哈利笑了。“是在校园南端的苹果园里，靠近农业学院中心那边，它当时坐在一根树枝上，吃了一个发了酵的苹果。突然，它倒了下去，倒在了草地上。躺在那里，脸上带着灿烂的笑容，凝视着天空。”

贝丝笑了。

尽管直到一天后他才知道她的名字。那是他们相遇的第一天发生的事情，是非常小但又非常大的事情。哈利从山核桃树上爬了下来，他们只是简单地聊了两句。这让她觉得很有趣，因为他是林业学院的研究生，他是那种会爬树，知道松鼠会喝醉的人。

哈利对贝丝不仅是感兴趣，他被她迷住了。她很漂亮，是社会政策学院的研究生，她很爱笑。

她突然瞥了一眼手表，说：“我得走了。”

“别走。”他说，然后脸红了，这句话说得那么直接。

“我必须要走了。上课要迟到了。”她看着他，他看着她，这一眼改变了一切，“你明天还会在这棵树上吗？”

哈利点了点头。如果那是她想要的，他每天都会在这棵树上。

“不管怎样，这是一棵什么树？”她一边说，一边拍打着树干。

“心果山核桃属，喜欢肥沃和柔软的土壤。”

她仔细打量着他。“想一想，”她用非常严肃的声音说，“我对自己说，这棵该死的树属于心果山核桃属。它更喜欢肥沃和柔软的土壤。”

哈利在那里已经坠入爱河。

贝丝笑了，挥手说再见，他低声在她身后说：“别走。”

他在自言自语。但现在他并不是在校园的植物园里说着这句话的，而是在恩德莱斯山中，一棵山核桃树的顶端，他说：

“别走。”

但是贝丝还是走了，她没有回到这棵山核桃树底下，抬头看着他微笑。她在很久以前一个很远的地方，而他在一棵完全不同的树上。

他盯着他的手，戒指在手指上已经戴了很多年了，现在戴戒指的地方只剩一圈白色的皮肤。戒指取掉了，贝丝走了。可怕的风吹过他的生活。

“防风。”他说。因为哈利突然想到他还站着。在那可怕的风之后，仍然站着。更重要的是，他还站在高高的树上。

他环顾四周。这片森林里有很多树，他可以到处攀爬。

当奥利安娜告诉哈利他们的计划，然后跑回房子的时候，她转过身来，她正好看到哈利开始在爬一棵山核桃树。

“他在爬树，”当她走进卡车时，她向她的母亲报告，“在爬泉眼旁边的那棵山核桃树。”

“别去那里打扰他。”阿曼达说。

“我没有，我甚至没有和他说话，”奥利安娜撒谎道，“我只是想确定他还在那里。”

阿曼达也很高兴哈利还在那里。昨晚他说他不知道自己要做什么，但他需要待在森林里，需要盯着树。他已经度过了一个漫长的夜晚。他本可以离开的，但他留下了。好，这对他有好处，对奥利安娜也有好处。

但有件事让阿曼达很担心。她没有料到他会爬树。可能会再一次发生糖槭树的事情。他爬上去，想去拿那些士力架，然后摔断了腿。他头上的肿块怎么样了？他有力气爬树吗？

那天是阿曼达的休息日，她有很多家务要做，但是当她把奥利安娜送去学校回来之后，她抓了一个观鸟的双筒望远镜，溜进了森林。只是想看看他。

她藏在一棵巨大的梧桐树里窥视着，望远镜扫过初春森林里光秃秃的树木。她突然看到了一道明亮的白绿色闪光，然后望远镜就聚焦在了哈利的森林服务帽上。

哈利正坐在一棵山核桃树半高的树枝上。他没有做任何事，任何与森林管理有关的事情，比如采集核心样本，或者检查树皮是否有甲壳蛀虫。他也没有寻找其他的士力架。他只是……坐在那里。

她看了他几分钟。他有时低头看地面，有时抬头仰望天空。有时，他会直直地盯着前方，凝视着远处的森林。

阿曼达知道他在看什么，他自己。他是陷入了沉思。哈利爬树，阿曼达走路。当她想迪恩想到受不了的时候，尤其是在最开始的几个月里，她会在房子前面的碎石路上走来走去。她走了很多路。但森林人是爬树。

她放下双筒望远镜，默默地离开了森林，正如她默默地来。

在山核桃树之后，哈利又爬了两棵树，一棵挪威云杉和一棵美洲白蜡树。

他凝视着白蜡树。这是一棵美丽的树。人们喜欢用坚硬、紧实的白蜡木做棒球棒，因为它有很强的抗震能力。但是，目前这棵树生长在一片永远不被伐木工威胁的荒野，所以它得以幸免。它永远不会变成一个工具手柄，或者地板，或者椅子的腿。就像那棵山核桃树一样，它是一棵年轻的树，它可以长到 90 英尺的中等高度。它可以活 90 年。90 英尺，90 年。哈利的手指之间揉搓着一个鼓鼓的花蕾，他推测，4 天之后花蕾就会打开的，树会开花，会长出带着绒毛的绿叶子，在仲夏到来的时候，它还会长出一种鸟喜欢的单翼种子。哈利也喜欢它们。当他还是个孩子的时候，在马格努斯的院子里就有一棵白蜡树，他会收集一把带着翅膀的种子，把它们扔到天上，然后他一动不动地站着，让它们像直升机一样在他身边降落。它们发出微弱的呼呼声，只有一个孩子能听到的呼呼声。

哈利坐在树冠中，想象着，在他脑海里仿佛呈现了一个快进的电影片段，这棵白蜡树的一生，从幼苗到它几十年之后的死亡。它选择了一个生存和死亡的好地方，就像山核桃树选择了泉水旁边的那个好地方一样。他走了半英里才走到了白蜡树旁。它既不靠近泉水也不靠近小溪，但它的位置是另一种方式的好，因为这是一个向东的山坡，糖槭树、黄杨木和白桦树在它周围所进行的激烈的生存竞争，正好减少了白蜡树的分枝。分枝是一个真正的植物术语。

树的结构动态是很有趣的(至少对我来说是这样，哈利想)。再一次，他又有了那种可爱的感觉，他慢慢地回到了他在很长一段时间里都没有过的那种肯定的感觉中。他想，我对树总是那么肯定。

透过白蜡树的树枝，他可以看到地面。20年前这棵白蜡树扎根的土地是肥沃的，一棵没有分枝的树可以把树冠吸收到的所有养分都顺着树干向下运送到主根里。树干就像一个帐篷杆，深深地扎进了地里。主根就会向水生长，它顶端的树枝则不断地迎向太阳。

哈利喜欢这样的想法，朝着两个方向生长生活，黑暗和光明。他并没有进行所谓精神的思考，只是在钦佩，一棵树知道它需要什么，并且去了它必须去的地方。食物和水。

他突然也想要这两样。爬上白蜡树使他非常饥饿。一种奇怪的感觉，饥饿。他想要一个三明治。他的身体需要食物，特别是一个三明治。他回到树屋的时候正好是将近中午，他做了两个大的切达奶酪三明治，然后和着三杯泉水把它们吞下了肚子。

他看了看他的小床。他也累了，就像之前他饿了一样。他的身体很累，因为他一直在使用它。他伸了个懒腰。他的背部肌肉酸痛，他的胳膊和腿也都很痛。他想，不错。他差点忘了他有胳膊和腿。

他很想躺下，但他还是走下了螺旋形的楼梯，回到了森林里。他想要更多的那种感觉，他不想失去它们去睡觉。

他当然也感觉到了他正爬着的这棵挪威云杉——太难爬了，但他已经下定决心，他会爬上去的。云杉是一种很难驯服的树，一棵想让自己不受游客欢迎的树。森林人喜欢说挪威云杉就是“艰难”二字中的“难”字。它棕黑色的树皮比 24 目的砂纸还要粗糙，有摩擦，树好爬，但对他脆弱的皮肤来说却是噩梦。在 20 英尺高的地方，他的手掌上开始出现红色的血点。深绿色的四方形针头，虽然它们闻起来有一种很不错的辛香味，但它们刺着、刮擦着，好几次差点刺穿他的眼球。

哈利停下来喘了口气。“你真是个贱人。”他羡慕地说。树液像胶水一样粘在他的皮肤上。他蘸了一点弄到手背的伤口上。他在研究生院的第二年就学会了这个技巧，他有一个学期曾在森林里待了一个月，学习可持续森林管理。他的老师吉本斯教授是一名头发斑白的老人，他既是科学家又是森林精灵，当他和哈利徒步返回位于俄亥俄州东南部的特布尔荒野地区的营地时，他被绊了一跤，膝盖磕到了石头上。

这是一个令人讨厌的伤口，但是教授的眼睛一看到它就闪闪发光。“我要教你一些课外知识，哈利。”他用手指蘸了一点血，并捻着，“这是什么东西？”

哈利停顿了一下，还有什么别的答案呢？“血液。”他说。

“那是什么，哈利？”

老教授用手指捻着那团血渍，直到它变干了一点，变得黏稠起来。他笑了，因为他能看到哈利眼中的光。吉本斯教授斜靠在一棵挪威云杉的树干上。哈利的目光留意到在树皮的缝隙中有一层渗出的琥珀色的树液在闪闪发光。一个新伤口，一个很长的裂口，像一只熊或一只獾将爪子拖过了树干。挪威云杉正在流血。

“树液。”哈利说。

“树液，是的！同样的属性，血液和树液，类似的属性，你不觉得吗？”

当然，哈利想。就像血液通过静脉和动脉，树液通过木质部和韧皮部穿过树的身体。它是一种运输媒介，携带着糖、氨基酸、矿物质和水。当暴露在空气中时，它的黏度就会增加，直到它凝结并硬化。树液和血，对生命都至关重要。

“神奇的东西。”教授说，“尤其是松树汁，比血还好。”

哈利用手指触到了树伤口的边缘。树液很硬，但也很柔软。

“就像一个疮痂，”教授说，“但是，虽然我们的血不能修复受伤的树，但树液可以治好我们的伤口。”

吉本斯教授用手指碰了碰松汁，并弄了一滴闪亮的松汁在他流血的膝盖上。“很可能需要缝上一两针，但我们在一个偏僻的地方。你可以指望一棵树来帮你愈合，哈利。”老教授把树液涂在他的伤口上，几乎立刻，缓慢的流血就止住了。“松汁具有杀菌、收敛、消炎、抗菌等作用。世界上最好的创可贴，哈利，记住这一点。”

哈利，现在坐在挪威云杉树里面，想起了这一点。他手上的伤口已经被敷上的松汁止住了血。他继续攀爬。云杉的枝干是有弹性的，木头没有白蜡树和核桃树那样高的密度。当他接近树顶时，他折断了一两根树枝。是时候停下来了，已经是下午很晚的时候了。他小心地爬了下来。站在树底，他透过俯冲而下的常青树冠向上望去。

“谢谢你。”他说。他拍了拍云杉粗糙的树干，尖锐的树皮刺痛了他已经被刺伤而变得柔弱的手掌，又一个血点出现了。“你是一个脾气暴躁的浑蛋。”哈利说。

但是森林需要一些脾气暴躁的浑蛋。

在爬过挪威云杉之后，他走了很长一段路。随着春天的到来，每棵树似乎都为被压抑的能量而颤抖着，还有所有的动物。他发现了一只负鼠的黑鼻子，在一棵白栎树O形的树洞中抖动着伸出来嗅着空气。一群松鼠绕着糖槭树的树底跑来跑去。一只白胸的五子雀从枫树的树干上跳了下来。小溪边的一只牛蛙，用缓慢而又粗糙的声音与另一只相互交谈。哈利听着、看着、走着。虽然他的胳膊很累，但他还是捡起两块石头，一手抓着一块，像在举重一样，他把它们上上下下举动着，直到他回到树屋，然后把两块石头放在螺旋形楼梯的底部。他精疲力竭，差点没能爬到屋里。

天黑了。在他进屋之前，他先走到露台上，朝阿曼达的房子看去。房子在半英里远的地方，几天后，当树叶全部长出来的时候，他就看不见它了。她也在往他的方向看吗？奥利安娜肯定在看着他。他能感觉到她那不耐烦的目光。他走进树屋，点亮了煤油灯。橙色的火焰跳动着，然后安静了下来。

他太累了，没力气吃东西，但他太饿了，又睡不着觉。他把意大利香肠切成圆片，把切达干酪切成大块，慢慢地咀嚼着。香肠里的调料香味、奶酪的浓烈味道。品尝食物真是件奇怪的事情。他吃了两个苹果，酸的、甜的、嘎嘣脆的、多汁的。他又吃了第三个苹果。

他坐在阿第伦达克椅上，听着风吹过山毛榉的声音。一根低低的树枝碰到了天窗。一路向上，向上，穿过那巨大的、黑乎乎的树冠，他能看见月亮。

他再次站起来，望向三角形窗户的外面，阿曼达的房子依然一片漆黑。

他躺在他的小床上，已经忘记了疲倦。春天的窥视者开始了它们刺耳的合唱。树屋在风中摇动。

当他进入梦乡时，哈利的思想是整洁的、平静的、平凡的。他想，山核桃树是防风的。白蜡树可以抵抗突然的冲击。挪威云杉的汁液可以愈合伤口。

他睡着了。

第二天，他从床上坐了起来，痛得皱起了眉头。他评估了一下自己的状况。他的背部受伤了，他的肱二头肌拉伤了，肩膀受伤了，膝盖受伤了，他的大腿受伤了。他的鼻子和眉毛都疼了！这一切都受伤了，但是这感觉……很好。

他吃了一大碗燕麦片。在冰冷的溪流中沐浴。他穿上了昨天穿过的衣服，走到树林里去了。

他已经爬了两棵树了，北方红橡木和美国落叶松。他能应付的只有两棵树，因为他的肌肉在前一天已经磨损了。他花了很长时间才到达树顶。

在回树屋的路上，他再一次捡起了两块石头。它们比前一天的要大一些。他边摇摇晃晃地往回走，边把它们举起又放下。当他到达山毛榉树旁边时，他把岩石放在另外两块岩石旁边。

那天晚上，他睡着了，什么梦都没做。

阿曼达没有想到他爬了那么多树，那么多不同种类的树。第三天之后，她和奥利安娜开始编制一份她们看到他攀爬过的树木的名单。这是人类的天性使然——哈利是她们想要解开的谜。

他选择树有什么规律和系统吗？她们尽可能地对他的选择进行了分类，当然，也会错过一些，因为奥利安娜要去学校上学，而阿曼达不得不去上班。

起初，她们认为这种模式是显而易见的：哈利要攀爬森林里的每一种松树和硬木树。但很快，她们发现并不是这样的。他从来没有爬过同一棵树两次，但有时他会攀爬他以前爬过的同种树。比如他爬过两棵不同的红花槭树，三棵不同的黑核桃树，等等。

心果山核桃树（1）

美洲白蜡树（1）

挪威云杉（1）

北美红栎（1）

北美枫香（1）

红花槭（2）

多花梾木（1）

黑核桃树（3）

梣叶槭(1)

美国白栎(2)

北美乔松(1)

黄桦(3)

桑橙树(1)

紫荆(1)

甜桦树(4)

黑桦(2)

沼生栎(2)

纸皮桦(1)

北美圆柏(2)

香脂冷杉(1)

弗吉尼亚松(1)

七叶树(3)

黑樱桃(2)

美国落叶松(1)

悬铃木(3)

锐叶木兰(1)

挪威槭(5)

美国椴木(3)

刺槐(1)

郁金香树(2)

猩红栎(2)

北美红榆(2)

红桤木(3)

颤杨(3)

北美短叶松(1)

黑橡木（4）

大齿杨（2）

银白槭（2）

粗皮山核桃（3）

不管他在做什么，所有的这些树，奥利安娜确信爬树是哈利对他们的计划进行“思考”的方式。

要思考多久？她曾问过他。但是现在她想知道，这需要爬多少棵树，哈利？这个名单在持续增长。

阿曼达有她自己的想法：哈利正在克服一切。

把结婚戒指拿掉是一件大事，他需要很多树，还有很多想法来重塑他生活的意义。

当然，阿曼达和奥利安娜并没有分享彼此的想法。她们都认为哈利需要一些“独自在森林里的时间”来最终安定下来，就像阿曼达说的那样。她们让他一个人待着，但要一直盯着他。实际上，阿曼达做的不只是盯着。在哈利开始爬树的近两周时间里，她偷偷溜去了树屋几次，把食物放在厨房的桌子上。新鲜烘烤的酵母面包、炖牛肉、自制的胡萝卜蛋糕。她不得不去照顾他，因为她知道他在经历什么。他们在同一个俱乐部。他这样地努力，只为了让自己坚持下去。这是任何护士都会为病人做的。营养支持，关注他的身体和他的需要。

他给她留了一张字条：“蛋糕是美味的。你知道你无须这么做的，但是谢谢你。”

当然，我必须这么做，阿曼达想，你需要保持你的体力，我不能让你从树上掉下来。

那天晚上他回来的时候发现了一张字条：“你已经爬了 76 棵树了。这已经很多了，只是说说而已。曼。”

果然——她们在观察他。

他感觉到她们在森林里的存在，虽然从未见过她们。他转过身来，朝阿曼达的房子看去。在二楼，有两盏灯。左边的那盏灯灭了，他猜是奥利安娜的卧室。阿曼达卧室的灯一个半小时之后才灭。他知道这一点，因为每隔几分钟他就会走到窗口那里去看看。

那里有人在关注着他，还有一个他也一直在关注的人。人类生活的骚动。阿曼达的灯熄灭了，所以他把自己的灯也给熄了。

在北美枫香的顶端，哈利想到了他的父亲。这是棵一年生的北美枫香，哈利摩挲着树顶的树枝，那里已经开始长叶子了。这些小叶子就像柔软的绿色珠宝。水状的树液从树皮中渗了出来。哈利弯下了树枝，深深地吸嗅。他的父亲搽了须后水，闻起来就像这样。

父亲从未真正拥抱过他。但哈利清楚地记得，有一次，他的父亲曾把一只胳膊搭在他的肩膀上，他们俩在一起摆姿势拍照。但哈利之所以能这么强烈地记得须后水的味道，却并不是那个时候。

他又嗅了嗅清澈的树液。我想起了什么呢？他想。然后他知道了。

每当他和他的父亲坐上同一辆车时，他会在汽车里闻到父亲的气味。一种柠檬、姜，掺杂着肉桂的混合香味，被密封在汽车里。

当然，父亲最强烈的气味会留在车里，因为父亲是卖汽车的。父亲开车离开了家人，一辆带有须后水味道的讨厌的汽车。

哈利感到头晕目眩。他从北美枫香上爬了下来。他还没有爬到树顶，他也没有爬上过另一棵北美枫香，尽管森林里有好几棵。

两周以来，他一直爬树；他会去晨跑；他会把越来越大的石头搬回树屋，把它们堆在螺旋形楼梯的一侧。他喝了几加仑的泉水。通常，他会睡一整夜。但有些夜晚，他会无法呼吸，因为他非常想念贝丝。他会从床上爬起来，坐在阿第伦达克椅上，向后靠，从天窗往上看，透过山毛榉的树枝。一天又一天，圆月变得更亮了。春天的窥视者们开始唱歌，猫头鹰开始鸣唱，树一棵接一棵地开始恢复生机。所有这些都有所帮助，尽管并非总是如此。有时，即使待到黎明来临，悲伤也不会消失。但到了黎明，他会戴上帽子，开始爬树。他从来都不知道一棵树会给他带来什么，但他知道它将会把他带往何处：向上——即使向上之后最终是向下，就像很多时候那样。

向下爬时，一棵树会激起他对父亲的记忆，或对大狼的。

哈利坐在一棵白色的橡树的三分之一处，他想到了大狼把一个邻居家的孩子肯尼·沃特林格，困在一棵白橡树上。肯尼从大狼那里逃了出来，大家都知道这是一个错误，因为这只是延长了那不可避免的一刻——大狼迟早会来找你——这给了大狼时间去想一种比他原来想要的更令人不安的折磨。他打算对肯尼做的一切是用橡子来惩罚肯尼。那是一个美丽的秋日，到处都是橡子，大狼本来想要的是向某人发射橡子，这就是橡子被发明的原因。肯尼碰巧在这里，所以就是肯尼。发射橡子，这只会持续一到两分钟，但肯尼惊慌失措，躲到了白橡树的上面。

从学校回家后，哈利目睹了这一切。他顺着宽阔的街道偷偷地越走越近，躲在了一棵大树的后面，注视着这一幕。他离大狼和肯尼只有3棵树那么远。

“我要开始数数了，”大狼对肯尼说，“你下到这儿来之前我能数到多少个数字，那就是你要吃的橡子的数量。”

肯尼脸上的表情。橡子，我要吃橡子了。我要死了。

哈利看到过太多这样的孩子的脸。哈利不知道如何拯救大狼的受害者，他们中的任何一个。但有时他也能帮上忙。肯尼，当然，会认为橡子对人类是有毒的。因为如果是大狼要你吃它们，它们必须是有毒的。

“1……”大狼对着肯尼笑着说。

在大狼的后面，哈利眨着眼睛向肯尼示意。哈利把手指放在嘴唇上，别说话，否则我们都要死了。他举起一颗半脱皮的橡子，挑出白色的果肉，吃了它，朝肯尼点点头。看到了吗？死不了。

当大狼数到 7 的时候，肯尼从树上滑了下来，开始像剥虾一样剥橡子，并尽可能快地咀嚼着。大狼的满足是短暂的，他走开了，太无聊了。他走过了哈利躲在后面的那棵树，并没有注意到哈利，脚重重地踩在橡子壳上。

在爬第 23 棵树的时候，贝丝找到了他。有时她会打招呼，但大多数时候她说再见，你好，再见。她的声音总是微弱的，有关她的记忆图像变薄了，变成了可以被阳光穿透的薄雾。

有 7 棵树激起了对大狼的记忆。他的父亲只出现过一次，那是在北美枫香上。对母亲的回忆则是在一棵沼生栎上。在一棵铁杉树上，哈利回到了过去，他听到了一阵电锯的声音，矗立在他办公室窗外的铁杉树被锯掉了。

有时，他只是一个森林人，一个树上的科学家。他会检查一片垂悬着的棕色椴树叶子——去年秋天没落完的——上面的叶斑病或者真菌溃疡。他会用手指轻轻抚摸着红雪松树上闪电状的黑色伤疤，还会轻轻地触碰桤木顶端黏黏的、霓虹绿颜色的新叶。

森林人把死树叫作“障碍”。他爬上了一棵这样的“障碍”，一棵银色的枫树，一副灰白色的骨架，但它依然充满了生命。浣熊躲在它锯齿状的树洞巢穴里窸窣作响地移动着；一只黑眼睛的负鼠沿着一根没有叶子的树枝向上爬去；一只雄性绒毛啄木鸟好像刚看到了一个美丽的雌性在附近飞过，忙着在枫木的空心树干上敲打着，宣布自己的领地。一只熊也曾经爬过这棵树。哈利触摸着树干上点状的爪印（熊往上爬）以及旁边的长条爪印，表明这只熊已经滑下了树。

爬树时，哈利经常想到奥利安娜。爬树时，他想到了阿曼达。

在一棵高大陡峭的梧桐树树顶，哈利看到了周围大部分树木的树冠——针叶树的帐篷状，枫树的椭圆形，白杨树的圆柱塔。在东北方向半英里的地方，他可以看到一片空地，空地中间，矗立着阿曼达的房子，红色的金属屋顶在阳光下闪闪发光。他的眼睛久久地停留在春天新绿色的海洋中这个整齐的几何图形上。他看不见阿曼达或奥利安娜。这房子离得太远了。

一天又一天过去了，阿曼达会猜到他在树上做什么吗？奥利安娜会想象什么？

至少哈利是在爬了第53棵树后才明白自己在做什么。现在，在第127棵树上，梧桐树上，他已经准备好了。他从阿曼达的房子那里转过身来，面朝着那棵巨大的美国山毛榉上的树屋。

“哦，该死的。”阿曼达说着，透过望远镜看到了哈利站在梧桐树的树顶上。她和奥利安娜站在房子后的露台上。

奥利安娜在她们的名单上加上了梧桐。哈利现在已经爬过上百棵树了。奥利安娜看着她妈妈。妈妈从来没用过这个词。她看起来很害怕，奥利安娜吓坏了。

“妈妈？妈妈，怎么了？”

阿曼达放下了双筒望远镜，麻木地从奥利安娜手中接过了这份名单，盯着它。“不是爬多少棵的问题。”她低声说，深吸了一口气，“也不是树种的问题。”令人惊奇的是，她又说了一句脏话，“哦，该死的，哈利！”然后她又看了看那棵梧桐树。

“妈妈。”

“规律。为什么他选择它们？是按照它们的高度。”

一直以来，她都没有注意到这一点。他爬的每棵树都比前面的那棵高。攀爬、奔跑、举石头。哈利的体力越来越好。一直以来，他都在准备，他是个有计划的人。

她们不需要用双筒望远镜就能看到森林里那棵最高的树。她俩都转过身来，看着美国山毛榉，它还没有长出叶子，只是在边缘有些稀疏的叶子。它比其他所有的树都要高。

“哇。”奥利安娜说。因为如果哈利能爬上一棵那样的树，他就可以做任何事。

16

大狼的寻找

就像哈利一样，大狼也爬上了树。然而，这棵树并不是在森林里，而是在哈利家的后院里。它不是一棵参天大树，而是一棵可怜的山茱萸，几乎支撑不住大狼的大块头。

随着山茱萸来回摇摆，大狼在想，哈利，我现在试图闯入你的房里，但如果我从这棵树上掉下来摔断了脖子，我一定会让你负责的。你知道这意味着什么，不是吗？大狼皱起了眉头。好吧，如果我找不到他，根本不会有任何意义，对吗？

有趣的是，我可能会从树上掉下来摔死，就像森林先生为我设了一个树陷阱。但这可不像是我的哈利，大狼想，不管你想做什么，这都不关我的事。即使，它跟我有关，那也是因为你在逼我。这就是为什么你拿着钱逃跑，因为你知道我不会支持它。你的一生，从不反击，而现在你在回击。为什么？

大狼不喜欢神秘和猜想，他是一个直来直去的人。你是什么样的人，哈利？好家伙，坏家伙还是疯掉的家伙？

但这真的并不重要，因为你是一个拥有400万美元的人，那400万美元能够存在，是因为我带你去找了损害补偿的律师，是我在你手里放了一张中奖的彩票。你赢了，你甚至都不想玩。通过你，我玩了一把官司彩票，赢了。

我想要，哈利。大狼想要他赢得的钱，更重要的是他需要它们。他的离婚案，马上要接近残酷的终点，他第三次该死的离婚——哈利，我要完蛋了，你不能把钱给陌生人。该死的，我们是他妈的亲兄弟。一直以来，你和我都在一起对抗这个世界。

大狼跳到了二楼的屋顶上。隔壁车库的安全灯提供了足够的光线，这样他就能看到他在做什么了。哈利的房子没有安保系统。那辆东摇西摆的警察巡逻车已经懒懒地开过去了，附近一片寂静。大狼握紧拳头把窗玻璃给打碎了，伸进手，打开了门闩。

房子里面。他在找什么？有关哈利精神状态的线索。他一直在理性地思考吗？他有什么计划吗？

这是大狼当天在鲍勃·杰克逊面前所提出的问题。大狼特意请了一天假，从弗吉尼亚赶了过来。

大狼去了三楼，哈利过去常常工作的地方。现在它被指定给了鲍勃·杰克逊。

鲍勃坐在哈利的旧隔间里，他看起来像是想哭。在他的办公桌上，还有摇摇晃晃的书架上都放着厚厚的文件：牧场管理、森林资源利用、库存和分析、开发和评估、生态区协议监控。

一个影子使鲍勃的桌子变黑了。他转过椅子，抬起头来，再抬起头。

一只巨大的手伸了下来。鲍勃退缩了。哎呀，这只手该不会要打我吧……原来它想握手。畏缩着，鲍勃伸出了他自己潮湿、发抖的小手。

大狼在自我介绍时用力挤了挤眼。“嘿，鲍勃，我的名字叫沃尔福德·克兰，但请叫我大狼。能聊一两分钟吗？”

鲍勃兴奋得简直要晕倒，向大狼点头表示同意。

大狼解释了他是谁，以及他为什么来这里。鲍勃喜欢这种发展趋势。虽然大狼很可怕，占据了小隔间的大部分空间，但鲍勃依然有一丝积极的想法：也许这个大块头会把他的弟弟拖回来工作。

哈利已经把他的辞呈寄给了伊夫·麦克雷，但是大狼看起来像是一个可以改变别人主意的人。

“你要让他回来吗？”鲍勃说。

大狼是一个反应非常快的人。多亏了哈利，鲍勃桌上才有成堆的文件。鲍勃自己，就是那种专会在办公室里偷懒耍滑的人。

“哈利背叛了你吗，鲍勃？”

“嗯，这是个有力的词。”

“但他做了，不是吗？”

“我比他有资历。”

“现在，这一大堆工作……”

“你会把他带回来吗？”鲍勃说。因为大狼看起来很像在电影中看到的那些赏金猎人。鲍勃想知道大狼是否有枪。哈利·克兰被枪威胁着回到他的小隔间——鲍勃会欢迎这一景象的。

大狼想，是的，我要把哈利带回来，回到理智。“我需要你做的，鲍勃，是描述一下哈利最后离开的时刻。你说他只是站了起来，走出了办公室，直接经过了你。”

“是的，他看起来很奇怪，比平常更奇怪，我是说，”鲍勃压低了声音，“你知道，自从他妻子的事以后，他就再也不一样了。”

大狼肌肉抽动着，本能地想保护哈利。这个叫鲍勃的家伙毫无疑问地利用了贝丝死后哈利的慌乱。

哈利想把自己埋在工作中，而这只小虫子在压榨他。大狼很想把鲍勃拎到身边，把他摇一摇，但他没有。

相反，他引导鲍勃进入了过道。其他办公室的工作人员偷偷地看了看大狼和鲍勃。没有人质疑大狼的到来，因为他流露出权威。而林业部门的官员们天生就不具有对抗性。老板伊夫·麦克雷正好迈出他的办公室，突然接收到了大狼居高临下的气势，马上就退了回去。红杉，伊夫想，这个人是一棵巨大的红杉。毫无疑问，不是 FBI 就是 NSA，但毫无疑问，这不关我的事，我不需要知道我不需要知道的东西。伊夫把他的门关上了。

大狼站在鲍勃身后，靠了过去，确保他热烈的呼吸正好吹在鲍勃的脖子上。“那么，哈利站了起来，你继续说。”

“是的。我正要下电梯，在那里——”鲍勃指着，“他刚放下电话。然后沿着这条路一路走过来，但他仍在说话。当他向我走来，还在说话。”

肯定是托兰打来的电话，有关钱的消息，他妈的所有的这些钱，它让哈利不稳定的大脑爆炸了，大狼说：“鲍勃，波比男孩，他在说什么？”

“这很难听到。”

“回到你的脑海里，鲍勃。请认真听。”大狼把一只手放在鲍勃的肩膀上，它像铁砧一样沉重，厚厚的手指开始用力揉搓。鲍勃气喘吁吁。哦，天哪，鲍勃想，那强有力的手指，我觉得我肩膀上哪根骨头要断了。

鲍勃突然全部都想起来了。哈利在那里，向我走来，他说了几句话。他说了什么？说大声点，哈利！然后鲍勃听到了哈利的声音，响亮而清晰。

去树林。

“去树林，”鲍勃说，“去森林和树林！”

大狼现在正在哈利的房子里，用手机上的手电筒四处寻找。去森林和树林。大狼把汗湿的鲍勃压得紧紧的，但无济于事。什么森林，哈利说的是什么树林？哈利是在发脾气吗？还是他只是随口说去森林？他有什么喜欢的森林吗？一个他可能去的地方？但是该办公室管理着大西洋中部各州的上千片森林。鲍勃，难道不能肯定有哪一片特殊的森林，哪一棵特殊的树吗？我们能看看他的电脑吗？点击，点击，但是他们在寻找什么？没有什么突出的地方，都是数据和图形。没有特别的树木图片，甚至连张初恋——童年前院的大山毛榉树——的照片都没有。

大狼进了哈利的书房，里面像整个房子那么乱。

去森林和树林。大狼伸手去拿他的手机，翻到他们上周进行的短信交流。

哈利：我不回家了，大狼。我在一个安全的地方。你明白了吗？

我在一个安全的地方——你就在那里，带着该死的 400 万美元藏在森林里。你一直在大山毛榉树上寻找一个安全的地方，现在你跑到未知的森林里去了。

我不回家了——你的确没回，你在办公室接到了托兰打来的电话，你甚至都没回家，是吗？

大狼站在哈利的卧室里。抽屉里塞满了内衣和袜子，衣橱全满了。还有贝丝的东西。在浴室里，哈利的牙刷还在牙刷架上。贝丝的，就在他的旁边。天哪，哈利，自从她死后你就没有移动过一个分子。钱来了，你爆炸了，你离开了，找到了一个安全的地方。这两者对你来说都是绝对武断的行为。他妈的。我怎样才能找到一个没有计划的人？一个安全地藏在森林深处里的人？他妈的。

黎明很快就会来到。他需要离开这里。但相反，大狼走进了书房，坐进了一把皮椅子里面，点燃了一根香烟。吸完烟，把烟蒂摁灭在了他在厨房里捡到的一个空杯子里，然后点燃另一根。在打火机的亮光下，大狼看到一张小照片，放在书架上，朴素的相框，所以并不打眼。大狼从椅子上站了起来，伸手去拿它，把它带到了手机的光亮下。这是一张大狼和哈利的合照，当他们还是小孩子的时候。

“啊，哈利，你明白我的意思吗？这就是我要说的。看看我们。”看看我们。大狼凝视着年轻时自己的眼睛。眼睛里没有生气。那永恒的怒视、那痛苦的表情还没有落在他的脸上。我们不应该只是永远站在那里，兄弟。因为……该死的，看看我们。

大狼注意到一些东西，照片的后面有一张小纸片伸出了一角。有另一张照片藏在相框后面，他把它拉了出来。当他看着这张被隐藏的照片时，他的眼睛里燃烧着愤怒，感觉就像烧焦了某种刺鼻的化学物质。这是在同一地点拍摄的另一张快照，拍摄于大狼和哈利开心地摆姿势之前或之后。它很模糊，就像一个孩子拍的一样。大狼闭上眼睛，看到自己手里拿着柯达傻瓜相机，从镜头里看着哈利和父亲杰弗里·克兰。

大狼对着这张照片眨了眨眼。父亲的手臂环绕着小哈利的肩膀，哈利微笑着。父亲微笑着。大狼检查了是否还有隐藏的照片。他想看的，又是不想看的：爸爸用他的胳膊搂着我。

但是没有更多的照片。大狼闭上了眼睛，试图回忆，有这样的照片吗？他试着去感受它，他父亲的手臂环抱着他的肩膀。

他突然清醒过来。愤怒。“为什么你会信以为真，哈利？”你在爸爸的眼里看不到吗？在这里，他的眼睛正看向远处，他迫不及待地想要逃走了。你也要这样做吗，哈利？这就是我所看到的吗？大狼把手机的灯一直照到他们的脸上。他们看起来就像一对共谋者，他们两个。爸爸跑了，你也跑了，哈利。

我讨厌人们逃跑。

当他们有 400 万美元时，讨厌是没有用的。爸爸夺走了我的生活，你拿走了我的钱。

“沃尔福德，你太夸张了，冷静下来。”在中学时，当老师和辅导员告诉他这些的时候，他很讨厌。冷静点，沃尔福德，冷静点。害怕，非常地害怕，甚至他对自己说这些的时候，他都不喜欢。所以他一直这么说：“冷静，冷静，沃尔福德。”因为他就是那种人，一种直来直去的人，只能直来直去地理解他唯一能明白的情绪。他感到愤怒，也就看到了他的愤怒。火花，然后是火焰，火焰——大狼拿着打火机放到哈利和父亲的照片下面。它冒烟，烧着了。当他的父亲蜷曲着变黑的时候，他咧嘴一笑，然后哈利也冒烟了。

大狼有点不知所措地把烧完的黑灰扔进了厨房的玻璃杯里，舔了舔他那被烫到的指尖。

“冷静下来。”这一次他是真想冷静，“如果你不冷静下来，你会心脏病发作的。”

不过，当头上的烟雾报警器发出一串刺耳的警报声时，他真的差点就心脏病发作了。

大狼冲到前门，又转过身去，跑回房间，把他和哈利的照片拿了起来，然后又冲到前门，跑进了黎明前的黑暗中，跳进了他停在两个街区之外的阴影里的车。

17

爬上最高的树

早上 5 点，哈利睡着了，梦见了山毛榉树。它正在用阿曼达的声音对他说话。不，等等。树没有说话——是阿曼达说话的声音，非常轻柔。她就在那里，像只柴郡猫一样栖息在低矮的树枝上，在树的叶子边低声耳语：“春天来了。醒醒，醒醒。”

然后她把胳膊举过头顶，指着。向上。

哈利被惊醒了。

他在什么地方？天很黑，但又很明亮。一轮满月将光线透过树屋的彩色窗户投射进了小小树屋。月光透过彩色玻璃发出梦幻的光芒，所以哈利花了一分钟才明白他是醒着的。他闭上眼睛，重新回味着他那挥之不去的梦。阿曼达坐在山毛榉上，叫他醒过来，春天已经到来。哈利把他的腿伸到小床的一边，胡乱地套上衣服，把他的森林服务帽紧紧地戴到头上，然后走到了露台上。他抬头望着山毛榉树黑暗的中心。向上似乎是无限的，不可到达的，但那是他唯一能走向光明的道路。

他抖了一下，然后全身都颤抖起来，就像在比赛的起跑门栅前准备出发的一匹赛马，然后他眯起眼睛，一跃而起，跳上屋顶，抓住了屋顶上的第一根树枝。他很容易就把自己拉了上去，他把腿钩在厚厚的树枝上，站了起来。努力地攀登不再会伤到他。他没有气喘吁吁，自从他两周前第一次爬上山核桃树以来，他的身体已经发生了变化，他的胳膊和腿都很强壮了。他耸下肩膀，弯了弯后背，感到肌肉平稳地滑动——再不会像最开始那样有肌肉爆裂和撕裂的声音。森林改变了他，甚至他的呼吸方式也不一样了，更长、更平静的呼吸，能让森林的空气到达身体最深的地方。

他低下头。月光下，他只能看到树屋长满青苔的屋顶。他伸手抓住另一根树枝，把自己拉了上来。一旦他越过了这些垂直间距比较宽的厚重低枝（其中有一些是够不着的，他不得不像狐猴一样在空中飞起来，多跳高几英寸），树枝就变得越来越丰富和密集。山毛榉是一棵越往顶端，树枝就越细密的树，所以它会长出大量的侧枝形成一个紧凑的树冠——它的分枝非常多。这使它成为一棵很好攀爬的树，但是一棵很高的树。哈利猜这棵山毛榉应该有 160 英尺高。昨天攀爬的梧桐树是 130 英尺高。

他爬、跳，把自己像秋千一样摆了起来。当他不断升高时，树屋的屋顶开始缩小——先是汽车大小，然后是玩具，然后是拇指。在树屋下面，在像蛛网一样交错的、没有树叶的枝干中，森林的地面在月光下变成了一个遥远而模糊的影子。他继续向上爬着，40 英尺，50，60。

当他接近第二层树冠时，空气变得越来越稀薄（或者是他想象的），树枝变得没那么稠密了（真的）。住在树上的那些昏昏欲睡的生物很不高兴看到这位月光下的闯入者，呼哧呼哧、汗流浃背地从它们的家经过。浣熊咆哮着。松鼠在他肩膀上方以及腿下方的地方唧唧地叫着，一掠而过。当他抓住一个潮湿的树洞边缘来稳住自己时，一只负鼠伸出脑袋，露出黄色的牙齿，发出嗞嗞的威胁声。受惊的猫头鹰在他周围扑来扑去。一对蝙蝠从黑暗的 V 形的树杈处飞出，锯齿状的翅膀在他的头上拍打个不停。

哈利向后靠在山毛榉光滑的灰色树干上，呼吸着上百万棵树一起释放出来的令人陶醉的氧气。他往东看，向低低起伏的群山望去。光线发生了变化。他猜他已经爬了将近一个小时了，离地面该有 110 英尺了，离树顶应该还有 50 英尺。

他伸手去抓下一根树枝时，他的手碰到了一个树枝垒成的鸟窝。随着一声刺耳的尖叫，一对画眉突然朝他俯冲下来，像愤怒的蜜蜂一样朝他嗡嗡地猛扑过来。他拍打着手企图赶走它们，却不小心滑倒了。当他掉下的时候，他伸手抓住了一根长长的，中等粗细的横枝，但树枝像绳子一样脆弱。由于他下坠的冲力，树枝断了，但幸好没有完全断开。他对树木的了解使他得救。他顺时针方向旋转他的身体，扭动着树枝的长纤维，短暂地增加了树枝的拉伸强度。因此他没有直接掉在森林的地上，而是绕着断枝安全滑到了下面 5 英尺处的另一根大树枝上。

他抱住山毛榉的树干，气喘吁吁，像受惊的狗一样，但是没有时间去害怕。向上，他必须站起来。因为星星在消失，月亮在消失，夜晚的黑色也开始变亮了。

他爬得更快了。汗水从他的鼻子上滴下来，落在了空气中。屏声静气，哈利能听到的一切就是——他的汗水在滴落；动物在它们的树洞里沙沙作响；鸟抬起它们的眼皮，为即将到来的黎明做准备。但最重要的是，他听到了山毛榉——树液在它的血管中流动，树枝的尖端在颤抖着，仿佛一个宇宙的音叉被触动了，只差一个元素了。哈利从树冠里穿过，喘着气拼命地往上爬，拼命地往上爬。那个元素，就在东边，就在恩德莱斯山滚滚的波涛后面。

一只紫色雀鸟在歌唱。第二只也加入了进来。

打了个停顿的盹儿。接着，一只黄林莺也开始了鸣叫。然后，几十只雀、莺和画眉鸟开始从所有的树上发出歌声，森林的合唱开始了。

哈利到达了山毛榉的顶端。他把自己拉上了树顶锥形的中央，弯着腰，像金刚一样紧紧地抓住“帝国大厦”的顶端，向东方望去，向那一望无际的山脉和连绵起伏的群山望去。

这里，在这里。它已经开始了。首先，云的顶端开始有微弱的光芒。然后，一束又细又亮的新月状光亮在窥视。最后，太阳升起，阳光照耀着四散的云彩，驱散了黑夜，星星变得暗淡。

哈利小心地踩到了更高的点，树枝在他身下抖动着，他就像旗杆顶端一面高高举起的旗帜。当清晨的第一缕光照到山毛榉的最高点时，哈利触到了这一束光，他的指尖散发着光芒。

山毛榉被太阳唤醒了，顶端的嫩芽打开了。那是一抹淡绿——生命最初的开始。哈利都听到了——顶端的外壳随着“咔嚓”声在绽放，锯齿状的边沿和叶面树脂状绒毛刮擦着分开，树液会像被心脏泵出的血液一样，通过微小的木质部和韧皮部的血管奔腾流动。第二个顶芽打开了。第三，第四，十几个，上千个。当太阳升起，山毛榉树复活了，咔嚓的声音像波浪一样从树顶波及树底。啁啾的鸟们，藏在这森林的绿色里，一起开始了高声歌唱。

哈利向北、南、东、西一一扫视那连绵不绝的山脉和山谷。山谷的底部，他看到了蜿蜒曲折的萨斯奎汉纳河，就像阳光下灿烂的水银带；他看见一大群雀飞过，然后四散分开；他看见一列火车穿过远处的桥；他看到了古老废弃的采矿场和分散的城镇，以及数百万的树木的树顶。

“看看所有的树，贝丝。”哈利低声说，他知道她会说什么，哈利的树林，“我要做一些疯狂的事情。”他说。

你的眼睛又在笑了，哈利，终于。

“有个叫奥利安娜的孩子。她为我和这些钱做了一个计划，贝丝。我想我能做到。”因为一旦你爬到了这么高的地方，你就会一直爬下去。

哈利等着贝丝再跟他说话，但她没有什么可说的了。他在黎明的晨光中紧紧地贴在树上，吸气，呼气。他明白了：这就是一切最终的样子。贝丝在他的身体里，但他也可以让她走。这是一种美妙的、令人心碎的感觉。这是生活。他把贝丝深深地吸入了心底，紧紧地抱住了她，然后他再深深地吐了一口气，把她吐在了春天的森林里。所有的新叶子都吸收了她，叶子变得更绿了，然后它们又把她吐回给了哈利。

“唳——”远处的鹰叫着，在头顶盘旋，是红尾鹭。哈利看着它向西飞行，径直越过阿曼达的家。它一直在飞行，直到消失在黎明的光里。

太阳升起，照耀着哈利。他吸收了光，呼吸了森林的空气。过了一会儿，他脱下了他的林务局的帽子，松开了调整带，并把它绑在了他能够到的最高的树枝上。

山风把帽子左右吹动，像一面旗帜一样来回摆动。

哈利看了一会儿，然后开始往下爬。

奥利安娜不得不去学校。她争辩过，但阿曼达还是把她打发走了。

“妈妈，他爬那棵树的时候给我发短信，好吗？”

如果他爬那棵树……阿曼达想。此刻她正站在屋后的露台上，她把望远镜对准了山毛榉树上，树被清晨的阳光照亮了。

为什么哈利还没有爬上去呢？一天过去了，两天——他再没有爬过任何树。她关于山毛榉的猜测是错的吗？还是他已经爬完了？

然后她发现了。今天早上，山毛榉树不一样了。

她又想起了他的话：一个接一个地，像慢动作的烟火，一棵又一棵的树将会绽放。最后一棵树将会是这个大家伙，美国山毛榉。

这一天到来了。山毛榉是绿色的，生机勃勃。它长叶子了。

这就是哈利一直在等待的——这是爬上森林里最高的树的最佳时刻。

“哈利，”她低声说，“你现在正在爬吗？”但他在哪儿呢？她上下扫视着那棵树，仔细寻找他爬了有多高了。但是，透过新长的树叶很难看清。

他怎么可能到达顶峰？她想，她的心跳加速。山毛榉是如此之高。

“哈利，这是一个疯狂的想法。”她低声说。

在急诊室里，有多少次她的病人是由于做了一些疯狂的壮举——给一个太陡的山坡犁地，拖拉机翻车了；路面结冰，却开全地形车出门；

站在摇摇晃晃的梯子的顶端，伸出刷子去刷最高处的最后一刷。这么多的跌倒，那么多的事故，她都看到了。

但哈利不是疯了。他不像这里的人，总是赌运气，做傻事。他很谨慎。

清晨的阳光倾泻在森林里，每棵树的绿色深浅不一，她和山毛榉之间，就像一个绿色条纹的画板，像一个蜡笔盒，提供了某种颜色的上千种色度。她从露台的一端移动到另一端，寻找一个好的角度。

这里，终于看得很清。她扫视了一下山毛榉的灰色树干，沿着旁枝移动望远镜，现在镜头被绿色的树枝所淹没。她的目光从树屋的屋顶往上搜寻。不，哈利肯定不是疯了，他很小心，他总是有条不紊的。在过去的两周里，他一直在努力地练习，为了自己爬上这棵树。

她又想起了他的话，想起了他摘下结婚戒指的那个晚上，当时他们正站在树屋的露台上，望着光秃秃的森林。

哈利说："当花蕾开放的时候，大约二十万个一起，听起来就像这棵树发出了一声巨大的、刺耳的叹息声。"

"因为春天来了。"阿曼达说。

"因为冬天已经过去了。"他说。

想到这个使她脸红，这让她很吃惊。她把注意力放在望远镜上，慢慢地把它抬起，扫视着中间的树冠，和它密集缠绕着的树枝。她寻找那些能显示他的存在的树枝，或者他的森林服务帽的白色。

"你在哪里，哈利？"

然后在树的顶端，一闪的白色！她向后靠，调整了焦距……

那是他的帽子——他的帽子被系在了树的顶端，在风中飘动。

他把他的旗帜插在他的山上。

"因为冬天已经过去了。"他说。

"春天来了。"她说。

她笑了。"你做到了，哈利！"

帽子在那里看起来很神奇，哈利的帽子在世界之巅。

在一阵兴奋中，阿曼达想，他可能刚从树上下来。我要找些做煎饼的材料，然后到树屋去为他做早餐。他值得，他——

她还在用望远镜看山毛榉，这时有什么东西吸引了她的目光。在被风吹动的帽子以下 20 英尺的地方，一串树枝在晃动，晃动停止了，又重新开始了。哈利从树上下来了？

更多的晃动，当她斜靠在露台的栏杆上，踮起脚，终于聚焦在那个位置上时——那不是哈利。两只浣熊在树干周围互相追逐。

她松了一口气，正准备把双筒望远镜放下，这时她看到了别的东西。山毛榉树上有一个粗糙的伤口——刚折断的锯齿状的残枝。她的心里突然一阵难受。不，是浣熊四处追逐时把它折断了。她想，这种情况一直都在发生，浣熊、负鼠都会折断树枝。有时它们会掉下来——尽管生来就会爬树——从空中掉下来。走在森林里，你能碰到它们，死在树的底部。这是生命的无常本质。

阿曼达死死抓住了露台栏杆。因为她知道，是哈利折断了那根树枝。哈利，在胜利的喜悦中爬得太快了，做了一些愚蠢的事情，一些不安全的事情。爬了这么多树之后——太多了——他的运气已经用完了。他已经死了。他把他的脚踩得太用力了，脆弱的树枝被踩断了，他摔了下来——哦，上帝，从这么高的高度到森林的地面。这个男人，他闯入奥利安娜的生活，他已经开始纠正她女儿的世界，他又死了。而奥利安娜会永远记住：世界上并没有恢复的力量。

阿曼达跌跌撞撞地走下露台的楼梯，穿过后院进入树林，她的心怦怦地跳着，她为奥利安娜生气。气哈利居然敢这么做，他居然敢对奥利安娜做这些。

但如果他死了，她为什么要跑？跑的意义是什么？月桂树丛刮擦着她的腿，松树的树枝抽打着她。她跑是因为她害怕，因为她不想让哈利死。阿曼达非常害怕，她有个奇妙的想法，认为她可以及时赶到那里，以某种不可思议的方式，她可以伸出她的胳膊，接住他。

这是她所经历过的最疯狂的事情，她张开胳膊跑进森林里，她想用一些不太可能的方式，阻止哈利摔在地上。所以当她突然出现在他面前时，她的胳膊是伸着的。在惊吓中，她以为她救了他，尽管他离她站的地方有 50 码远。

阿曼达慢慢地放下她的胳膊，惊奇地看着。哈利还活着，令人难以置信地活着。

他还没有听到她在森林里一路跌跌撞撞的声音，因为他正站在满是岩石的溪流中间，水在他周围喧闹地流动。他赤身裸体，背对着她，给自己泼水，洗澡。

带着胜利的喜悦，哈利从树上爬下来，汗流浃背。这条小溪离树屋只有几百英尺远。他每天都在里面洗澡，整齐地叠好衣服后，把毛巾围在腰上走进冰冷的水里，以防奥利安娜不小心溜过来。他总是带着一块肥皂，放在小溪中央一块长满青苔的岩石上。他的日常工作。但今天早上，他兴奋地脱下衣服，没有围毛巾就蹚进了水里。他用双手捧起清澈的水，把它抛向空中，然后向后靠，让水溅落在身上，一遍又一遍。太阳把他皮肤上的水滴变成了闪闪发光的珠宝。

阿曼达盯着他。她以前见过多次，动物们在这条小溪里嬉戏。红狐狸、鹿，甚至一只黑熊，在酷热的夏日里，把自己泡到水里，然后抖动强健的身躯和湿漉漉的皮毛。哈利，赤身裸体的、生机勃勃的哈利，成为其中之一，森林里的生物。

他用湿手把头发往后推去——厚厚的缠结的黑色头发呈现出一种新的野性。又直又高，哈利看起来就像个不同的人了。他的身体并不很高大，不是村夫迪恩或克里夫那样的大块头，但出奇地强壮、瘦削，肩膀的倒三角形到背部逐渐变细，一个她不应该盯着看的翘屁股，结实的大腿，肌肉发达的小腿。一个因为一直爬树而改变的身体。阿曼达的目光越过哈利看向了山毛榉。这棵大树并不是死亡的工具，正好相反，它是生命的给予者。

水在哈利周围分开。阳光透过绿色的树林，亮闪闪地洒在他身上。阿曼达继续盯着他。她已经看了他好几天了。她在夜里看着他，寻找远处煤油灯橙色的火焰，这盏灯向她保证他在那里，在树屋里。

如果他转过身来，他就会看到她。需要一个人待着的哈利认为自己是独自一人。如果他转过身，他们俩都会感到尴尬。但她还是忍不住看着他，吸收了一切她所目睹的神奇。在成为鳏夫的一年里，哈利恍惚地睡去，是森林把他吻醒了。

哈利突然停住了。把头歪向一边，他觉察到了什么。转过身，他看见在 50 码开外的溪边，有一片柳树的树叶在沙沙作响。他正要伸手去拿他的衣服，却发现一只母鹿带着它的小鹿走了过来。母鹿盯着他看了很久很久。当它确信哈利是森林里的同胞时，它让小鹿走向前，在小溪里喝水。

18

只有爱充满魔法

简单就足够了。贝丝喜欢简单。哈利在冰冷的河水里洗完澡，然后洗了个脸，刮了胡子，穿上一件干净的衬衫，梳理了他的头发，然后动身到森林里去了，手里拿着戒指。

明亮的阳光穿过绿色的树林。他想知道阿曼达，她在她的那一刻是怎样做到的。把戒指放在抽屉里，就是这样吗？不。“然后，我就不停地把他的东西扔掉，”她说，“尽可能多尽可能快地扔掉能扔掉的一切，就好像那样会让事情变得更简单。”这对阿曼达来说并不容易，而是加倍地困难，因为她要面对奥利安娜的悲伤和她自己的悲伤。

现在，哈利也不得不面对他自己的悲伤，以及她们的悲伤。显而易见，一年前买彩票的灾难性决定终于有了一个积极的结果。让他来到了这里，见到了奥利安娜。我可以把奥利安娜重新还给她的母亲，他想。他们可以一起向前走。对哈利来说，这是隐藏在格鲁和他的黄金故事里的礼物。

我拥有的越少，她们就会拥有越多。我要挖开那座金山，直到奥利安娜出现，将她从悲伤的魔咒中解脱出来。那个计划是个好计划。

但首先，一个恰当的贝丝告别仪式，是他漫长的告别的下一步。他会把戒指留在糖槭树的树洞里，因为那是他伸手去拿士力架的地方——是拯救他生命的黄金——让他找到了通往未来的道路。他会回到树屋。他会说，好的，奥利安娜，我准备好了。

短短的几分钟时间里，穿梭在熟悉的森林里，这个世界对哈利来说似乎就是一个合理的地方。也许甚至是更明确的地方，在带来死亡的彩票、拯救生命的鹰、格鲁、任性的小女孩以及非常高的山毛榉树之后。实际上，他接下来要完成的只是一笔金融交易。他的银行账户里有 400 万美元，然后钱会消失。这个计划可能有点异想天开。哦，见鬼，也许根本不是。没有理由对此感到紧张，瑞士人一直在做这样的事情，对吧？普通美国人也可以这样做的。奥利安娜向他展示了这些网站。大量的地址。大交易，哈利，黄金。每个人都这么做！

他停了下来。盯着。森林真是一个普通而合理的地方吗？他已经走到了糖槭树和石墙那里。有一位老妇人坐在墙上，她像……一个正满世界搜寻什么的女巫。卷曲打结的白发，满是皱纹的脸幽灵般闪现在一团烟雾中，非常怪异。嘴里吐出一股一股的浓烟，哈利看到她正在抽一根巨大的海泡石烟斗。

“啊，森林居民，你属于自然还是非自然？”她用刺耳的声音说道。

哈利吓得后退了一步。

欧丽芙笑了，嘴里喷出小股小股的烟，像蒸汽机车一样。“只是引用了一个短篇故事里的一句话，亲爱的，是华盛顿·欧文于 1838 年写的一个叫《午夜邂逅》的小故事，有点哥特式的胡扯。主人公问了一个有关鬼魂的问题。‘啊，森林居民，你属于自然还是非自然？’这一场景发生在原始森林的一块墓地中。”

“对不起。你是谁？”哈利说。

“好吧，看在老天的分上，你是谁？”她打量着他。

“等等，别告诉我。”她重新点燃她的烟斗，吐出一缕烟，把一根手指戳进烟雾里，仿佛在做神秘的分析。她噘起嘴唇，点了点头。“你是哈利·克兰，林务官，租了杰夫斯家的树屋三周，但是最后被逼租了四周。”

哈利的嘴张开，又闭上。

她发出一种咯咯的笑声。“我是欧丽芙·帕金斯，亲爱的，当地的图书馆管理员，是罗尼·威尔玛斯透露了你的消息。他有泄露秘密的天赋，这实际上是他的超能力。”

“你来这里找我？”

“我正要问你同样的问题。为什么到我的石墙和我的糖槭树这里来？”她的眼睛远远地盯着垂在墙另一头的那根断裂的树枝，深深叹了一口气。“我可怜的老糖槭树。我可怜的，可怜的树。”她突然大哭起来，放下了烟斗。

哈利把手放在了胸口上。他弄坏了她的树。他急忙跑到墙边，站在她身边，用胳膊搂住她的肩膀。她瘦得就像只鸟。他搂着的是世界上最悲伤的鸟。

“哦，对不起。”她说，“你本来在树林里愉快地散步，然后突然发现了一个悲惨的景象。”

但是，为什么会这么悲哀呢？是的，这棵树很老了，但仍然很健康呀，伤口会愈合的。“我为你的树感到难过。”他说。是的，尽管他不承认他是罪魁祸首。

“我敢肯定，你已经看到了更糟的情况。作为一名林务官，我想你已经看到了可怕的事情发生在树上。雷击、火灾、甲虫和蛀虫。”

“这是事物的规律。”哈利说。

“太正确了。如果灾难没有击倒你，时间会。大镰刀的时代。一棵老树，一面旧墙和一个老妇人。树枝会折断，岩石会倾倒，躯体会变弱、枯萎。的确，这是事物的规律。”

哈利拍拍她的手。“但是看看你周围的新绿。春天来了，你要知道，这也是事物的规律。”

欧丽芙笑了，眼泪在她脸上的皱纹中闪闪发光。“人们容易忘记，但你是绝对正确的。春天。”她推开他。“你眼前的这个丑老太婆，虽然步入了她衰落的冬天——但你能想象她如春天般年轻的时候吗？”

“是的，我可以想象。你不是丑老太婆。”

“哦，嘘嘘，嘘嘘，你在撒谎。”她指着墙角落叶上的那个海泡石烟斗，烟斗上马克·吐温那张精雕细琢的脸正朝他们皱眉，或者是取笑他们？“帮个忙，去拿一下丑老太婆的烟斗。”

哈利拿到了烟斗。她从一个小皮革袋里抓了一点烟丝装满了它，压实，然后边点燃烟草，边盯着他。她向后仰了仰，朝着糖槭树巨大的枝干吐了一大口烟。

“我知道，很难想象我也曾年轻过。”欧丽芙说，“但让我们试试。既然你了解树，那么把你林务官的眼睛转到糖槭树上，想象一下 60 年前它的样子。它有二三十英尺高，它的树皮是光滑的灰色。没有断枝，没有树洞。它很年轻，哈利。”

他看着它。在一个梦幻般的瞬间，他看到了年轻时的糖槭树，树枝伸向天空。没有任何岁月带来的痕迹。他转过身来，看着欧丽芙。她突然也变得年轻了！她的皮肤很光滑，棕色的头发垂在肩膀上，她笔直有力地坐在那儿。她在微笑。

烟斗的烟散去了，欧丽芙突然又变回了年老的自己。

哈利惊奇地盯着她。

“你看到我了，不是吗？”欧丽芙说，“我也曾经年轻过吧？”

“你怎么——”

“精神催眠，图书馆管理员的把戏。在以前阅读的时候，为了让孩子们准备听故事，我会说：‘闭上你的眼睛，想象你在城堡或洞穴里，你耳朵里的声音不是我的，而是巫师的声音，或者是龙的咆哮。’每次都能唬住那些小朋友。尤其是罗尼·威尔玛斯，他是一个不稳定的人。”

哈利还在盯着她看。“你曾经很漂亮。”

欧丽芙笑了。“嗯，好。和我一样的类型，容易受影响。”

极容易受影响，哈利想。

“嗯，我不漂亮，但至少曾经年轻过。老了才知道，无论你年轻时长什么样子，即使你戴着玳瑁色的眼镜，有灰褐色的头发——你都很漂亮。因为青春本身是美丽的。”

哈利闭上了眼睛。时光倒回，他看到年轻的贝丝，她坐在一辆三挡变速自行车的车把上，车是他们刚刚在庭院旧货出售中买的。当他沿着科尔森山向校园骑去时，美丽的贝丝一路欢笑。他睁开眼睛，听到了欧丽芙的声音。

“哈利，我需要你的帮助，你的善意。我可以给你讲个故事吗？”这位老图书管理员迫切需要讲一个故事，她拍了拍石墙。“来，坐到我旁边。”

哈利坐在她旁边。他们一起抬起头看着糖槭树，欧丽芙抽着烟斗，开始了她的故事。在向上升腾的滚滚烟雾中，哈利似乎看到了她所说的每个字的每一个细节。

“这是一个爱情故事，”欧丽芙开始了，“这是最重要的一个故事。”

哈利手里紧紧握着的，就是他自己的爱情故事，藏在一枚小小的金戒指中。

一声叹息，一口烟飘离了欧丽芙。“但生活就是生活，爱情故事并不总是以我们想要的方式结束。我要告诉你的这个故事充满了悲伤和心碎，以及彻底的愚蠢。我不会假装这不是自传。我不会用‘很久以前’的开头来故弄玄虚，但这就是事实，在我们相爱的时候，我是公主，他是我的王子，我们相遇在这片午夜的森林里，月亮洒下微光，空气中到处洋溢着幸福的芳香。

“或者说，我们彼此都是那么年轻，那么热情。我们做爱，很多很多次。”她吐了一口烟，“我没有怀孕。但这不是这个故事让人伤心的部分。”

“我看到了你的表情，哈利·克兰。很难想象，对吧？老人们也曾年轻过，也有过性行为。”她笑了，摇了摇头，“这真是太有趣了。抖动身体，甩掉内衣，在毯子上打滚。”她用烟斗杆指着，“就在那里，在那一小片阳光下的草地上。天哪，如果我现在这么甩，我估计要被送到医院里做牵引术了！”

哈利笑了。欧丽芙也笑了。

“那是1955年，”她说，“我18岁。情窦初开的18岁，我确信这个年轻人避孕了。他有一盒避孕套，在斯克兰顿买的。当然，他并没有去位于新米尔福德市中心的罗诺夫药店买。哈！不，就在斯克兰顿。特洛伊牌的，一盒十个。那时候只有一个品牌和一种型号。它们肯定不是你现在在超市里看到的那种润滑的、五颜六色的。”欧丽芙笑了笑，望着远方，“但它们很好用。”

她的脸变得严肃起来。

“是的，”她说，“我们会在森林里相遇并做爱，就像海丝特·白兰和可敬的牧师一样。但我的故事不是《红字》——除此之外，当然，它就是。因为故事的核心也是一个秘密。我们的爱——就是那个秘密。我们的爱是隐藏的。无论你如何欺骗自己，如何让真相变得更甜蜜，秘密就如苹果里的虫子。我的爱人——我的王子——他隐藏的东西，就是我。他不会向我承认的，他不会去找他的父母说出我的名字。我没觉得有什么可以羞愧的，哈利。我是一个好女孩，一个很好，很好的女孩。但我还不够好。我是不合适的，而且是无法改变的。所以我们打算私奔。”

“他在斯克兰顿买了一枚戒指，一枚秘密订婚戒指，每次我们做爱时，他都会把它放在我的手指上。”欧丽芙举起她的左手，指节因为关节炎显得非常突出，她碰了碰没有戒指的第三根手指。“当我离开森林回到父母家时，我会把它拿下来，藏在卧室的地板下。

“我们的计划很简单。我们会私奔，搬到一个没人知道我们名字的地方。你看，这就是名字。名字是一切。他不能把他的名字给我，不是在这里，不是在这个县。

“1955年6月14日的月夜，我带着一个小硬壳行李箱，手指上戴着订婚戒指。我是那么自豪，那么幸福。”欧丽芙降低了声音，低声说道，“我的爱人没有在这儿等我。在这面墙上，他的位置那里有一张便条。我一穿过树林就看见了。它被月光照耀着，发出命运的红色光芒。我几乎没有力气把它举到我的眼前。它烧到了我的手指。它烧焦了我的灵魂。”

她举起手，好像在读着手中的字条，仿佛她所有的生命都在她面前。

欧丽芙，我全心爱着你。但我必须告诉父亲，我不得不。没有他的同意，我不能娶你。他没有同意。成熟地思考一下，我现在意识到，我对你的爱是我对家庭的背叛。哦，欧丽芙，我的名字决定了我们的命运。留着那枚戒指，戴在你的手上。有时候，想想我。我爱你，但我不能拥有你。你会找到比我更好的人，一个值得你爱的人。

欧丽芙摇了摇头。“他们把他送走了。一个成年男子，允许自己被送走。我再也没见过他。我们的爱就只剩了一枚钻石戒指。戒指。戒指本是爱情结合的伟大象征，但它并没有保护我。在故事中，戒指总能起保护作用，或者拥有强大的力量。我以为它会永远连着我们。”她摸了摸她那没有戒指的手指，“戒指上没有安全保障。它们不会保护任何东西。”

“是的，”哈利轻声说，“它们不会。”他慢慢地张开右手，向她展示了他的结婚戒指。

欧丽芙的眼睛从他手掌上的金戒指，转到他左手无名指上苍白的皮肤环。

“哦，我的天。你也有一个故事。”

“只有 7 个字——她一年前去世了。我想在这里说再见。这是一个漫长而又复杂的过程，我不确定我是否能说完。”

欧丽芙伸手握住了他的手，他们坐了很长一段时间，哈利和老妇人手拉手坐在石头墙上。“你永远说不完，哈利。我也没有完成它。为什么宇宙允许爱发生？面对这样的困难——死亡、遗弃和其他数不清的不幸和磨难——我们为什么还要冒险坠入爱河呢？什么时候什么事情才能把它从我们这里夺走呢？”

哈利看向别处。

欧丽芙握住了那枚结婚戒指。“因为它是值得的，值得冒险和痛苦。这个世界上所有神奇的魔法——春天、雪、欢笑、红玫瑰、狗、书——只有爱才是迄今为止最好的魔法。”

她放开了哈利，从低矮的石墙上走了下来。她看着糖槭树、石墙、森林，抱着自己，悲伤地笑了。“然而，从本质上来说，爱情是悲剧。你不能保护它。不管你将你爱的人握得多紧，他们都会离开你，或者你会离开他们。这就是生活，爱，然后放手。我非常感激 60 年前那两位年轻的恋人，我很感激能品尝到爱情，但所有的爱都会以悲剧结尾。因为，悲剧是，爱总是会结束的。多么令人心碎和奇妙的谜语！你拥有它，无论是几周、几年，甚至你的整个人生，但它总是会结束。她点燃了烟，深深地吸了一口，噘起嘴，吐出了烟。她把手伸进了那滚滚的、旋转的、慢慢消失的烟雾里。”

爱，哈利想，来了又走了，就像一团烟雾。欧丽芙面对着他。“我现在把这个神圣的地方交给你。什么时候来图书馆，哈利·克兰？普拉特公共图书馆，在新米尔福德路上。借一本书吧。阅读可以解决很多事情，或者至少能让你的内心感到宽慰。”

“我不住在这里，”哈利说，“我没有借书卡。”

她咂着舌头。“该死，哈利。你是一个受规则约束的生物，不是吗？就像罗尼说的。”她想了一会儿。“告诉你。你租住在她的树屋——我会把你借的书记在奥利安娜的借书卡上。她是最终的读者。这与规则约束是完全相反的。”欧丽芙在石墙上一块青苔覆盖的石头上敲着她的烟斗，打量着那一小堆灰烬，然后打量着哈利。“我得说，这是相当奇怪的一件事。阿曼达会让你待在树屋里。这个强悍的女人，寡妇，你知道的。”

“我知道。我很清楚。”

欧丽芙拍拍他的脸颊。“好吧，那我就让你继续你的故事吧。”她微笑着，眨了眨眼，开始走入森林。

“你为什么对我眨眼？”他问道。

她转过身。“因为我喜欢每一个美好的故事。‘鳏夫、寡妇和森林里的孩子’的故事。”她消失在绿色的森林里。

“一切对你来说都是故事吗？”哈利在她后面喊道。

“当然！”欧丽芙的声音响起，“我是一个图书管理员，亲爱的！”

哈利跪倒在糖槭树树底，拂去两个凸起的老树根之间的落叶，开始挖了起来，土地很肥沃，很容易挖。他停了一下，转过头来，透过糖槭树朝着欧丽芙离开的方向看了看，然后继续挖那个坑。又挖了一小堆土，出现一道金色。哈利轻轻地拂去那60年来从未被打扰的泥土，发现了一枚精致的钻石订婚戒指。再一次，他望向森林。欧丽芙不在附近，但她像烟雾一样在徘徊。

等了很久——这就是生活，爱，然后放手——他终于把自己的戒指放在欧丽芙埋的戒指旁边，将柔软的泥土推了过去，拍了拍，再用一堆树叶覆盖了这个地方。

他站在那里，拂去了膝盖上的叶子和泥土，然后转向那根断了的树枝，那根树枝半挂在石墙边。它让欧丽芙非常伤心，所以他要把它拉进灌木丛，这样万一她再回来就不会看到它了。他抓住树枝断裂的那头，突然，有些东西引起了他的注意。就在树枝的那一端，一处碎裂的树皮上留有刻痕。很久以前，有人雕刻了什么东西。

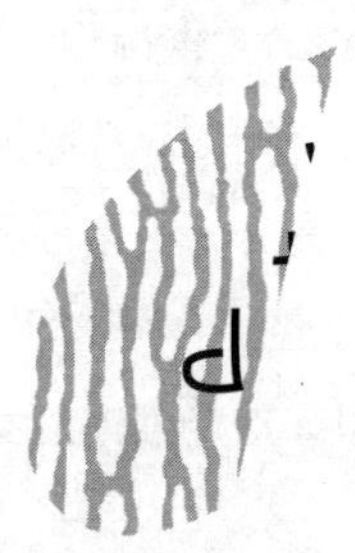

他把那块碎片从断枝中取了出来，不同方向地转动。当他转到正确的方向，他看到了字母 P。

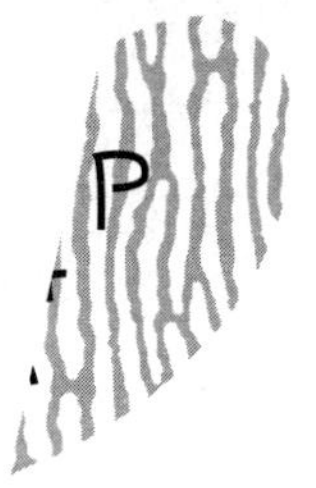

他抬头看了看那棵树上树枝断裂的位置，已经不再往下滴树液了，伤口已经开始愈合了。他爬上了墙，踮起了他的脚。伤口上方有一小片悬着的树皮——另一半的雕刻。

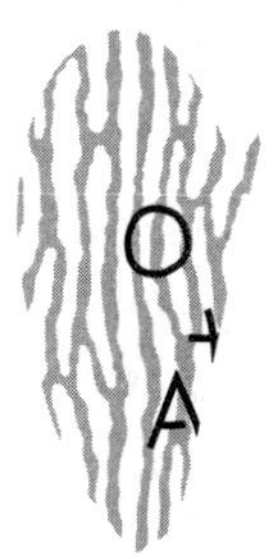

树皮的两部分就像两块拼图，他把它们组合在一起：

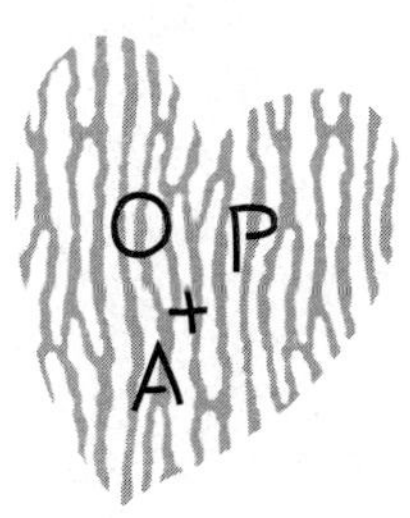

欧丽芙和她的情人刻下了他们名字的首字母，并在它们周围画了一颗心。时间的侵蚀，昆虫的吞食，他的姓氏的首字母磨掉了。他的名字是什么？阿尔弗雷德、艾伯特、艾伦、阿龙？

哈利从墙上跳下来。O 和她的 A。肯定是 A 刻下这些首字母的，在月光下他爬上这面石墙。O 应该是站在年轻的糖槭树树底向上看着。

“我会把它们刻得高高的，”他会说，“只有我们知道它们在那里。这将是我们的秘密。”

那个年轻的女孩，看着，心里想：那颗心也会保护我们。它会围绕着我们的名字，像我手指上的戒指一样，那么温暖。

19

400 万金币

除了那个离奇的部分，这个计划很简单。哈利和奥利安娜坐在树屋的餐桌旁，那是早上上学之前。奥利安娜拿着《格鲁的账本》。

“我同意做这件事，并不意味着它不可怕。”哈利说。

“可是你爬上了这棵树，”奥利安娜一边说，一边拍着从树屋中央穿过的一根山毛榉的树枝，“一路爬到了树顶，这比一小点金子可怕多了。”

“一小点金子，”哈利说，“一点点金子。只是一小点金子。”他看了她一眼，“你能承认这很吓人吗？只要说一句：‘哈利，哇，真是太吓人了。我真不敢相信你真的要这么做。’”是的，他已经爬上了山毛榉树。但他一直都很了解树木。从本能和职业来看，他就是个森林人。但无论是出于本能也好，还是出于职业，甚至是在他疯狂的梦里，他都绝不是一个金子人。

“但是我相信，”奥利安娜说，“现在你也相信了。你爬上了森林里最高的树，这让你变得很勇敢。现在，你将会做一些更勇敢的事情。”

她低头看着坐在金子堆上的格鲁，眼睛里满是兴奋的神情。哈利尽量不让她听到他咽了一口口水。他当然希望他做的是正确的事，给生活带来一个童话故事。但她却对此确信无疑，想把它变成现实。帮助奥利安娜从父亲去世的悲痛中解脱出来——这怎么可能不是一件好事呢？但如果我搞砸了怎么办？哈利再次咽了一口口水。

“那么，现在，”奥利安娜说，从厨房的桌子上拿起哈利的手机，“是时候选择了。”

他从她手中接过手机。“就这么定了。我会只做某些事情。”

奥利安娜眯起眼睛。“为什么？”

“因为我是成年人，所以接下来的事情由我来处理。我需要找到一个收货点、一个手推车，还有其他一些东西。这里手机信号时好时坏，不稳定。我会经常用我的手机，所以我要去斯克兰顿。”

“斯克兰顿？就为了一个手推车吗？”

“奥利安娜，我不想在这里做任何让人可疑的事情。”

“为什么手推车可疑？”

“相信我，不怕一万就怕万一。人们很聪明，他们很快就能把事情联系到一起。”

“你可以借我们的。”

“不！不，不，不，在所有我不想引起怀疑的人当中，你妈妈是第一个，头号人物，奥利安娜，明白了吗？”

她向后靠。“好吧。哎呀，我明白了。听起来好像不是在生气。”

“我没生气。我很害怕，记住了吗？”

“但这不是非法的，你不会进监狱。格鲁最后又没有进监狱。”

哈利翻了一下白眼。“我的故事和他的故事不一样。”

“但很相似啊，”奥利安娜说，“伤心的部分，现在是黄金部分。”

“他所要做的就是把他的金子扔进森林里，”哈利说，“但我必须做的是——任何事情都有可能发生。”

她把手放在他的手臂上。“你爬这棵树。这才是最困难的部分。”

哈利真希望如此。透过天空洒下的光线，他望着山毛榉高大的树冠。树的叶子现在已经全部长出来了。看起来真是个可爱的地方，可以待上一两年来躲避他的400万美元。

奥利安娜戳了戳他。“所以我得知道你要做什么，而且我能做些什么？”

“你得为我们的财宝找到一个好的隐藏之处。”

财宝的隐藏之处，奥利安娜想，那就是勇闯雪山堡，戴着羽毛冠的，像青蛙公主蒂安娜、灰姑娘辛德瑞拉、雅典娜、白雪公主般的奥利安娜·杰夫斯的拿手工作。“好吧。要多大？”

“大，但小。”不管这是什么意思，他确信奥利安娜明白了。

她真的明白了。奥利安娜想，需要一个谜语一样的地方。什么东西我们都知道，却又看不到？什么东西有嘴巴却没有舌头？“我可能有了一些想法，”她说，“应该是高还是低？近还是远？”

“又矮又近，”哈利说，“并不是永久存放。它需要靠近老采石场的路，因为我的车停在那里。”

奥利安娜指着哈利的手机。“至少能让我看看都有多少吗？”

昨天，杰里米·托兰的律师事务所已经把结算后的钱转到了哈利在先锋银行的货币市场账户上。哈利吓了一跳，第一次看到这么巨大的黑体数字成为他的资产。他登上了先锋银行的网站，然后拿着手机转向奥利安娜：

4013276.45美元

奥利安娜瞪大了眼睛。“哇，这……好像是全世界所有的钱。”

“这只是魔法变来的钱，不是真实的。它会在这里，然后丁零和叮当，最后消失。”

“我打赌它会很重。我相信这肯定会很神奇。你会让我看的，对吧？我必须看看现实生活中的魔法是什么样子的。”

哈利蹲到她面前，双手放在她的肩膀上，看着她的眼睛。“奥利安娜——有句话我说出来会很残忍，但我必须说——这是为了纪念你的父亲并实现他的愿望。我完全明白。我理解我们为什么要按照格鲁的方式去处理这笔钱。”

“因为你需要一次冒险。”

他看着她。“但我想确认一些事情，一些对我们俩来说非常重大的事情。”

“好吧。”

“在《格鲁的账本》的最后，格鲁得到了他失去的爱。但是当我们把所有的钱都处理完之后，这就是我们故事的结尾，奥利安娜。这是我们的童话故事的结尾。当结束时，你爸爸不会再出现，贝丝也不会回来。告诉我你明白。”

奥利安娜用很严肃的声音回答：“我了解。”她认为，对于成年人，有时你必须直视他们的眼睛——然后撒谎。她知道当他们把最后一块金子扔掉的时候，一些奇妙和非凡的事情将会发生，她只是说不出是什么。她失去了父亲，哈利·克兰在同一天失去了妻子。谁说得清在扔掉黄金的最后会发生什么奇妙的事情呢?

哈利去了斯克兰顿。奥利安娜去上学了。

那么，这个计划的离奇之处在哪里呢?

就是：哈利打算把他的400万美元换成金币，但他不会像格鲁那样把硬币扔掉。他打算把它们塞进袋子里，然后送人。有人做过这样的事吗？分发一袋袋的金子？不送一盒金子，必须是一袋，一袋袋的金子。这样才像童话。一个不起眼的袋子，它不会太过耀眼而让你大叫：“金子！”但他们没有计划出所有的细节——有多少袋，给谁?

但是每一步都必须经历一次心脏病发作，哈利想。第一次心脏病发作将会是扣动买黄金的扳机。

他驱车前往斯佩尔曼高地，这是一个工人阶级聚居的郊区，位于斯克兰顿市中心以北15分钟车程的地方。他坐在车里，没有熄火，环顾着周围的街道，手机放在耳朵上。街道两旁是整齐划一的三层楼高的白房子，房子前面是从当地采石场切割下来的宾夕法尼亚青石铺成的门廊。车的对面，一个怀孕的妇女正在清扫台阶。再过去两幢房子的地方，一个老人拄着一根铝制的拐杖，在车道上冲洗一个垃圾桶。后视镜里，他看到一个中年金发女人走在人行道上，带着一只柯利牧羊犬。汽车和小货车在街道两旁一字排开。没有人注意到哈利以及他满是灰尘的凯美瑞。

互联网上有成千上万的黄金交易网站。它们看起来都一样，而且所有以 1-800 开头的服务号码的另一端所给出的都是相同的叙述。这就是哈利需要听到的，一遍又一遍的——日常商业中枯燥的、合法化的表达。作为一名在政府繁文缛节的黏稠糖浆中摸爬滚打了几年的（前）官僚，哈利感到很兴奋，也很惊讶，因为他能如此轻易地获得黄金。看起来非法的事情居然他妈的这么合法。

他拨通了“美国黄金”网站的电话。它们都有这样类似的名字：黄金仓库、黄金财富，以及帝国黄金。

电话里传来了一个声音。“美国黄金，我是凯文·珀内尔，我能为您做些什么？”

哈利弓背伏在方向盘上面。没错！他已经跟很多这样的人打过交道了，是时候了。“是的，我想买些金子。”他低声说，声音差不多是耳语。

“当然可以，先生。”交易员凯文说，“您想买多少？”美国公民被允许私人购买和拥有的黄金数量是没有限制的，而且没有任何政府机构的交易报告。没有报告，没有登记，没有任何文书。

难以置信——完美，哈利想。他必须像圣诞老人一样隐形。圣诞老人拖着一袋袋的金子。“我想大约价值 25 万美元吧？”他说。这似乎是一个比较合适的初始数字，可以用来测试这个系统，大而不惊人。他在逗谁呢？它完全是惊人的。

“是的，先生。是金币还是金锭？”

“金币。”哈利说，尽量保持随意，让金币或金锭之间的选择像在全脂牛奶和脱脂牛奶中做出选择一样简单。

“是的，先生。金币的话，我们可以提供克鲁格金币，加拿大枫叶币，以及我们最受欢迎的一盎司美国金鹰币。”

是否该问问他们有没有带有格鲁印记的金币呢？哈利感到头重脚轻，就像他被人绑在火箭上飞向月球一样。稳住，伙计，集中精神。“我想买 25 万美元的……”应该是有翼的金币，为奥利安娜。“美国金鹰币。”他说。

“嗯，非常好，先生。”凯文说，“现在，购买超过 10 万美元的金子的话，我们需要进行电子转账。”

“没问题。”

“太好了。在我获取您的信息之前，我想说的是，一旦电汇被确认，我们就开始发货的程序，这意味着货物会在订单被处理后的 4 天内收到。然而，在高密集的交易期间，订单的运输可能会推迟。”

“现在是密集交易时期吗？”

“先生，我不能随便说。”

哇。这并不违法，这并不违法，哈利不断对自己重复着，这只是难以置信的隐蔽。他眨着眼睛。遛狗的女人在他车旁的人行道上停了下来。女人在向他挥手。哈利摆动着手指作为回答。我只是买了 25 万美元的黄金，夫人，请不要理会我。她越走越近，哈利开始紧张起来。她示意他摇下窗户。

哈利对着电话轻声说道：“凯文，请稍等一下好吗？”他摇下车窗。

“你是那个管道工人吗？”那个女人说。柯利牧羊犬趴在车门上，对哈利龇牙咧嘴。

天哪。它是一只能嗅出金子的狗吗？哈利远离窗口向后靠去。“管道工人？”他说。

“哦，对不起，我以为你是那个管道工人。他说他大约会在中午的时候来。”她指着她的房子，前廊上的排水槽已经松了，在春风里摇摆。“当然，当他们答应什么时候会来的时候，通常都不会来。”

在车道上冲洗垃圾桶的老人在喊：“他是那个管道工吗？”

“不，爸爸，不是他。”她转过身来，突然发现哈利手里拿着手机，“哎呀，没看见你在打电话，抱歉。”

柯利犬眯起眼睛盯着哈利，伸长嘴嗅了一下。那个女人把它拉了回去。“别那么爱管闲事。”她说。

是的，哈利想，心跳得像个定音鼓，请做只乖狗狗，请走开。

“是管道工吗？”老父亲再次喊道。老父亲似乎忘记了他手里正拿着水管，一道沉重的水弧落在了前廊的木地板上。

“不，不是他。爸爸，水管冲到地板了！”那女人冲过去帮忙。

“我回来了。”哈利对着手机说。当那个女人挣扎着从老父亲手中夺过软管时，水柱喷到了咆哮的柯利犬身上。

“先生，我们是把您的订单送到您的工作单位还是您的家里？”这位交易员说。

“送到一个邮政信箱。”哈利已经申请了两个箱子。如果第一次购买顺利的话，他将会从不同的公司购买黄金，然后使用邮局和 UPS 快递代办点作为收货地址。最好把事情搞混，让联邦调查局、财政部门以及其他任何可能监视他一举一动的人摸不着头绪。

“一般情况下，我们会用美国邮政局投保的挂号邮件发货，但由于你的货物超过 2 万美元，我们将使用私人保险公司。”

“没关系。”哈利说。他的风挡玻璃上溅起了一圈水。那女人回头看了看哈利，耸耸肩表示道歉。

凯文继续照着他的电脑屏幕单调地念着：“如果您下次还会选择到我们这里购买黄金，订单如果超过 30 万美元，我们会向您建议像布林克斯或卢米思法戈这样的私人装甲运输公司，它们更实用、更便利。”

一辆装甲运输车！哈利想象着两名来自布林克斯的武装警卫开车来到他位于树林中间的树屋。“不，不，不需要这些。”

“当然，先生，正如我所说的，我们会满足客户的任何特别需求，以及按任何您需要的方式发货。顺便说一下，海运是免费的。”

“好。”哈利说。

“那好吧，先生。因为黄金的现场价格会在一分钟内发生改变，您的订单必须在今天下午 3 点前锁定，然后用银行电汇付款。先生，您今天会通过银行电汇汇款，然后锁定交易吗？”

哈利停顿了一分钟的样子才说话。“会锁定。”他说。

“太好了。在我开始询问您的信息之前还有最后一件事。我们很重视您的订单，我想再次强调，我们绝对尊重客户的隐私权。在此之前，我们从来没有在发票上写过客户的名字。我会在一张 5 英寸宽 8 英寸长的卡片上写下您的名字、地址和购买信息，然后我将把它附在您的发票上。在您确认收到您的订单后，卡片可以被撕掉并销毁。”

哈利的喉结积了一层细密的汗水。好的，奥利安娜，我们开始吧。

20

逃离大狼

小时候，哈利和大狼的卧室是相邻的，每晚都有一个睡前仪式。那就是大狼躺在他的床上，一直喋喋不休，直到他睡着。哈利，在墙的另一边，沉默着、听着。墙壁上有一个陈旧的共用的暖气通风口，可以同时给两个房间供暖。这是大狼进入哈利心灵的门户。自从父亲抛弃了家庭，一切都变了，大狼的话语变得非常阴狠，他的声音在青春期变粗了，咆哮着、怒吼着进入哈利的大脑。大狼没完没了地说着，所以这个通风口送来的好像不是地下室火炉的暖气，而是来自大狼的声音里并非自然的热量。

大狼总爱吓唬人，甚至在父亲离开之前。他们还小的时候，大狼就会绘声绘色地讲述那些潜伏在哈利卧室里的怪物。"看到你房间右边那个奇怪的影子了吗，哈利？就在你的桌子旁边！那不是你的玩具箱。我知道你认为是，但事实并非如此。它是一个吸血鬼，它背上有个大鼓包，像个驼背，但又不同。这是一个血包，有点像骆驼的驼峰。吸血鬼会把从所有的受害者身上吸来的血都储存在那里，血都混在一起，半凝固，像奶昔一样浓稠。你的血也会被存在那里。只要你闭上眼睛一秒钟，吸血鬼就会像蜘蛛一样爬过墙壁，跳到你的床边，然后扑到你的脸上。它不会像正常的吸血鬼那样从你的脖子上吸血，它会从你的整个脸上吸取血液。你的脸，哈利，它用它那个奇怪的像嘴巴一样的触手，像水蛭一样吮吸着你的脸颊、前额和眼睛。明天早上，甚至妈妈都会认不出你的尸体。”

接下来，大狼会靠近暖气通风口，用嘴发出啧啧啧的湿润的回声。不只是咂几下——他会咂上整整5分钟，然后突然停下来，用一种幽灵般的声音低声说：“晚安，睡个好觉，别让吸血鬼咬到你。我的意思是，吸到你的脸。”

大狼在哈利的小卧室里装满了吸血鬼、鬼魂、狼人以及维克多·弗兰肯斯坦在吸食鸦片后可能梦到的各种怪物，但真正可怕的是在他们的父亲开车离开后的那段时间里，大狼进入青春叛逆期。他把幼稚的事情抛在了脑后，他所有的独白都变成了私人的。大狼欺负人，惹事，复仇。每天晚上，大狼都会恶狠狠地对着暖气通风口自言自语，对看不见的哈利说话，就像哈利是忏悔屏风另外一面的牧师一样，他每天都会描述对他犯错误的人：一个把他惹毛的老师、一个指导顾问、一个商店职员、一个邻居。说他要怎么报仇。虽然很少真正实施，但这令人不安的描述却有着巨大的力量。所有的这些都进入了哈利的大脑。

因此，哈利的成长经历让他养成一个特别的志向和生活技能：逃避大狼。哈利在树上待了很长时间，尽可能地远离大狼持续不断、令人眩晕的乒乓球状态，乒乓球一头是一个保护他的大哥哥，另一头是一个灵魂的压迫者。总是折磨哈利，但也提供多余的父亲般的保护，就像一个黑手党教父。即使是最温和的互动，比如叫他吃晚饭，感觉都像是一种侵略行为。

“嘿，树上的浑蛋，”大狼会从窗户里喊，“吃饭咯。”

在树上很安全的浑蛋，年轻的哈利会想。

但从未足够安全。现在，在森林的树屋里，哈利正在考虑大狼的事——被迫考虑大狼的事情，因为哈利刚刚收到大狼在半夜留下的一条语音信息。大狼自从第一次也是唯一一次和哈利短信对话后就一直保持沉默。哈利对这种沉默感到不安。在哈利把他甩掉并躲藏起来之后，他应该每小时都有一条长篇短信。一匹沉思的、沉默的大狼是一件坏事。

但现在有一条语音。哈利可以把它删掉，但是，他不能把它删掉，就像很久以前的童年时代，他不能把大狼每晚通过暖气通风口广播的声音关掉。这声音是一种威胁，但也是一种安慰。因为如果大狼正通过通风口跟哈利说话，说明他就没有与哈利在同一个房间里。这是一个非常重要的概念，因为有时候大狼会突然潜进哈利的房间，从黑暗中跳到哈利的床上，把枕头蒙在哈利的脸上，一会儿后，又重重地掐哈利的脸颊。所有事情发生得太快，哈利根本来不及哭出来。突然，大狼的声音又在墙的另一边响了起来，仿佛什么都没有发生，但是哈利的想象力却把这些黑暗永远地带进了自己的生活。

哈利躺在树屋里。他不想听到大狼的声音，但另一方面，不听大狼的声音总是预示着一种潜在的危险：一匹沉默的大狼正悄悄靠近。纯粹的心理作用，大狼不可能靠近。

“大狼，你不可能和我同在这个树屋里。”或者不在森林里，不在萨斯奎汉纳县，甚至不在宾夕法尼亚，你在弗吉尼亚自己的床上。但是让人很紧张的是，大狼的鼻子很灵敏，在哈利买了第一批金子的那一天，他就给哈利留言了。

他发现了哈利的举动，非常不高兴，因为哈利实际上不顾他的威胁，要把这些钱给处理掉。但这是不可能的，大狼不知道哈利在哪里，也不知道他今天做了什么。

哈利的手指在删除按钮上方徘徊。他想，这里一切都好。事实上，一切都很顺利。删除它，然后噗一声它就消失了。

相反，哈利把手机放在耳边，听着留言。

“嘿，哈利，这是你的哥哥，在暖气通风口跟你说话。”笑声，然后是厚重的吸烟咳嗽声。“哦，该死的，记得那些日子吗？我和你聊天，帮助你度过最艰难的人生。这很有趣，对吧？我们过去创造的故事。”

是你创造的，大狼。而且不是为了我的利益。哈利看了看黑暗的树屋，确保那个有大血包的吸血鬼不会蹲伏在周围。不要让大狼进入你的头脑。听到了他的声音，这是个好消息。这意味着他不在这里。很可能他在弗吉尼亚州，在离婚的最后争吵阶段。不管他说什么，他只是想弄乱我的思绪。他所能做的就是玩诡计。我是安全的。黄金正在路上，我要处理它。大狼认为他对我拥有的任何权力都将消失。

“我只是想说，我希望你在森林里一切都好。”大狼继续说。

哈利笔直地躺在他的小床上。哦，狗屎。他不是玩花招。他的这句话就像炸弹一样。大狼不是猜测，他居然知道。

“是的，森林里。”大狼说，“你离开了办公室，你径直跑到你的小森林里藏起来了。”

哈利手里拿着手机，从小床上站起来，走到大三角形的窗户旁，凝视着夜空。大狼去了办公室，就像一个私家侦探。哈利可以想象。大狼在小隔间里徘徊，向人们施压。

“兄弟，”大狼说，“你让你办公室的人很是生气。哈利·克兰弃船逃跑，一点也不高兴。”

大狼会去找鲍勃·杰克逊的。软弱、懒惰的鲍勃，哈利都可以看到大狼对他施加压力。

“你在树上吗，哈利？这会儿你在，对吧？我知道你会在。因为你是世界上最容易被人猜测的人。哈利坐在森林里最大的树上。”

“上帝。”哈利轻声说道。

大狼笑了。“我知道我的哈利。”大狼的声音听起来就像是从暖气通风口中传来的那样，离得那么近，那是一种危险的亲密关系。我知道我的哈利。每次大狼的声音在语音信息中停顿时，哈利就眯着眼望着夜空，想象他看见他从树干后面滑过，然后跳到另一个树干上。大狼来了。

“哈利，我知道你在听。我喜欢一个听我说话的兄弟。我不喜欢什么？一个逃跑的兄弟。”

哈利凝视着森林。

“我带你捞到了钱，”大狼说，“之所以能有那么多钱，这都是我的功劳，该死的！”

哈利把手机从他的耳朵边拿开，大狼的声音打破了树屋的宁静。“我想要我的那份，哈利！”

哈利犹豫了一下，然后摇了摇头，大狼继续大叫。没你的份，大狼，黄金已经被处理了。黄金是给奥利安娜的，现在已经不属于我们两个了。一切都在向前发展，你无法阻止它。你在虚张声势吓唬我，你不知道我在哪里。

大狼说：“你的森林和你的旧卧室没有什么不同，哈利。你以为一直保持安静，你就会很安全吗？但我会突然出击，不是吗？走出黑暗。我从来不会让你失望的。你总是知道我会来的。我来了。”

哈利吓了一跳，然后咽了一口口水。在很长一段时间里，他什么也没听到。然后是大狼最后的低语：“晚安，睡个好觉。不要让大狼咬到你。”

21

“金子计划”

奥利安娜在书房的电脑旁。阿曼达在厨房里切蔬菜。奥利安娜听着菜刀在砧板上快速的敲击声，嗒嗒嗒嗒嗒，像啄木鸟敲击着树干。这是放学后，奥利安娜已经吃完了她的点心，正在忙着做作业。她已经等待了一整天，她得做完家庭作业才能到森林里去开始她的秘密使命：找个藏金子的地方。但她还剩最后一道数学题，她假装那就是她的家庭作业。奥利安娜是个聪明的女孩，数学很好。但这个问题有点棘手。她只学了整数，因为不需要很精确的数字。从互联网上，她知道现在黄金的价格是每盎司 1000 美元，而每枚金币的重量是一盎司。所以，第一个问题的答案：4000000 ÷ 1000=4000。

奥利安娜笑了。哇。四千枚金币！这就是为什么哈利想要一辆手推车。

但是它们的重量是多少呢？这对寻找隐藏的地方很重要。“妈妈，”她朝厨房喊道，“我得把盎司转换成磅。如果我有 4000 盎司，我得换成磅……”

嗒嗒嗒。“好吧，想一想，”阿曼达对她喊道，“你首先要做什么？”

“我不知道。”

“一磅等于多少盎司？”

“这很简单。16。”

“好的，所以下一步……”

“只需要提示。这是一个乘法还是除法？”

“除法。”

哦，是的，当然了。奥利安娜把这些数字输入计算器：4000÷16=250。“我明白了，妈妈，谢谢。”4000枚金币重250磅，一辆大手推车的金币。

阿曼达把胡萝卜和辣椒舀进碗里。奥利安娜走进厨房。“我现在要去树屋，好吗？”她伸手拿了一根胡萝卜，咬了一口。

迪恩死后，奥利安娜已经没有了交朋友的习惯，但突然，奥利安娜有了一个朋友，哈利。阿曼达想，这并不是一件坏事。当你重新拥有一个朋友，不管他是谁，都能帮助你重新获得拥有朋友这个习惯。阿曼达觉得有点内疚，把这么多的责任压在哈利身上——他都不知道到底有多少——才能把奥利安娜从魔法和孤独中拯救出来。

很自私吧？也许吧。但哈利不也需要朋友吗？阿曼达清楚地知道他经历了什么。如果她没有奥利安娜——另一个人在场，阿曼达不知道她将如何度过这一年。奥利安娜对哈利也是很有好处的。哈利对奥利安娜也有好处。朋友总是好的。这就是她为自己所做的一切做出的解释。

“跟你说下，”她对奥利安娜说，“我邀请了哈利和我们一起去绿色庄园，加入我们周二的晚餐。”

奥利安娜不解地看着她。

阿曼达双手叉腰，歪着头，反过来盯着奥利安娜。“这是一件好事。他需要出去走走。”

“但我们不能把他吓跑，”奥利安娜悲伤地说，“他喜欢待在森林里。”

“我不认为绿色庄园很可怕，除了沙拉吧里的生菜沙拉。”

奥利安娜又盯着妈妈看了一会儿，然后她说：“好吧。”她向后门走去。

阿曼达阻止了她。“穿件外套吧，亲爱的姑娘。”她伸手去拿奥利安娜的红色外套。

“妈妈，冬天已经结束了。”奥利安娜冲到门口，穿过后院。她想，当你想在森林里执行一项秘密任务，为4000枚金币寻找藏身之所的时候，红色是你最不应该穿的衣服。她对她妈妈说的不过是一个无伤大雅的谎言。她会去找哈利的，当她找到了一个藏金子的地方。

阿曼达站在那里，心想：不，我们不能把哈利吓跑。他做了一件很了不起的事，爬上了山毛榉树。在绿色庄园吃一顿便饭是用一种完全合理的方式来承认他所取得的成就。让他慢慢回到这个世界，一点点。他似乎已经准备好了，是时候了。

不，她告诫自己，邀请哈利去绿色庄园，与她看到他在溪流中裸浴没有任何关系。她几乎想要直接向哈利道歉，因为非常纯粹和简单，你不应该在人们赤身裸体的时候监视他们。这是克里夫的专长。尽管当她站在树屋的螺旋形楼梯底下，等待着哈利从树屋上下来的时候，裸浴那一幕总是出现在她的脑海，挥之不去。哈利穿戴整齐，但当她看到他的时候，她的脸红了。

看到她站在树底下，他感到很惊讶。“早上好。”他说。手里拿着两个空的塑料牛奶壶，是用来装泉水的。

“早上好。对不起，我并不是故意来打扰。”

“你自己的地方，你可以打扰。”他笑了。他试图表现得很随意。她似乎有点慌乱。

他们就这样面对面地站着。

“你在这里度过了几周的时间。”

“谢谢你的食物，你的酵母面包做得很好呀。”

“你要爬树，一定要确保吃得好。”他们都盯着地面。

“那么……”她说，犹豫着。

“那么……你想提高我的租金吗？”他给了她一个怀疑的微笑。

她触到了他的眼睛。“不，我想……我们想……请你出去吃饭。有个叫绿色庄园的地方，我们每隔一周的周二会去那里吃一次饭。今晚也要去，事实上。”她清了清嗓子，“因为今天是周二，就这样。”

他没有回应。他在思考。

她的眼睛触到了他。“哈利，我们需要庆祝一下。或者，不是庆祝，但是，你知道，为了铭记，或者不管那个该死的词是什么，这是一个值得纪念的时刻。你做到了。”她指着他的左手，那根曾经戴着戒指而留下了白环皮肤的手指。然后她又指着山毛榉树，高耸在上面。

哈利说：“你一定在想，这家伙疯了。”

“极其疯狂了。但是，哈利，因为我不太清楚爬树和戒指的关系——除非我完全明白。这是你的过程。树林。但荒野也需要向前迈进。相信我，我知道这很不容易。在我把戒指取下来之后，我也是个疯子。”

“等等，你说你把你的戒指扔在了抽屉里。”

“是的，这是真的。五秒钟后，我把它拿出来，再戴上。然后再把它拿下来，跑到外面，砍了一整个冬天的引火柴。在疯狂了一两周后，它终于停在了抽屉里。”

哈利会意地笑了。他指着山毛榉，高高在上。“爬树也是同样疯狂的举动。”

“但你爬到了树顶。戒指依旧没有戴上。”

“是的。”他说。

她没有问他怎么处理了戒指，他也没有告诉她。

“你看起来好多了，哈利，更强壮、更健康。作为一名护士，我能看出其中的区别。”但她真正看到的是他在溪流中的样子，他皮肤上的水珠。她不自觉地朝他走了过去，甚至自己都没有意识到这一点。

但哈利意识到了，他不易察觉地往后退了一小步。“谢谢你，护士。我确实感觉好多了。更健康。”他说。

“对。好。所以下一个阶段是——你必须离开这栋房子。继续生活意味着回到这个世界。”她有奥利安娜，这迫使她回到她的生活和这个世界，但是哈利，很明显，似乎没有人。

他想对邀请说不。黄金——在他回到生活和世界之前，他最不愿意看到的就是黄金。在马上要做他打算做的事情之前，他并不想向世界展示他的脸。他摇了摇头，但突然，他在点头。因为他确实展示了他的脸。当黄金开始降落时，他就已经不想成为一个躲在森林树屋里的神秘人。“好吧。当然，是的。我想我很乐意。”

“太好了。”她看了看表，“我不得不走了，我上班要迟到了。”

但她还有别的话想要说，全写在她的脸上。

“什么？”哈利说。

“现在已经结束了，对吧？爬树的阶段。我们都还好吧？”阿曼达把目光移开，然后直视着他的眼睛，“山毛榉树，你把我吓死了。我在那里找你，看到了一根断裂的树枝。”

这就是她慌乱的原因，哈利想。这就是她一直脸红的原因，我吓到她了，而且她并不容易受惊。

“我一路跑到这里，”她说，“发现你好好的。”

“对不起，我不是故意的。”

“如果你发生了什么事，奥利安娜会非常难过。”

哈利点了点头。

“你明白我在说什么吗？”她说，看着他的眼睛。

“别死。”

“正确。别死。这是头年俱乐部的规则之一，成员是不允许死亡的。”

她转身朝森林外走去。

就这样，哈利被阿曼达邀请去了绿色庄园。走出森林，进入这个世界。

奥利安娜正穿过树林，她突然觉察到了一些响动。某些响动（她的父亲在她 5 岁的时候就教过她）会打破森林的寂静——一小阵不太可能的微风、一种树叶的颤抖、一种远处树枝的轻微的折断。静止的森林其实是静止的反面。它是嘈杂而充满活力的，充满了哺乳动物的移动和昆虫的窸窣作响，鸟的鸣叫，负鼠的唧唧声，熊的咆哮。但有时，在那忙碌的寂静中，会有一种明显的变化，一种非法侵入。通常它会是一个捕食者——一只鹰或一只猫头鹰，栖息在看不见的树冠中，或者是一根树枝上，背负着上百年的地衣，突然掉落到森林的地面。

这一次，这种响动是罗尼。

奥利安娜心想，我傻了，我得赶紧转换路线把罗尼给甩了。她一直兴奋地在废弃的青石采石场到处勘察。那些岩石遍布的角落和缝隙，都是隐藏金子的绝佳地方。而且离采石场的老路很近，哈利的车就停在那里。你不能让罗尼怀疑，她告诉自己。她转向了相反的方向，向东走向一片云杉林，林子中间有一小块草地，是一个很受大家欢迎的地方。

由于天天忙着格鲁和哈利的事情，她忘记了罗尼，永远盘旋她们头顶的守护天使。他好久都没来过她家了。奥利安娜扫描了左边和右边。森林又平静了下来。他在什么地方？

接着，她听到了罗尼的声音，从云杉的树影里走到她的右边，脸上有一种柔软的悲伤。“我听说你正在收集你的糖果和点心。”他说，他在大约 20 英尺远的地方，站在昏暗的灯光下，他是一个害羞的人。森林里的布·雷德利 [1]。

他羞涩地挥手打了一声招呼，走进了草地。“大人们让你这么做？大人们，有时他们也够啰唆的。喜欢把这些称作愚蠢啥的，原因就是不让你去做某些事情。”

大人们，奥利安娜想。他说了两遍这个复数词。意思是除了阿曼达之外，还有其他的人。罗尼在保守秘密方面真的很糟糕。哈利真的很擅长保守秘密。罗尼一定发现了他，一定是这样。一个像哈利一样大的闯入者，罗尼肯定会看到。但哈利为什么没有提到他呢？成年人是狡猾的，

---

[1] Boo Radley，《杀死一只知更鸟》中的人物，一名足不出户的隐士。

奥利安娜想，即使他们站在你这边。

奥利安娜扑倒在草地上，开始采摘春天的雏菊，白色的花朵栖息在长长的花茎上，花很小，是它们夏天的表亲的缩小版。罗尼坐在她旁边。

“你去哪里了，罗尼？”奥利安娜开始编织雏菊的茎。

他偷偷地看了她一眼。“普拉特公共图书馆，整天，每天。”他说。奥利安娜尽量不流露自己的惊讶。自从欧丽芙给了她《格鲁的账本》之后，她就没去过图书馆了。她从来没在图书馆见过罗尼。罗尼是读者吗？世界充满了秘密和奇迹。

“帮助欧丽芙，在县建筑检查人员来之前修好它，”他说，“那个地方很糟糕。”

罗尼摘了一根长草，咬了一口顶端的甜香的枝叶。“可以说我是被引导到那里去的，通过你知道的方式。”

一根羽毛，是联系他们的源泉——奥利安娜会告诉他关于有翼的迪恩以及所有森林里糖果的事情。他会告诉她，每隔几周，就会有羽毛在他的生命中飘浮。他们都没有和阿曼达讨论过这个问题。罗尼不擅长保守秘密，但他很害怕阿曼达。

罗尼会泄露秘密，就像下雨的云朵会漏水一样——奥利安娜永远不会告诉他金子的事，永远不会。他对她来说很特别，但和一个纯粹的朋友又不同。他们是难兄难弟。他们分享了迪恩，他的死亡之谜。但是现在，随着哈利·克兰的到来，奥利安娜正在努力解决这个谜。不管怎么说，为了自己。然而，罗尼仍然处于不稳定的状态。在某种程度上，奥利安娜突然意识到，他其实和哈利一样。两个人都为他们失去的朋友或亲人心痛不已，深深自责。

她扭曲并编织着雏菊的茎。茎上的花正在生长。“那另一根羽毛吗？它是如何引导你去欧丽芙那里的？”

他点了点头。“是这样，它落在我从图书馆偷来的一本书上。是我小时候偷的。”

“童话故事？”

“不。《金银岛》。”

“这本书很有趣。”

罗尼表示同意。“不管怎样，羽毛落在书上了。我马不停蹄地把它送回了图书馆。我忏悔了，欧丽芙让我做义工，偿还我的罚款。”

这很好，奥利安娜想。她需要他在远离森林的地方忙碌，远离哈利和黄金。

但是为什么爸爸要带罗尼去图书馆呢？她艰难地思索着。

为什么它如此重要？

她闭上眼睛。爸爸引导罗尼去图书馆。现在他正在修理它。

然后她明白了答案。图书馆，普拉特公共图书馆——很神奇。因为像《格鲁的账本》这样的魔法书只能来自一个神奇的图书馆。而且欧丽芙——肯定不是一个普通的图书管理员。她骂骂咧咧，抽着烟斗，给了奥利安娜一本书，这本书把哈利·克兰的悲伤变成了金子。

奥利安娜突然从罗尼身上看到了她以前从未见过的东西。他是至关重要的，对所有这一切。他是另一个恩德莱斯山中重要的成年人。她的母亲就是那块石头。欧丽芙，是魔法门。哈利，伟大的冒险家。还有罗尼，守护天使。这一切都从爸爸开始——第一个成年人，改变了他本来的样子。爸爸死了，变成有翼的。爸爸领着罗尼去了图书馆。罗尼的任务是成为图书馆的拯救者。它面临着如此多的危险。

“罗尼，这个图书馆是很特别的，它需要你。欧丽芙需要你。你在做一件了不起的事情。”

“谢谢迪恩。”

“所以你最好回去工作。”

“我只是想看看你。”

她给了他一个快速的拥抱。“你给了我和妈妈很大的帮助，罗尼。但现在，图书馆需要你。”

奥利安娜一直等到罗尼的卡车声音消失，才又开始在森林里到处转悠。

她站在古老的页岩采石场的南端。采石场有一个足球场那么大，杂草丛生，到处都是岩石，一端开着口，那是蒸汽挖土机通行的出口。这里有好几吨的碎青石，在这堆被遗弃了半个多世纪的垃圾中，有无数的好地方。

她选择了一个壁橱大小、不规则的凿洞，凿洞上方的崖顶边缘长着一棵云杉，只有推开这棵云杉垂悬下来的树根，你才能看到这个凿洞。凿洞周围到处都是毒葛，还有一个黄蜂窝。这是一个令人不愉快的地方，没有人会去打扰。但这是格鲁那堆闪闪发光的金子的完美藏身之处。

22

新米尔福德的陌生人

那是一个温暖的春日。连绵起伏的牧场上，新草已经长成了一片广阔的绿色海洋，被风吹得摇曳生姿，新生的小牛犊们抬起粉红色的、带斑点的鼻子，向着天空，仿佛要吸阳光。在那里，远远可以望到胡柏瘦瘦的身影，他的锤子在金属栅栏上不停地敲打着，叮当作响，和着鸟合唱的节奏。

我确实有一个漂亮的农场，克里夫想，而它唯一的污点就是克里夫·布莱尔。他弹掉牛仔裤膝盖上已经结壳的干粪。他身上到处都是一团团的干粪，从头到脚。这实在太不相称。不像个人倒更像坨粪。他记得（好像他忘记了一样！）阿曼达走时愤怒的话。

克里夫的思绪转到阿曼达发飙后的第二天，他试图为自己的罪行赎罪。他想要在胡柏的大脑中按下“删除”按钮。黎明时，他在半黑的谷仓里找到了胡柏。在挤奶厅里，胡柏正在调整一根立柱，没有转身向克里夫打招呼，只是给了他一个几乎难以察觉的点头。

克里夫只好对着胡柏的后背开始说话，他尽量不让自己口吃。“我不久之前给你看的是什么？当然，嗯，是阿曼达·杰夫斯的一些影像？胡柏，你没有看见它们，好吗？”意思是，笔记本电脑上阿曼达的影像，赤裸着上身，现在被砸成碎片的笔记本电脑。

“那些奶头？”

“该死的，胡柏，不是奶头。女人的那个叫乳房。”哦，胡柏，克里夫想，我原本只需要给你看一张穿着暴露的黑白花大奶牛的照片就可以了。克里夫摇摇头，脸红了。这是一个卑鄙的想法。胡柏一直在做自己的事，我是那个把禁忌影像塞到他眼前的人。

“没关系。”克里夫说。

“本来就没关系。”胡柏说，然后把注意力转移到马上要处理的奶头上了，50 个鼓胀的奶头在排成一队的奶牛下面晃来晃去，牛们坐立不安，希望赶紧解脱出来。

克里夫把水槽上方的太阳能板给固定了，昨天一头牛把它从支架上撞了下来。他慢慢地穿过田野回到工具棚。阿曼达的事情已经过去几周了，它一直困扰着他。他当时在想什么，居然在亚马逊上订购了一台迷你摄像机？我是说，到底怎么了，克里夫？你以前从来没有在网上购过物，这是你买的第一件商品。在他点击“完成订单”的那一刻，感觉很诡异。你是一个在实体店购物的人，你经营着一个有机奶牛场，这就是你。你在新米尔福德的安格伟商店购物，在那里买不到的东西，你会去斯克兰顿。

他感到极度羞耻，但他不得不面对阿曼达，或者至少是小心翼翼地尝试着去半偶遇。这是周二，每隔一周的周二，阿曼达会一如既往地和奥利安娜一起去绿色庄园吃饭，这是她坚定不移的性格的标志。自那件事情发生以来，克里夫再也没有去绿色庄园和大家一起喝啤酒了。但这是今天他要做的。他会坐在酒吧里，阿曼达能看到的位置，是的，他会坐在那里，忍受她那正义的怒视。如果她选择站起来，穿过餐桌，朝他的脸上泼康盛淡啤酒（她总是只点一杯，12 盎司的杯子），当众羞辱他，他也会忍受的。

好吧，我的意思是，天哪，克里夫想，我不能相信。他们中没有一个人能相信。在阿曼达的包厢，有个家伙，坐在她和奥利安娜的桌子对面，正吃着索尔斯伯利牛排，烤土豆，还有一大堆从沙拉吧里弄来的叶子蔬菜，就像这是一件再普通和平常不过的事情，他们三个人在享用他们的周二晚餐。奥利安娜怎么了？克里夫在想。她居然没有像往常一样盯着一本书，她甚至都没有带书。阿曼达一直在微笑，除了朝我快速地扫过两眼之外。在交谈甚欢中，她甚至伸出手，摸了摸那人的胳膊。他是谁?

老沃尔特不认识他。酒保汤姆不认识他。急救队员们也不认识他。斯图不知道他。当然，罗尼认识他。他大口大口地喝着啤酒，试图让自己看起来像不认识他。

“看看那个家伙。那个家伙是谁？”斯图说。他的第一个想法是捍卫领土。上帝呀，千万不要是一个来自斯克兰顿的高级房地产商，用他那花哨的斯克兰顿美元来款待阿曼达·杰夫斯，这个经济容易受蛊惑的女人。我应该请她喝酒吃饭。这是我的财产，那个浑蛋想偷走。他会得到六位数。

男人们紧紧地围在酒吧的另一端，咕哝着，这个位置可以让他们对用餐区一览无余。他们真的无法搞懂：除了迪恩，就没有人能坐在阿曼达·杰夫斯的包厢里。在人类历史上，它从未发生过。

斯图很想去停车场抽支烟，但他不想错过这个节目。“我们中谁了解他？”他说。

老沃尔特说：“我们知道他喜欢索尔斯伯利牛排，他会闭上嘴慢慢嚼。”

一个急救队队员低声地对其他人说：“我们知道他的名字叫哈利。”当哈利进来的时候，阿曼达叫了他的名字，把他叫到了包厢里。

哈利·克兰，罗尼几乎要脱口而出。除了欧丽芙·帕金斯，罗尼没有告诉任何人有关哈利的事情。罗尼现在就是一个即将破裂的水坝。现在，他随时准备着将他所知道的一切捅破，捅出所有事实。而且，斯图已经在盯着他了，因为罗尼一直保持着可疑的安静。

克里夫也很安静，惊呆了。早些时候，他开车来绿色庄园的路上，他还在想他可能会去包厢，做一些友好的表示。抬起他的帽子，或者他会为阿曼达的晚餐买单，或者给奥利安娜买一块冰激凌蛋糕。然而，一进入绿色庄园，他就失去了勇气，而且，示好可能是个坏主意。但是，当他站在那里，看到那个陌生人走进了酒馆，向人们点了点头。阿曼达叫了起来："哈利。"然后挥手让他过去。什么情况——

酒保汤姆俯身越过吧台，说："嗯，我们知道他喝科罗娜啤酒，没有加青柠。"好像这是一个能解开这个案子的细节。

"说得好像你在科罗娜啤酒里加过青柠一样。"斯图喃喃地说。

"我试了几周。没有人吸吮柠檬。"

"因为它们不是用来吸吮的，顾客把青柠汁挤进瓶子里。"

"嗯，这里没有人挤。"

斯图瞥了一眼包厢。那个房地产商正和阿曼达聊天——他看起来好像知道怎么挤青柠，一直挤到最后一滴。然后，斯图盯着罗尼，他在他的吧台凳子上蠕动着。

老沃尔特朝包厢点了点头，用他一贯非常清醒的头脑，为这群无能的小男人做了总结："我认为，你们这些嫩芽都发现了一个问题，既纯粹又简单。看起来阿曼达·杰夫斯找到了一个家伙，一个漂亮的家伙，在那儿。"

阿曼达勾搭上了一个房地产经纪人？斯图想。他得到了六位数和性？六和性？而且这个浑蛋居然有一头很好的头发。斯图因着自己的原因最瞧不起有一头好头发的男人，或者任何毛发。咬紧牙关，斯图瞄准了罗尼。"竹筒倒豆子，你快说，罗尼。"

每个人都向罗尼的方向倾斜。餐馆那边传来了阿曼达的笑声。男人们畏缩不前，闷着头大口喝了几口啤酒。

罗尼的喉结在蠕动。"嗯，我也知道得不是很清楚，但他住在树屋。"

我的上帝，斯图想，住在树屋。阿曼达就住在附近的木房子里，迪恩建的。

克里夫听到罗尼的话，像头被阉割了的公牛，露出了不知所措的表情。

看看那些笨蛋，阿曼达想，这等于杀了他们，只是在包厢里看到哈利就可以气死他们。我希望如此，尤其是克里夫·下流录像拍摄者·布莱尔，你最该死。

阿曼达和哈利慢慢地喝着酒。奥利安娜在餐馆和酒吧之间的壁龛里玩一种老式的撞柱游戏。她射出了一个小木球，小立柱纷纷倒地。她握住拳头。“太棒了！”

是的，非常好，阿曼达想，这额外的，并不是完全无意的举动——邀请哈利来绿色庄园的举动。“我只是想让他们都退后，你知道吗？”她说。

哈利越过阿曼达的肩膀看了看那些人。他们假装没朝这边看，但显然并不成功。哈利能看见罗尼就在他们中间。

阿曼达说：“他们就是不明白。他们会想，‘哦，一年过去了。’就好像这是某种没有说出口的时间线。每个寡妇——”她朝哈利点点头，“——或者鳏夫都准备回到游戏中，因为那个官方的年份已经过去了。”

回到游戏中，哈利想，比分发数百万黄金更让人难以想象。

“事情是这样的，”阿曼达压低声音说，“我确实回到过游戏中，但只是为了性，你知道，为了得到身体上的疼痛，但你绝对应该忽略，因为它会让你陷入麻烦。”

“性。”哈利说。这个字在过去的一年里没有进入他的大脑，更不用说从他的嘴里说出了。

“对吧？”阿曼达说，“说出来都难，而且这样做很愚蠢。啊，但是，你知道吗？你学到了教训。”就在那时，阿曼达往克里夫的方向扫了一眼。

哈利跟着她的目光。她说的是谁？不是罗尼——那个穿着乱糟糟外套的家伙——肯定不是。但是在那一堆人中有很多身材魁梧、相貌英俊的男性。穿了急救制服的那个？不，阿曼达不会把工作和娱乐混在一起。娱乐，哈利的想法。他刚刚才把他的戒指取下来——娱乐还是件百万年之后的事情。

阿曼达的手突然触到了他的手臂，哈利吓了一跳。她把它留在了那里，给了他一个大大的微笑。她通过她微笑的嘴在说话。“对不起，但是请对我微笑，好吗？好让他们认为我们在一起了。求你了！”

哈利笑了。她的手放在他的手臂上。他穿着一件紧身的法兰绒衬衫，接触的都不是肉。尽管如此，直到她放下她的手，他才能开始呼吸。他的前臂开始触电般发麻，下个月可能会很痛。

她看了看吧台。她用触碰哈利的举动向这群人发起了攻击。“他们都不会相信。”她转过身朝向哈利，“这是多么完美！不是约会的约会。”停顿了一下，哈利说：“好吧，那我来付饭钱。”

“不可能。”

好像他的手是自己移动的一样。一定是这样的，这是条件反射。因为每当贝丝的头发掉下来覆在眼前的时候，他会伸手把它们拨到她的耳朵后面。当她坐在早餐桌旁看报纸的时候，或者当他们站在电影院排队，她低头检查她的手机的时候，她那缕可爱的头发就会落下来。

这就是他做的事情，阿曼达的一缕头发散了下来，落在她的脸上。当她摇着头说“不可能”时，她的头发散了下来，哈利不由自主地把手伸过了桌子，把它们拨回到了她的耳朵后面。他摸到她头发的那一刻，他看着阿曼达，看着她的眼睛，他看到了……阿曼达。

他的手在她耳边。她不是那种容易慌乱的女人，但是她的脸颊上突然出现了红晕。

他收回了他的手。尽管心怦怦地跳着，但他还是很平静地说：“这个约会不是约会吗？难道约会的男人不应该那样做吗？”

阿曼达皱着的眉头变成了一个缓慢的微笑。“你真好。对，对，你付饭钱是很完美的。”她研究着他，“伙计，你看起来很无辜，但你还是挺狡猾的。”

哈利紧张地笑了笑。你不知道，他想。他看着奥利安娜在玩撞柱游戏。

酒吧里，人头攒动，啤酒很快就被喝光了。阿曼达说：“他们看起来就像一蜂巢疯狂的蜜蜂，失去了它们的皇后。”她瞥了哈利一眼，“看，这就是我不喜欢的。被这些人给当作女王了。他们需要清醒过来。”

蜜蜂难道不会刺人吗？哈利在想。其中一些人块头还很大。他的目光落在酒吧尽头那个正在扯头发的小个子身上。“那个挠头的人是谁？”

“黄鼠狼房地产经纪人，天天在觊觎着我的房子，斯图·吉普纳。”

哈利不再说话，在想着，一袋袋的金子。当然，可以放一袋在阿曼达的门口。对吧？她需要钱。

但是阿曼达盯着这些人，眼睛里充满了怒火，说："我不想要救世主，你知道吗？我不想让黄鼠狼来威胁我，或者用金钱诱惑我。我一个人做不到的。想到这我就很恼火。"她的脸涨红了，她转过身面向哈利，"所以你帮了大忙。"

他看着她。

"你是这个地方唯一能帮这个忙的人，"阿曼达说，"我们都不想要同样的东西。"她举起了她的啤酒杯。哈利举起了他的。

"干杯。为了我们不想要的东西。"阿曼达说。他们都笑了。但是，在他们还没来得及碰马克杯以及说祝酒词时，他们听到了游戏立柱被撞倒的声音以及奥利安娜激动的喊声："耶！"

她跑到包厢里。"妈妈，我可以再要一个硬币吗？好吗？再玩一次游戏。"

阿曼达把目光从她女儿身上转向那些在酒吧里消遣的男人。"不。我想我们今晚已经在绿色庄园撞翻足够多的游戏立柱了。"

几分钟后，他们出现在沙砾停车场里。奥利安娜白天上学，阿曼达一大早就开始工作了一天。阿曼达对哈利道了晚安。在她的后面，奥利安娜踮着穿着运动鞋的脚在地上扒拉石子。当她们上车时，哈利看到她在地上画了个字母G，他瞟了一眼他的手机。当卡车驶离时，奥利安娜给了他一个疑问的眼神。他非常非常秘密地对她竖起了大拇指。

G代表金子（Gold）。

包裹跟踪通知显示，他的第一批货已经到了。哈利站在他的车旁，盯着那发光的屏幕，有点头晕眼花，仿佛他在直视着太阳，或者是诺克斯堡明亮的金核心。他愣在了那里，没有听到男人们走近了。

"你好，陌生人。"传来一个鼻音。

哈利靠着他的车门吓了一跳。他们有 6 个人，以斯图·吉普纳为头。他看起来就像一只吉娃娃，带领着一群德国牧羊犬。

“我们只是想欢迎你来到新米尔福德。”斯图说。

哈利小心地点了点头。这是他有生以来第一次想念他的哥哥。大狼是为这一刻量身定做的。他在人群中准确地看到了罗尼。“你好，罗尼。”

罗尼盯着他的靴子。然后是克里夫。

斯图跳了过来。“罗尼在这里说你住在迪恩·杰夫斯的树屋里。”

“我说的是租在那儿。”罗尼喃喃地说。

“不管怎样，他在那里。”

克里夫用脚尖玩着砾石，他一点也不喜欢这个。但是斯图，喝得有点高了，煽动他们来到了这里（老沃尔特，这个理性的男人，早就回家了），但如果克里夫往后退的话，斯图就会想深挖这其中的原因。克里夫抬起头望着哈利。当然，这是个让他左右为难的问题。他还没来得及阻止就发生了。“你是怎么走进她的包厢的？”

有三个急救队的人。其中一个说：“没有人和阿曼达坐在一起过。”

“告诉我们吧。”斯图说。

哈利深吸了一口气。“我被邀请。”嗯，阿曼达肯定得到了她想要的，把这些家伙弄得很生气。他收紧了他的各种肌肉群，迅速地准备就绪。在森林里待了几周，他的身体状况很好。当战斗开始时，哈利想象他可以先打他一拳，然后把他撕成碎片。

斯图冷笑道：“她为什么要选你，一个政府官员？没道理。她喜欢真正的男人，用双手工作的男人。”斯图伸出了双手，但等意识到时已经太迟了，他只用它们来翻过文件。有个急救队的人窃笑了。

哈利也把自己的手伸了出来，为了给罗尼检查。“看，老茧。”他们站在停车场的灯光下，罗尼看了一眼。

“怎么做到的？你让自己变得更强壮了。”罗尼上下打量着哈利，赞许地点了点头。

在树林里待了几周，哈利很好。

罗尼说："我真希望我能住在一间树屋里。"

急救队的人点了点头。"实际上，住在树屋里是很酷的。"其中一个说。

"特别是那间树屋。没有人能造出像迪恩所造的那样的树屋。"另一个人说。

"这就是他妈的重点！"斯图喊道，"这是接替迪恩的人！"斯图突然向前猛冲，一拳打在哈利的下巴上，把他打倒在他的车上。但是哈利并没有倒下，他的右耳嗡嗡作响，有一种眩晕的感觉，但他很快站直了，两个拳头都紧握着。

斯图突然露出了害怕和阴郁的笑容。当他试图后退时，他不能。因为克里夫，罗尼和急救队队员们围成了一堵墙。把他留在那里，直到哈利转过身来。

哈利走向斯图，脸上恢复了正常。"你知道，我有个兄弟，他这一辈子都在打架。如果我打你，他会很高兴的。天哪，这会让他感到很骄傲。"

斯图惊慌失措、脸色苍白。哈利看了他一眼，然后松开了他的拳头，走开了。

斯图的恐慌变成了一种傻笑。他正要张开嘴，这时克里夫突然把他从后面举了起来，举着他走了几步，把他扔到了地上，屁股着地。这些人转过身来，面对着哈利。

罗尼走向前，握了握哈利的手。

然后，克里夫走向前，握着哈利的手。靠了过去，说了一句只有哈利能听见的话："好吧，也许最好的男人赢了。"意思是哈利对斯图赢了？不，等等，哈利想。这就是和阿曼达睡过的那个人，高大、英俊。身上有淡淡的谷仓味道，但并没有让人不舒服。

然后所有的急救队队员都跟哈利握了手，最后一个说："真希望我也能住在一间树屋里，真酷。"

23

冒险启动

哈利试着说服自己，这只是在斯克兰顿要做的很多琐事中的一件而已。比如说，要去便利店，绍普莱特便利店，哦，对了，要是还有时间，顺便在邮局停下，去拿价值 25 万美元的金币。

对于金额低于 30 万美元的黄金，网络金银交易公司一般会在投保后，寄给邮局或 UPS 快递点。哈利已经在两个地方设立了邮箱——出于某种原因，这是完全合法的——分别位于东里德森的分部和市中心的主办公室。他的计划是混合搭配，每次利用不同的黄金公司，然后再运到不同的位置，要么是 UPS 快递点，要么是邮局，取决于……什么呢？取决于它该来的方式。

他把车停好，对着安保摄像头笑了笑，很确定一定会发生点什么。毕竟，他的形象已经被国际刑警掌握了。但是他们必须打败 FBI，因为很显然，FBI 已经在大厅里等着他了。他真希望手铐不要太紧。

哈利太紧张了，他不得不抓住扶手才能迈上前面的台阶。他定了定神，推开门，走进大厅。没看到 FBI，也没有看到国际刑警。这是真的吗？只有桌子后面那个头发灰白的职员？没有这么简单。

他试了三次才把钥匙插入邮箱的锁眼里。当钥匙碰到那个小小的金属门时，店员朝他看了一眼。但就在哈利伸手去拿黄色送货单的时候，他不小心把单子从打开的邮箱后面撞了出来。

他惊慌地转过身来。店员已经从凳子上滑下来了。他耸耸肩，喊道："没问题。"然后慢慢地穿过一扇门走到后面。哈利听见他在墙那边嘟嘟囔囔。哈利紧紧抓住柜台边缘，看着店员从门口回来，手里拿着一个鞋盒大小的包裹。

"嘿，伙计，里面是什么？铅？"店员说。

"对，对，是的。"哈利听见自己回答，"是铅士兵。我喜欢收藏。"他羞怯地耸耸肩。

店员笑了起来。"真的吗？我以前也有一群小家伙。"

哈利继续保持微笑。这并不是他计划的情景：一个毫不起眼的男人在一个毫不起眼的邮局拿起一个毫不起眼的包裹，然后离开这个鬼地方。

哈利伸出手，可是店员还在掂量盒子的重量。

"小伙子，你一定把拿破仑的整支军队装在这里面了吧。"

哈利伸出的手指开始发抖。他极力控制自己不去抓住包裹。"事实上，"他说，"只有独立战争的一个军团。"

店员咧着嘴笑了。"哈！红色军装！我爱那些家伙。以前，士兵们都穿着帅气的军装，你知道吗？"

他把包裹递给哈利，包裹的重量出乎意料，哈利差点失手把它掉到地上。他的脑海中浮现了整个可能出现的灾难：盒子砸在地板上，裂开了，25 万美元的金币滚得到处都是，人们在一片混乱中抢夺金币。他把盒子紧紧地抱在胸前，从自己的肩膀上看过去。唯一的顾客是一位身材魁梧的老妇人，戴着一顶紫色的针织帽，她把手臂深深地伸进邮箱里面，好像信箱里塞着一条牛腿。

店员仍在和哈利说："我们过去也穿得很帅气。那个时候，我有一套标准的服装。笔挺的帽子，灰色的羊毛裤子，裤腿下面有黑色的条纹，鞋子光可照人，你知道吗？一套你引以为豪的制服。"他叹了口气，"好怀念那些制服。”他望着远方，又叹了口气，“唉，这一切都在 20 世纪 80 年代消失了，就像其他大多数事情一样。看看现在，男人们穿条秋裤就可以去上班。”

店员越过哈利的肩膀，向那个还在邮箱里掏摸的妇女喊道：“普尔兹尼亚克小姐！”他摸了摸自己的头，向哈利翻了个白眼，压低声音：“她从来不相信她的信箱是空的，可怜的人。”他走到柜台外面，喊道：“算了吧，普尔兹尼亚克小姐。我不能让你总是待在那里。”

哈利退了出去。他要去取第二批金子，他用的是 UPS 快递点。

黄昏，树屋，盒子放在桌上，等待。突然，哈利的背上传来一阵寒意：那是对大狼的记忆。

很久以前，大狼喝得醉醺醺的，用巨大的爪子抓住哈利的肩膀，靠了过来。“听着，哈利。”他说。

“听着，哈利。金子，我告诉你，如果整个他妈的世界都他妈的付诸东流，这是肯定的，但金子就是你的救生艇。”

你是对的，大狼，哈利想，眼睛盯着桌上的盒子。金子就是我的救生艇。

哈利看向森林，自从他收到大狼的语音留言，他常常不由自主望向森林——我来了，哈利，我要拿回我的那一份！

从那时起，手机安静了下来，但哈利可以想象，如果大狼发现哈利正在把他的钱变成黄金，沉默就会变成号叫。

“哈利？”

哈利从幻想中回过神来。奥利安娜站在他旁边，踮着脚兴奋地跳上跳下。

“你想打开盒子？来吧。”

金子是他的救生艇，奥利安娜是他的救生艇，还有这片森林，还有他的树屋。在绿色庄园，阿曼达的手放在他的胳膊上。

这是一年来的第一次接触？

在办公室，进出小隔间的时候，一定会有人碰到过他，或者在拥挤的超市的走道里，一定有人与他擦肩而过。但是在绿色庄园的阿曼达，这是一年来他第一次真切地感受到了另一个人的触摸。第二次是斯图·吉普纳打他的时候。奇怪的是，那个时刻，从某个方面说，也是救生艇，把他打醒了，感受一切。这日复一日的积攒，小的，大的，把他从黑暗麻木的大海里拉了出来，越升越高。

突然，他在黑暗的水里看到了大狼，救生艇翻了。

“哈利，我可以打开盒子吗？”

他点点头。奥利安娜拿起水果刀，熟练地把盒子中间的胶带割开了，小心地打开盒子。

我的天，哈利想。说到感觉，他现在就有感觉了，从头到脚，非常兴奋。除了在海盗电影中，他从没见过金币。夕阳射出的一束光穿过山毛榉的树枝，点亮了盒子里面的金币。这个炫目的瞬间，就像看着一个满满的藏宝箱。

哈利目瞪口呆，他眨了眨眼，笑了。“金子！”他大声喊道。

奥利安娜也喊了起来：“金子！”

你还能说什么别的吗？金子！看！金子！整齐地装在透明塑料管里，25个塑料管，每个里面装着10个金币，那么确定，那么整齐，那么不可思议。他拿出一个塑料管，上下晃动。有多重呢？半磅？如果你从肉盒里拿出一个半磅的牛肉饼，也许并没有什么特别的感觉，但这是半磅金子！

他把装金币的塑料管放在奥利安娜手上。

“这么重。”她深吸一口气。

“打开它，”他说，“快点，拿一个出来。”

“不要，应该你来拿，应该是你先碰到金子，”她说，“把手伸出来。”

奥利安娜看着他，如此专注地看着他。她看到了什么？当然是忧心忡忡的哈利。当他扔掉最后一枚金币时，她会看到什么？当忧郁的哈利变成平凡老哈利的时候，她还会喜欢他吗？多么复杂啊！当生活变成童话，然后童话又变成生活。

她把塑料管倒过来，一枚金币掉了出来，翻滚着，掉到他手里。金币摸起来冰冰凉凉的，亮闪闪的。金币正面是自由女神像，举着火炬，站在高山上。他把金币翻过来。背面是一只金色的雄鹰，盘旋在巢穴上方，巢里是一只雌鹰和几只雏鹰。雄鹰展开巨大的翅膀保护着它们。这只雄鹰雕刻精致，哈利几乎能看到风吹过它翅膀上的羽毛。

“有翼的。”奥利安娜小声说。

“这是一只雄鹰，不是红尾鵟。”哈利小心说道。他们的黄金冒险之旅已经进行到这个阶段了，他还必须为所有可能的原因而小心翼翼吗？因为他们在走钢丝。为了使冒险继续，他必须让事情尽可能真实。他必须成熟，或者，至少，设法成熟。

“哦，太棒了！”奥利安娜大声喊道，扑到他身上，紧紧地抱着他。

现在，莫名其妙地多了一艘救生艇。他低头看着奥利安娜，这个森林里奇妙的精灵。“你说得对，是很棒，”他说，声音充满深情，“绝对完美。”

他把金币放在她手里。“你来摸摸。”奥利安娜盯着雄鹰。她用手指抚摸着雄鹰的翅膀。“我能感觉到它的羽毛。”她低声说。

“真的。”哈利越过她的肩膀看着金币，“细腻得令人惊叹。”

“触摸它的翅膀。”她说。

他有点不情愿地碰了一下金色的翅尖。他也感觉到了羽毛，甚至感到了有一阵风从雄鹰的翅膀上吹过。他猛地把手向后一抽。他被这个感觉吓坏了，奥利安娜是怎么做到的？但黄金的意义并不是你要沉醉于它，奇怪的是——你要尽快地摆脱它。

奥利安娜把玩着金币，灯光在房间里四处晃动。她叹了一口气。“我知道不能给妈妈看这些，可是我真希望她可以。真希望我们可以拿给她看。”她飞快地看了看他，“可是我明白我们不能。”

哈利立刻跪下一条腿，蹲在她面前看着她，知道她会看他。“听我说，奥利安娜，你妈妈会发现这些的，对不对？如果被她发现就完了，金子事件就无法进行。她会把我踢出树屋，踢出森林。她会把我踢到茫茫无际的大山里。”

“她喜欢你，哈利。自从绿色庄园事件之后，她这么说的。”

他又想，要尽快把金子扔掉。“她喜欢我，因为她不知道我是谁。”

“我喜欢你，因为我知道你是谁。”奥利安娜说。

他深吸了一口气。“那我们看看到最后，是不是每个人依然喜欢其他人。”他拍拍手，站起来。“为了坚持到最后，必须现在开始。”

他打开了《格鲁的账本》，翻到插图——格鲁坐在金子堆上的那页，然后把书放在装满真金的硬纸盒上。“那么，”他说，“我们得到了格鲁的金子。下一个问题是：怎么丢掉金子？”

“等等，”奥利安娜说，“彩票呢？那是另一件大事。”

哈利笑了。“我就知道你会这么说。”他从钱包里拿出已经褪色的彩票，用两根手指夹着递给她。

“因为它有一种魔力，”她说，“就像这本书。我曾经想，这些数字……如果……”

他用手捂住她的嘴。“毫无疑问，数字不意味着什么，这才是关键。”

她把他的手推开。“它就是有魔力。”

“当我买下这张彩票的时候，一切都变了，那才是它的魔力所在。我买了一张彩票，嘭，我的世界消失了，然后出现在这里，和你一起在森林里的一间树屋里。至于印在彩票上的那些数字？它们是随机的，由电脑挑选。”

奥利安娜平静地说：“很遗憾这都不是好魔法。”

他抬起她的下巴。“但是好魔法是——我来到了这里，奥利安娜，这就是魔法的用处。你知道所有的故事。它们有一些就跟《格林童话》

一样。”

她露出似笑非笑的样子。

“但它们有一些，”哈利说，“就非常像格鲁。”

奥利安娜最终笑了起来。“一开始他们很伤心，”她说，“但是最后都会开心。”

“只要我们一起工作。只要你妈妈没有发现我们。”只要大狼没有找到我，他没有说出来。“只要——”他摇摇彩票，“我们就听彩票的，保持随机，随机而简单。多简单？”他打开盒子，拿出 6 个装种子的旧麻布袋，是他之前在斯克兰顿郊外的一个农贸市场捡到的。“彩票上有 6 个数字，所以……我们送出 6 袋金子。”

“真像故事里说的那样！”奥利安娜说，“一袋一袋的金子！”

哈利点点头，很满意自己的表现。“我会处理好的，是吗？”

其中 4 个袋子有塑料购物袋大小，另外两个则是购物袋的两倍大。在《格鲁的账本》里，格鲁从开始一点点扔掉金子，到最后把金子“一大把一大把”地丢进黑夜。

哈利解释他会从少量开始，然后到最后几袋的时候，他会一大袋一大袋地丢掉这些金子。毕竟，冒险还是需要一个激动人心的高潮。

他举起一号麻袋。奥利安娜打开装金币的塑料管，把金子倒进麻袋。金子碰在一起，叮当作响。麻袋变得越来越重，越来越鼓。装满之后，他把麻袋递给了奥利安娜。

她用两只手抓着麻袋，惊讶到合不拢嘴。15 磅黄金，感觉却有 1000 磅重。她摇了摇袋子，又使劲扭了扭，金币在里面叮当作响。他赶紧把袋子收紧，生怕她不小心把金币给甩出了窗户。他们绝对不想像格鲁一样，把金子扔进森林。哈利会小心处理。6 袋金子扔到 6 个不同的城镇。

可是该选哪些城镇呢？他对这个问题也有了答案。奥利安娜非常惊讶，哈利对所有问题都有答案。在煤油灯的照耀下，他似乎在闪闪发亮。

身后的墙上，他的影子非常高大。

一阵风刮来，树屋摇晃得像一艘老旧的木制帆船。可是哈利已经不晕船了，他稳稳地站着。

他们会随机选择 6 个小镇，哈利说，就像计算机随机选择了 6 个彩票号码一样：随机意味着没有模式。如果没有固定的送钱模式，那么就没有任何人能追溯到他这里来。他把手伸进屁股后的口袋，掏出一张他在加油站便利店买来的折叠地图，展开放在床上。

奥利安娜读着地图上面大写的字："萨斯奎汉纳县地图，这么多城镇，我们该怎么选？"

"来吧。你知道我们会怎么选择……"他把袋子打开，等着她。

她停顿了一会儿，然后笑了。"我们来抛硬币！"她把手伸进了袋子。

奥利安娜拿出一枚金币。哈利朝她点点头，她向前走了几步，把金币抛到空中。金币"噗"的一声掉到地图上，在灯光下闪闪发光，慢慢地转着圈，最后倒下，雄鹰那面朝上。他们跪在床旁看着地图，哈利把金币轻轻推到一边，好看它落在哪里。

"埃尔克代尔。"他说。这是这个地图上最小的城镇之一，小而随意。

"我喜欢这个名字！"奥利安娜说，"听起来很迷人。"埃尔克代尔的谁会得到金子呢？哈利会选哪栋房子？他会在谁的门口留下一个装满金子的麻袋呢？当然，肯定不是在某个住在城堡里的人的门口。不会这样，他会选择一条普通街道上的一栋普通房子，漂亮又普通——前院会有棵漂亮的树。在所有条件相同的情况下，他会选择离城外最近的房子。因为他计划一旦放下袋子，他就跳上车，踩下油门赶紧离开。

他能保证最值得拥有的人得到金子吗？不，他历尽艰辛才明白：生活就是一张彩票，所以就让金子随意去任何地方。

毕竟，他又不是一个无所不知的神。他只是一个普通人，他只是想让小女孩的童话成真，来治愈她的内心。

24

第一袋金币

埃尔克代尔远远称不上迷人，就像恩德莱斯山中大多数城镇一样，坐落于山谷中。似乎萨斯奎汉纳县没有一个城镇在山顶。每天都有一半的时间，这些城镇都晒不到太阳，被淹没在树荫中。19 世纪 90 年代是大量开采煤炭以及砍伐木材的繁荣时期，当时建造了很多三层楼的维多利亚时代式大房子。现在，这些房子看上去像蘑菇一样显得又矮又潮湿。

穿过埃尔克代尔的主要道路是 11 号公路，路上车很少，只有微弱的黄色路灯闪烁着，提醒车辆减速。11 号公路横穿城镇中心，4 条坑坑洼洼的街道都与这条公路相交：中心街、格林伍德街、麦克亚当斯大街和教堂街。在埃尔克代尔，最大的商店是阿格伟食品五金店，位于麦克亚当斯大街的尽头，这条柏油马路最后逐渐变成了铺满砾石的停车场。在格林伍德街和 11 号公路连接的拐角处，有一家破旧的自助洗衣店，还有一家所谓的酒吧：特里普利酒馆，它实际上是由某家人的一个车库改造的。

已经是 4 月下旬，教堂街上一家一美元店里，一棵红色的铝质圣诞树仍然放在满是灰尘的橱窗里，树枝上装饰着彩纸包着的糖果以及用银色闪光胶水粘着冰棍棒做成的雪花。树顶上，没有装饰着星星，而是一个卡车司机的帽子，仿佛在换季的时候，被当作了临时的帽子架。

夕阳下，哈利一边开车一边想道，埃尔克代尔一点也不迷人，但它会欢迎一袋金子。

哈利不知道他该挑选中心大街上的哪一栋房子，甚至把车开到麦克亚当斯大街与教堂街相交处的时候都还不知道。但当他转入格林伍德街时，他立马就知道了。那里有一栋普普通通的小房子，一棵高大漂亮的糖槭树张开树枝笼罩着它。夜幕降临时，一个男孩和一个女孩在侧院里踢足球，一只可卡犬在旁边叫着跑来跑去。男孩用力踢了一下球，球撞到女孩身后的旧石墙上，石墙中间掉下一块小石头。

女孩像裁判一样举起手，停止了比赛。男孩乖乖地停下来，狗也一样。女孩跑过去捡起石头，把它重新放回原处，好像把一只掉落的小鸟轻轻地送回巢里。

很好，哈利想。

女孩抬起头，那辆经过的车已经消失不见了，它的引擎声被淹没在落叶吹风机的轰鸣声中，中心街上，卫理公会教堂的后面，某个人正在扫落叶。

妈妈在喊孩子们吃晚饭。狗又叫了，然后跟着男孩和女孩进了屋子。埃尔克代尔的街上一切都很暗、很静。

午夜时分，当特里普利酒馆吧台上方的布谷鸟闹钟“咕咕”地敲完11下戛然停止时，当最后一声冲马桶的声音响过，当最后一盏卧室里的灯被熄灭，当浣熊和负鼠开始了它们每晚从森林到附近垃圾桶的旅行时，一袋金子被匆忙送到了宾夕法尼亚州，埃尔克代尔镇，格林伍德街112号。

第二天，日出时，睡眼惺忪的菲尔·巴特克走下楼去遛狗，遛他家那只名叫图迪的可卡猎犬。他把皮带拴在图迪的项圈上，打开前门，把手放在防风门上。他低下头，看到门下部的那块玻璃嵌板，眉头一皱，他一直想要修好的那块玻璃上出现了一条长长的裂缝。

世界正在坍塌，菲尔不喜欢这样。早上看到的防风门是这样，晚上他睡觉的大床也这样，大床非常尴尬地装饰着豪华的“索伦托”金属床头板。这张床，一条腿已经歪了，摇摇欲坠，他爬上床，睡到米妮身边，他结婚 13 年的妻子。我活该，菲尔可能想，谁让我在宾厄姆顿的斯蒂格迈尔斯家具店买便宜的清仓货呢。

他推了推门。门推不开，图迪呜呜叫着，抓挠着门。菲尔只得从后面拉住它。

“图迪，嘘，等一下。”

他又推了推门，但是有什么东西挡住了。他把脸趴在玻璃上，低头看着前面的门廊，太阳刚从帕克山上升起，外面还看不太清楚。

“图迪，那是什么鬼东西？”

棕色的一堆。是什么袋子吗？他用力推门，但是袋子很重，麻袋的一部分卡在门下面了。图迪伸出鼻子，咆哮着。

“嘘，小姑娘。”

菲尔抱回它，向后穿过厨房，从后门走了出来。狗把菲尔拽到了房子前面，去探查那个袋子。

他小心地走过去。一个旧麻袋做的种子袋，里面有东西。是种子吗？他想，但是没理由啊，因为印在袋子一面的“布鲁克曼玉米种子”的字样已经褪色成蓝色了，而且布鲁克曼种子公司已经破产了，大约，20 年了吧？

就在他小心地弯下腰查看的时候，图迪走到他前面，猛地扑向袋子。它撕咬着袋子，里面发出奇怪的叮叮当当的声音，菲尔呆住了。图迪呜呜叫着，委屈地贴着菲尔的睡裤裤腿。

房子里面，米妮已经下楼，也在使劲往外推门，门被麻袋的一角卡住了。

“喂，不要这样，小心点。”菲尔说。

“冷风要进来了。什么东西卡在下面？”

“一个装种子的袋子，有人把一个种子袋放在咱家门廊上。”

“好吧，那就把它弄出来，冷风要进来了。”

“里面装的不是种子，米妮，里面全是金属。”

菲尔舔了舔嘴巴，身子往前靠了靠，夸张地说：“里面可能是子弹。”

米妮看了他一眼。“一袋子弹，有人在我们家门口放了一袋子弹。”

“呃，他们确实放下了一袋什么东西。”

“那么除非你看下里面，不然你不会知道是什么。”

“我告诉你，事情有点不对劲。”

“噢，菲尔，是子弹。”米妮蹲下来，把袋子从她那边弄开。

“不要！呃，等一下，好吗？”

她停下来，不再拽袋子，可是并没有松手。

菲尔说：“我们要让斯基普来看看，再决定怎么办。”他真的很害怕，昨天晚上，有人潜入他的院子，趁着天黑，跑到他家门廊上。

“噢，菲尔，不要麻烦斯基普了，”米妮说，“你想多了。”

他向她摇摇手指。“别再碰那个袋子。我看见他厨房的灯亮着，我去找斯基普。”

斯基普·哈蒙是宾夕法尼亚州州立警察局的一名警督。菲尔跑着穿过院子，看见斯基普，一个又高又大的男人，穿着红色秋裤，正坐在厨房桌边，喝着马克杯里的咖啡。

斯基普站在后门旁，面无表情地听菲尔说话，这是他典型的州立警察风格，看起来很吓人，但是如果你知道斯基普喜欢养格洛斯特金丝雀，就不会这么想了。

“菲尔，你想让我以官方身份过来吗？”斯基普说，平淡的州立警察腔调。

“是的，那会让米妮心安。”菲尔撒了谎，他才是需要心安的那个。

于是斯基普走过去，仍然穿着秋裤，但腰上系着值勤腰带，上面扣着手枪。

菲尔的两个孩子，莎拉和小菲尔，正和米妮在一起，兴奋地蹦蹦跳跳，透过前门的玻璃向外看。图迪还在前院里转来转去，低着头叫。

“图迪应该用皮带牵着，菲尔。”斯基普说。

“它戴着皮带。我现在不牵着它是因为有一袋不知道什么东西放在我家门廊上，可能是炸弹。”

斯基普马上停住了。

米妮在前门的那边喊：“呃，不是炸药，也不是子弹，很可能只是铁链什么的。”

菲尔看了她一眼。“斯基普，问题是，我们不知道到底是什么鬼东西——”听到他说粗话，孩子们都高兴地笑了，菲尔对孩子们眨了眨眼，“——到底是什么鬼东西在里面？”

斯基普从值勤腰带上拿下大手电筒，用它戳了戳麻袋，里面发出轻轻的叮叮当当金属碰撞的声音。

斯基普点点头：“我觉得还好。”

一辆皮卡车和一辆小型货车停在房子前面，邻居们摇下车窗看着。

菲尔叹了口气。他们毕竟是住在绵延大山的小小山谷里，这个愚蠢的种子袋将会是本周这里的大新闻。他不是在抱怨，他只是希望能发生一点别的事情，但那永远不会发生，在埃尔克代尔永远不可能。

斯基普打开强光手电筒，然后照进袋子。袋子里发出金色的光芒，像太阳一样照亮了他的脸。

“啊，我的天！我的天！哇啊！”斯基普大喊。

他把铲子一样大的手伸进袋子，抓出一把闪闪发光的金币。

超大一袋金子。

这也是菲尔在这个耀眼的瞬间看到的。他在这个奇迹中退后了几步，然后再一直往前走，直到撞到院子周围的石墙上。他靠在墙上，双手抓住了墙。他需要这么做：一面结实的石墙，成千上万磅重的石头，才能把他带回地球，带回埃尔克代尔。

25

童话世界的终结

“怎么了？”阿曼达说，“你没有说一句话，也没有动一下。”

有意的。因为站在她旁边的奥利安娜在非常努力地不让自己看起来很兴奋。“我没事。”她用最自然的声音说。哈利，你做到了！她想，你做到了，你做到了！

奥利安娜正想象着树屋中的萨斯奎汉纳县地图。那个标着埃尔克代尔小镇的点现在肯定在闪着金色的光芒。

“因为我们要把书还回去，你生气了吗？”阿曼达问。她们正在去普拉特公共图书馆的皮卡车上，去归还《格鲁的账本》。昨天，她妈妈问她：“嘿，你有一本已过借期的书，对吗？”阿曼达不喜欢借书过期不还，她也不喜欢欠任何人的钱。在过去的几周里，为了哈利一顿忙乱，她都忘记一切是从一本丢失的书开始的。“我没生气。”奥利安娜说。

“那么，这本书怎么样？”

“我觉得还不错，也没什么特别的。”暗地里，奥利安娜的手指头扭个不停，极力掩饰内心的兴奋。

奥利安娜这么冷漠，阿曼达不由得陷入沉思。几周过去了，甚至几个月都过去了，奥利安娜肯定已经激动万分地分析过了这本书。每一个童话故事都充满了线索。阿曼达有意引导她。“这本书看起来很特别，这是手工制作的。”

奥利安娜假装厌烦地看了这本书一眼。“我想这本书应该是以前留下来的。欧丽芙说有时候她会在学校参观日让孩子们自己写书做书。她会留下几本。”

阿曼达察觉到这个故事是写在一本陈旧的银行分类账本上的。欧丽芙真会重新利用她能得到的任何材料，这是她特有的节俭方式。很遗憾普拉特公共图书馆陷入了这样的困境。没有新的藏书来吸引孩子们，没有学校来参观，图书馆在她周围成为一片废墟。阿曼达很伤心。去年，那些从图书馆流出又被奥利安娜大脑记住的书籍，一直困扰和刺激着她。但不知怎的，现在一切似乎又变好了。毕竟，一本丢失的书带领着她找到了哈利·克兰。阿曼达不是不喜欢书，她只是不喜欢童话故事罢了。她绝对赞同哈利·克兰。

奥利安娜随意翻动着书页，停在格鲁坐在金子堆的那张插图那页。她们停在了新米尔福德的红绿灯处。阿曼达伸手拍了拍这张照片。“我不喜欢那个生物。他皱着眉头。他叫什么名字？格姆？”

“是格鲁，”奥利安娜说，“但结局很好。”

“童话故事的结局总是喜忧参半的，对吧？《杰克和豆茎》里面，杰克是很高兴，但是如果你是巨人，你就会被杀死。或者如果你是邪恶的女巫或大灰狼也一样。那么是谁杀了格鲁？”

“格鲁嘛，他没有被杀。他变好了。”

阿曼达在图书馆前面停下皮卡，毫不费力地发现了一个停车的位置。阿曼达从车上跳下来，没有再看《格鲁的账本》一眼。

奥利安娜把书夹在腋下，跟在她身后上了台阶。

哈利觉得把书送回图书馆很明智。“你妈妈说得对，应该把书还回去。这会是一个线索，可以把我们带回原来的生活。我不知道具体怎样做，也许只有一百万分之一的机会，但是我们为什么不试试呢？”

奥利安娜在最上面的台阶上停下来，看着普拉特公共图书馆。它既宏伟又美丽，但也很悲伤。古铜水槽里的水将石灰岩的墙壁腐蚀成了一道道的绿色。她捡起一块破石板瓦。它看起来像是一本故事书里的龙身上沉重的鳞片被摔了下来。皮肤脱落，骨头弯曲，图书馆失去了自我保护的能力。她轻轻地拍了拍这栋建筑物的一侧，就像在安慰它。她听到一阵尖锐的笑声，转过身来。

在街对面，在无尽梦想房地产公司前抽着香烟的斯图·吉普纳一直在注视着她。他摇摇头，深深地吸了一口烟，把烟蒂弹到了街上。

“不要乱扔垃圾。”奥利安娜对他说。

“当心点，那栋建筑可能会倒下来，把你压在下面。”斯图顶了回去。

图书馆里面响起了圆锯声。“罗尼正在修理呢。”奥利安娜挑衅地说。

“我也打算去修修。”斯图说。他又大笑起来，扭动着脚跟，回到了房地产办公室。

“我不喜欢你。”奥利安娜低声说。她转过身来，推开橡木大门走进了图书馆。

她母亲站在借还台旁边和欧丽芙谈话。在图书馆的后部，在非小说部的过道里，蓝色的篷布覆盖了两个书架。她能听到罗尼用工具在叮叮当当敲打的声音，他一边轻轻地吹着口哨，好像一首波尔卡曲子。口哨回响在大理石墙上，听起来像在图书馆里放了一只啁啾鸟。也许真的是一只鸟，屋顶上的破洞是足够容纳一群鸟的。但是罗尼做得很好，修补了很多破洞。唉，但是有那么多，那么多的事要做。破洞、不断闪烁的灯光、摇晃的书架、剥落的石膏。

欧丽芙在借还柜台那里和阿曼达打了个招呼，心里想着：什么情况？阿曼达从没有进来过。但几分钟后当奥利安娜从门口走过时，欧丽芙开始浑身发抖。在孩子的胳膊下面，夹着的是《格鲁的账本》。它回来了。当然，它一定会回来的。这本书回来了。千真万确，为什么她一开始就把它交给孩子？极度的绝望。在一本书的一生中，这是最显而易见的结果。

听到奥利安娜越来越近的脚步声，那本书就拿在她手里，欧丽芙感到一阵眩晕，撞到了借书台。她感到阿曼达有力的手放在她的胳膊上。

“你还好吧，欧丽芙？”

这位老图书管理员打起精神，站起来，挺直了背。千万不要在护士面前晕倒，她警告自己，否则你就会被送到急诊室，鼻孔里插上氧气管。不要给他们机会开始，欧丽芙。如果你踌躇不前，如果你不站到高处，全心警惕，他们会关闭这个地方，你会永远回不来。这些想法在奥利安娜来的那五秒时间里闪烁而过。突然，《格鲁的账本》回到了欧丽芙的手里。书太重，几乎把她拖到了地板上。

“还没有过期，你还可以继续借读的，孩子。”她喃喃地说。

“是时候了。”奥利安娜说。

阿曼达注意到欧丽芙一直盯着她的女儿，她觉得事情不是把书放到这位老图书管理员手里这么简单。欧丽芙和奥利安娜之间一直有一种秘密协定的氛围，一些超越了童话故事和小说的事情。还有罗尼，在后面啷啷地修理东西。近来她很少见到他。现在他竟然在普拉特公共图书馆工作？这个地方发生了什么事？

图书馆的门突然开了，一个母亲带着一个跟奥利安娜年纪差不多的小女孩走了进来。女孩盯着奥利安娜。她很快挥了挥手，然后跳着走进了儿童借阅区。

求你了，求你了，阿曼达想。“奥利安娜，你为什么不去找一本书呢？”当她转向那位母亲时，她轻轻地推了推奥利安娜。“嘿，我是阿曼达·杰夫斯，是奥利安娜的妈妈。”

当母亲们说话的时候，欧丽芙在柜台后面平静了下来，试图让自己摆脱出来。她把《格鲁的账本》放在离自己有一段距离的地方，放在“还书仓”里，好像这能让一切恢复正常。

奥利安娜走到儿童借阅区，看到罗尼在非小说部竖起了一个架子。她微笑着朝他竖起大拇指，但她很担心，非常担心。可怜的普拉特公共图书馆太危险了，也许对罗尼来说太危险了，她天真地想。这个地方摇摇欲坠。

令人害怕的斯图·吉普纳站在街对面，抽着他那讨厌的香烟，又把烟蒂扔进水沟。如果可以的话，他会在图书馆的前门扔一根点燃的香烟。她能听到他尖刻的笑声，想象他在燃烧图书馆的火焰周围跳舞，就像一只巨魔在篝火旁欢快地舞蹈。

罗尼向奥利安娜挥挥手。回到工作中时，他突然发现欧丽芙手里拿着一本书悄悄地走到了旁边的过道。

欧丽芙从不会悄悄地走，罗尼想。她直率、稳重。而且他肯定没见她做过接下来做的事情。她闭上眼睛，摸索着走到过道的另一边，停了下来，眼睛仍然闭着，摸索着在她前面的书架上与她肩膀高度相当的书的书脊。这吓坏了罗尼，他看着她。她的嘴唇紧绷着，当她把两本书移到一边，塞进她随身携带的那本书时，她颤抖着。她把她的视线从过道上转了过来，然后又睁开了眼睛，迅速地回到了图书借还处。

罗尼咽了一口口水。因为如果他只是看到一只狗在一个巨大的后院埋下一根骨头，这并不奇怪，但奇怪的是它似乎再也不想找到它的骨头了。

与此同时，奥利安娜已经走到儿童书架旁边。另一个小女孩跪在地上仔细地看着一本书的书名。

“嘿，苔丝。”奥利安娜说。苔丝是奥利安娜的四年级同班同学。有时她们在午餐时坐在一起，但她们没有说太多话。苔丝的头发是红的，这很有趣。她的父母离婚了，这也很有趣。

“嘿，奥利安娜。”苔丝说。

“你拿的是什么书？”借还处那边，母亲们正朝她们的方向看了过来。

“《鹿皮姐妹》[1]，”苔丝说，“它有点旧，但我喜欢它。这是牛仔故事，但有女孩。”这是一个系列，她把其中一卷递给了奥利安娜。

---

[1] 原文为 *The Buckskin Sisters*。

奥利安娜翻阅了一下。“看起来很好。”

“它很傻，但我喜欢它。”苔丝走近一步对着奥利安娜耳语，“你喜欢这个图书馆吗？”

奥利安娜点点头。“非常喜欢。”

“我也一样。妈妈说这里灰尘多，还有股味。”

“我喜欢书的味道。”奥利安娜小声说。“我也是。”苔丝低声说。

两个女孩都笑了，点点头。苔丝的母亲向她招手，两个女孩抓起她们的书，跑到柜台前。

阿曼达喜欢这样，两个女孩并排，就像朋友一样。每个人都有同样的书，一个系列。“拿到什么书了？我能看看吗？”

“请不要，请不要——这不是！”在这本书的封面上，有两个穿着鹿皮的女孩在草原上目不转睛地盯着一群水牛。不是一个童话故事。

“不错。”阿曼达说。

奥利安娜走到借还台，欧丽芙在书的背面盖上了日期戳。欧丽芙没有看奥利安娜的眼睛。这也深深地震撼了欧丽芙，奥利安娜不再借童话书了。她改变了。变形。欧丽芙知道为什么。她又觉得一阵头晕，把自己撑在桌子上。

格鲁的故事结束了奥利安娜的童话故事，因为它根本就不是童话故事。《格鲁的账本》是一个成年人的故事。

奥利安娜，一个天真的孩子，已经暴露在现实的世界里了，一个充满了悲伤、失落和遗憾的世界。的确有一个悲哀的人把他的财宝藏起来了——这个故事里唯一像个童话故事的那一部分是那个快乐的结局。欧丽芙想对她说：“亲爱的，我不是想给你看一个事实真相。我很抱歉向你展示了一个真相。”然后，欧丽芙充满了羞耻感。她站在这个小女孩面前，动摇了。

图书馆还能是什么，除了真理的殿堂？书有什么其他的功能，伟大的，除了改变读者的功能？书可以安慰人。但最重要的是，书会打扰你前进。奥利安娜需要改变。这是一个真理。格鲁只能梦想着改变，而奥利安娜，在欧丽芙的眼前，每分钟都在改变。继续，亲爱的，直到你读完了这个图书馆的每一本书。欧丽芙环视了一下她那带着光辉的、破烂不堪的寺庙。但快点，快点。

“哦，我的天哪。”苔丝的母亲突然说，她收到一条短信，她盯着手机发光的屏幕，摇了摇头，有点惊讶，大笑，“伙计们，听听这个。在埃尔克代尔？”

奥利安娜站在那里一动不动。如果她一动不动，没有人会看到金币的踪迹，就像森林里的面包屑一样，会把她和埃尔克代尔联系起来。伙计，新闻传播得很快。但它确实做到了。如果没有互联网，一只蜂鸟就不会被即时发现它打了喷嚏。

“埃尔克代尔只有10英里远吗？”苔丝的母亲说，“有人，你不会相信的，在他们的家门口发现了一袋金子。”

“黄金吗？”阿曼达、苔丝和欧丽芙异口同声地说。奥利安娜也肯定会这么说，尽管她比其他人都落后了一秒。“黄金？”

苔丝的母亲拿着她的手机，让每个人都能看到。他们靠了过去。在屏幕上，在《斯克兰顿时报》的一则新闻简报上，一张菲尔·巴特克的照片，一手拿着一个麻袋，另一手抓着一把闪闪发光的金币。站在他旁边的是一个大个头咧着嘴笑的州警。

“这是真的吗？”奥利安娜说，她的声音很细。

苔丝的母亲浏览了新闻简介。“完全是真的，上面说他们验证过了，这是真的。”

“谁会给别人送一袋金子？”阿曼达说。奥利安娜说得太快了：“他们没有送，他们把金子放在那里。”

哦。但是没有人注意到那个细节。“25万美元。”苔丝的母亲说。

“你能想象吗？早上醒来在你的门阶上发现一袋金子？”

“有字条吗？”欧丽芙说，“原因是什么？”

苔丝的母亲浏览了那篇文章。“没留字条。”

上帝啊，欧丽芙在想。一个人，一个社会改良家或一个格鲁，为了把自己从金子中解救出来。世界是多么令人吃惊。

“我知道是谁。”苔丝突然说。她们都盯着她看。

她指着奥利安娜。

奥利安娜脸色苍白。但是苔丝伸手去拿奥利安娜的书《鹿皮姐妹：蜿蜒小溪的宝藏》[1]。“鹿皮姐妹在这本书里找到了一袋金子，”苔丝说，“我敢打赌，她们把它留在了那个人的门阶上。”

奥利安娜以为她会当场晕倒。

苔丝的母亲笑了，抓住了苔丝的手。“是时候回家了。让我们看看是否有一个袋子在我们的门口等着。”

罗尼没有听到任何的流言和骚动，他走到了书架那里。他打开了一本非常奇怪的书，是用手写的。当他开始阅读时，他低声说了第一句：“在不知道多久以前，在绵延不绝的大山里——”

他没有抬头看，直到头顶上开始下雪。他被《格鲁的账本》完全吸引了，他以为自己被送到了一个仙境，那里的房子里在下雪。但是当他抬头看天花板的时候，罗尼看到一只浣熊爪子得意地穿过了一个新的石膏补丁，罗尼在前一天才把补丁弄好。

就在同一时刻，在弗吉尼亚州的里士满，大狼的耳朵竖了起来，他嗅了嗅空气。有些动物的嗅觉很好地适应了血液的气味，有些则是适应了金钱的味道。

“埃尔克代尔。”大狼说。他盯着他的手机。

这不是一种气味，而是他多年来在手机上使用的一款新闻整合应用程序，名为“幸运的浑蛋”，这让他进入了埃尔克代尔的故事。

“幸运的浑蛋”是专门为那些不劳而获的富人、令人厌恶的富人和暴

[1] 原文为 *Buckskin Sisters*: *The Treasure of Craggy Creek*。

发户设计的。它的新闻包括：为英格兰女王的 4 个城堡供暖需要多少钱；最新的超级游艇的价格是多少；彩票中奖者站在颁奖台边，拿着他们可笑的超大号支票……现在，在宾夕法尼亚州的埃尔克代尔，这个不劳而获的笨蛋，菲尔·巴特克。

“一袋金子，在你该死的门阶上。”大狼说。在午后的阳光下，他坐在自己的门阶上，拿出一根香烟，律师会议之后，怒火燃遍了他的全身。他很快就会在离婚诉讼中失败，他已经坐在通往失败的门阶上了。一个门阶让他花了很多钱，却没有赚到过钱。把他榨干，就像哈利在榨干他一样。哈利躲在某个地方，不愿给大狼他的那一份钱。

哈利威胁说要处理掉他的钱，但他会吗？不管他会不会，如果我他妈的又找不到他，那又有什么用处呢？他藏在什么森林里呢？哈利是大海里的一根针。我会永远找不到他。但我必须，我会的。

谁慷慨地捐出了钱？精神错乱。为什么会有人给别人送东西？这就像投降。就像这会儿，哈利拿走我的钱，我都没办法。这有多悖理，这就像送出氧气一样。你为什么要放弃你的氧气？大狼深深地吸了一口烟。

大狼羡慕得直冒汗。他羡慕宾夕法尼亚州埃尔克代尔的菲尔·巴特克。菲尔·金袋子·巴特克。对我来说，这本该是多么简单的事情。哈利也应该用同样简单的方式将他结算后的钱给我一份——这个，大狼。谢谢你，大哥哥。这里有一张大支票——大狼想象着它，以及它应该是怎样的：门铃响了，对吧？我走到外面，在我的门阶上是哈利送来的支票。很简单，它本来就该是那么简单，那么正确，还有他妈的公平。

大狼放大了菲尔那张令人愉快的脸。他在手机的玻璃上敲了一下指甲，但他真正做的是在敲菲尔的额头。大狼以前在高中的时候就这么敲过同学，常常把他们吓得屁滚尿流。

然后，大狼开始轻敲自己的前额，因为一段记忆突然出现了。是他第一次看到并想要一袋金子的童年记忆。

以前小时候，在孩子们还被允许疯狂吃糖的那个时候，有一种装在小小的假麻袋里的口香糖，里面口香糖的形状像黄色的金砖。“黄金口袋”，这是它的名字。大狼把他的香烟弹了一下，点燃了另一根，望着远方。

“哈利和黄金口袋。”他若有所思地说。这听起来像是一部儿童故事片的标题。没错，它就是。大狼和哈利主演，爸爸参演。简单的情节。一天，哈利和爸爸一起去商店买东西回家。爸爸给哈利买了一袋“黄金口袋”口香糖。袋子上有一根绳子可以把袋子捆上。哈利拎着绳子把袋子晃来晃去，一边走着，一边愉快地嚼着口香糖。

爸爸没有买两份，没有给每个儿子一袋，他只买了一袋。所以那样的结果是不可避免的，对吧？大狼必须要得到那袋金子。问题是：这是那个决定性的时刻吗？他对钱的渴望就是从那时开始的吗？爸爸和哈利背叛了他？他需要抢东西？去碾碎他的兄弟以及其他任何人，任何想阻碍他得到他想要的东西的人？

大狼局促不安地扭动着。他不喜欢这些想法，他不喜欢这些个人的思考。思考既不能把你弄到任何地方，也不能让你停止这种渴望。直到你死去的那一天，你仍然想得到你想要的，你他妈就想得到它。

所以故事不仅仅有嚼口香糖的情节。

很久之前的那一天的后来，大狼走进哈利的卧室，敲了敲哈利的前额。“把袋子给我。”他说，哈利把它递给了他。“不要告诉爸爸。”哈利并没有。为什么哈利不告发我？因为他是软弱的。他不喜欢小题大做。耶稣啊，这就是哈利。哈利的软弱、父亲对哈利的偏爱让大狼感到非常愤怒，他爬上了哈利最喜欢的树，前院的那棵山毛榉树，把他父亲的首字母刻在了一个粗枝上。JC。大狼想让哈利找到这些名字的首字母，这样哈利就会恨他的父亲伤害了他珍贵的树。

这件发生在埃尔克代尔的事情对大狼来说是非常令人不安的。他想象着菲尔·巴特克拿着他的真金子包裹。大狼想知道，哪一个更有价值，一袋真正的金子还是一袋口香糖？

“我的钱在哪儿，哈利！”大狼喊道。

如果金子从天上掉下来，我怎么才能得到我的那一份？在我门前的台阶上画一只公牛的眼睛？一个金色的美元符号？菲尔·巴特克做了什么？

大狼开始敲打自己的前额，几乎是剧烈的。我想要的是什么，我应该思考。因为哈利和他的 400 万美元就在某个地方。

我需要尽快找到他。

这就像过去一样，哈利唯唯诺诺，过去的大狼出现了，说："给我。"哈利就会给他，因为他渴望摆脱任何可能给他带来麻烦的东西。

大狼吸了一口他的烟。那至少是哈利过去的样子。

现在他认为他这样对我很聪明，很精明？大狼想，哈利，小兄弟，你不精明。你投降吧。

我要用 400 万美元做什么？我买的第一件东西是什么？

一小袋黄金口袋口香糖。

然后，我会开始咀嚼。当我吃完那包的时候，我就再买一包。大狼坐在门阶上，他下巴上巨大的肌肉开始张开、咬合，仿佛在咀嚼着幻想中没完没了的口香糖和黄金。他想得入了迷，没有看到 UPS 的卡车停在房子前面。UPS 快递员站在那里，手里拿着一个来自亚马逊的盒子。

"先生，你的包裹。"

大狼突然跳起来，把注意力集中在UPS快递员身上。"我买了什么？"

"我，呃，真的不知道。"

不管盒子里装的是什么，这是重要的事情吗？不管是什么，都是他的。他拥有它。当运货卡车开走时，大狼盯着他膝盖上的盒子。

他的思绪又回到了哈利和"黄金口袋"上。

大狼把他的手机拿到了眼前，放大照片，盯着菲尔·巴特克手中的那袋金子。

去森林和树林。这是什么意思，你为什么这么说？

大狼开始用手指敲打菲尔·巴特克的"黄金袋"，越来越重。

不，不可能的。它没有意义，这毫无意义。对吗，哈利？

26

第二袋金币

那天晚上，在树屋，他们一起盯着哈利手机上的新闻照片。

“看看他，哈利。”奥利安娜喘着气。

哈利正在看。菲尔·巴特克站在他的朋友和邻居旁边，一个州警。他脸上露出了笑容。

“看看你让他多么快乐。”

哈利点了点头。这是他没有预料的部分，来自如此悲惨的地方的钱，却可以让人脸上露出这样的喜悦。

“你不能也微笑一下吗？”奥利安娜说。

但是哈利太专心地想要微笑以至根本笑不出来。对他来说，处理这种喜悦是很困难的——但是他所能处理的是菲尔和州警眼中的兴奋。兴奋是他最担心的部分，也是他计划的部分。

哈利知道要等到第二袋金子送出他才能找到真正的感觉。第一笔订单的黄金，“巴特克包”，是检验系统是否有效的测试。伙计，你做到了。但他不会一个接一个地把剩下的快递拿回来。他不想多次往返 UPS 快递点（忘记邮局，太爱管闲事），不管他能怎么匿名地做这件事。当第二袋金子落在萨斯奎汉纳县某人的门阶上之后会产生怎样的喧哗和兴奋？他不想在这样的喧哗和兴奋中去取包裹。

哈利同时从 12 家不同的黄金公司订购了总价值约 375 万美元的黄金，每单约 30 万元（允许的最高限额），并将这些包裹分别寄到了斯克兰顿及其周边三个不同的 UPS 快递点。这是一件复杂而耗时的事情，但是可行的。做吧，哈利，做吧。这是他在收集包裹的那几天里的口头禅。一个人在斯克兰顿附近跑来跑去，领了几百万的金子，没有人留意到他。天哪！如果不是恐惧，这事可能会很有趣。

每个包裹重达 20 磅。他还是很想用独轮手推车来运送，但在如此茂密的森林里来推动一辆独轮车几乎是不可能的。他背了个背包，往奥利安娜发现的采石场藏匿处跑了几趟。

第一次看到采石场藏匿处的时候，他就留下了深刻的印象。“哇，奥利安娜，全垒打，完美。”

他不得不把它交给她，这看起来就像是一个完美的地方，让巨魔或暴龙来隐藏他们的金子。哈利想，为什么格鲁没有把金子藏在这样的地方，为什么他日夜都坐在金子上面呢？也许是因为在他屁股底下的话他会一直感觉到金子的存在。格鲁被金子拴住了，这就是故事的重点。持有，然后是放手后爆炸性的自由。

“不要太靠近边缘。”哈利说。

“我知道该怎么做。”

他笑了。“我知道你知道。你觉得我在想什么？”

“没事。你只是在担心我。”

他们站在采石场的边上，离地 50 英尺高的地方，这里很干燥，除了几摊讨厌的雨后积水，还有一大堆碎石，像个倒塌的庙宇。奥利安娜说，这个洞穴就在他们的下面，藏在最大的石堆边，背靠着采石场的墙。如果不穿过大量的藤蔓和灌木丛，不可能看到洞穴的入口。

“那是一大堆毒葛。对黄金小偷来说是令人畏惧的，很好的修饰。”

哈利说。

“还有一大堆黄蜂。”奥利安娜指着一根橡木木头上的蜂巢说。5 只或 6 只蜂正绕着哈利的头飞，就像愤怒的月亮在围着地球转。他举起手来想拍掉它们。

“你如果这样做，整个蜂巢都会攻击你。”奥利安娜说。他慢慢地、小心地放下了手，“蜂，毒葛。獾呢？你派了獾来守卫这个地方吗？”

“那不是很酷吗？穿着制服的獾和又大又粗的蛇。”

奥利安娜把一只脚踩在石堆上。“小心脚下，别搞出一个大滑坡。”

哈利眨了眨眼睛。“我认为这不是一个好主意。”

“你想要一个完美的地方。这是完美的。”

“奥利安娜，真的，它很完美，但很危险。我应该独自做这件事。”

她跺着脚。卵石开始从石堆的一侧滑下。哈利脸变白了。

“这是不公平的，”奥利安娜说，“你还像对待孩子一样对待我。我在这个采石场玩了无数次了。”

“你妈妈知道吗？”

“我爸爸知道。”

奥利安娜等待着。哈利在考虑他的选择。“好吧。很好。只是你要知道，如果我们摔下去了，你妈妈会杀了我。”

“哈利，”奥利安娜严肃地说，“你永远不会死。这就是我们相遇的方式，记得吗？”

哈利吓了一大跳。是的，当然，在糖槭树旁，他那天没有死。而这一事实无疑是在奥利安娜“关于哈利·克兰重要事情”的清单上。哈利是格鲁。哈利是一个给予金子的人。哈利，也许最重要的是，他是一个不会死的人，保证。他也向阿曼达保证了这一点。

他拍了拍她的肩膀。“我记得。”他勉强挤出一个自信的微笑，走到石堆上。

他们小心翼翼地下了石堆，猫着腰通过茂密的灌木丛以及云杉垂悬下来的根茎。背上 40 磅的金子感觉像有 1000 磅重。这里离他的车还有半英里，他得来回跑五趟。

那不是一个真正的洞穴，而是一个巨大的凹室，像是石堆边的一个口袋。哈利位于韦弗利的家后院的天井就是用同样的青石板砌成的，砌成整齐土气的矩形。他很乐意把石头地面打扫得干干净净，这很适合他政府职员的本性。但现在森林是他的家。在这里，青石被橙色和绿色地衣覆盖着，突兀不齐。在这里，生活是粗野和随意的。

奥利安娜可以直立在小洞里，但哈利不得不蹲伏着。光线透过入口处的藤蔓照了进来。洞里很凉爽，有泥土和石头的味道。一个适合藏金子的保险库，重要的是，完全可以被时间忘记。

奥利安娜的工作是拿剩下的 5 个空袋子。她把它们放下后，帮助哈利放下了沉重的背包。金子很重，但它带来的负担减轻了。一种奇怪的轻松的感觉。

“给菲尔・巴特克的朋友送上另一袋金子，这不是很有趣吗？”奥利安娜说。

“不。这将是愚蠢的。规则是什么，奥利安娜？它必须是随机的。”

“因为随机才是安全的。”哈利把两箱金子放在满是碎石的地上，环顾四周，“是一个好地方。你做得很好。”

“如果我们抛金币，金币又落在埃尔克代尔上面会怎样？”她说。

“然后我们再抛。”

“如果它翻过来落在了下一个城镇，这样可以吗？”

“停止。你让我焦虑。我们选择一个小镇，随意地。我放下一些金子，然后我跑掉。我不想过度思考这个。”

“你做得很好。”奥利安娜说。

这真的非常顺利。“我们是一支优秀的团队。”哈利说。

他们组成了一个非常好的团队，所以奥利安娜对她刚才所说的话感到一丁点不好意思。但她没办法，她真的不能。他们已经把要藏到洞里的金子给运送完了，现在他们回到了树屋里，准备送出第二袋金子，那袋金子就放在厨房的桌子上。第一个袋子里装着 25 万美元的金币。这一袋装了 30 万美元。所以 3 号和 4 号袋子也会这么多。最后两袋每袋将装 100 多万美元。它们将会是格鲁最后“大堆大堆”的金子。只有他和奥利安娜才会理解这种逻辑，这一切的一切。

哈利在小床上摊开了萨斯奎汉纳县的地图。奥利安娜把手伸进麻袋里，取出一枚金币，高高举着。哈利发出了信号，她把它抛向了空中。它在空气里呼啸而下，旋转着，掉了下来，鹰的一侧向上。哈利将它挪到一边。

“哈尔福兹维尔。”他说，一个比埃尔克代尔大点的城镇，“这就是我们去看电影的地方——哈尔福兹维尔。”

当哈利专心地研究地图时，奥利安娜漫不经心地拿起那枚金币，转向厨房桌子上的金袋子。她转过身望去，哈利还在盯着地图。她的手在敞开的麻袋上方犹豫了一下，感到一阵良心的刺痛。闪光的金子，如此美丽的魔法盘。她想要的只是她自己的一枚金币。

一枚金币并不重要。她不打算去偷，她只是暂时想要一枚，去看和玩，然后她会把它偷偷塞回最后一袋金子里。

这是她的秘密，她会把它放在她的房间里。自己的黄金，借来的。她把金币塞进口袋。哦，那令人激动的秘密重量。

她戳了一下麻袋，使它叮当作响，好像金币掉了进去。哈利转过身来，说：“哈尔福兹维尔很棒。从 I-81 公路下去后会有一条很好的主干道。这应该比埃尔克代尔更容易。”

哈利把地图折叠起来，和她一起坐在厨房的桌子边。他抓住了那个袋子。“帮我把这个袋子系上。你该回家了。我该去哈尔福兹维尔了。”他们把袋子捆了起来。

奥利安娜在门口犹豫了一下，她的腿不想让她离开树屋。

“去吧，”哈利说，“在你母亲来找你之前。”

他轻轻推了她一下，然后她就离开了，跑着，沿着螺旋梯奔跑，就像灰姑娘从午夜城堡里逃出来一样——一个没有丢鞋子的灰姑娘，但是当她回家时却顺手牵羊从王子的衣橱里偷了一枚金币。

深情是友谊的强化剂，但是不和谐的记忆也是悠长的。

自从在哈尔福兹维尔上小学一年级起，弗朗辛·狄龙和金杰·汤普森就一直是最好的朋友和最好的敌人。从上学第一天起，她们的桌子就并排放在一起。现在，她们的房子并排着，弗朗辛住的是一栋蓝色的荷兰殖民风格的建筑，金杰住在一栋绿色的维多利亚式房子里。两人都离婚了，两人都有两个孩子，而且长大了，搬走了。金杰的孩子们一直住在宾夕法尼亚州，弗朗辛的孩子们住在得克萨斯州的奥斯汀！弗朗辛用惊叹号说出这句话：得克萨斯那么远！她很少去看他们，所以每当金杰的家人回来度周末的时候，弗朗辛就会感到一阵嫉妒。

只是一小会儿。

不是她在十二年级时感受到的那种完全的愤怒，当时巴里·凯尔默本应邀请弗朗辛去参加毕业舞会的，最后却邀请了金杰。这导致她们的友谊中断了 5 天。弗朗辛实际上还打了金杰。当弗朗辛打完，两个女孩拥抱着哭了起来。

“我不想要他，”金杰抽泣着说，“我不想失去你这个朋友。”

“最好的朋友，永远，永远。”弗朗辛抽泣着。

为了表示没有什么不好的感觉，弗朗辛用烘焙的点心犒劳了金杰。金杰，一个漂亮的女孩，但是比理想体重重了 10 磅（长相平平的弗朗辛就像个小布偶一样纤瘦），喜欢从烤箱里拿出来的任何东西，最好是撒上几千磅的巧克力片。

最好的朋友总是那么难缠的，特别是当友谊持续了几十年的时候。

“你的头发怎么啦？”1969 那一年，弗朗辛尖叫起来，“你看起来就像吃了一碗电。”她们站在金杰的卧室里，事实上只有弗朗辛站着。金杰难过地抱怨着瘫坐在地上。

“别这么说，我感觉糟透了。”她的头发，混合了豪猪的尖刺和云霄飞车后的旋涡，谜一样地恐怖。完全是疯了，她居然让弗里达高级美发店的弗里达给她烫了头发。

“你看起来糟透了。”弗朗辛说，“我很抱歉，但真的很糟。明天你打算怎么去上学？”

“走开，”金杰抱怨道，“我恨你。你落井下石。”弗朗辛考虑着，她最好的朋友躺在地板上哭泣。

在哈尔福兹维尔想找到一个朋友真不容易。那是一个小而无聊的镇。

弗朗辛叹了口气，抓起金杰，带她去洗澡。在用大量的绿宝洗发水以及护发素洗了几次之后，它们拯救了金杰受伤的心和头发。

“你是我在这个世界上最好的朋友。”金杰抱着她说。

现在她们已经61岁了，刚刚又吵了一架。在她们的孤独日子中，她们只有彼此。因此，最近的一次争吵是愚蠢的。只有一种方法可以结束与金杰的长期拌嘴——烘焙食品。

弗朗辛笑着把布朗尼蛋糕从烤箱里拿出来。太阳还没升起，但天已经亮了。她从厨房的窗户向外望去，看到了她在世界上最喜欢的景象：在金杰的前院，那棵壮观的糖槭树。

“我们真是笨蛋，金杰。”她说。

糖槭树是最近争吵的源头。它是哈尔福兹维尔最美丽的树，甚至是在她们这片连绵不绝的山里。弗朗辛嫉妒金杰的树。为什么她渴望拥有它呢？它就在50英尺开外的金杰的院子里，这还不够吗？

这一切都是因为金杰想要从树上砍下一根小树枝。

“你不能，”弗朗辛喊道，“那就像是在切断一个天使的手指！”

金杰笑了。“真恶心，但有趣。”

弗朗辛并不是想搞笑。“我是认真的。”

“松鼠们利用它来钻进我的家里。”金杰说。

“但从我窗户那里看过来……这样很平衡。”弗朗辛怎么能跟这个老傻瓜解释平衡和对称呢？金杰渐渐老了，越来越发福了。她太宠着她的那些孩子了，太宠了。

“这是最小的树枝，弗朗辛。没什么关系的。”

“请不要。”

“我把它锯掉后送给你，怎么样？”金杰在开玩笑。看在上帝的分上，弗朗辛需要放松一下。

弗朗辛生气了。“你锯掉之后，我就把它挂到你巨大的屁股上。”

这两个朋友生气地转过身，大步朝前到各自门口，狠狠地甩了一下前门各自进屋了，声音如此之大，以至两个街那么远的比尔·帕尔默认为他听到了枪声。

太阳升起来了，布朗尼凉得正好可以切了，可以把它整齐地放在一个特百惠容器里，然后放在金杰的前廊上。这只是一根树枝，弗朗辛责备自己，谁在乎呢？树上的树枝很多，真实的友谊却是稀少的。

弗朗辛走过糖槭树，走上了金杰的门前小路。她突然停了下来。金杰门前斜靠着一个皱巴巴的麻袋，当她意识这就是《斯克兰顿时报》上描述的在埃尔克代尔那个人的门廊前发现的那种袋子，她虽然没有真的心脏病发作，但有很多症状。呼吸短促、头晕、强烈的心悸和有即将死亡的感觉。

“噢，不，”她低声说，“不，不，不。”不管是谁在派送一袋袋的金子（她现在打开了麻袋，里面发出刺眼的亮光），他给了金杰·汤普森，而不是弗朗辛·狄龙。

弗朗辛坐在前面的台阶上，布朗尼蛋糕放在她的膝上，太阳刚刚升起。她向左看了看，又看了看她的右边。普林顿大街上没有人醒来。她的手指紧张地敲击着特百惠盒子的盖子。我无法忍受，她想，我不能忍受金杰有一袋金子。她可以还清她的抵押贷款。如果她愿意的话，她可以在她的前院种几十棵糖槭树。《斯克兰顿时报》将会有一张她的大照片，咧嘴笑着。什么都不用做，金杰将会成为一个英雄。

“不，不，不。”弗朗辛低声说，她放下了特百惠盒子里的布朗尼蛋糕，“嗯”的一声费力地抓起那袋金子，蹒跚着越过金杰的草坪，走向她自己的房子。她没有穿过糖槭树。

“不，”她虚弱地说，“不，弗朗辛。”她呼吸着那棵树的精华，地球上最真实最纯净的存在。

金杰，我的金杰，弗朗辛想。你的生活并不理想。你从来都没有满意过你的头发。你的儿子打鼓而不是拉大提琴。

弗朗辛把那袋金子送回到了金杰的前廊。她把特百惠盒子里装的布朗尼蛋糕放在麻袋上面——但只剩了一块布朗尼，因为弗朗辛自己拿走了一块。她穿过草坪，在美丽的晨光中慢慢地走着。这就足够了。黎明，一块新鲜的，偷来的布朗尼蛋糕，一杯好咖啡，她还能从她的厨房窗户看到糖槭树，那么绿、那么栩栩如生，弗朗辛的眼睛充满了泪水。

27

大狼的“捕猎计划”

门阶上的一袋金子是一个毫无线索、异想天开的奇迹，就像一颗流星正好砸穿了你的车库屋顶。萨斯奎汉纳县的居民们必须绞尽脑汁，来猜想这个令人震惊但可以想象的事情。一周后第二袋黄金出现在哈尔福兹维尔，这激起了一种令人兴奋的感觉。因为第二袋意味着有人在分发一袋袋的金子。复数。很多袋。一袋袋金子即将像雨点一样落在人们的门阶上。

那是温暖的 5 月初，树绿了，甚至连圣诞节的气氛也还很遥远。但是，某个喋喋不休的人在当地的新闻站里想出了一个通俗又完美的绰号，一个最能够概括一个连环送礼人的传奇品质的绰号，这个绰号就开始被疯传了。萨斯奎汉纳圣诞老人。5 月的圣诞节！萨斯奎汉纳圣诞老人不会在半夜从你的烟囱挤进屋里来。不，他会像夜间活动的 UPS 快递员一样把礼物送到你家门口。

下一袋金子会送到谁家门口？这一现象在当地是十分令人关注和有趣的。埃尔克代尔离哈尔福兹维尔只有 20 英里远。什么时候送？每一个袋子之间会隔一周的时间吗？会有多少袋呢？

皮革包裹的方向盘，鸟眼枫木的仪表板，方向盘换挡拨片，合金轮圈，V6。

斯图的头阵阵抽痛。菲尔·巴特克和金杰·汤普森的收入都成为六位数了？他们整个成年生活都和他一样在朝着六位数而努力奋斗吗？不，不，你没看见吗，萨斯奎汉纳圣诞老人？斯图·吉普纳才是个六位数资产的人。

“这不公平。”斯图说。他想揍人。他简直不敢相信他竟然打了哈利·克兰。他甚至没有勇气反击。我需要再打一拳。我需要让事情发生。我需要成为一个英雄。

当斯图听到老板的办公室门打开时，他畏缩了。他所需要的，而且非常急切需要的，是要打一场漂亮的房地产交易仗，否则他就会失去他那该死的工作。这就是我需要做的事情。

六位数，六位数，让它实现，让它实现。

斯图站起来，盯着县里的地图，突然被它吸引住了。为什么？他觉察到了什么？对称。地图上埃尔克代尔和哈尔福兹维尔两个红色的图钉之间的那个地方。就在政府森林那大块绿色的边缘，就在那里——他把拇指放在了那个地方，就好像他在压碎一只虫子——阿曼达·杰夫斯的房子。

甚至是急诊室的病人，不管是撞起包的、流血不止的，还是因为哮喘而喘不过气来的，以及那些因为受伤和疾病半晕着的——这都是他们第一件要提到的事情。这越来越搞笑了。除了病痛之外，他们还在遭受着黄金热的高烧。

6 号房间的病人，一个叫汉克·卡普托的人，刚从梯子上摔下来摔断了胳膊。“护士，”他说，“你听说过那一袋袋的金子吗？”

“有一袋送到你家了吗，卡普托先生？”阿曼达在跟病人讲话时总是很专业。不是“汉克”而是“卡普托先生”。她并不坚信自己需要跟病人变得亲密起来。病人想要的是一个成年人的责任。

他笑了。“没有，但我希望有。”

“你的手臂受伤了，不是吗？这是一次比较严重的骨折。”这是她喜欢乡村生活的一点——这些坚韧的老麻雀，会边谈论轮作或打猎，边让医生把他们的手指缝回去，或者缝合前额的伤口。

他实事求是地盯着他手腕上的肿块。“是的，我想它有点疼。你会用一袋金子做什么？”

阿曼达想，我会还清我的房子贷款，还清我的卡车贷款，把钱投到奥利安娜的大学基金。“我不相信圣诞老人。”她说。

“你什么意思？它真的发生了。”

“发生，”阿曼达说，“这不会再发生了。”

卡普托先生看着她。“都不做一下梦吗，嗯？”

尽管他提出抗议，她还是给了他一颗药丸，因为她知道要减轻他即将到来的痛苦。世界是一个可预测的地方。你的胳膊断了，当他们在打膏室把你的尺骨扭回到一条直线时，你会很疼。你梦想着萨斯奎汉纳的圣诞老人给你送金子，那你那愚蠢的、幼稚的心将会破碎。

急救队队员们进进出出，到处都在谈论金子的事情。其中一个，比尔·普兰诺夫斯基，突然偏离主题。

“所以，哈利怎么样了？”他说。

阿曼达正在护士站，比尔推着一个空的救护车担架路过。

“哈利怎么样了？”她重复道。对哈利的一种偶然的提起完全让她措手不及，他现在是这个社区的一员，或者至少是在边缘地带。上次哈利在包厢的时候，比尔也在绿色庄园。

“那位树屋先生。”比尔说。

阿曼达的脸上突飞红霞。她觉得自己好像回到了高中的时候。“你以为你知道所有的细节，是吗？”

“当然，我们知道我们看到了什么。”

“你们看到了什么？”当然，是她想让他们看到的，让他们看出她和哈利就是一对。在包厢里触摸和调情。阿曼达，她告诉自己，你不能两全其美。利用哈利的全部目的就是要让像比尔这样的人安分点，嘲讽克里夫，还有……她的双颊又变热了，想起哈利伸手去整理她的头发。

“一开始，我们也搞不清楚。”比尔说，“你和一个待在办公室里的人约会，那太不像阿曼达。”

约会，阿曼达想。阿曼达约会哈利。

“但是罗尼竹筒倒豆子全说了，他说哈利住在树屋里，他是来评估荒野的情况——”

“伙计，你全都知道了。”

“不，只有他住在树屋的事情，而且他被打了一拳。”其实比尔想要传达的是哈利已经被他们审查和批准通过了。“我的意思是，那些绿色庄园的家伙并不为哈利的成功而激愤，因为他们已经失败了，但是，哈利是没问题的，你知道的，就像任何一个人会对其他任何一个人表示赞同一样。”

现在一股热血涌到了阿曼达的脸上，热到可以煮鸡蛋。“你打了他？”

几天前，她、哈利以及奥利安娜去野餐了，在房子和树屋之间的小溪边。阿曼达当时就注意到在他右眉骨边缘有一块小挫伤，她以专业的眼神打量着他。哈利说他撞到了树枝。阿曼达用手指触摸着肿胀伤口的边缘，哈利闭上了眼睛。这是一件令人感动的事情，因为他们不是在绿色庄园的包厢里，假装触摸。

比尔往后退去，因为阿曼达已经走近了他。和其他当地所有幻想着走近去亲近阿曼达的人一样，比尔非常清楚，走近，结果往往是一个非常危险的位置。他试图后退一步，但他已经退到了墙边。

“不是我，阿曼达。我没有打他。斯图打了他，在停车场里。”

阿曼达放开了比尔，疑惑地盯着他。斯图，狡猾的斯图·吉普纳，和哈利打架了？

比尔很快地把事情讲出来了。喝了太多的啤酒，斯图把他们带到了绿色庄园停车场，为他们的权利挺身而出……

“你们的权利？你们的什么权利？对我的权利？”唉，这比她想象的还要糟糕。那些人认为他们有得到寡妇杰夫斯的权利。

比尔举起双手。“结果证明是错误的。我们只是想多了解一下这个叫哈利·克兰的人。我们喜欢他，阿曼达。”

“除了斯图，还有谁打了他？到底还有谁，比尔？”

“完全出其不意。只有斯图，好吗？但这是很酷的部分。”

阿曼达在接下来的一天一直在想，哈利本来可以把斯图撕碎的，但他没有反击，这是非常酷的。有多少男人（和女人）在这急诊室里因为打人和被打而受到治疗？用一种非物质的方式来打败一个人，多新颖的方法。

另一个很酷的地方是，哈利，高贵地维护了一个实际与他没有半点关系的女人的荣誉。哈利挨了一拳，为了一段阿曼达亲手制造的，绿色庄园的人们信以为真的“浪漫爱情”。他因爱而受伤。他接受了爱情惩罚，但没有得到爱情的乐趣。

斯图不仅有剪不断的霉运，今天他还有非常糟糕的时刻。

在急诊室的停车场里，他对隐约临近的胜利感到烦躁。他的计划的美妙之处在于，它有一种事实的成分。事实：阿曼达·杰夫斯拖欠贷款。事实：她已经受制于他。事实：他本想帮她一个忙。事实：她咎由自取，因为她拒绝了他从来没有（事实如此）勇气去做的提议。

可能的事实：哈利·克兰在评价荒野 A803 号地区（斯图在网站上查到了官方名称）。政府打算把它卖掉吗？那该死的繁荣已经逐渐消失（当然，斯图没有赚到一分钱），那么这笔交易到底是什么呢？

木材。你会派一个林业人员去评估这些树木。这个时候，政府什么东西都卖，现在连木材都要卖了。多么美丽的想法，把所有令人毛骨悚然的森林全都砍光了，在眼睛能看到的地方。就斯图而言，你可以把恩德莱斯山夷平，把每一桶油、每一吨煤、每一英尺的树全部榨干。你可以把萨斯奎汉纳河的水都吸出来。斯图并不怎么爱好自然。

急诊室的门打开了。他踮着脚走上前去。她来了。他理直了领带，练习他的开场白。嘿，阿曼达！不。阿曼达，你还好吗？不。很高兴见到你，阿曼达。

她看见他站在她的卡车旁。好家伙，斯图，她快走近了，像一个火车头一样冲过来了。也许今天不是个好日子。是啊，也许她今天工作不顺。她怎么可能会顺利，这是急诊室。现在逃走是不是太晚了？

太迟了。她站在他面前，双臂交叉。

他试着去看她的眼睛。“嘿！好啊，阿曼达，你好吗？”斯图结结巴巴地说。六位数，六位数，六位数。

“站在我的卡车旁边，斯图，你是想要偷走它吗？”

他发出一声焦急的笑声。六位数，六位数，放松。因为他必须回到办公室，带着一些真正的战果回去给他的老板文斯·布罗姆勒交差，他会说：“拿出点大人的样子来，吉普纳，做成一件事情。”

斯图强迫自己去看阿曼达的眼睛。然后，他就盯着不放了。因为你知道吗？他可是那个占上风的人。他知道事实。事实就是力量。“一分钟，阿曼达？想和你谈谈。我有一些好消息。”

阿曼达盯着他，试图弄清楚他的角度。

遇到客户，斯图想，首先你要闲扯几句。

你先闲聊。“伙计，那个萨斯奎汉纳圣诞老人，是吗？那一袋袋的金子可真不得了，对吧？”

阿曼达，沉默，等待——

斯图清了清嗓子。“但是，在现实生活中，金钱方面，事情就不是这么简单了。金钱是不会直接从天而降的。”

阿曼达想，这个浑蛋肯定是有鬼。看他眼睛里闪着的光就知道，我肯定他在突然伸手揍哈利之前，眼睛就像那样闪光。

“不，不好意思，钱不会从天上掉下来。”斯图说，他正在热身，确保他现在是绝对占领上风的那个人，尽管阿曼达的个头很高，尽管她有美丽的盔甲。

阿曼达觉得她的右拳握得很紧，她让自己稍微松了松。“斯图，我要帮你个忙。别挡我的路，我要进我的卡车。”

“不，看，我是来帮你的。你拖欠了三个月的贷款。”

阿曼达很生气，很尴尬，她实际上很慌乱。

“是啊，你看，这引起了我的注意。通过我的消息来源，我在萨斯奎汉纳抵押贷款公司的消息来源。”

阿曼达颤抖了，就像小爬虫爬到了身上。她实际上感到他的手在滑过她的全身，在采撷和寻找金钱。“你触犯了法律。”

他笑了。“不可能的。不知道你在说什么。我从一个认识的懂电脑的家伙那里得到的信息。”他的声音听起来像暴徒！上帝，这感觉很好。

“我在还款。”她说。如果让斯图知道她很慌乱，这会使她感到恶心，给斯图·吉普纳一个把柄。“在月底，我已经——”

他抓住她的胳膊。她猛地甩开了。

他笑了。“这是我们现在的状况。如果你错过了第4次还款，我怀疑你会这么做。银行将不再允许你补交，他们将不接受任何进一步的还款。他们会取消抵押品赎回权。”给了一个打击之后，他又说，“我可以帮你摆脱这种困境。”

“把我的房子放在市场上？去你的。不就是一个月的钱，我有。”

“还需要有足够的钱支付你错过的三个月的还款，再加上最严厉的罚款。也许你能勉强应付，但是你能继续支付后面的还款吗？”

斯图现在站得很亲近很私人了，进入了阿曼达的空间。阿曼达甚至能闻到他的烟味。她的胃感到不舒服。

“这房子对你来说太大了，阿曼达。你不觉得吗？”

这些话一出口，斯图有一个小小的想法：我是不是太心急了？

是的。在一股愤怒的旋涡中——因为迪恩建造的房子正在受到威胁，因为那只狡猾全挂在脸上的小黄鼠狼打了哈利——阿曼达伸出她的右拳打向斯图·吉普纳的头。

但是这样做的好处在哪儿？她的拳头在离他的下巴只有一英寸的距离时停住了。她没有打他。但他感到了风，是的，他感觉到了。一个女人在保护她的男人时的暴怒。斯图痛苦地尖叫着，倒在了柏油路上。阿曼达惊讶地摇了摇头，跨过他的身体，钻进了她的卡车，飞快地开了出去。

他摇摇晃晃地跪在地上，轻拍着他那未被触碰到的下巴。这就是不被阿曼达打到的感觉吗？如果他能激怒她，让她真正地打一拳，他就知道他永远活不下去了。

就像一拳打在头上，这就是它的感觉。嘭！这是哈利。“这是他妈的哈利！”

在小隔间的另一边，即使是戴着他安静舒适的博斯牌25型号降噪耳机，道格·胡夫纳尔也都听到了大狼的声音，但他非常小心地没有做出任何反应。他从来没有，办公室里没有人，连办公室经理也没有这样做过，当大狼猛敲着他的桌子或对着他大声喊叫时也没有——电话那头通常是他妻子的律师。甚至在上周，当他把拳头穿过他的小隔间，进入了道格那边时道格也没反应。道格从来没见过这么多毛的关节，或者这么大的。

“这是他妈的哈利！”从大狼嘴里蹦出来的话语。然后他闭上了嘴巴，盘坐在他的电脑屏幕前。他不想让世界上的任何人知道他的兄弟，该死的哈利，令人难以置信的是，他是萨斯奎汉纳的圣诞老人。

当“幸运的浑蛋”App在萨斯奎汉纳县发现了第二袋被分发的金子的时候，大狼打开了谷歌地图，从埃尔克代尔到哈尔福兹维尔，来回地移动。

沃尔福德对埃尔克代尔那袋金子的预感不屑一顾，因为这是一个简单的逻辑：菲尔·巴特克门阶上的包里没有400万美元的金币，只有25万美元的。

但现在哈尔福兹维尔，另一个袋子，是30万美元。哈利有一个疯狂的、神秘的计划：他要把400万美元以增量的顺序分发出去。

去森林和树林，这句话突然变得有意义了。大狼从埃尔克代尔追踪到哈尔福兹维尔，一条直线，就像乌鸦飞过的那样。在两个小镇之间，有一块很大的绿色，一片森林。

大狼几乎不能呼吸。你不是去森林里躲起来了，哈利。你是个有计划的人。你已经把那400万变成了该死的黄金。而森林就是你隐藏金子的地方！你就像拥有一堆金子的巨魔。你走进你的藏身之处，装满一个麻袋，然后你在某个萨斯奎汉纳县的小镇上撒一些金子。你是一个疯狂的怪物，哈利，因为你把它颠倒了。巨魔把他们的金子藏起来，坐在上面，嘲笑这个世界。他们会把它储藏起来，直到他们的兄弟找到并偷走它。

或者是偷走剩下的。上帝，哈利几乎把它减少到了300万！

大狼盯着地图。

森林。

脸色苍白的大狼从他的办公室里走出来，钻进车里，向北行驶到美国农业部的林务局。

鲍勃抬头一看，大狼又来了。当电梯门打开时，他看到了大狼，鲍勃试着给了他一个试探性的微笑。大狼背后是哈利？戴着手铐吗？鲍勃看了看他桌上那堆可怜的文件。是的，大狼，应该把哈利铐在他的小隔间里，这样他就再也不能离开了。

但是哈利没有和他在一起。

鲍勃跳起来，伸出他的手。“嘿，嘿，嘿！很高兴见到你，沃尔福德。”

大狼把鲍勃压在他的椅子上，然后把他转到他的电脑前。

“哈利负责管理大西洋中部地区的联邦政府森林和荒野，对吗？”

“是的。是的。”

“拿出你的地区地图。你能帮我吗，鲍勃？”大狼指着各种各样的绿色，鲍勃都会给出一个名字或一个荒野的编号。沃尔福德指着埃尔克代尔和哈尔福兹维尔之间的一片绿色。“A803 号荒野地带。”鲍勃说。

大狼心里一惊，鲍勃没有注意到。大狼指着更多的地点，来掩盖他的踪迹。

“谢谢你，鲍勃。”他突然说，然后使劲地拍了一下这个小官员，把他的眼镜放回到了鲍勃的鼻子上。当鲍勃抬起头时，野兽已经消失了。

“你得有个栖身之所，哈利。每个人的头顶都需要一个屋顶。”

当离婚通过的时候，大狼也很快就会需要一个屋顶。他坐在停车场里，制订了一个行动计划。大狼爱行动。

好吧，哈利。你把黄金藏在 A803 号荒野地区。但你需要一个地方住，需要一个地方睡觉和吃东西，一个停车的地方，这样你就可以开车到你的小萨斯奎汉纳县，把你的黄金包裹送出去。然后你必须回家洗个澡，睡觉。要成为萨斯奎汉纳圣诞老人，需要很大的能量。

大狼在手机中输入文字，浏览屏幕，搜索网站。在那里，他找到了桂冠景观房地产公司，就在埃尔克代尔郊外。他拨通了电话号码，把电话放在他的耳朵上。在这通电话之后，他会在哈尔福兹维尔或附近找到一个房地产办公室，也许还会在森林外围的一些小城镇找到一个房地产办公室。哈利不会买房子，而是租了一个房子。也许是公寓，或者是住在山上租来的破烂小屋里，这样他就可以在不引起注意的情况下走来走去。哈利走进了一家房地产公司，并签署了一份协议，大狼确信，哈利存在，有人见过他，他就住在他的森林旁边。

哦，我要好好享受你脸上的表情。大狼不得不笑了起来，因为哈利和金币是完美的。因为说实在的，如果 400 万一直存在先锋或嘉信银行，或其他某个银行的账户上，他怎么才能强迫哈利给他属于他的那一份呢？但现在它是以黄金的形式存在，不管剩下多少，这是无法追踪的黄金，这就是哈利这样做的原因。天哪，哈利，现在我可以把它全部拿走。因为如果它是不可追踪的，谁又能知道你曾经拥有过它？如果它不存在于任何记录中，不管金子在你的口袋里还是我的口袋里，没有人会知道。

谢谢你，哈利，因为你重新让我的生活有了目的。上帝保佑你。去年我一直在苦苦挣扎。这些无休止的离婚，这些无聊的工作。但大狼真正想做的是打猎。

桂冠景观房地产公司的人接了大狼的电话。

“你好。你今天还好吗？”大狼对着电话说，“听着，我打电话是因为我对埃尔克代尔的房产感兴趣。你有时间聊天吗？”

28

真实的格鲁

斯图抓狂了。他瞪着贴在墙上的萨斯奎汉纳县地图。埃尔克代尔，哈尔福兹维尔。那些破烂的小镇——离他住的新米尔福德只有20英里远。你注意到了吗，萨斯奎汉纳圣诞老人？请把你的金币袋放在我的门阶上，好吗？我的处境很糟糕，伙计，好船斯图要下沉了。

斯图把他的前额靠在地图上。“求你了，圣诞老人，”他低声说，“求你了，求你了，求你了。”

今天早上，斯图差一丁点失去他的工作。当解雇的斧子正要掉落——布罗姆勒先生已经安排了会议——然后他在最后一刻得以缓刑：布罗姆勒的母亲去世了。布罗姆勒先生是一个孝顺的孩子，每个周日都会和妈妈一起吃晚饭，带她去度假。这是一个有妻子和三个成年孩子的男人。不知有多少次，布罗姆勒先生冲出办公室，就是为了给老太太换一个灯泡。妈妈永远是第一位的。

嗯，她在斯图的感谢名单中必然要排第一。谢谢你，布罗姆勒妈妈，因为你的死是如此意外！所以，如何最好地利用这几天的缓刑时间呢？把阿曼达·杰夫斯的房子搞到手也不足以挽回。他现在需要一些壮观的东西。一个一鸣惊人的成绩。他需要普拉特公共图书馆。

斯图是镇议会主席，欧丽芙不断地请愿，他们已经忍受了10年了。他们希望她会死什么的，因为即使图书馆是个危房，而且非常碍眼，但委员会的软蛋们觉得，如果他们强行关上了普拉特公共图书馆的门，就好像从欧丽芙的手里偷走她的家。其他6名委员会成员说，谁想折磨一个老太太？

斯图争辩，她已经有了一个完美的家。她只是一个志愿者。我们并不是在解雇她。不管怎样，谁进过那个图书馆？你最后一次走进那扇门是什么时候？从来没有。你知道为什么吗？因为你害怕，如果你拉门稍用力一点，整个房子可能就会倒在你身上。

其中一个说，罗尼正在修理它。

罗尼，斯图想，罗尼是丧钟。如果你指望罗尼·威尔玛斯来收拾打扮你，你将会死无葬身之地。图书馆不需要修整——它需要拆除。

在斯图火冒三丈的时候，他们依然结结巴巴地说："这真是太残忍了。""让我们等等看它是如何发展的。""哎哟，她是个老女人，斯图。"

咳，嘿，他不是想折磨她。他告诉他们，他绝对不是针对欧丽芙·帕金斯个人，但图书馆阻碍了市中心的发展。那么好的一个位置，如果你在那块地方开一家"邓肯甜甜圈"，整个城镇都会转起来，"邓肯甜甜圈"，在你反应过来之前，"福乐鸡"也会吵着要到这里来，然后，"嘭"，它将成为新米尔福德人聚集的地方。一个人们会逗留的地方，而不只是为了去斯克兰顿路过这里。新米尔福德成为下一个斯克兰顿，只有一个"汉堡王"的距离，难道你们没有任何远见吗？

至于说斯图的远见呢？斯图，他是城镇助推器？他真正想要助推的是什么？他的职业生涯。更多的人在新米尔福德，更多的房子出售。行动，宝贝。因为斯图出售房地产的业绩虽微不足道，却是他唯一做得好的事情。

斯图怒视着地图，用他的手指轻敲着新米尔福德，就像上帝应该对普拉特公共图书馆那样——好好地给它一个用力的叩击，把它击倒。好吧，他想，所以我要去劝说一下欧丽芙，让她松口，自愿离开那个地方。你知道吗？我们当然不是说如何去欺负老年人，我只是要用稍微文明的方式把她给撵走而已，就像我对阿曼达一样。这将会很有效，直到……你知道，你不需要文明的时候。

但追击阿曼达就是一个愚蠢的举动。你不追击年轻和健康的人，你选择屠宰弱者。

欧丽芙感到很虚弱，虚弱和不知所措。《格鲁的账本》的归还使她不安，还有，哦，天哪，普拉特公共图书馆的状态。罗尼，他是个好人，努力工作。他以最快的速度修理和修补着，但这是一场注定要失败的战斗。他只是想在合订期刊架上加固一根横梁，而冰箱大小的一大块天花板突然落在了他的身上。他在发抖，他很抱歉。

“帕金斯小姐，白蚁把木头蛀得太脆了。我试着给一个横梁加上夹板，但它依然受不住重量。”

他们站在那里，盯着那个大洞，一百年的尘土在他们周围打转，斯图·吉普纳和县里的建筑监察员杰瑞·帕尔科从前门走了进来。

欧丽芙一直相信，当死神来找她的时候，他会从普拉特公共图书馆的前门进入。现在，死神伪装成卑躬屈膝的房地产经纪人，因为拥有了镇议会主席的权威而趾高气扬起来。但前来的并不是她自己的死神（尽管她很乐意换一下），而是她心爱的图书馆的死神。

斯图和杰瑞都戴着安全帽。斯图的主意，令人生畏。杰瑞在他的后备厢里有几个安全帽，因为他的官方身份要求他检查建筑物和新工地。斯图在接近欧丽芙和罗尼的时候，转动着他的肩膀。

杰瑞不太喜欢斯图，但他确实很喜欢交易。他们的交易是，杰瑞惩罚普拉特公共图书馆，作为一个小的回报，斯图，作为镇议会主席，会在改造这个地方时稍稍偏向杰瑞的想法。杰瑞对斯图说，是的，绝对需要一家“邓肯甜甜圈”，甜甜圈是斯图的最爱，但是他想要家“Qdoba 快餐店”，墨西哥风味的食物是杰瑞的嗜好。杰瑞想象着余生都能享用免费的玉米卷饼。杰瑞在某种程度上比斯图有远见多了。美国正在改变，绵延不绝的山区也应该迎头赶上了。甜甜圈和炸鸡过时了，墨西哥卷饼和番茄红辣椒酱时兴了。

斯图看到天花板上那些参差不齐的破洞时，几乎是咯咯地笑了。他都不需要雇拆迁工人拆掉这个地方——罗尼一个人就在做这件事。斯图看着欧丽芙，她身上覆盖着这么多的灰尘，看起来就像在面粉堆里打过滚一样。

即使是在慌乱中，欧丽芙仍然不失其争强好胜的本性。“我知道你在想什么，但你想错了，斯图·吉普纳。还有你的爪牙——”她用讽刺的眼神瞟了杰瑞·帕尔科一眼，“一点也吓不到我。”

“不是来吓唬你的，欧丽芙，”斯图说，“我们来这里是为了保护你的安全。”

“他是对的，欧丽芙，”杰瑞说，“我很担心，非常，非常担心这个房子结构的完整性。”

欧丽芙踮着脚走上前。“哦，这么直率，但它只是在反映出你的无耻。”

斯图说：“这些灰尘里可能含有石棉，欧丽芙。”欧丽芙举起她满是灰尘的手掌，把它吹到斯图的脸上。他从她身边退后了一步。“嘿！嘿，没理由这么干的。”

“你恐怕卖出过上百个含有石棉的房子吧！上帝知道一切！你和你那些‘按现状出售’的房子。”斯图真希望自己卖出过上百个房子。欧丽芙真是高估他了，给了他太多的分值。当然，他卖过几栋带石棉的房子。但是，他最大的一桩买卖是在两年前，买主是个一意孤行的加拿大人，那个地方排放的氡气足可以为一座核电站提供燃料。

“杰瑞，准备好开始检查了吗？”斯图边说这话边看着欧丽芙，显然他的意思是：你是现在让步，还是让我们把不可避免的结果拖出来？

斯图举起记事板。他会扮演私人助理，当杰瑞开始彩排时，他会记录下图书馆违反安全条例的地方。

地板上突然发出了“隆隆”的声音。斯图抓住杰瑞的胳膊。非小说类区的书架都在抖动。

罗尼也在发抖，因为他知道那是什么。在地下室——今天早上，他在一个托梁下面塞了一个千斤顶。即使是完全延伸，千斤顶也没有完全顶到托梁，但他一时没有找到合适的木板来垫，就临时垫上了两本书。垫书是暂时的，因为当时他在忙着修补炉子旁边一个漏水的管子。

一个书架摇摇欲坠。

“哦！”欧丽芙喊道，向前冲。罗尼把她拉了回来。架子倒了，摔了下来。撞到了过道另一边的一个书架。在金属和木头的碰撞中，总共有5个架子倒塌了。砰，砰，砰，砰，砰，声音回荡在图书馆的大理石墙壁上。书飞得到处都是。

斯图高兴地握住了自己的手。“多米诺骨牌！”他喜欢推翻多米诺骨牌。当然，是其他孩子的多米诺骨牌。但是，这些书——四下飞散，落在油毡地板上，就像鸟被人从天空射了下来，有些还在飞旋和下沉——在庄严地飞舞着。

欧丽芙几乎要绝望地晕倒。他们把她扶到桌子后面的椅子上。斯图拍了拍她的肩膀，她太虚弱了，无法把他的手推开。

罗尼把杰瑞拉到一边。“别让斯图这么做，杰瑞。我只需要两周的时间。”

“两周内你能做什么？”

“我会让它正常运转的。”

“正常运转？罗尼，你需要做的是，赶紧逃命吧。真的，这个地方很危险。斯图是个浑蛋，是个很会钻营的人，但他在图书馆这件事上是对的。是时候关门了。”他们离开了，斯图在出去的路上几乎踩到了他的脚跟。欧丽芙一直在克制着，突然大哭起来。罗尼把她抱在怀里。她像蜂鸟一样娇小。他能感觉到她的心在她胸口的瘦骨头里跳动。如果它再跳快一点，它就会爆炸。

“别哭，欧丽芙。我们马上就会把书架扶起来。这只是地板上的一个凹陷。”

她无法得到安慰。

想想，罗尼，想想，他自己命令自己。你得在她心脏病发作前分散她的注意力。他应该送她回家吗？他应该做些什么呢？

他环视了一下图书馆。到处都是石膏、破碎的木头、倒下的书架，天花板上还有破洞。他不是在拯救这个地方，而是在破坏它。他也几乎要哭了。他所做的事情就没有对的。他辜负了迪恩，辜负了欧丽芙，辜负了奥利安娜。我不知道我能为谁做些什么？

扶住欧丽芙，环顾四周满是灰尘的图书馆，罗尼的眼睛盯着远处的一个角落，在那里，一束光透过高高的窗户照在了一把旧的椅子上。那里是阅读区，在那里曾经有一群被书迷住的孩子，围坐着听欧丽芙读故事。罗尼是其中一个孩子。她用阅读带他去过许多神奇的地方。

然后他明白了，也许有一种方法可以让她摆脱她的悲伤。

“你在做什么？”欧丽芙从痛苦的深渊中发出了低低的含混的说话声。”

罗尼把她抱了起来，把她抱到了那个长时间没有使用过的角落里，他的工作靴在坚硬的油毡地板上回响。他把她放在椅子上，就像一个仆人把他的王后放在她的宝座上。

它的作用是立竿见影的，宝座的权力和威严能够使人们的意志坚强。欧丽芙被唤醒，坐直了。她看了看四周。

罗尼谦逊地站在她面前。“帕金斯小姐，求你了，大人，您能给我读个故事吗？”

她的眼睛里突然有了光亮。

她抚平了头发，挺直了脊柱和肩膀，清了清嗓子。几十年来，她已经指导了很多孩子，现在她要指导罗尼。“我当然愿意，亲爱的，去取一本书。”

她坐在她的宝座上。我永远不会放弃我的职位，她对自己说。这个图书馆永远不会关闭。“去拿一本书，罗尼·威尔玛斯。我们将共同坚守堡垒。我们不是唯一的幸存者，还有像我们这样的人。那些曾经是孩子的人，现在分散在无穷无尽的山冈上，他们会听到我的声音，他们会来拯救普拉特公共图书馆。”

罗尼跪在过道里，选到了他的书。这本书罗尼忍不住偷偷地读了十几遍，像被施了魔法一样。那天，他看着帕金斯小姐把它藏在书架里——这是一件很奇怪的事情，然后，他认定，这就是帕金斯小姐会做的事情。这是一种吸引读者的游戏。一本特别的书，一份等待他去发现的礼物。一本书，《格鲁的账本》。格鲁是那么伤心。但奇迹般地，格鲁做了正确的事，把他失去的爱人从这么大堆的金子中挖了出来。

罗尼站在欧丽芙面前，咧着嘴笑着，手里拿着书。“这是我读过的最悲伤又最快乐的书，帕金斯小姐。”罗尼说着，把《格鲁的账本》放在她的手里。

欧丽芙把书紧紧地贴近她的胸口。她脸色苍白，眼睛开始翻白了。

这是个恐怖的时刻，罗尼以为自己把她害死了。后来她的嘴唇动了动，她低声说着什么。罗尼靠了过去。

“格鲁，”她低声说，“格鲁，格鲁。”

“帕金斯小姐？”

她睁开眼睛。眼神，无限悲伤。她打开了《格鲁的账本》，盯着阴郁的格鲁，坐在他那堆金子的顶上，他盯着欧丽芙。他眼神里流露出的是无限的悲伤。“我爱你，”她对着格鲁低声说，“全心全意地，爱你。”

罗尼非常吃惊，他跪倒在了欧丽芙椅子前的地毯上。

她从书中抬起眼睛望着罗尼，叹了口气。“我要给你讲个故事，罗尼，一个真实的故事。你准备好啦？我需要告诉别人我生命中最重要的故事。”她伸出手，摸了摸他的脸，“它很短，但你已经知道它是怎么结束的。”

“我不太明白。”事实上，他根本没有明白。

“它的结尾是一个图书馆倒在一个叫欧丽芙·帕金斯的老妇人的身旁。”

哦，我的上帝。“不会吧，夫人，”他说，“我不会让这种事发生的。”

“亲爱的罗尼，你是坚强的、优秀的、善良的。这就是你在故事中所扮演的角色，我忠实的骑士和守护者。”

坦率地说，她眼中的神情，她话语中那种梦幻般的悲伤——罗尼的裤子简直都要给吓掉了。

欧丽芙开始了她的故事。“数周前，”她说，“我在邮箱里收到了个大信封。《格鲁的账本》在里面，还有一封律师的信。我引用他的原话：‘艾力山大·格鲁于2017年1月4日在科罗拉多州菲恩的菲尔·埃克斯协助养老中心去世，根据他的指示，随函附上《格鲁的账本》。’”

“格鲁的名字叫艾力山大？”罗尼说，完全迷糊了。

“不，亲爱的。格鲁是一个真实的人。艾力山大·格鲁。他是真实的。就像我曾经是真实的一样。如果我们的过去是真实的。”

欧丽芙从椅子上站起来，牵着他的手来到散落在地板上的合订期刊旁边，她用脚轻敲着指向一本。“这一本，帮我捡起来，亲爱的。它很重。”罗尼把它捡了起来。“《老斯克兰顿人》，”欧丽芙说，“一本社交杂志，早已不存在了。翻到第38卷，1951年4月，第32页。”

罗尼找到了那一页。这是斯克兰顿上流社会的一组照片，在过去辉煌的时期，煤炭和木材让男人们变得非常富有。大房子，派对，萨斯奎汉纳河上的游船，圣诞舞会。欧丽芙在左下方粘了一张小照片。一个穿着燕尾服的年轻人，标题下面是“艾力山大·格鲁”。

他站在那里。这是小说中的格鲁，但他并不忧伤。他的脸上流露出甜蜜的神情，但很脆弱，他的眼中充满着软弱。

“看看那一页，”欧丽芙说，“皱巴巴的那一页。亲爱的，被我的眼泪弄成那样的。这是我拥有的他唯一的照片，多年来，我经常看它。”

亲爱的。我的眼泪。罗尼想，艾力山大·格鲁，你让帕金斯小姐哭了。罗尼汗毛直立，想保护她。

“把它扔回地板上，罗尼。它应该被砰的一声扔下去。”她的声音里充满了苦涩，与一种明显的忧郁混合在一起。

现在，她把罗尼带到图书馆后面一个小的橡木镶板的壁龛前。墙上挂着许多照片，有图书馆委员会主席们，有图书销售人员，最重要的是，有5名图书馆员，从1906年的第一位，到1959年的最后一位，一个戴着眼镜的漂亮年轻女人。

“那是你。”罗尼说。他聚精会神地看着那个年轻女孩的脸。“玳瑁色眼镜！”他简直不能呼吸。

完全能预料到他的发现，欧丽芙已经打开了《格鲁的账本》的最后一页。她读道：“最后，他大堆大堆地扔掉了所有的金币，这时，他又发现了另一件珍宝，那是他很久以前就失去的第一个，也是最真实的珍宝。一个漂亮年轻的女人，有着栗色的头发，戴着一副玳瑁色眼镜。”

欧丽芙若有所思地微笑着，拍着她那稀疏的灰色头发。“我确实有过很漂亮的头发。”

“那副眼镜在哪里？”罗尼说。她现在戴的是毫无特色的金属框。

“很久以前就被打破了。眼镜以及我那充满青春的秀发，所有的一切都是一个在疗养院里死去的老人的记忆。艾力山大·格鲁是真实的。他把我们的故事变成了一个童话故事。我在这些歪歪斜斜的文字中——她向罗尼展示那本手写的书上的笔迹——认出了那双同样的手，这双手在很久很久以前给我写过一封秘密的情书，给我的手指戴了一枚钻戒。”

“你结婚了，帕金斯小姐？”

“被抛弃了，罗尼。当人们滑倒的时候，戒指会容易滑下来。”

“但是《格鲁的账本》是一个爱情故事。”

“是一个忏悔的故事。”她的声音软了下来，“但是，是的，有爱情。

我们偶然相遇，在一列开往斯克兰顿的火车的餐车里。我刚拜访了一位住在纽约的姨妈后准备回家。我们聊天。他把我迷住了。我开始调情。我甚至不知道我是怎么知道调情的。我们坠入爱河。他会来这里，到新米尔福德，在他的大轿车里。我们会秘密地相约在月光下的森林里。”

“秘密地？”罗尼说。

“这个词是有毒的，”欧丽芙说，“这听起来像是一条蛇的低语。艾力山大说：‘我们必须保守秘密，直到我们告诉这个世界。’他指的是他父母的世界，金钱的世界。我没有钱，因此没有秘密。”

“但他爱你。”罗尼看得很清楚。英俊的艾力山大和漂亮的欧丽芙，戴着玳瑁色眼镜的欧丽芙，手牵着手在森林里散步。

“爱不足以克服他的恐惧，”欧丽芙说，“他因为金钱和传统抛弃了我。这是格鲁的懊悔。”

“但是《格鲁的账本》结局很美好。”罗尼说。

“纯粹是童话。艾力山大·格鲁在一家养老院去世，独自一人，身无分文。我用谷歌搜索了他，在那烦人但方便的机器上。”她指着流通桌旁边的小隔间里图书馆那唯一的电脑，“他搬到西部，结婚了。20世纪80年代，家族企业倒闭——从宾夕法尼亚州的煤炭到科罗拉多州的铜矿，什么都没有了。诉讼、孩子争吵、离婚。这是一个关于金钱，金钱，金钱的可怕的自私的故事。”

罗尼指着《格鲁的账本》的插图。“这就是他，坐在他的黄金之上。”

她把头向后仰，向天喊道：“你后悔了，艾力山大！”她的声音在墙上回响。

后悔，后悔，后悔。

她的眼睛充满了泪水，但她的下巴昂了起来。“但是我找到了快乐，罗尼，我找到了。我找到了一种我可能永远都不会拥有的生活。那是20世纪50年代，如果我嫁给他，我就不会有自己的事业了。我永远不会拥有普拉特公共图书馆。孩子们和我的书。读者，他们是我的家人。”

“你做得很好，帕金斯小姐。”

她的声音降到了耳语。她的叹息是一个年轻女孩的叹息。“但我想被爱，公开而自豪地被爱着，而不是被遗弃在森林里。”

罗尼把她拉了过来。“这肯定也是他想要的。在童话故事里，他一生都爱着你。”

“但是，亲爱的，他现在告诉我这些有什么用呢？从坟墓里给我寄来一个童话故事？《格鲁的账本》带来了好处？”

罗尼没有回答。他所能做的就是把老图书管理员紧紧地抱住。她所能做的就是把一本书紧紧地抱在胸口。

当你运气好的时候，宝贝，好运气会接二连三。

斯图简直不敢相信。当他在与欧丽芙成功地战了第一个回合后回到办公室——哦，她要垮了，宝贝，和普拉特公共图书馆一起——他的电话响了。

他的电话从没有响过。天哪，这个人听起来很认真。他想买一块与森林毗连的土地，一块特别的土地。他想知道目前的市场行情。人们在这个地区是租房还是买房？他想过来详细讨论一下。

我的意思是，这个人听起来像一个举足轻重的大人物。斯图从来没有听到过这样充满肾上腺素的声音。一个真正的玩家。当斯图问他的名字时，他说：“让我们暂时不说名字吧。”

斯图听到这件事几乎要乐昏过去了。他喜欢。这是一笔现金交易吗？这到底是怎么回事？就像那个人在为俄罗斯黑帮打前战。

简直到处都是生意啊。我要发达了，普拉特公共图书馆，还有这个电话里的大鱼。一条能干大事的大鱼。嗯，我也是大鱼，我也是能干大事的人。因为我会为你找一处靠近森林的地产，难道不是吗，神秘先生？你想要一栋手工雕琢的豪华原木别墅吗？

移动和抖动。摇摆和旋转。傻笑和欢笑。斯图拿起电话，给萨斯奎汉纳县抵押贷款中心的史蒂夫・琼斯打电话。

“史蒂夫伙计！我是斯图・吉普纳。我需要你帮我在键盘上轻敲一下。是时候推进我们讨论过的互利的事情了。”

因为，阿曼达，当你朝至高无上的房地产商斯图・吉普纳挥拳时，他会还手的。天哪，斯图感觉自己是全能的。他甚至看到几个月后，自己坐在阿曼达房子的露台上，和他的新俄罗斯朋友一起喝着冰伏特加。之后，醉醺醺地，他们都去了崭新的邓肯甜甜圈店，就在普拉特公共图书馆曾经存在的地方。

29

阿曼达的吻

午夜。阿曼达睡不着，心烦意乱，坐在厨房旁边壁龛里的电脑前。奥利安娜在楼上的卧室里睡着了。房子静悄悄的。唯一的声音，唯一像声音的东西，就是阿曼达的心脏急切跳动。她正在为她的财务状况揪心，因为斯图·吉普纳确实抓住了她的把柄。她没钱了，几乎没钱了，不管怎么说。储蓄存款减少到 900 美元。其中一半还是哈利交的树屋租金。

斯图抓住了她的把柄。她盯着史蒂夫·琼斯发来的电子邮件，他是储蓄和贷款的浑蛋，斯图的狗腿子。

亲爱的尊贵的客户：

这封信是一个正式的通知，表明你没有按时偿还账号为 382W904 的房屋净值贷款。根据我们的记录，你已经连续三个月没有偿还你的房屋净值贷款，每个月 265.09 美元。因此，我们打算启动预备止赎程序。

屏幕上的文字从清晰变成了模糊。

因为这不仅仅是她没有支付银行贷款。她的油费账单、她的电费账单都还没付，在 6 月 1 日，三周后，她将受到房地产和学校账单的双重打击。她为什么会让事情变得这么糟糕?

因为她一直都处于该死的茫然期。今年没有迪恩，她已经进入了生存模式——生活、呼吸、工作，与奥利安娜苦苦斗争——她并没有把目光放在那些次要的事情上，这些本不该是次要的事情，比如必须按时付账单。她活过了一天又一天，一周又一周。让我们面对现实吧，从薪水到薪水。她经济上的羞辱会以斯图·吉普纳的形式出现，这实在是太难以忍受了。

她听到奥利安娜的卧室里有一种金属落地的声音。她向后靠在椅子上，抬头望着天花板。“奥利安娜?”

一个微弱的声音，回答道:“是的。”

“怎么了?”

“去洗手间。”

真愚蠢，她不仅在经济上疏忽大意，而且也是个疏忽大意的母亲——她居然会让奥利安娜在晚餐时喝了一瓶樱桃零度可乐。为什么这个房子里会有樱桃零度可乐?怎么了我?

“你还好吗?”阿曼达说。请说是，因为我无法承受“不”。

“是的。”

阿曼达松了口气，又盯着电脑，一排排丑陋的数字。没有什么比债务更难看的了。除了该死的止赎权。她不想盯着数字看。她想去树屋。这未必不是一件好事，去树屋，和哈利坐在露台上，听他在这个月光照耀的夜晚谈论树木。他谈论树木的方式，是一首敏感的诗歌。她甚至没喜欢过诗歌。她转过身，望着厨房。洗碗槽上方的窗户，通往森林的窗户。她看不到树屋，但他在那里。他也会这样朝她的房子看吗?他是否在想，和阿曼达一起坐在那里看月亮影子是多么美妙的一件事啊?

阿曼达，她对自己说，你在想哈利。想他，你知道吗?

好吧，好吧，那又怎样?她承认她是想着哈利，但这能怎么办呢?他不像迪恩或克里夫，那种她天生就能了解的人。她甚至完全搞不清楚哈利到底是什么样的人。他似乎在她的眼前不断地变化着。他有点可笑，有点勇敢。可笑到住在树屋里，勇敢到可以爬到森林里最高的树的顶端。被打不会还手。把他自己的悲伤放在一边，却允许悲伤中的奥利安娜向他求助。

问题是，阿曼达想，我有足够的勇气去追求他吗？我想做什么？是因为他对奥利安娜很好吗？我是否只是心存感激，或者我真的被吸引了？

我被吸引了。

好吧，好吧，但我被吸引是因为他很干脆地对我不感兴趣吗？除非他也被我吸引了。因为有几次我大胆去碰他时，他都闭上了眼睛，仿佛在祈祷。

哇。沉重的想法，阿曼达。诗意的想法。现在是午夜，你累了，你越想越远了。但是……

这寡妇、鳏夫的事情，我们放在彼此之间的防护墙。我们到底围住了什么，隔开了什么？那是一堵墙，在那里她第一次见到了哈利。第一天，糖槭树、石墙。她想起了他的身影，看到他站了起来，石墙隔在他们中间。那一天，那堵墙阻止了她吗？不。当他开始晕倒时，她抓住了他。她跳过了墙，抓住了他。从一开始，她的本能就是抱着他。

然后阿曼达的思绪飘得越来越远。吻哈利会是什么感觉？为了继续前进，目前很明显就是最好的时机了。他知道怎么接吻吗？真的知道吗？

丁零。

从上面传来的声音，把阿曼达带回到地球。奥利安娜掉了一样东西在她的卧室地板上。阿曼达想，请上床睡觉吧，别逼我上来。她盯着电脑，电脑盯着她。有关止赎权的邮件在过度明亮的屏幕上跳动着，就像偏头痛一样。逾期账单。她无助地在坏消息的泥潭里来回地点击。她再也受不了了，所以她开始上网——一件每个在电脑前的人遇到不可克服的、不愉快的任务时都会做的事情。她在键盘上输入了一个单词，甚至自己都没有意识到。圣—诞—老—人。

心不在焉的时候，你通常会停留在亚马逊、网飞、声田等网站上，或者到谷歌上搜索一下某个你想搜索的东西。布朗尼。梅赛德斯-奔驰。雪地靴。10 个最热门的度假地。阿曼达疲惫的大脑，渴望从坏的财务运气中解脱出来，想要相信圣诞老人一到两分钟，所以她点击了。

“砰”，有无数的“萨斯奎汉纳圣诞老人”的链接出现了。阿曼达靠近屏幕，仔细读着。然后她想看看一袋金子的照片，就是那些被送到埃尔克代尔和哈尔福兹维尔的金币。她的手指在键盘上。金—子。

当她输入时，搜索栏自动填满了。她停了下来。像任何父母一样，你会去看看你的孩子在访问什么网站。看看这些跳出“金子”的网站，阿曼达想，这些都是奥利安娜搜索的，不是我的。这太奇怪了。奥利安娜不怎么谈论黄金，但她读了很多关于黄金的资料。

更奇怪的是，有关黄金的搜索都是关于如何购买黄金的。你买它的地方，你买它的方式，黄金所有权的合法性。阿曼达点击了左边，滚动浏览着整个搜索历史。当她看了看日期的时候，她的整个脊背开始发凉。她的目的不是监视她的孩子。她只是感兴趣，然后她变得非常感兴趣。她发现了。最开始的时间，奥利安娜开始搜索黄金的时间……

现在是有点焦急了，阿曼达打了字：“埃尔克代尔的第一袋金子。”萨斯奎汉纳圣诞老人在 7 天前，也就是 4 月 27 日送出了第一袋金子。但是奥利安娜在 4 月 8 日输入的搜索关键字是：“所有的人都能买金币吗？”在黄金降落在埃尔克代尔的几周前，奥利安娜正在研究黄金。金币。

阿曼达向后靠在椅子上，抱住了双手。盯着天花板，又盯着屏幕。奥利安娜的搜索并不是随意的。她没有输入“童话黄金”或“金戒指”或任何孩子气的东西。她所输入的内容是商业性质的。有意图。让人足以好奇的东西。是她女儿的灵魂吗？阿曼达咽了一口口水。我不是灵童的父母。我的父母是什么？

丁零。奥利安娜在她的卧室。一些东西掉到地板上，滚动，慢慢停下。

仿佛一根刺刺痛了阿曼达的脊椎。她一下子从椅子上跳了起来，轻手轻脚走上了楼梯。她知道如何秘密地移动。有多少次她跟在迪恩身边，跟踪一只鹿或观察一只鸟？她走上了二楼，便顺着走廊猫着腰走向奥利安娜紧闭的卧室门。在门缝底下的灯光里，一个鬼鬼祟祟的影子来回地走着。奥利安娜像一只徘徊在矮树丛里的小动物。

阿曼达把手放在门把手上。出击。奥利安娜正四肢着地，伸手到她的床下找什么东西。她的手正好抓到了她落下的东西。她把它带到灯光下，她妈妈正好冲进房间。奥利安娜尖叫着，试图把这个东西藏在她的手里，但这就像试图隐藏太阳一样。

由于被她所看到的光亮给晃花了眼，阿曼达突然迷惑了，她是进入了一个童话故事吗？她的女儿不是来自这个世界，而是另一个。她手里紧握着的是一枚巨大的金币？一个公主，一个精灵？阿曼达撞见了什么？

这个房间里发生了什么神奇的事？这里发生了什么，什么？

“什么？”在一场混乱的恐慌中，这个令人难以回答的问题终于被阿曼达吼了出来。

奥利安娜从来没有听过她母亲发出这样的声音，或者看到过她脸上的表情，混乱、恐惧。奥利安娜走上前，把金币拿出来给她。她的母亲吓得缩了回去。

“这只是金子。”奥利安娜叫道。

阿曼达松了一口气，盯着她。“这只是一枚，”奥利安娜说，“我会放回去。”

这些话是一种安慰吗？不，它们不是。“把它放回……哪里？”阿曼达低声说。

奥利安娜开始大哭起来。她把金币放到她母亲的手里，一把抱住了她。这枚金币和一颗行星一样重。阿曼达盯着它，把孩子紧紧地抱在怀里。她紧紧地抱着她，好像是为了保护她不受金子的伤害。那是她的本能。这种黄金是危险的，我必须保护我的孩子。阿曼达努力找回自己的状态，找回父母的天性、护士的天性，以及那些知道如何处理混乱的人的天性。她是一个孩子的母亲，却不知怎的就陷入了无法解释的麻烦之中。她让奥利安娜又哭了一分钟，然后把她放开，牵着她穿过房间，坐到了椅子上。

再次，阿曼达问道："把它放回哪里？"

奥利安娜边喘气和抽泣，边说："这是哈利的。他是格鲁。"

阿曼达抓住了奥利安娜的桌子，房间倾斜着，旋转着。她把金币丢在桌子上，好像它有毒。因为它是哈利的。

"你是什么意思，是哈利的？"

"他是格鲁。"

阿曼达紧紧抓住女儿的肩膀。"什么？格鲁是什么？"

大口喘气，伴随着呜咽。阿曼达跑进了奥利安娜的浴室，扯了一长串厕纸，飞回房间，把它压在女儿的鼻子上。

"擤鼻涕。"奥利安娜乱糟糟地、又长又用力地擤了一把鼻涕。

"格鲁是什么？这枚金币是什么？奥利安娜，告诉我发生了什么事！"

"《格鲁的账本》。"然后，这个童话故事从她嘴里吐了出来。整个的，噩梦般的童话。花了很长时间。很多大喊大叫。用掉了剩下的整卷厕纸。因为她们俩都流了很多的眼泪。

阿曼达擤了鼻子，愤怒地把纸团扔到地板上，然后把它捡起来丢到废纸篓里，因为她是一名护士，用过的卷纸是细菌炸弹。

哈利·克兰是格鲁。哈利·克兰是萨斯奎汉纳的圣诞老人。哈利·克兰本该是个呆板无聊的林务官。哈利本来应该把奥利安娜带回地球的，却把她拉进了另一个世界。一年了，她的女儿在森林里游荡，然后就结束了。随着哈利·克兰的到来，它结束了。这就是他突然到来时所承诺的真理。哈利会救我的女儿。然而这是一个谎言。他什么也没做，他背叛了我。就像一个食人魔——像一个格鲁——他把奥利安娜拖入更加深的森林。

这里有太多的信息要处理，但也没有什么意义。奥利安娜告诉她的事情有多少是真的，有多少是疯狂的？什么是真相，什么是童话？在这个世界上，一个林务官在我的后院分发 400 万美元的黄金，到底发生了什么？这是他们的计划。这就是他现在正在做的事情，或者即将做的事。

阿曼达透过奥利安娜的窗户往外看了看。他是在小树屋里，还是他已经出发去扮演圣诞老人送礼物去了？

阿曼达在房间里来回踱步。她所知道的是，她要结束哈利·克兰的工作。现在，她要去找他。然后怎么做？把他交给州警察？把他拖到采石场扔下悬崖？然后把他的金子扔给他？

她现在要去找他。“他不在，妈妈。他出去了。”

女儿知道哈利的一举一动，这更让她觉得害怕。她诡计多端的女儿，再加上诡计多端的格鲁。阿曼达平静了下来，这样她就可以平静地从她诡计多端的女儿那里找到哈利，这样她就可以平静地拧断他的脖子。

“他去哪儿了？”

“这是午夜之后。他在分发第三袋。”

深呼吸。“第三袋。现在告诉我，因为我知道你知道——”阿曼达靠了过去，慢慢地说着，“我们的格鲁会把第三袋金币送到哪里去？”

奥利安娜是一个非常聪明的女孩，知道如何以智取胜成年人，但她知道在这件事上她最好不要耍计谋。她又开始抽泣起来，因为她不愿意出卖哈利，但她也讨厌对她母亲撒谎。“我是为了爸爸才做这件事的，我是为他做的。”

带翅膀的迪安，红尾鵟。不要太感动，阿曼达。你孩子的幸福危在旦夕。“现在为妈妈做些什么，奥利安娜。谁会得到第三袋金币？”

“威内菲尔德的某个人。”

威内菲尔德，隔壁的一个城镇，以东 4 英里。“他是怎么选择房子的？”

“会有一棵树。”奥利安娜说，“他会知道。”

当然，阿曼达想，这个树人。

“让我去吧。”奥利安娜恳求道。

“不行。”阿曼达绝对不会让她陷入更深的纠葛中去。今晚要彻底解决。“你待在家里，你知道的，应急演习。”

应急演习是这样的。她和奥利安娜有时必须克服生活中比较艰难的一些时刻。有时，阿曼达不得不把奥利安娜一人留在家里。奥利安娜是一个“挂钥匙的孩子”。足够坚强，能一个人待在家里。足够坚忍，能够独自探索森林的奥利安娜，此外必需的还有独立，自力更生，能够自己保护自己。自己保护自己，阿曼达又苦涩又惊讶地想，奥利安娜在森林里发现了一个格鲁，并制订了一个计划，分发数百万美元的黄金。

圣母玛利亚啊。你教一个孩子独立，他们却会跨过一扇门进入一种你从未想过的独立状态。依靠纯粹的意志力，奥利安娜把一个童话故事带到了生活中。

阿曼达跳上她的卡车，冷静地驶入了黑夜。奥利安娜站在楼上的窗户旁看着，她像长发公主一样孤独，被囚禁在她的塔楼里。

10 分钟后，阿曼达呼啸着开入沉睡中的威内菲尔德，她确信童话故事是一种破坏性的无稽之谈，给孩子们的大脑带来有害的希望——这个世界存在魔法。她想让奥利安娜知道的是，生活是艰难的，生活是真实的。父亲和丈夫们有时会死，房子可以被取消赎回权，在森林里出现的陌生人会伤害和背叛你。

生命永远不会被魔法所缓和，因为魔法不存在。这些都是阿曼达坚定不移的想法，她拐弯进入了林德摩尔街，这是她寻找哈利·克兰的七条街道中的最后一条。

爱丽丝在穿越镜子。桃乐茜在奥兹国。阿曼达在林德摩尔街。

当她看到它的时候，阿曼达的小货车几乎撞到了一个消防栓上。在林德摩尔街最后一所房子的前院，她的卡车前灯的光柱中，金色的星星飞向月亮，疯狂飞舞的萤火虫，侏儒们的旋转灯。这是没有任何意义的。她看到的是什么?

在不可置信的金色灯光的中央，有两个人。一个是哈利，另一个是紧紧环绕着他的一个巨大的黑色的模糊身影。

哈利 5 分钟前就转向了林德摩尔街。当他第一次进入威内菲尔德的时候，他看到了几家的前草坪上都立着“萨斯奎汉纳的圣诞老人，请停在这里！”的牌子。他避开了那些房子。他记得自己还是个孩子的时候，是怎样在圣诞前夜盼望着圣诞老人的到来。有多少威内菲尔德人，无论老少，都在等着圣诞老人?

他没有事先侦察过威内菲尔德，就像他在埃尔克代尔和哈尔福兹维尔一样。午夜过后，金币的送出都将在黑暗中进行。即使在黑暗中也不难找到最好的树，它并不总是最高的，也不总是最宏伟的，而是真正属于一栋房子。一种梦幻的组合。这棵树必须是孩子可能爬的那种，哈利自己可能会爬的那种。

在威内菲尔德，林德摩尔街最后一栋房子前院就有一棵这样最好的树，一棵高大的白橡树。这里，没有铺好的路面，只有一条碎石路。在农村的小镇里，铺好的街道常常以碎石路的方式结束，蜿蜒进入乡村，穿过树林或曾经的农田。

哈利不喜欢乡村小道。太容易迷路了，有时它们会变成死胡同。这些都不利于他逃跑。

那是一个月光照耀的夜晚，有几朵云。亮到足以看到这一切，又暗到足以模糊一切。月亮将在下一周里变成满月。但他不需要一周。他的计划是在接下来的 4 个晚上，每晚分发一个袋子。今晚和明晚的袋子，编号 3 和 4，数量都是小的，如果 30 万美元可以被称为小。最后两个袋子是最大的，每个都有 100 多万。当他把所有的金子都扔掉的时候，他会得到解脱：任务会完成，冒险会结束，永恒的微笑会将它自己附在奥利安娜的灵魂上。

通过哈利，迪恩·杰夫斯展示了伟大和非世俗的魔法。这是一件好事，哈利想，这是一件好事。没有大狼！这是一件完美的事情！格鲁，可以回到他在图书馆的书架上，也许他都会笑一笑。为什么不是他？在他的故事的结尾，他发现了他最爱的人。

一个令人信服的想法。挖得足够深，你就会找到真爱。当他的最后一枚金币“丁零”一声扔掉时，哈利会发现什么？他并没有爱上阿曼达，甚至都没有任何浪漫的交往——尽管奥利安娜希望如此，尽管欧丽芙·帕金斯坐在石墙上暗示了这一点，绿色庄园的人也想到了这一点。他没有跟她发生任何浪漫的故事，却说不清道不明地纠缠其中。他非常感激命运让他来到了她的世界，这是他允许自己的。进入阿曼达的世界，这是一件好事，美好的事。但是除了贝丝之外，没有人是属于他的。但他需要和阿曼达在一起。因为此刻他需要她。因为他们在同一个俱乐部——“头年俱乐部”，她明白会员的解脱规则，这让他们离得很近。他可以稍稍放开贝丝，让阿曼达一点点地走入。

当这一切结束时，他会想念她的。他会想念树屋和奥利安娜，他会想念阿曼达的。想念她热爱和理解自然世界的方式。她的坚忍，她对奥利安娜的引导，她不屈不挠的善良，她对他自嘲式的忍耐。渐渐地，他指望每天结束时能看到她的光彩。风吹过树林，猫头鹰在黑暗中鸣叫，春天的窥视者像蟋蟀一样啁啾，远处的阿曼达卧室里诱人的灯光。

诱人的吗？卧室吗？哈利稳住自己。这是一种安慰的灯光，不是一种召唤的光，就像月亮是令人欣慰的光。把你的注意力放在任务上。你疯了吗，萨斯奎汉纳圣诞老人？专心点。

他将注意力集中在了白橡树上。完美的树。他将注意力集中在房子上。黑暗和安静。有许多灌木丛来隐蔽他的行动，为秘密运送提供了绝佳的条件。当他把金子从副驾驶座位上拿起来的时候，发现袋子变得很轻，身心也变得非常轻盈。月色真美。

他抓住粗糙的麻布袋，把袋子扛在肩上——是的，是的，就像圣诞老人一样。一个孩子正透过月光下的窗户在窥视（希望不是！），他可能会这么想：圣诞老人！但是，一个身材苗条的圣诞老人，他穿着一身黑色的衣服，固执地保持着沉默，没有“哈哈哈”的笑声。哈利像只猫一样移动，袋子里的300枚金币像一袋棉花糖一样无声。

他不应该像猫一样移动。

因为在林德摩尔街的这栋小房子里有只看门狗非常地讨厌猫，它叫布鲁图，是只120磅重的罗威纳犬。它整晚都在房子周围半英亩大的院子里巡逻，在隐形的狗篱笆内乖乖地待着（它讨厌猫，但同样讨厌电击：它粗壮的脖子上戴着一个有铆钉的项圈，项圈上有一个信息接收盒子，每当离开隐形篱笆，它就会受到电击）。布鲁图最喜欢的地方是白橡树的底部，但树干太粗了，以至哈利没能感觉到他的另一边有一个巨大的物体警觉地立了起来。

布鲁图看着哈利。朋友还是敌人？它非常安静地喘着气，那是罗威纳犬暗自揣摩的方式。哦，对了——它没有朋友。地球上的每个人都是它的敌人，尤其是午夜后像猫一样移动的陌生人。布鲁图站在原地，它弯曲着爪子，像个暴徒那样把它的指关节弄得啪啪作响。

走到半路，哈利停了下来。是风向转变的声音？是窗帘在窗户上被分开的声音？还是一辆正在接近的汽车的声音？一些难以识别的东西让他停了下来。他回头看了过去。

布鲁图猛冲了过来，但无法喊叫。为了让它更致命，他的主人让兽医把它的声带切除了，现在它的咬力比它的吠声要厉害得多。布鲁图以每小时50英里的速度向哈利冲来，这也是一辆皮卡的速度，它正好从拐角处冲来，前灯亮晃晃的。在前灯的照射下，布鲁图的毛皮像一件黑色皮夹克一样闪闪发光。也许这就是一件皮夹克。布鲁图，是一个皮革包裹的，有衣领的，杀人机器。

看到布鲁图向他飞奔而来，哈利的第一个想法是：我要死了！他的第二个想法是：我的天，你的牙齿这么大！

哈利试图逃跑。布鲁图从后面击中了他，把他撞倒在地。这只狗张开有力的下颚紧紧地咬下了哈利左肩上的袋子。布鲁图认为它已经把哈利的一大块后背肌肉给撕咬掉了。在狂热的杀戮欲中，它围着哈利，疯狂地摇晃着袋子。哈利跳了起来。

布鲁图用一只大白鲨一样惊人的力量晃动着这袋金子。金币像烟花一样在空中飞起来，被月亮照亮了，还有一辆正在接近的卡车的前灯。

哈利对那些把袋子撕碎的狗并不陌生。有时狗们会撒播骨灰，有时它们撒播金币。也许这就是狗被发明的原因——为世界增添壮观的疯狂。

哈利并没有像一年前那样陷入绝望。这一次，一切看起来很完美。狗咬着一袋金子疯狂地跑来跑去。为什么不呢？哈利现在住在森林里。他爬了一棵很高的树。他在一个采石场里藏了数百万美元。生活是一场冒险！

然而，冲向他的卡车却不是件完美的事。他赶紧跑向他的车。车门是开着的，发动机还在运转。他跳了进去，冲出了林德摩尔街。那辆小卡车跟在他后面冲了过来。

哈利在土路上颠簸，上了黑夜下的小山。在后视镜里，后面那辆卡车的卤素灯非常刺眼。他好像被一个有着两个太阳般眼睛的怪物追赶着。他迂回曲折地开着他的汽车，故意扬起灰尘和碎石。是警察吗？但是没有闪烁的警灯，那是一辆卡车——一辆更适合这条曲折道路的汽车，比哈利的凯美瑞更有力量。

哈利不能再快了。两边的树靠得很紧密，他的车在光滑的砾石上突然滑了一下，卡车离得很近，感觉就像是要爬到轿车的后面。崎岖不平的道路让他的车一路颠簸，路变得越来越窄，越来越小。卡车上的人鸣着喇叭，不断闪着车灯。

突然，它从哈利的车的右边切入，不断逼迫哈利的车靠边。卡车最后冲到了前面，一阵尖锐的金属摩擦声，然后卡车冲到了他面前，不可逆转地减速，掉转了车头。最后猛地刹车，车子侧滑着停了下来，把哈利截在了碎石路上。

哈利踩下刹车。

一个女人从卡车上跳了下来。阿曼达！在车头大灯的照耀下，她像个点燃了复仇之火的天使，从一团尘土中走来。她的拳头像托尔的锤子一样砸在他汽车的引擎盖上。

“滚下车！”

哈利听从地下了车，他本能地在空中举起双手。

“是的，看看你，像个罪犯一样举起了手。”

哈利清了清嗓子。“嘿，阿曼达。”

“我应该报警。潜伏在我们的森林。让奥利安娜参与你的，你的——”

“冒险？”哈利帮她找了个词，小心地放下了手。

“冒险。”阿曼达吐出了这个词，“你觉得这很有趣吗？”你是一个成年人。奥利安娜是一个孩子。你在想什么呢？

他一直在想，在过去的一个月里，希望阿曼达永远不会发现。现在还是知道了。“怎么——”

阿曼达向他扔了个东西，砸中了他的前额，然后弹了出去。“哎哟！”一枚金币躺在他脚下的泥土上，他把它捡起来，盯着它。

“是的，就是这样的。她从住在树屋的一个疯狗那里偷了金子。”

当哈利继续盯着金币看时，他悲伤地摇了摇头。“奥利安娜，奥利安娜，你偷了一枚金币。”

“借的，她说。只是玩玩而已，她说。你知道孩子们，当他们不能拿到钻石时，他们喜欢玩黄金。”阿曼达紧紧地抱着双手，她的指甲扎进了她的胳膊。

哦，奥利安娜，哈利想着，吹掉了金币上的灰尘，他触到了金鹰的羽毛。他理解。太诱人了。这对她来说意义重大。他把金币还给了阿曼达。“她应该拥有它。”

阿曼达把它从他手里拍了下来。她生气地来回地踱来踱去，在车头大灯的光柱里进进出出。“鹰和糖果。格鲁和黄金。你怎么能这么做，哈利？你怎么能让她陷得这么深？”

深。阿曼达知道最深刻的事情吗？“她没有告诉你那天我根本没有爬糖槭树？我们三个相遇的那一天，我想上吊。她没有告诉你，迪恩救了我的命？”

阿曼达冲上前，扇了他一耳光。

哈利退后撞到了他的汽车引擎盖。他站直了身体，看着她的眼睛。“这是真的。他救了我的命，阿曼达。”

她又扇了他一下。

他又挺直了身体，站在她面前。“他救了我。还有我的生活。”

“住口！”她举起手来又准备扇他一巴掌。哈利已经准备好了迎接这一击，但是她的手却慢慢地收住了，停在了他的面颊上。她看着他的眼睛，寻找着。“为什么要这么做？”她低声说。

“她的父亲，死在田野里。一个如此美好的人，阿曼达，如此强大，突然从她的生活中消失了。这必须要一个原因，一个美好的理由。”

“你就是原因。”

“我就是，黄金是，格鲁是，森林是，还有萨斯奎汉纳圣诞老人。这为她解答了一切。这是一个巨大的、宏伟的、迪恩式的冒险。”

阿曼达再次抱住双手，转过身去。“你不能把她牵扯进来。这太过分了。这太离谱了。”

“她在家里是安全的，我才是那个差点被罗威纳犬咬到的人。”

“哈利，听听你都说了什么。”

“我知道，这不是很神奇吗？奥利安娜赋予了《格鲁的账本》生命。我要把黄金送走，阿曼达。”

他把她扳了过来。“你想知道迪恩是怎么救我的命的吗？他把奥利安娜送到我这里来。在她那巨大而不可思议的童真般智慧的指引下，我做了一件疯狂的、令人惊奇的事情。我，哈利·克兰，一个政府职员，一个从不冒险的人，从不投机的人，在农村到处跑，分发金子。”

阿曼达摇了摇头，她把他的手从她的胳膊上推开。“你知道什么是真正的疯狂吗？你想自杀。你为什么不坚持住，哈利？人们都能坚持住。”

“如果他们做了我所做的事，也会没法坚持。”哈利看了看黑夜，“贝丝的死，是我的错。”

显然，奥利安娜在她那匆忙的叙述中，没有告诉阿曼达这个。“为什么这是你的错？”

他从钱包里拿出那张破烂的彩票，把它放在阿曼达的手里。

“我不能辞掉我那份糟糕的工作，我缺少的是一点点勇气。我和贝丝本应该拥有一点点信心。相反，我总是买彩票，她让我不要买。就这一次，不要这样做，哈利。”

阿曼达站在那儿，一动不动。

哈利，站在车头大灯的灯光里。“我让她在外面等，我把她留在那儿，阿曼达，在一个建筑工地的围栏前。我穿过街道，走进便利店买了这张彩票，然后起重机倒塌了。”

长时间的沉默。“那是意外。”阿曼达说，她的声音，很轻很安静。

“一年后，我获得了数百万美元的补偿。那是我赢的彩票。”

阿曼达想，然后你买了一根绳子，爬上了一棵树，然后迪恩救了你，她颤抖着。

“哈利，”她说，“我相信你，你和我的女儿一起创造了一个秘密的世界。你让我相信你是一个和你以前不一样的人。”

“是的。”

“撒谎。”

“我们怎么能征得你的同意呢？”

“我永远都不会同意。”

“但是迪恩会。”

阿曼达看着哈利，长时间地看着他。

“如果你知道怎样去聆听这件事。”

这听起来像是一个奇迹。阿曼达慢慢地把这些点点滴滴串联了起来，变成了一个不可思议的故事，像一个孩子会做的那样，她的孩子。她听到了奥利安娜的话，但只是一知半解，因为她拒绝真正地听或相信。阿曼达闭上眼睛，听着她内心的声音，在吟诵着一个童话故事：

从前，一个极度悲伤的人走到森林深处，把一根绳子扔在糖槭树的枝干上。在他死的那一刻，他被树洞里的一抹金色所救——那是红尾鵟留下的一颗糖。红尾鵟在森林里找到了糖，并用它们填满了树洞，糖果是被一个小女孩用她的智慧放在森林里的。当那人伸手去拿金色的糖果时，树枝断了，他掉在地上，他在那里找到了一本女孩在森林里丢失的魔法书。

他把书还给了那个女孩。他们一起读那本书，她帮助他明白生活是一场无法避免的冒险。去做所有你不能做的事，她告诉他。

他找到了力量，爬上了森林中最高的树。就像格鲁一样，他开始把金子扔到风中去。最后，当他把最后一枚金币扔掉的时候，他得救了。在救自己的同时，他也救了那个小女孩。

手牵着手，那个男人和那个小女孩走出了他们的森林。

阿曼达睁开了眼睛，看着哈利，惊人的哈利。他在为奥利安娜做不可能的事。而且这已经起作用了。这个疯狂的计划在去年没有任何其他东西的时候就开始了。他解除了奥利安娜的悲痛。她对自己说，主啊，阿曼达，这个人为了成全陌生人而放弃了几百万美元的金子。世界上没有人像他一样。

看着一连串的情绪涌向阿曼达的脸，哈利不知道会发生什么。他对任何事情都做好了准备，除了那一刻，她突然伸出手，把他拉近，吻了他。

她说服自己这是一个关于哈利的童话故事。许多童话故事都是以一个吻结束。这是一个令人担忧的想法，因为她站在那里为是否要冒这个险而苦苦挣扎。因为如果哈利目瞪口呆，不能接吻呢？好好地亲吻——很少有男人能做到。

她吻了他。哈利回吻了她。力度刚刚好，热度也刚刚好。他张开嘴唇，正好，来迎接她张开的嘴唇。哈利散发出阵阵香味。他尝起来很好。哈利可以吻。

他推开了她，脸色苍白，浑身战栗，抚摸着他的嘴唇。头年俱乐部，阿曼达想。她打破了规则。她看了看地面，又看了看哈利。“我明白了。贝丝可以在水上跳舞。”

哈利正要伸手去抚摸她，但没有。“我所能允许得到的就是帮助奥利安娜的机会。这是一种，微不足道的补偿，但是拥有你……”

是不可能的。他脸上的表情，悲伤而坚决。她向他伸出手，但他退缩了。“哈利·克兰，你对自己太苛刻了。”

“你能让我们把金子处理完吗？”

“我不会让她出门，哈利。她必须受到惩罚。”

当哈利开始抗议时，她举起手来让他保持沉默。

“不是格鲁的这件事情。此事，你得到了我的祝福。”

“那为什么惩罚她？”

“那枚金币，”阿曼达说，“她偷了你的东西，哈利。”

他点了点头。“你是一个严厉的母亲。”

阿曼达笑了。“你是一个了不起的格鲁。”

她上了她的卡车，哈利跟在后面。后来，在树屋里，他一直等到她把灯关掉，才把自己的灯打开。

30

第三袋金币

大狼开车围着 A803 号荒野地绕了两圈，只是为了去寻找某种感觉，寻找荒野地周边小镇里的感觉。这片森林大约占地 3.8 万英亩。绕上一圈需两个小时的车程，道路一般都很糟糕，镇上的“停止”灯也多得没完没了。为什么在那里有停止灯？谁会在这些可怜的城镇里停下来，这些散落在恩德莱斯山阴影中的小镇？

是什么让他对这些城镇感到恼火？是所有贪婪的“萨斯奎汉纳的圣诞老人，请停在这里！”的标牌。你们认为你们能拿走我的金子吗？你们有权利吗？

好吧，他们没有权利，但他们得到了。哈利已经加快了进程，好像他知道我已经来到了他的领地。还有最近的圣诞老人的礼物，他妈的真难以相信。大狼在埃尔克代尔外路边的一家糟糕的餐馆里，愤怒地嚼着一个糟糕的汉堡。

“现在连罗威纳犬也可以抢我的金子了？罗威纳犬吗？”罗威纳犬布鲁图立刻出名了。它的照片——牙齿间咬着被撕碎的麻袋，傲慢地摆着姿势的照片——已经在网上被传疯了。大狼盯着狗的眼睛，布鲁图盯着他。大狼把“幸运的浑蛋”App 删掉了。

问题是，哈利的住所在哪里？大狼曾与桂冠景观房地产公司的一名经纪人交谈过，他有意在微笑的时候总是露出他的牙齿，大而迷人的门牙。

“是的，我们也出租房子。”经纪人说，很快地浏览了他的清单。大狼向经纪人的肩膀边靠去，盯着电脑屏幕。这名经纪人突然感到大狼下巴上的胡楂在他的脸颊上擦过。他吓了一跳。

“上个月没有出租过房子吗？”大狼说。

“哦，不。你，呃，在电话里提到，你有兴趣买一处房产。这不是你说的吗？”

“那是我说的吗？”

经纪人清了清嗓子。“是啊，也许我只是——”

“误解了？”我在做什么？大狼在想，为什么我要恐吓这家伙？因为这是我的天性。因为时间已经不多了。因为我是一个濒临灭绝的物种。我的背上有三支箭，分别是我三个妻子拉弓射出的。我是一个猎手，猎物在不断减少。大狼突然感到一阵饥饿。

“我需要吃点肉，”他说，“在哪里能买到肉吃？”

经纪人盯着大狼。肉？“你的意思是……像火腿汉堡？”

大狼点了点头。经纪人给他指了餐馆的方向。有一家餐馆离得更近，但经纪人不想让大狼靠得太近，他希望大狼走得越远越好。

后来，大狼经过菲尔·巴特克的家。他看见菲尔站在他的州警朋友旁边，州警的个头和大狼一样大。如果我愿意，我可以撂倒你们，大狼本能地想，两个一起。除了州警的屁股上有一把枪。菲尔，他有什么呢？菲尔有一辆全新的道奇公羊皮卡，用我的黄金买的。一只小可卡犬在草坪那边对着大狼狂叫。

菲尔喊道：“图迪，回来，姑娘。”

“没关系。”大狼大声回答道。忍住冲动，没把菲尔这个乱叫的小畜生扔过新卡车车顶。大狼继续走着，感到州警的眼睛在盯着他。

他接下来去了哈尔福兹维尔，和一个女经纪人谈了谈。这会儿不需要牙齿，只是魅力，她告诉他最近没有租赁业务。

“我打赌随着圣诞老人的玩笑，情况会好转的。”大狼说。

“实际上，我刚已经接了几个电话了。”

“嗯，这是一个幸运的地方。”大狼说。幸运的浑蛋。当他离开房地产经纪人的时候，他在金杰·汤普森所在的大街上到处瞎晃，到处窥探。

他看到的一切让他忍不住笑了。小面包屑，哈利，只有你哥哥才能明白。在菲尔·巴特克的房子前也有一棵树，只是大家都还没有完全领悟。在菲尔和金杰的院子里，都有一棵大的、漂亮的树。

真的吗，哈利？你有忘掉过童年吗？不，我想我们从来没有这样做过，是吧？在森林里，你会把剩下的金子藏在树的底部吗？这就是为什么在森林里搜寻没有任何意义。哈利的“必须”会引导我去找到它。我找到你了，哈利，我会跟着你进森林。

一个矮胖的女人从房子走了出来。大狼认出她就是那些新闻照片中的金杰·汤普森。大狼在开车经过时嗅了嗅空气。

弗朗辛走到金杰的后门。她们都瞪着眼睛，头一起转了过来。

“你看见那个人了吗？”金杰说。

“他在嗅空气，”弗朗辛说，“就像某种动物。”

“恶心。”金杰说。

“嗯，你真香。”弗朗辛咯咯地笑着说。

“你也是。”今天早上，联邦快递送来了两瓶非常昂贵的克莱夫·克里斯蒂安10号女士香水。

因为，昨天在亚马逊网站，当金杰把鼠标滑到“买”并点击的时候，她想钱肯定不是最重要的！

第四袋金子。

这是晚饭后，所有相关各方都聚集在了树屋。阿曼达教导奥利安娜向哈利道歉。

奥利安娜站在哈利面前，垂下了头。“很抱歉，我拿了那枚金币。”她用微弱的声音说。

“这是我们的秘密。”哈利回答道，被她的话伤到了。

“我真的很抱歉。”奥利安娜说。

在道德等式的另一边是阿曼达。“奥利安娜，”她说，“你不能向你的母亲隐藏秘密。这样说吧，有些秘密，很明显，就是那些小秘密可以，但像这样大的秘密绝不能隐瞒。”

“我很抱歉。”奥利安娜对她的母亲说。只是这太不清楚了，她还太小，还不能完全理解——她应该保守秘密，除非她不应该的时候。但界线似乎很清晰。哈利和她的母亲本应该更加生气的。有趣。

“我们对你很失望。”阿曼达说。

再一次，奥利安娜内心的雷达开始哔哔作响。我们很失望。我们。

“但我们原谅你。”哈利说。他拍了拍她的肩膀。奥利安娜严肃地站着，然后，她的嘴角上露出了一个缓慢的微笑。“当布鲁图追着你的时候你害怕吗？”她说。

“当小货车追着我的时候，我更害怕。”哈利说，“孩子，当我看到你妈妈从卡车里出来的时候……”

阿曼达脸红了。“好吧，”她说，“现在轮到我来道歉了。”她站在他面前，“哈利，对不起，我打了你几巴掌。”

奥利安娜把手放到嘴上。这是如此有趣。阿曼达转向奥利安娜。“我很难受，但这并不意味着你可以打另一个人，永远都不。那天哈利做了一件非常勇敢的事。在绿色庄园的停车场，斯图·吉普纳打了他。哈利没有反击。”

哈利把头歪向一边。她是怎么知道这事的？伙计，还有可能再保守任何秘密吗？

奥利安娜生气地盯着哈利，指着哈利右脸颊上的淤伤。“你说是树枝撞的。你说谎了。”

哈利站在奥利安娜面前。“奥利安娜，”他说，“我为撒谎道歉。”

“他为什么打你？”她说。

阿曼达看着哈利。哈利看着阿曼达。奥利安娜眯起眼睛。“为了成年人的事吗？”

哈利和阿曼达不约而同地点头。

“好吧，”哈利说，“我们都扯平了。每个人都很抱歉，每个人都道歉了。我们是否应该转移到议事日程上的下一个项目？”

奥利安娜拿了萨斯奎汉纳县的地图，把它摊开在哈利的小床上。

阿曼达站在奥利安娜和哈利身后。她盯着厨房桌上放着的那袋金子，袋口敞开着。她抱着胳膊，稍稍远离了一点。树屋的内部，对她来说如此熟悉，现在却是一个非常陌生的地方。风带来醉人的森林气息。煤油灯闪烁着映照着闪闪发光的金子，也映照着树屋不规则的窗户上镶嵌的彩色的玻璃。在她的一生中，她都没有过这种感觉，这种在真实和非真实边缘徘徊的虚幻感觉。童话故事。魔法。她总是拒绝这些不可能中存在的可能性。现在，不可能的事就在她面前。

她的女儿，在悲伤中迷失了这么长时间，现在却在微笑，这本是不可能的。

像哈利·克兰这样看似那么脆弱的人，却在绵延不绝的山脉中比任何一个人都更坚强，这也是不可能的。

这一刻，阿曼达想，就在此时此刻，魔法就在我身边。它就在我身边，我现在能看到它了，但我不在里面。哈利和奥利安娜的世界是如此自然，我该如何进入这个世界？

她看了看那袋金子。哦，她想，她侧身挨近了厨房的桌子，然后再近一点点。她把自己的目光投向了袋子。它投射出像北极光一样流动莫测的金子光芒。

哈利和奥利安娜现在正看着她。阿曼达深吸了一口气，抓起一枚金币。她颤抖着，惊奇地瞪大了眼睛。

是的，昨天晚上，她握着奥利安娜偷来的金币。但这枚金币是完全不同的。当她能用手自由自在地握住一枚金币的时候，她就接受了格鲁的现实。

“哇，”她低声说，“重。”

“非常。”哈利说。

奥利安娜无法相信这是多么炫酷和美妙。她牵着妈妈的手，轻轻地把她带到小床的边缘。

“我觉得有点恶心，”阿曼达说，“也许我应该坐下来。”

“不，不。你做得很好，妈妈。”

“好吧，好吧，所以我要把这个东西扔到地图上了？”

“不，不，”哈利说，“你把它抛向空中，让命运决定它。”

“哦，上帝。”阿曼达说。

“妈妈，把它抛向空中，让它落地。”

哈利站在阿曼达身后，她把金币拿到地图上面。他闭上眼睛，深深吸了一口气。

阿曼达把拇指放在金币下面，然后把它扔到空中。那是一颗流星，一颗流星在萨斯奎汉纳县上空翱翔。

硬币落在地图上，滚动，停了下来。

就这样，阿曼达·杰夫斯和命运一起决定了 4 号袋的投放地点。

与此同时，大狼关注的是第三号包。他就像一个音叉，他的身体随着威内菲尔德的疯狂而振动。

我看见你了，布鲁图，大狼想。我看见你潜伏在黑暗中。你是一只非常漂亮的狗杂种。

布鲁图看见大狼站在人行道上。它的黑色鼻孔突然掀动着，红舌头舔着它黑色的鼻尖。

布鲁图，你想要吃哈利，是吗？我同情你这种冲动，大狼想。哈利想象他找到了一幢漂亮的房子，一棵漂亮的大树，但他没有注意到那只讨厌的大狗，是吗，布鲁图?

大狼在黑暗中稳步地靠近。“你为什么不咆哮，布鲁图？”

布鲁图的大鼻子气鼓鼓的。它喘着气，想要发出被压抑的愤怒，它的喉咙大口大口地喘着气。

大狼歪着头，研究了那只狗。同时，缓慢靠近。“他们对你的声带做了这么可怕的事，是吗？”大狼说，“你的可爱的声音，哑掉了。”

那只狗似乎在点头。

大狼咆哮道：“汪——”这就是你想说的吗?

这是两个相似的人之间的交谈。大块头，受伤的，沮丧的，两种物种间的交流。兄弟之间的交流。

“汪——”大狼说，“顺便说一下，我的名字叫大狼。”

布鲁图出击了。

大狼张开双臂。布鲁图猛地跳到他身上，舔着大狼的脸、脖子和手。他们在前院里愉快地互相扭打。

“是的，孩子。是的，布鲁图。谁是好男孩？大狼的好男孩是谁啊？”

布鲁图的短尾在以每小时百万英里的速度摇动，这是一个超级带电的狂喜的咪表。它从大狼怀里跳了出来，绕着前院的大树转了一圈。不久后，它在树的另一边消失了。

大狼看见空中有大块的尘土飞扬。布鲁图再次出现在他的视线中，并且直接朝大狼扑过来，它的爪子和鼻尖都是泥巴。

“到底怎么啦，布鲁图？”

布鲁图用它的后腿站起来乞求。大狼跪了下来，狗把鼻尖压在大狼的大手里，张开嘴，吐出一枚金币。

大狼盯着，惊呆了。重量落在他的手中，发出让人眼瞎的光芒。黄金!

布鲁图把头歪向一边。

“哦，上帝。”大狼站在那里，把它举到夜空中。手里拿着黄金，这是令人振奋的。这是他想要的一切，就像童话故事里一样，如果你碰到了一块金子，你就会有更多的金子，更多。

大狼把他的大手放在布鲁图的头上。“你做得很好。你真是个好孩子。”

大狼转向 A803 号荒野的方向。朝着那看不见的远方。森林。

布鲁图推着他向前走，然后用后腿站起来，使出它全部的力气喊叫，但只发出了低沉的吱吱声。

莱诺克斯根本算不上是一个城镇，这对哈利来说很好。一家餐馆，一个封闭的加油站，5 个街道，门前没有“萨斯奎汉纳的圣诞老人，请停在这里！”的标牌。谢谢你，阿曼达，因为你选择了一个安静的地方。这有点像作弊，因为他开过了莱诺克斯一点点，然后抬头望向群山。在那里，在月光下，他瞥见了一辆双倍宽度的拖车。他驶离了主路，关上了大灯，拐到了一条碎石路上，开了几百码。至于一棵好树，这是一个能发放黄金的合适的房子吗？这里一半是森林，有很多漂亮的树。

哈利从车里出来，把麻袋搭在他的肩上。他慢慢地爬上了蜿蜒的车道，每一步他都仔细聆听，防着罗威纳犬。他看到的是一个可爱的夜晚，可爱的小动物和猫头鹰，善良的可爱的动物。他绕了一个圈。突然停下，发出一声小小的叫喊。如果他不是那么害怕的话，那就会是一声饱满的尖叫。

在这辆双倍宽度拖车前面的空地上，大约有一打 20 英尺高，锯齿形的恐龙后腿直立地站在月光下，前爪弯曲着，随时准备扑过来。但是它们没有突袭，它们没有动，它们已经锈住了。

哈利继续前行。这些恐龙是用旧农用设备、拖拉机和汽车零件做成的雕塑。它们并没有被雕塑成猛烈的攻击的姿势。恰恰相反，哈利笑了，它们在跳舞，爪子对爪子，下巴碰下巴。这是他所见过的最奇怪、最美丽的东西。一对对恐龙在月光下跳舞。它们的脚周围聚集着较小的舞者。

生锈的机器人、矮人们、暴眼的獾和长嘴的火烈鸟。

在月光下还有一个人的身影，正站在哈利身后。一个高高的、瘦瘦的中年男子，穿着睡衣，手里拿着干草叉。哈利默默地穿过跳舞的恐龙。那人便安静地移动着，跟着哈利。

哈利停了下来，回过头看了看，什么也没看见。当他再次向拖车的前台阶走去时，那人从一只恐龙后面走出来，跟着哈利一起移动，近得伸手可以摸到他，或者在他身上插入那根干草叉。哈利把他肩上的袋子放下，放在最上面的台阶上。

当哈利从恐龙身边跑出来，跑到停着的车里时，他并没有跟来。他站在那里思索着这个袋子。他用干草叉的尖齿，小心翼翼地把布袋的边缘挑开，然后往袋子里看了看。月光映照下金子的光芒照亮了胡柏饱经风霜的脸。大多数男人在看到 30 万美元的黄金时，会微笑，会发出一声欢呼。

胡柏只是叹了口气。

45 分钟后，胡柏站在克里夫的门口。当时是凌晨 2 点。克里夫穿着他的四角短裤，在春天的冷风中瑟瑟发抖。

“胡柏，活见鬼了？”

胡柏看起来很困扰，举起了麻袋。

“那是……？”

胡柏点点头。

“……你认为是什么？”

胡柏继续点头。

“我的天哪！”克里夫说，仿佛正好在这个时候，远处的奶牛场里传来了微弱的哞哞声，“嗯，你从哪儿弄到的？”即使大家都明白只有一个地方能得到它。

“那个圣诞家伙。”胡柏甚至连“圣诞老人”这个词都不好意思用。

胡柏拎着袋子，好像他拎着一只鸡的脖子。他把它交给了克里夫。

听到了金币的叮当声，克里夫发出了一声大笑，因为它们的重量。他打开袋子，朝里面看，那一束金光就像金色的闪灯的光束照在他的脸上，他又笑了起来。“我的天哪！”

当他从袋子里抬起头时，胡柏正在离开。克里夫在他身后小跑着，拍了拍他的肩膀。“慢着，胡柏，哇。你在做什么？”他试图把袋子还给胡柏。

胡柏侧过身去。“不要。”

当然，克里夫想，胡柏不是一个参与外部世界的人，而这些金子要求的将不仅仅是参与外部世界。如果大家知道了这些金子，会烦扰到胡柏。

“我懂了，朋友。”克里夫总是会给胡柏提供安全港。安全港就是奶牛场的样子。在那里，牛的情绪是可靠的，草会缓慢生长，季节会有规律地来了又去。胡柏已经是世界上最富有的人了——如果财富可以以平静的日子来计算的话。

两个朋友站在黑暗的地方，田野和谷仓周围。

“你得帮帮我，胡柏。我们得坐下来好好想想。”胡柏看着他，“这是给你的，你决定一切。”

克里夫看着胡柏。胡柏，他想，你是我的朋友，你是我的负担。除了牛和你，我都不了解其他的生命。我们俩都不擅长在没有规矩的生存水域中航行。我会傻傻地给你看阿曼达·杰夫斯的裸照。你会在半夜带着一袋金子来找我。我们是两个奇怪的人。你的拖车里装着你那些生锈的恐龙。我睡在我父母的老床上。我们将永远无法摆脱这种友谊，也无法摆脱我们奇怪的、特殊的生活。我们也不想。

“我没有为你做过任何你没有为我做过的事，胡柏。”克里夫说，他把他的胳膊搂在他朋友的肩膀上，“进来。这时候回家太蠢了，两个小时后就能挤牛奶了。”

在厨房的灯光下，克里夫已经穿好了衣服，袋子摆在他们面前的桌子上。它看起来更大更紧急，而且与这个地方格格不入。他们来回地讨论着这袋金子——也可以说，克里夫在讨论它，胡柏点头，偶尔也会做出单音节的回应。

有了这笔钱，克里夫可以做很多事。给谷仓盖顶，升级挤奶机器，多买些牧场。但是你知道，其实目前一切都还好。没有什么东西，真的，是需要用一袋金子去买的——事实就是如此，因为如果你不考虑萨斯奎汉纳圣诞老人的疯狂举动的话。

两个人无法表达，但他们真诚地相信，尽管袋子已经来到他们门口，但在宏伟的计划中，它并没有属于他们。

克里夫对这一想法进行了沉思，思考到要流汗的程度。他努力在自己的内心中清楚地计算概率——他面前能有一袋子金子的概率。

“为什么萨斯奎汉纳圣诞老人把这袋钱送给了胡柏？”他说。

“为什么胡柏把它送到克里夫那里？”胡柏说。

答案就在这两句话的中间。

递送。解脱。

那两个人互相看了看，陷入了同样的沉思。这么多年来，这么多的季节，他们一起解决问题。在田野里、在谷仓，努力进取，直到他们把事情最终做好。现在，在这个厨房里，他们一直在努力，直到最后他们找到了一种好的、实用的黄金解决方案，它同时也解决了一个非常私人的道德问题，这是一个让他们深感不安的道德问题。事实上，它并没有像它困扰克里夫那样困扰着胡柏。但确实他又感到困扰，因为它让克里夫感到困扰。不管做什么也要让事情恢复正常，这就是胡柏的目的。

“胡柏，我知道怎么处理这些钱。”

“是的。”胡柏说。

递送。解脱。

31

被发现的巨大秘密

哈利穿过树林来到后院。奥利安娜打开厨房的门，跑到露台上。阿曼达穿着护士服，从厨房的窗户向他挥手。现在，分发黄金是一个团队的冒险活动，其他成员想要听到细节。她们给他发短信，请他吃煎饼——简单的早餐，然后奥利安娜去上学，阿曼达去上班。

“你觉得他们发现它了吗？”奥利安娜朝他喊道。

哈利走到后面的露台上。“现在甚至还不到 6 点半。”

“但这里的每个人都起得很早。”

哈利当然看出来了。汽车和小货车从房子前面的碎石路上呼啸而过。阿曼达走到露台上，跟随着他的目光。“我们门口是通往中学的捷径。蠢货们开车太快。”

“去年，泰迪·巴莱在我们家门前撞到了一棵树，摔断了胳膊。”奥利安娜说，“妈妈不得不把他送到医院。”

“青少年都不怕死。”阿曼达说，她看了看身边未来的青少年奥利安娜，“如果你在开车的时候发短信，我就杀了你。”

“你的教育方式很直接，让人印象深刻。”哈利说。

“她不像她说的那么严格，”奥利安娜说，“除了有些时候。”

他们走进厨房。

“那么，说吧，我抛的金币把你带到哪里去了？”阿曼达在半夜就醒过来了。她和一个孩子一样兴奋，还有点害怕，因为参与了这样的事情。这让人感到很意外，就像违反了法律一样。也许是概率法律？阿曼达·杰夫斯帮助和教唆萨斯奎汉纳圣诞老人的概率有多大？

哈利对于帮助和教唆有自己的紧张想法。如果他在逃避阿曼达——而且他肯定是想逃避——那么他为什么跑到她们家厨房来享受一顿随意的早餐呢？脱离俱乐部的规则是什么？因为这会是即将发生的事情。他刚刚成功地把第四个袋子给送出去了。明天晚上之后，黄金就会消失，冒险结束。奥利安娜几乎脱离了她的森林。在奥利安娜获救后，阿曼达也可以继续前进。每个人都安定下来，继续前进。

哈利，他也会搬到布拉德福德县，或者是泰奥加县，在恩德莱斯山脉的另一边。开始他的新生活。

他想了很多，哈利的树林。那会是什么样子的呢？他可以在苗圃里工作。或者在一个圣诞树农场，这里有很多这样的农场。或者自己搞个什么类似的。当他把韦弗利的房子卖掉的时候，他会有一些创业资金。他不会做的事情就是待在这里。他不应该再从阿曼达和奥利安娜那里得到什么。他在这里做了一些好事，这就足够了。散了一点金子，继续前进。兰布林[1]的哈利，树人。

“那里有罗威纳犬吗？”奥利安娜问。

“没有看到任何狗。金子送得很顺利。”没有罗威纳犬，而是一个满是恐龙的院子。奥利安娜会喜欢这部分的。哈利正要告诉她这件事，他看了看阿曼达。她开始拿着一盘煎饼朝桌子走去，突然停了下来。她歪着头，听着外面的动静。

“妈妈？”奥利安娜说。

---

[1]原文为Ramblin'，出自唱片*Ramblin'*，讲述美国20世纪60年代对流浪者的看法。

现在哈利和奥利安娜也听到了。在前面，汽车在碎石上刹车的声音。另一辆车也踩下了刹车。车门砰砰被关上的声音。人声。

“有人撞到树了！”奥利安娜喊道。

但是没有发生车祸。阿曼达冲到房子的前面，奥利安娜和哈利跟在她身后。他们透过客厅的窗户往外望。两辆车停在路边，少年们都争相下了车。孩子们站在路旁，兴奋地拿出他们的手机，对着阿曼达的家门口拍照。

“怎么回事——”阿曼达猛地拉开前门，往下一看，她的手伸到她的嘴边。在她家的前台阶上，有一个麻布袋。

哈利看到了麻袋，马上又缩了回去，消失在敞开的门边。奥利安娜挤过他，走到门口前廊的母亲身边。

有六七个少年。其中一个喊道：“这是金子！”

另一个人喊道：“打开它！”他们都开始高声吟唱：“打开它！打开它！”

阿曼达和奥利安娜同时转过身来，看着哈利——哈利躲在门后的阴影里，摇着头。不，不是我。我没有把它放在那里。不是我，不是我。

阿曼达对孩子们喊道：“没什么事，这是一个恶作剧。回到你们的车里，去学校。”

他们什么都不听。“打开它！打开它！”

可能是孩子们自己放的，对吧？他们的恶作剧。肯定是这样。好吧，她不会让他们满意的，让她看起来像个傻瓜。她开始生气了。

但奥利安娜跪在她身后，解开了袋子。早晨的太阳光从枫树上洒了下来，照亮了袋子的内部，在金色的光中，奥利安娜的脸被照亮了。

奥利安娜惊呆了，阿曼达惊呆了。孩子们都惊呆了，然后他们就疯了。笑着，互相推搡着，拳头捶打着空气，拿着他们的手机摄像头走了过来。

哈利在门里面，快要心脏病发作了，阿曼达又转过身来看着他。她的脸上是愤怒的表情。

你做什么了？这是什么？

一群年轻人欢呼起来。“黄金，黄金，黄金！”拍了上百张照片，发到他们的脸书和照片墙上，他们都疯了。

阿曼达低着头。奥利安娜已经把手伸进袋子里，手里拿着一把金币，仿佛是为了亲自证明：萨斯奎汉纳圣诞老人，难以置信地，将第四袋金子送到了杰夫斯一家门口。

奥利安娜非常地困惑和不安，她看着哈利的眼睛。这不是原本的计划。这不是原本的计划，哈利。她的眼神里也有恐惧。因为她的母亲，这个地球上最骄傲的女人，最不愿意接受或理解的礼物就是一袋金子。

“奥利安娜！”

她让金子从她的手中滑出，掉进了袋子里。

15 秒后，互联网上出现的其中一个画面，就是一个闪闪发光的、缓缓翻滚的金币瀑布的视频。

阿曼达抓住奥利安娜的肩膀。“进屋去，现在。”奥利安娜冲进了屋子里。她站在哈利面前，上气不接下气。“你做了什么？”

“我没有这样做，我不知道发生了什么。”

奥利安娜浑身颤抖着，盯着他。怎么可能不是他做的？他为什么要骗她们？为什么他会破坏这次任务？“你毁了一切！”她推开他，跑到楼上她的房间。

“奥利安娜。”哈利跟在她后面喊道。妈的。

在前门，阿曼达拿起了一袋金子。她对那些青少年大声喊叫：“从我的草坪上滚出去！去上学！停止拍照！”但已经有两辆满载青少年的汽车停了下来，还会越来越多。因为事情就是这样的，阿曼达在绝望中想。她现在是赢家之一。马戏团要来了。

她冲进屋里，砰的一声关上了门。“那不是我。”哈利说。

她把袋子扔向他，他的胸部就像中了炮弹一样。

“是吗，这不是你？这是另一个萨斯奎汉纳的圣诞老人，是吗？”

“阿曼达。”

“那么，为什么——我吻了你，让你感到恐慌，让你感到内疚了吗？我得到安慰奖了？是吗？”

“什么？不是。”

“我被收买了？或者等等，你为这个可怜的寡妇感到难过吗？你觉得她自己搞不定自己吗？她需要一个好男人的帮助？”

“我把这个袋子放在莱诺克斯镇上一辆双层大拖车的台阶上。”

外面，有更多的汽车停在那里。“看看门口，哈利。”

“我把它送到那里，我就开车走了。”

“你知道吗？”她指着窗外说，“你出去，你告诉这个世界——因为那是即将来到我门前的该死的麻烦——你是萨斯奎汉纳的圣诞老人。我不想成为故事。你才是故事。”

“阿曼达，听我说。先前，是的，我曾想过给你一些金子，但是我没有，我也不会。因为我知道你有多骄傲，你以为我不尊重你吗？哦，去你的。”

阿曼达吸了口气。哈利生气和受伤地站在那里拿着金袋子。

“我无法解释，”他说，“我可以带你去看莱诺克斯的那辆拖车，是辆双倍宽度的拖车，院子里面有很多恐龙雕塑。”

阿曼达深吸了一口气。

她脸上的表情似乎是恍然大悟。哈利看到了。他的话引起了某种回应，一些其他的可能性。

“黄金，”他说，“整个冒险。它是关于我试图擦去我的罪恶，不是彻底的干净，而是让它干净一点点。来解救我的灵魂，只是一点点。”

阿曼达思绪万千。恐龙雕塑。克里夫在床上，会谈论胡柏。

哈利看到她的表情。“还有人，不是吗，想扮演圣诞老人？另一个需要解决和解救的灵魂。”

“我不能要。”

“你知道那不是我。我能从你的脸上看到。”

“我不可能留着它。”

哈利劝说道：“无尽的山脉就是个小世界。不管我把金子给了谁，这个人应该是欠你的。”

阿曼达茫然地说：“因为做了愚蠢的事情、幼稚的事。但……一袋黄金？这太过分了，它没有任何意义。”

“不管是谁给你的，这对他们来说很有意义。你得留着它，阿曼达。你必须接受它表达的含义。”

“我不能。”

“你知道什么比童话更神奇吗？”哈利说，“真正的生活，它就落在你的门阶上了。当有人这么努力地说他们很抱歉时，这是很神奇的。”

阿曼达在想：从格鲁到哈利，从胡柏到克里夫再到我，就像童话故事里不可思议的魔法。待在恐龙中的胡柏——安静的，隐身的胡柏——去了他唯一的朋友那里。晚上他们坐在一起。他们看到了机会，把过去一笔勾销的方法。

“当你接受道歉，这也是一种魔力。”哈利说，“你需要接受别人的东西，阿曼达。尤其是道歉。当有人这样感到抱歉时，你就应该接受了。”

他把袋子交还给她。

“见鬼，为奥利安娜接受了吧。还清你的债务，为她的大学教育多投一些钱。这是切实可行的，是美好的。”

外面，更多的汽车开过来了。

阿曼达久久地看着他。“好吧。你想谈魔法和童话吗？你想让我拎着这袋金子，微笑地站在那里展示吗？”

“你不需要微笑。或者，也许只是一个小小的微笑。”

“那么我们达成一个协议。”

噢噢，哈利想。

“如果我必须相信魔法，”她说，“那么你就必须停止相信魔法，别再用它折磨你自己了。你认为买彩票导致了贝丝的死亡。"

哈利想要退出这个协议。

"你所做的只是走进一家商店，你已经做过无数次了。买张彩票，这当然是一种愚蠢的浪费，但不是一种神奇的犯罪。没有什么可怕的童话故事出现。"

哈利向窗外望去。

"你知道我希望什么吗？"阿曼达说，她的声音突然响起，"我多希望我在迪恩死的那天早上吻别了他。在我去工作之前，我总是和他吻别，总是这样。但那天，我没有。如果我吻了他，有了我们的幸运之吻，我们的神奇之吻，他也许就不会受到伤害。"

哈利转过身来面对她。两张脸上都是痛苦。

"哈利，除了吻不能保护我们所爱的人，买彩票也不会导致起重机倒塌。世界按它自己的方式运转。"

她走近他。"说了这么多让我接受金子的话，你也需要接受一些东西，你做了所有这些——"她把他的手放在金袋上，"从你那糟糕的工作中解脱出来，去冒险，去帮助我的奥利安娜。解脱你的灵魂。但是，哈利，你要做的最大、最困难的事情是什么？是不要相信那张彩票，原谅自己。"

他们背后传来声音。转过身来，奥利安娜正站在楼梯的底部。

"哈利，"她说，"彩票不是魔法。它不是。"

哈利看着她。

"好吗？"她说。

世界悬而未决。

时光倒回，哈利突然看见贝丝穿着她的红色外套站在市场大街上。她给了他一个吻，然后消失了。哈利眨了眨眼睛，又回来了。奥利安娜在等待。阿曼达在等待。

"好吧。"他低声说。

奥利安娜跑过来，拥抱了他。哈利伸出手把阿曼达一把拉了过来。

“还有《格鲁的账本》，”奥利安娜说，声音支吾着，“它——”

阿曼达吻了奥利安娜的头。“《格鲁的账本》绝对是魔法。”

阿曼达看着哈利的眼睛。他笑了。

阿曼达院子外面的骚动是无法拒绝的。

阿曼达把哈利推到厨房。“你必须离开这里。”现在不仅仅是孩子了，各种各样的人都开着卡车和汽车来到这里。“远离树林，直到事情平静下来。远离树屋。”

“还有采石场。”奥利安娜说。

“你应付得了吗？”哈利说。

阿曼达耸耸肩。“奥利安娜去上学，我去上班。”

她举起袋子，袋子里叮当作响。“他们会像苍蝇一样跟着我。”

“把它们带到银行去。”

“赶紧消失。走吧。”

“还有一件事，”哈利羞怯地说，“这不是你想象的那么多钱，这是应纳税所得。”

阿曼达假装生气。“什么？你没交过税吗？圣诞老人，你浑蛋。”

果然，她走到哪儿他们跟到哪儿。但阿曼达认为，要想结束这件事情，就必须保证她们在安全的地方——奥利安娜在学校里，她自己在萨斯奎汉纳的医院里。

尽管她不得不在银行外面跟他们说话。媒体对她大声提问。银行的台阶上有两名州警。

“感觉如何？”

“奇怪。”阿曼达回答说。

“大点声音。”

“奇怪！”

一些人鼓掌。阿曼达局促不安。他们是她认识的人：朋友、山上的邻居，还有几个来过急诊室的患者。

“我不是个英雄，这只是很多同类事情中的一件。”

人们边笑边鼓掌。

“我得去工作了。我迟到了。”

“你打算用这笔钱做什么？”

上帝，多么尴尬。阿曼达觉得她是穿着内衣站在人们的前面。“做任何明智的人都会做的事。付我的账单，给我的卡车换新轮胎，把剩下的钱留给孩子的教育。就是这样，都走吧。”

来自斯克兰顿 WNEP 电视台的一名电视记者举起了一个麦克风。“你想对萨斯奎汉纳圣诞老人说些什么？”哪一个？阿曼达在想。对克里夫和胡柏来说，你们是被原谅的。对于哈利，她脸红了。他给了她比金子更有价值的东西，她怎么能感谢他呢？但她能做的，对所有在这儿的圣诞老人来说，就是看着摄像机说：“谢谢你。”

不——

不，不，不！萨斯奎汉纳圣诞老人几乎是开车经过我家，停在阿曼达·杰夫斯家的门口？

只隔一英里那么远，圣诞老人难道就不能拖着他那胖乎乎的屁股来到我前面的人行道上，把那 300 枚金币丢在我的门阶上？这样做他会死吗？但现在这样肯定是要杀了斯图，他坐在办公桌前，头埋在双手里。

所有的事情都来了。星星们，排成了莫名其妙的一排。我马上要没收她的财产。那条大鱼就要来了，我马上就可以在阿曼达那栋漂亮的手工雕琢的原木别墅前闲逛了，他马上要开咬了。

不——为什么圣诞老人突然来救你了，阿曼达？你正处于经济绝望的挣扎中，我们搞定你了，我知道我们已经搞定你了。

好吧，好吧，斯图告诉自己。呼吸。所以没有大鱼和寡妇了，但我仍然还有普拉特公共图书馆，普拉特的关闭是肯定的。但后面那件事也开始折磨他了，因为这个世界太残酷了。当然，有些东西会突然从你的手中被夺走。

“不。”他呜呜咽咽哭了起来。

普拉特公共图书馆的交易是否足够快到可以安抚他的老板，布罗姆勒先生？这并不是说斯图可以到那里去，然后私自用推土机推平那个地方。如果那些恶意的背后毁谤者，镇议会的成员最终投票决定关闭普拉特，却不把合同授予斯图和无尽梦想房地产公司，那该怎么办？尽管他们对此有约定，但他并不信任杰瑞。如果圣诞老人能背叛我，杰瑞·帕尔科也可以。

他生气地看着贴在他办公室墙上的萨斯奎汉纳县地图。办公室很安静，因为布罗姆勒妈妈的追悼会，办公室暂时关闭了。下午 4 点在凯尔默殡仪馆举行仪式，斯图一定会在布罗姆勒妈妈的棺材前挤出引人注目的眼泪，他该带着鞭子抽打自己吗？不管你想要什么，布罗姆勒先生，告诉我。

斯图几乎要哭了，盯着清晨的阳光照耀下的地图。他拿着红色的图钉，准备给 4 号袋子做标记。埃尔克代尔、哈尔福兹维尔、威内菲尔德——就在那里，天哪，圣诞老人，是我的房子，不是阿曼达·杰夫斯的房子。

斯图把图钉钉到那个地方，就像把一根针插进一个巫毒娃娃一样。他希望阿曼达能感觉到它的刺痛，幸运的臭娘儿们。如此美丽、漂亮的房子，再加上一个新的男朋友，现在又有了一大笔钱。世界在她手中。

他整个上午都坐在那里，看着网上的所有照片。菲尔·巴特克、金杰·汤普森、罗威纳犬布鲁图、美丽的阿曼达，都是赢家。这就是互联网所称的，赢家。

“斯图·吉普纳。赢家。”这些话，无意义的废话。他瘫倒在椅子上，盯着第 4 个红色的图钉发呆。他咬着他的下唇。

他坐着，坐着，然后站了起来。他知道的下一件事是，坐到车里，开车去阿曼达的家。他必须靠近那袋金子实际落地的地方，他忍不住要去那里。尽管这是一种折磨人的痛苦，但他却不得不沉浸在财富的光环之中。

但当他到达那里时，那些呆呆的人就在那里。走开，呆呆的人，我想私下里，待着。你们这些人不明白，那是我的黄金，那栋房子是我的，她已经拖欠贷款了，我有一条大鱼要买这栋房子，这都是我的。

斯图吞下了他的痛苦，慢慢地驶过房子。在四分之一英里的路上，两边的枫树都很茂密，他看到了“树叶墙”上的一个开口。一条古老的，杂草丛生的道路，车辆的车轮是可见的。他把车停在里面，停在几码远的地方。他需要抽烟。他需要靠近房子。他需要。斯图·吉普纳需要。

他开始从森林里走向阿曼达的家。他没有穿适合森林徒步的衣服。事实上，他穿着一件外套，打着领带，穿着漂亮的鞋子，因为要参加布罗姆勒妈妈的葬礼。他抽着烟，脚下的树枝嘎吱作响。啊，森林——这对一个人的灵魂来说是件好事。为什么他不经常去大自然？看看这些树。它们太……像树了。

他把烟头扔在树上，点燃了另一根，环顾四周。嘿，那个树屋在哪儿呢？哈利·克兰，在他漂亮的树屋里，像只虫子一样舒适。你知道吗？我现在在森林里，我想我要去找一个哈利·克兰。你怎么说，哈利？让我们在树屋里一决雌雄。一对一的，最后一个还站着的男人得到阿曼达和她的金子。

斯图不安地凝视着森林深处。

真的，树屋在哪里？他走路的时候，杜鹃花和山月桂在他身上刮擦。阿曼达的房子是哪条路？他失去了他的方向。他点燃另一根香烟。至于那件事——他的车是在哪条路？他停下来，像芭蕾舞演员一样旋转。

森林似乎突然变得压抑起来。突然吗？森林总是让人感到压抑，在上帝的名字里，他想到了什么，居然来到这里？他从未进过森林，森林里的孩子们从来没有发生过什么好事。他记得在阅读角，欧丽芙·帕金斯怪异地坐在她的椅子上，读着《格林童话》，吸引孩子们。小斯图就在他们中间，他的嘴张着，那些故事把他吓得屁都没了。这就是为什么我要推倒普拉特公共图书馆，那个地方给我留下了终生的伤疤。

斯图凝视着树林中绿色的黑暗。他为什么不留下面包屑，这样他就能找到回家的路了？嗯，他丢了几个烟头。是的，他会顺着一串烟屁股找到安全的地方！聪明！他走着，眼睛盯着地面，寻找着他扔掉的白色香烟烟头。

一只猫头鹰在他耳边鸣叫，斯图压制住哭泣，猫头鹰是夜间鸟类。森林里黑得像夜晚，他抬头看了看那一丛丛的树枝。看不到天空，只有茂密的、可怕的绿色。绿色里面有猫头鹰。如果蛇从树上掉下来怎么办？有点常识，伙计，他告诉自己，那只会发生在密林里面。你更有可能被一只疯狂的浣熊咬伤，或者被一只鹿踩死，或者被熊抓伤。

他必须从这片森林里走出来。

“哈利。”他轻轻地叫了起来。哈利会救他。是的，找到哈利，说你是来为你并不打算真的要打他的那一拳道歉的。你会说，你一直在喝酒，你喝醉了。

“哈利？哈利·克兰，你在哪里？”

突然的惊动和翅膀的嗖嗖声，一只红尾鸳飞过他的头顶，它的尾巴是血一样的颜色。斯图尖叫着，在森林里奔跑。

“哈利！哈利！”

他撞到了树干上，被石头绊倒了。他费力地穿过浓密的麒麟草和蓟草。他西装外套的袖子被扯破了，锃亮的皮鞋被磨损了，额头被剐蹭出了血。

“哈利！”

奔跑，奔跑，躲开猫头鹰、老鹰、蟒蛇、老虎、大象。

然后他脚下的土地消失了，他飞了起来。他的手臂在空中挥舞。

不，不是飞，是下降。

“啊——”

被一丛丛的藤蔓和茂密的灌木丛所遮蔽，斯图没有看到猎物的大嘴。他现在看到它了。一个巨大的岩石坑，有60英尺深。他一生都在想，他将如何死去。现在他知道了。

“噗噗噗。”

他掉了 4 英尺，落到了一块岩石的边沿。他本应该被弹下岩石，摔死，但他的腿却被一根藤条缠住了。

他躺着，四肢叉开，他淤青的脸颊贴在一块平坦的岩石上。他的眼睛落到了眼前一堆 3 英尺高的石头上，石堆旁边有个小开口。太阳的一束光照射进小洞的内室。

斯图眯起眼睛看了看。那些是什么？盒子吗？他把他的脚踝从藤上扭了出来。如果他不是被那些隐藏的盒子所带来的奇怪的景象所转移注意力，他可能会注意到，救了他命的藤条是毒葛。他四脚撑地撑起了身子，摇摇晃晃地在不稳定的石头堆顶端平衡着，手脚并用，一寸一寸艰难地向洞口爬去。好不容易挤进小洞里，爬到了箱子前面。

“噢！”

有东西刺痛了他，他在脖子上用力一拍，一只黄蜂掉到地上，蠕动着。斯图用石头把它砸得稀碎。他回头看了看洞穴的入口，外面有很多黄蜂，在光线中飞进飞出。

他又转向箱子。总共 8 个盒子，登山靴盒子大小。他看了看他那双被毁的皮鞋，他希望他能穿上登山靴。真奇怪，有人会把登山靴藏在山洞里。他慢慢挪近了，伸手去拿顶上的盒子。上面没有印刷任何东西，地址标签也被撕掉了。在这个狭窄的山洞里，没有多少回旋的余地。

他举起了盒子——或者说试着去举起，但出人意料的重量让他吃了一惊。它至少重达 30 磅。他放下了它，里面发出金属的声音。

“这不是徒步旅行靴。”他说，然后，“哎哟！”另一黄蜂在他的耳朵后面刺了一下。

蜂开始从入口处蜂拥而来，他必须离开这里，这是一个完美的死亡之地，在一个狭窄的洞穴里，没有人会找到他。有谁会瞧这里一眼呢？

但是这些盒子里是什么呢？他撕开了他拿起来的那个盒子的包装胶带，掀开了箱子的两翼，猛地拉开气泡纸。都是管子，硬币管。里面装满了黄色的硬币。

不。不是黄色的。

斯图的嘴张开，又闭上了。

颜色并不是黄色。颜色是金色。

第三只蜂蜇了他。“噢！”他轻声说，“噢，哇，哇，哇，哇。”

他把金币倒在他的手里。有一些从他的手指滑过，滚到了洞穴的角落里。丁零，丁零。

“黄金！这是黄金！”

斯图不是一个虔诚的教徒，但他突然开始相信所有的神，甚至是那些穿着宽袍子的怪异罗马神仙。“黄金，黄金！”他哭了，他的声音在石壁上回响着。

他把金币从一只手上倒到另一只手上，像喝醉了酒一样。这就是他注定要成为的人！这个人，这个手里持有金币的人！

极度兴奋中，他试着去思考。每一枚金币都有重量，多少，一盎司吗？一盎司是 1000 美元。好多盒子，好多盎司。当这个数字闪现在他的脑海里时，他没有呕吐也没有昏厥，这真是一个奇迹。这些盒子里肯定有 200 多万美元的黄金。不是一个拥有六位数的人——他是一个拥有七位数的人！

“斯图·吉普纳是大富翁啦。”他低声说。

他没有问这个问题：黄金是谁的？因为这个问题的答案很明显——“这是我的。这都是我的！”

他疯狂地把金币塞进他的口袋里。然后，出乎意料的是，他做了一件令人震惊的事情。他停顿了一下，开始理性地思考，非常犀利明了地思考。

欧丽芙·帕金斯曾经给全班同学大声朗读过一个故事，一个并不可怕的故事。不是格林，是另一个人。伊索。《伊索寓言》。“生金蛋的鹅”。

以前的斯图会在此时此刻尽可能多地拿走金子，但这里可能有 200 磅的黄金。只是装满口袋，还是全部拿走?

当然是全部拿走，这就是新斯图所要做的。新斯图。是的。他必须毕其功于一役。他转过身来，望着洞的入口。所有这些蜂：需要杀虫剂。要带走所有的金子：需要一个大背包。他把车停在了那条路上，那是老的采石场路。他可以开车靠近这个采石场，但不是开他的别克车。他需要一辆全轮驱动汽车，他知道他在哪里可以找到一辆。在无尽梦想房地产公司，布罗姆勒先生公司的车——黑色道奇杜兰戈 SXT，布罗姆勒先生用它来载着买房度假团到处转悠。精英们。

是啊，现在精英先生是谁? 斯图的头脑很清楚，就像吸了毒一样兴奋。不，不是吸毒，他可是一个赢家。这就是赢家的感觉。他有一个胜利者的头脑。

他从洞里爬了出来，用力呼吸着空气，迅速地绕过了蜂群。他跳上邻近的岩石堆，爬上了他第一次摔倒的岩石边沿。他站在采石场边上，低头看着那个大洞，他甚至没有感到眩晕。他深深地呼吸着这片森林里的空气。也许有了这几百万，他会买下这片森林。也许他会买下这片绵延不绝的山脉。

他拿出一包烟，想得很清楚，也很聪明，他把香烟分成小块。他把它们放在树干上，放在岩石上，为自己留下了一条痕迹。他找到了老采石场路的顶端，沿着它走了半英里，回到了停车的地方。

一切都那么简单。这就是“赢者”的方式。要风得风要雨得雨，世界不过是斯图的一份牡蛎。

32

缝合那些支离破碎的生活

哈利坐在马滕斯堡“帽子餐厅”的柜台前，盯着电视，电视里的阿曼达正看着镜头，说：“谢谢你。”

他非常小心地吞下了他的烤奶酪，目光不敢斜视。餐馆的老主顾们会觉察到阿曼达实际是在跟他说话吗？感觉就像一个萨斯奎汉纳圣诞老人的霓虹标志突然在他的头上闪烁。

服务哈利的女服务员看着电视说：“她为什么还要去上班？”她朝坐在收银台后面的店老板叫道：“嘿，雷，预先通知你，当我拿到一袋金子时，我就会休息一天。”

“你要是这样做，贝蒂·安妮，我会让那个护士代替你。她是一个勤奋的工人。”

贝蒂·安妮笑了。“她才不会听你胡扯呢，雷。看看她是怎样把那些记者推开的。”

贝蒂·安妮转向哈利。“再来一杯健怡可乐吗？”

“不用了，谢谢。”

“伙计，我能用一袋金子做什么？”

哈利靠了过去。“你会用一袋金子做什么？”因为，你知道，贝蒂·安妮，我可以让你的梦想成真。为什么不呢，也许这就是星星们排列的方式。我今天没待在森林里，我没和萨斯奎汉纳县善良的人们待在一起，但现在我可以让一个梦想实现，一个更加近距离的和私人的梦想。贝蒂·安妮，圣诞老人的聚光灯照在你身上。你会用百万美元做什么？是的，没错，贝蒂·安妮，一百万，因为萨斯奎汉纳的格鲁即将把他最后两大堆金子扔掉。

“我要坐头等舱去纽约，”贝蒂·安妮说，“坐豪华轿车去蒂芙尼珠宝店，买我看到的第一条项链。然后我就会包下整个剧院，播放《狮子王》，我自己一个人看，因为我不喜欢有人坐在旁边咳嗽，噼噼啪啪地剥糖果包装纸。”

对不起，贝蒂·安妮，哈利想，今晚你的门阶上没有一袋金子。

与哈利相隔三个凳子远的地方，一个身材魁梧的顾客，穿着满是灰尘的工装裤，说：“《歌剧魅影》。这是我想去看的。”

“戴夫会理解的，对吧？”贝蒂·安妮对其余的顾客说，很多人点头。

“哦，是的。”戴夫亲切地对哈利说，“我看过 5 次。”他边说，边伸出了右手的 5 个手指，不过他的小姆指少了一截。

“你是说四次半？”贝蒂·安妮说道，包括戴夫在内的所有人都笑起来。“戴夫，给他看看你的彩票。”她显然是对着哈利说的，因为他是餐厅里唯一的非本地居民，她解释说：“戴夫去年赢了 5 万美元。”

戴夫拿出他的钱包给哈利看，这是一张又老又旧的中奖彩票的影印纸。戴夫说：“他们保留了原始彩票。”

“不错。”哈里说。他假装看了一眼，但其实并没有看。他不想看到那张彩票上的日期。帽子餐厅里发生的这一切和家里太相似了。他付了钱，走回他的车里。他的电话响了一下。短信。

阿曼达：奇异的一天。是吧？

哈利：藏得很深。

阿曼达：你能在下午 3 点去学校接奥利安娜吗？我不想让她回家。我可能会比较晚。

哈利：可以。在绿色庄园见面吗？

阿曼达：普拉特公共图书馆更好。

哈利：明白了。

还有几个小时要消磨。绕着这个县城无目的地开车，令人不安。他真正想做的是去采石场，为今晚的递送装车。但这是不可能的，他必须在黄昏时做，甚至在黑暗中。哈利看了看所有的“萨斯奎汉纳的圣诞老人，请停在这里！”的标牌。一开始，所有的标牌都是手工制作的，但是有些人很快就把它做成了一桩小生意。在便利商店和加油站都有现成的标牌出售。这就是世界运转的方式，很快就会有金币形状的塑料幸运符和萨斯奎汉纳圣诞老人的大头娃娃。

路上的人也会越来越多，当然。游客们赶来了，州外的车牌。一辆俄亥俄州牌照的汽车从他身边经过。然后是一辆佛罗里达州的车。不好。为了能参与萨斯奎汉纳县的圣诞金币游戏，他们也许会在这里买房子，搬迁到这个地方？这一结局显然已被上帝写在了墙上。他会和金子分发团队来谈论这件事。奥利安娜，你自己说的，彩票不是魔术，让我们今晚就完成这件事吧。只一个袋子。一袋子全部送走。

哈利边靠近十字路口的交通灯，边陷入了沉思。当大狼开着他的红色雷克萨斯车呼啸而过时，它以一种梦幻般的方式在哈利的大脑里留下了印记，这是一种征兆，世界正在接近。金子出现在阿曼达的门阶上，哈利不得不潜伏起来。人群、标牌和大头娃娃，现在是有关大狼的幻觉。

但这不是幻觉。真的是大狼在他那辆红色的雷克萨斯里，巨大身躯趴在方向盘上，在绿色的灯光下飞驰。

“大狼？”

毫无疑问，不可否认的，难以置信的大狼。就像他发的誓那样，大狼找到了他。

“大狼！”哈利的脚踩到了油门踏板。他居然在红灯的十字路口踩下了油门，他在想什么？要追大狼？要逃脱吗？完全震惊。一辆小货车从左边向他驶来，鸣笛，发出刺耳的刹车声。哈利在最后一秒看到了它，然后赶紧急转弯。他的凯美瑞跳上了马路牙子，撞上了一根电线杆。

他听到了气囊冲出的声音，然后他听到了撞车的声音。然后，当他的头撞到挡风窗户上弹回来的时候，他听到了一声嘎吱的碎裂声。

砰，轰隆，咔嚓。砰，轰隆，咔嚓。他的脑袋里到处都是这些声音。几乎是一首乐曲，而且肯定与他无关。这些声音是从哪里来的？红色似乎突然变成了主要的颜色。大狼开着红色的雷克萨斯车。难道他是在大狼的车里？

“哈利。”一个声音说。

“大狼？”哈利迷糊地说。

“哈利。”一个声音说。

“大狼？”

“他在号叫。”一个声音说。然后，“哈利，你能睁开眼睛吗？”接着是，“哈利，握紧我的手指。”然后，“他还在流血。再给我一条止血绷带。”

多奇怪的请求。为什么大狼要我握住他的手指？砰，轰隆，咔嚓。哈利睁开眼睛，就像从梦中猛然惊醒一样。

他在移动。警报器在尖叫，还有急救队的比尔盯着他的脸。哈利无法动弹，他躺在担架上，被绑在一个稳定板上，并戴上了颈托。

比尔正在用手指摸索哈利的头皮，感觉很舒服，很舒服。“没有血，没有挫伤。”

哈利看不出比尔在跟谁说话。

“哈利，你昏过去了吗？”比尔说。

他的左脸颊受伤。“脸颊疼。”

“你只是有个撕裂的伤口。你会有一个漂亮的海盗伤疤来纪念这一天。”

“大狼。”哈利说。

“他不停地说大狼。”一位哈利看不见的急救队队员在说话。比尔突然拨开了他的眼睑，朝它们射出一束非常明亮的光。“哈利，别太紧张。”比尔对另一个急救队队员说：“瞳孔等圆，有反应，没有扩张。”

哈利试图把记忆拼起来。他在交叉路口，他记得，他看见了他的兄弟。没错，大狼开着红色的雷克萨斯。

“大狼来了。”哈利说。

“我不明白你，哈利。”

“在十字路口，我看见了他。”

哈利看见比尔看了另一个急救队员一眼。比尔说：“也许是德国牧羊犬？这里没有狼。土狼有时有。”

“曾经，有过一只美洲狮。”另一个急救队队员说，“但那是非常罕见的。”

“大狼。”他不是和比尔或另一个人说话。他在自言自语，或者他根本就没有大声说话。他感觉很不舒服，他的大脑充满了休克后产生的肾上腺素和胺多酚。但真正令人震惊的是，他的兄弟在这里，在连绵的山脉中，在萨斯奎汉纳县。比这儿更近，他在离哈利 30 英尺内的地方。他是那么急切地想找到哈利，因此他冲过十字路口时甚至都没看到他。这就意味着，大狼的心里有了一个目的地，这个目的地不是马滕斯堡，这两兄弟之所以都在这里纯属偶然。当然，他有一个目的地。在气味上，大狼从来没有失误过。

你在你的森林里，哈利，在你的树上。我来了。

急救队队员比尔给阿曼达打电话。

“我和哈利在一起，”他说，“我们要把他带进来，交通事故。”

阿曼达的胸口一阵疼痛。她听到了比尔的话，但在她恐慌的大脑中，她似乎听到的是罗尼的声音，一年前的罗尼在电话里，告诉她有关迪恩的消息——阿曼达，我是罗尼。急救队和迪恩在一起。她想，这就是世界运转的方式。有些事情曾经发生过一次，但并不意味着它不会发生两次。

外面停车场里，还有几个记者和看热闹的人在徘徊，医院的保安拦住了他们，让他们远离急诊室的门口。谁会有这样的一天？除了黄金和电视记者，还有即将到来的警笛的哀号声。

阿曼达很害怕，所以很冷静，但心思却在飘浮。脑震荡是可以致死的。她在急诊室里观察过很多类似的病例，她知道得很清楚。农民们从拖拉机上掉下来，采石场工人在切割石头的时候被一块飞来的石头砸到头，然后他们会跌跌撞撞冲进急诊室，带着尴尬的微笑和一个小小的伤口——无线电对讲机，急诊室护士通常这样称呼这些伤口——但隐藏在头骨里面的却是已经破裂的血管。

哈利会来到这里，他会流血不止，这一天将会随着他躺在太平间的台子上而结束。现在，她就像奥利安娜和哈利一样地思考，把现实中没有联系的点联系起来，自说自话着哈利·克兰到来和离开的故事。他的到来便预示着他的结局。他们第一次在森林里相遇的那天，他的头部受了伤。他走入了她的生活，但他注定要离开。他不会在同样的事故中幸存两次。

她会对奥利安娜说什么？天使们又来了。带翅膀的。为什么我要让哈利走入我们的生活？阿曼达想，我怎么会这么粗心大意呢？

“那么，马上要进入1号房间的是什么情况？”急诊室医生克罗纳问道。

“车祸。面部撕裂，可能有脑震荡，但重要器官稳定。”

克罗纳医生的理解：小问题。“很好。等我狼吞虎咽扒几口午饭，然后我们给他缝针。”

克罗纳医生的话并没有安慰到她，当救护车到来的时候，她并没有得到缓解，门开着，哈利还活着，他苍白的左脸缠着一条巨大的压力绷带。他对比尔喋喋不休，当她喊他的名字时，他甚至都没有转过身来，他的眼睛都没有看着她，直到他被安置在1号房间里，六七个工作人员像无人驾驶飞机一样在他周围忙碌。然后他盯着她，在灯光下眨着眼睛。

“大狼。”他对她说。

工作人员们停下来互相看了一眼，然后又开始在哈利身边忙碌了起来，开始静脉滴注，连上了氧气罐和血压监控器，心电图导线。

“哈利，你在号叫吗？”克罗纳医生和蔼地说。阿曼达通常都会加入这种玩笑，用随意的谈话来缓解病人的紧张，让他们从伤病中解脱出来。

“大狼来了。”哈利说。

“大狼是他的兄弟。”阿曼达说。

“你们俩认识吗？”克罗纳医生问。

“我们是邻居。”阿曼达说。她没有理会急救队队员比尔的表情。

克罗纳医生评估了哈利的神经状况。视觉、力量、感觉、反射、认知——哈利并无大碍。“这很好，哈利，你给了我所有正确的答案。现在再扭动一下你的手指和脚趾。”

阿曼达注视着哈利的反应。哈利没什么大问题，但她不相信。“哈利，”克罗纳医生说，“接下来的一个小时，我们会把你的脖子撑住，一直问你同样无聊的问题。”

哈利试图坐起来。“我要走。”

阿曼达把她的手放在他的肩膀上。她感到了他的温暖，却仍然不相信。她不相信这个好消息。哈利很温暖，他活着。

“实际上，你需要留下来，”克罗纳医生说，“我们需要把你的伤口缝合起来，还要观察一会儿。阿曼达会把事情安排好，几分钟后我就回来。”

阿曼达说：“做个CT扫描？”因为在哈利的大脑里，血管肯定爆开了花。

“他神经方面没问题。”克罗纳医生看着阿曼达，“除非你能看到一些我看不到的东西。”

她看到的是哈利躺在太平间的台子上。她深吸了一口气，努力“吸收”一种新的可能性，哈利会没事的。“不，他并无大碍。”

克罗纳医生点了点头，拉开了床帘。

哈利无法转动他的头。突然，从后面，阿曼达俯下身，亲吻了他的前额。她低声说：“我不在乎我是不是应该吻你。该死的你，哈利。”

泪水落在哈利的脸上。“嘿，”他说，“让我看到你。”

她走到担架旁边，擦着眼泪。他伸手去摸她的面颊。

“我有点反应过度了。”她说，“接到电话，说你在救护车里，就在以前的同一条路上。”

哈利明白了是什么使她害怕。“我很抱歉，但你知道我很好，对吗？”

“我反应过度了。”她又说。

哈利看着阿曼达。他以前就肯定，现在更加确信无疑，在黄金处理完时他会给她带来的痛苦。他想，我们俩谁都不想这么做，也不想再冒这个险。看看我们有多脆弱。你认为我从山毛榉树上掉下来的那一次，还有今天这一次，当黄金处理完的时候，我将离开森林、奥利安娜和你。一股痛苦的浪潮席卷了他。

阿曼达直视他的目光。“我不能给你任何止痛药，至少一个小时内不行。直到我们排除了脑震荡。”

哈利记起了所有的事情。他无法待一个小时。大狼在这里。“大狼找到了我。或许找不到我，但他在找我，要找到我。他在这里。”

他告诉她他看到了什么以及这意味着什么，因为一旦大狼闻到了这股气味，他就不会停止。他以前没有告诉过她的事情，现在他都说了。大狼是来找哈利和金子的。

阿曼达用她那急诊室护士特有的冷静声调对哈利说话，她的声音像在耳语，因为他们只是被床帘隔开在后面。“哈利，哈利，停下。听我的，大狼需要处理，但不紧急。你不需要在这一秒内移动黄金。”

“他会找到它的。”

“不可能的，他在找你，这是你说的。他想向你施压，你是他唯一能得到黄金的方式。”

“我告诉你，我要走了。”

“不。我告诉你，你需要缝合和观察。”她说，“当可以离开的时候，我们就一起离开。”

哈利明白了。一年前，救护车的警报让她心碎，阿曼达已经忍受了这一切，独自一人回到了家。

克罗纳医生把床帘拉到一边，对着哈利微笑。“可以开始缝针了吗？”

哈利想，是的。那一天，所有的事情都支离破碎了，但这一次他很想重新将一切缝合起来。

33

事情变糟糕了

斯图坐在布罗姆勒先生的大班椅上。他来到布罗姆勒先生的办公室，本来只是为了找道奇杜兰戈的车钥匙，但随后，椅子在向他招手，一旦他坐上了那把华丽的指挥椅，桌子也在召唤他，于是斯图向后靠在椅背上，把脚放了上去。

啊，他想，财富的标志。当我拥有数百万的时候，我将在我的豪宅里搞个一模一样的办公室，连最后一个文件夹也要一样。他看了看桌子右边角落里“布罗姆勒妈妈”的相框。

“我不再接受你儿子的命令了，明白了吗？”他向前滑动椅子，伸出脚，用鞋尖把“布罗姆勒妈妈”的相框打翻了。多么美好又强大的感觉，推翻强权。是的，他要将这些年来所有污蔑过他的人的照片装上相框，每天他都会让管家把它们像多米诺骨牌一样排放在游戏房间的地板上，然后斯图会走进来，穿着皇家蓝颜色的缎袍睡衣，他将踢倒第一个，然后看它们全部倒地。

斯图偷偷地笑了，然而他看起来很困惑。为什么我还在布罗姆勒先生的办公桌前磨磨蹭蹭？我要去拿金子，马上就去。但我觉得很奇怪，我痒。他抓挠着他搁到桌子上的腿。我真的很痒。他拉起裤腿。

“哎哟！”

他的脚踝和小腿都是亮红色的湿疹。毒葛！他把脚从桌子上拿了下来，不小心把“布罗姆勒妈妈”掀翻在了地上。玻璃碎了。他绕过桌子去查看。妈妈也盯着他看，就像在恐怖电影里，死亡的人透过你卧室窗户的碎玻璃向你怒目而视。然后，他在布罗姆勒先生私人 VIP 洗手间的镜子里看到了更糟糕的东西，自己！斯图凑得更近，并打开了灯。他的脸和脖子上到处都是深红色的蜂蜇的肿包，他看起来像是得了天花。

这就是他一直在磨磨蹭蹭的原因。蜂蜇，毒葛——中毒性休克！他开始疯狂地抓。这就是他的死法——在布罗姆勒先生的办公室里，被抓成碎片！

斯图的心脏在胸腔里剧烈跳动，他开始发晕。他望着逐渐昏暗的宇宙，突然看到了光明。他要进入光明！他眯起了双眼。等待。那是一盏金色的灯。他甚至不知道，就把手伸进上衣口袋，取出一枚金币。

“哈！”

他救了自己。就像英雄一样，他们不断前进深入，进入内心的自我。斯图狂喜地想象，我的内心是由黄金制成的。他吻了那枚金币，把它扔回了他的口袋。他抓起杜兰戈的钥匙，冲出了布罗姆勒先生的办公室。

就在他从自己的办公室门口飞奔而过的时候，门后一只大胳膊，末端还带着一只大手出现在他的前面，像铁路交叉路口令人猝不及防的障碍拦在了他前面。手臂冷漠地拦住了他。

斯图太惊讶了，没来得及吱一声。前一分钟他还在跑，下一分钟——

“嘿。”大狼说，走出斯图的办公室，进了走廊。他的大手仍然拦在斯图的胸口。

斯图盯着面前这个巨大的雄性动物。一个笨重的下巴在他的头顶上若隐若现，每一根胡子都像一根深色的玉米秆一样粗。斯图想，请不要笑，不要露出你的牙齿。

大狼笑了。

斯图尖声说："我们今天关门了。"

大狼认出了斯图。是的，这是斯图·吉普纳，准确无误的鼻音。

"关门？"大狼说，他指着外面，"前门是敞开的。我在电话里和你谈过，我们安排了见面，不是吗？"是的，我扭捏的小朋友，我们一定要见面，因为今天早上，第四袋金子离这儿只有2英里，就在那个护士的前廊上。

"哦，对，对，是的。"斯图吸了口气，这个怪物是那条大鱼，"但是对不起，房子已经没了。我要给你看的那个……所以……我们今天关门了。请自便！"

大狼仔细打量斯图。在斯图的办公室里，墙上贴着萨斯奎汉纳县地图，红色的图钉被钉在了A803号荒野上，图钉的红色看起来就像真正的献血者奉献的血液。

"我想我没有在电话里告诉过你我的名字，这是不礼貌的。我的名字叫大狼。"

斯图的骨头都吓软成了果冻。你的名字当然是大狼，他想，当然可以。

"这是你的办公室。"斯图的名字在门上，斯图的眼睛扫过了远处墙上的地图。

大狼看着他。"你是一个非常邋遢的房地产经纪人。"

"什么？"斯图说。

"你的西装——很脏。你的鞋，你的脸，那些是……蜂蜇的？大狼伸出食指，敲了一下斯图额头的伤口。

斯图痛得尖叫着跳了起来。金币在他的口袋里叮当作响。大狼把头歪向一边。

斯图惊恐地笑了笑，把手伸进口袋，掏出了杜兰戈的钥匙，大力摇了摇。"嘈杂的钥匙！"

大狼嗅了嗅斯图周围的空气。"我来这里的原因是，斯图，是时候放弃所有的废话了。我今天下午拜访的原因是我在找一个叫哈利·克兰的人。”

“你是警察吗？”斯图低声说，“是因为我打了他吗？”大狼眨了眨眼睛。你打了哈利？从来没有人打过他的兄弟，从未在大狼的眼皮底下。然而，这个矮子却敢于这样做。他们之间发生了什么？他是萨斯奎汉纳圣诞老人，这个小傻瓜的精灵帮手？数以百万计的黄金——当然，哈利需要帮助，而且他们反目成仇。他们战斗。再一次，大狼看了看地图，红色的地方。不，不是精灵帮手，即使是地球上最愚蠢的精灵，也不会在他办公室的墙上挂上一幅地图。

“我不是警察，我也不是牧师。”大狼说，“但是斯图，我确实喜欢坦白与忏悔。”

斯图会向这匹大狼坦白。“他住在一棵树上。哈利·克兰住在树屋。”请止步于这些信息，斯图想，请让我去开动布罗姆勒先生的道奇杜兰戈。

大狼惊奇地盯着斯图。无尽梦想房地产。“让我们实现你的梦想吧！”这就是大楼前面的牌子上写着的。哈利的梦想成真。哈利住在树屋里。犯傻。精神错乱，不堪重负，重新开始了他的童年生活。

“你们出租……树屋。”大狼说。

“哦，不，先生，不，不。不是我。”斯图突然看到了一种方法，把这个巨人从这里弄出来，让他去找别人。“他是从阿曼达·杰夫斯那里租来的。”

当阿曼达的名字离开自己的嘴时，斯图显得很吃惊。大狼知道阿曼达·杰夫斯是这个早晨得到金子的护士的名字，他在网上看到的，他看到了斯图眼睛里的光。然后这些点连接起来了：阿曼达·杰夫斯。黄金。哈利·克兰。萨斯奎汉纳圣诞老人。这表明斯图以前没有意识到这一点，但是现在意识到已经足够让他脸白得像个幽灵了。大狼想，这家伙到底是怎么回事？他和这件事有没有瓜葛？

“斯图，是森林里的树屋吗？”

虚弱的斯图点了点头。

大狼伸出了一只大手，斯图往后退缩。大狼拍了拍斯图外套肩膀上的灰尘。“斯图，你正好去了森林？”

斯图点了点头。虚弱。“我们关门了，”他嘶哑地低声说，“办公室关门了。我们在哀悼，你知道，为布罗姆勒的妈妈。”

所有大狼想从斯图那里得知的就是树屋的位置，这样他才能找到哈利，但即使是大狼也无法猜测斯图所了解到的宝藏的程度。

“斯图，你能把我带到哈利的树屋吗？”

斯图呼吸困难。“我不知道它在哪里。”他低声说。

“当然，你知道。你是一个房地产经纪人，你知道如何找到房子。”

“我不——知道——任何事情。”

“当然，你知道。你知道一切。你的大脑，已经为无尽的梦想而肿胀起来了。”

斯图摇了摇头。

“如果我帮你减轻一些压力，会有帮助吗？”大狼说，“比如从你旋转的，旋转的大脑中？”

不，斯图呜呜咽咽哭了起来。它不会有帮助。

在斯图的前额上，大狼的食指笔直地指向了伤口的中心。

敲打。

斯图吸了一口气，踮起了脚。从他的衣兜里，传出一种柔和的叮当声。

大狼把头歪向一边。

敲打。

这一次，斯图喘着气，在空中跳了几英寸。

叮当，叮当。

斯图扬起了 SUV 的钥匙，无力地摇动它。

大狼把它从他的手中抢了过来，然后又开始一个一个敲打着斯图额头上三个最大的伤口。

红色，飙升的痛苦。斯图上下跳动，上下跳动。金币开始从他的大衣口袋里撒了出来。

大狼从他身边退后了几步，开始查看斯图口袋里撒出的金币。

斯图继续像袋鼠一样跳来跳去，就好像一旦他开始忏悔自己的黄金秘密，他就停不下来了。

大狼惊呆了，他的头左右转了转，看着金币滚到走廊的地毯上。

是斯图首先开始说话。当最后一枚金币停止了转动，大狼转身看他时，斯图露出了病态的笑容，发出嘶哑的声音：“五五分成？”

当她的母亲没有按计划在放学后出现时，奥利安娜只是有一点点吃惊。毕竟，今天早上，在她们的前门，第四袋金子出乎意料地出现在了她家门口，这一天已经开始了。奥利安娜读了足够多的故事，知道当事情开始出错时，它们往往会越错越远。重要的是保持头脑清晰，和坚持。

妈妈没来，也没有接她的电话，停车场的对面是奥利安娜通常坐的校车，孩子们正往里面挤。是时候做出一个行动的决定了。当她回到家时，可能会有一群人。这是妈妈想要避免的，也是她要在放学后去接奥利安娜的原因。

“我们会到某个地方去吃晚饭。”今天早上她这样说，“甚至可以到斯克兰顿，也许我们还会有一间酒店房间。”这是一个激动人心的想法，因为奥利安娜从来没有住过酒店的房间。但她知道她们不会。妈妈不会留下哈利。

奥利安娜咬着她的嘴唇。校车。她跑了过去。

巴士司机丽蒂·斯图尔特在她爬上车的时候对奥利安娜微笑。“嗯，看看谁来了。小名人。”

奥利安娜飞快地走过去。“嘿，斯图尔特小姐。”

几个男孩小声地说着话，戳了戳奥利安娜座位后背，但他们并不是真正的烦扰。奥利安娜从经验中知道，当大事情发生在你身上时——比如你父亲去世的时候——其他的孩子就会让你一个人待着。那袋金子是一件大事。大事情使你与众不同，特别是让人有点害怕你。

奥利安娜厌倦了与众不同。

她想变得不特别，她花了一整天的时间思考她自己的故事，奥利安娜的故事。她知道为了到达故事最好的部分，必须经历这些大的事情。

她轻声地对自己说："他们从此一起过着快乐幸福的生活。"

今天早上他们拥抱的时候，他们三个紧紧地围在一个温暖的圆圈里，奥利安娜想让它永远继续下去。她不想要一堆金子，她也不想成为城堡里的公主，也不想变成一只鹰，翱翔在无尽的群山之中。她只是想下楼吃早饭时，有哈利在那里。早餐、晚餐和睡觉。周六早上和放学后。每天，永远，永远都在，哈利、奥利安娜和她的母亲。

奥利安娜知道会发生这样的事。它已经发生了。妈妈看哈利的样子。哈利看妈妈的样子。奥利安娜在校车满是灰尘的窗户上用手指画了一幅图……

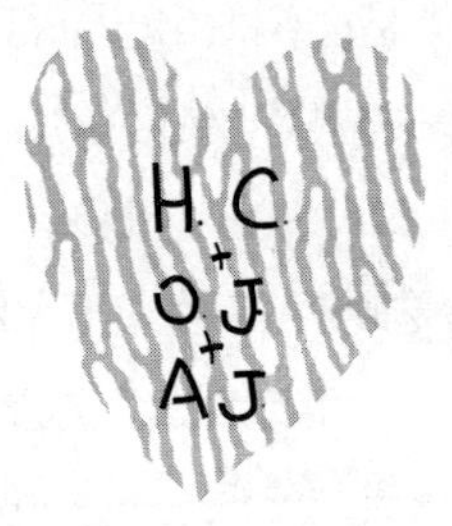

然后她很快地把它擦干净了。

校车在枫树路的末端减速进入了车站。

"也许事情已经平息了。"丽蒂说。只有一辆车，在一缕灰尘中接近。"你会没事的吧？"当丽蒂打开车门时，她对奥利安娜说。

"当然，妈妈说这只是平常的一天。"

丽蒂想说些什么，但随后有汽车在鸣喇叭。谁对着校车鸣喇叭？丽蒂透过风挡玻璃对着别克车的司机眯起了眼睛。"当然，还能有谁？"丽蒂给了他一个中指，然后飞快地跑了。

斯图·吉普纳没有往奥利安娜的方向看，但是奥利安娜看到了他。她站在路边，吓了一跳。因为他脸上的表情——奥利安娜从未在真正有血有肉的人脸上见过这样的表情。眼睛里充满了兴奋的笑容，除了兴奋，还有一种快乐的微笑。史矛革有这个表情，麦德斯国王有，侏儒怪有。这些人的插图——男人、女人、龙、巨魔——他们为拥有黄金而狂喜不已，这是一种令人兴奋的感觉，以至奥利安娜阅读时从来没有在他们身上停留过。

奥里安娜立刻就知道——在这一天，事情变得糟糕了——斯图·吉普纳才是最糟糕的事情。她扯下背包，跑进森林，顺着她家后面弯曲的小路，抄近路跑向采石场。这是一种可怕的感觉，她知道发生了什么。她是独自在森林里奔跑的孩子。她的父亲走了，她的母亲找不到，她的守护者不在他的魔法树屋。宝藏受到贪婪的食人魔的威胁。所有本应该出错的地方，都变得糟糕了。她从这长达一年的教育中了解到，在这一年读到的所有可能的故事中——只有一半的故事以幸福的方式结束。在另外一半中，孩子们会死去，邪恶会占上风，穿着闪亮盔甲的骑士被毒箭所杀，森林变得难以捉摸。

奥利安娜拼命地跑着，为她的生命和她母亲的生命以及哈利的生命而奔跑。松树的枝条向她刮去，黑暗的森林灌木丛也合上了。在她的耳朵里，她听到了格鲁那可怕的叹息声：这不是故事该有的结局。

我知道，我知道，奥利安娜疯狂地想。如果金子被偷了，魔法是不会发生的。必须要有黄金。这是哈利找到阿曼达的唯一办法。金子，一堆一堆，一堆一堆。

“一堆一堆的，”她叫道，“一堆一堆的。”

当她走近采石场时，空气中充满了恶龙口中的腐败呼吸气味。斯图·吉普纳的香烟，它被撒在灌木丛中，沾在树叶上。在那里，它们被撒在地上，一个接一个地通向采石场的开口。

她在采石场的边缘推开了山月桂和杜鹃花，弯腰站到了山洞边，跳到了碎石堆上。葡萄藤的帘子已经被拉到了一边，蜂群仍在愤怒地徘徊。

本以为会看到空空如也的洞穴，最后却发现箱子都还在那里，奥利安娜哭了。他找到了它们，是的，撕开了一个盒子，但他没有拿走。但他要回来了。这就是烟蒂的意思，他为自己留下了一条指引路线。他会回来把一切都带走。这就是故事的发展方向。

她必须移走黄金，但是有那么多金币，她不可能自己一个人做到。

“哈利，你在哪里？”她喊道，“妈妈。妈妈！”她拿出手机，双手颤抖着，几乎无法握住它。

在她身后的森林里，传来了一些声音。是斯图·吉普纳吗？他看到她了！她以为他没有，但他有。在路上，在校车边，他虽然没有转过身来看她，但当他开车离开时，他可能从后视镜里看到了她。当她跑进森林时，他一定把车停了下来，一直跟随着她。

奥利安娜慢慢地转过身，凝视着森林深处，并没有看到他。

你了解这片森林，她安慰自己，你能听到别人听不到的声音。任何动静，任何微风，树叶的颤动，远处的嫩枝微弱地折断。那里没有人。

当她的手机突然振动时，她吓得跳了起来。妈妈在屏幕上出现了。奥利安娜按了接听键。电话没有声音，电话掉线了。电量很低，信号很差。电话又响了。

“奥利安娜？”伴随着噼啪声，话筒传来她母亲的声音，微弱而遥远，仿佛来自北极。

“妈妈，快点！”奥利安娜说，“他发现了它！他找到了黄金！”

她边说边疯狂地挥动手臂，电话从手里掉了下去。她想要去接住电话，却失去了平衡，她向前倒去，眼看就要落入采石场。

一双手从后面抓住了她，把她从空中拽了回来，把她拉进了一个惊恐的怀抱中。

34

大狼哈利，终于相见

她得尽可能地把他拖在急诊室里。她太紧张哈利了，不断地测试他的精神状况，以防止可能的变化——说话含混不清、四肢末梢颤抖、突然的头痛——她忘记了世界上其他事情的存在。她没有告诉哈利克罗纳医生一小时前就已经开了出院单，或者她的轮班已经结束了。阿曼达能想到的都是哈利，而哈利所能想到的只有大狼。

他们都分散了注意力，忘记了一些重要的事情。

哈利突然看了她一眼，笔直地从担架上坐了起来。阿曼达开始惊慌。

“奥利安娜。”他说。

“哦，天哪。奥利安娜。”阿曼达说。原计划是让哈利去学校接她的。阿曼达把窗帘拉到一边，出门去拿她的手机。在轮班期间，所有的急诊室工作人员都被要求把手机放在他们的寄存柜里。她回到哈利的房间，电话放到耳朵上。

“她落了两本课本。她乘校车回家了。”

阿曼达感到很可怕。当事情出错时，她想，它们就会一错再错。不。阿曼达又回到了平静的护士模式。不，它们没有。任何事情都没有模式，恐慌让你无处可逃。奥利安娜能自己照顾自己。如果她从车站走到马路上，看到一群人在房子前面，她就会走进树林。

“该走了，”哈利说，“我们现在得走了。”他坐在担架上，皱着眉，小心翼翼地摸着他那淤青的左眼下面的绷带。他看起来就像一名在拳击赛中被打败的拳击手。

阿曼达把一只手放在他的肩膀上。“等等，等等。她会没事的。”

阿曼达尽了最大的努力去忽略她那颗怦怦跳动的心脏。山上手机信号完全就是垃圾。快点，奥利安娜，接电话啊，她想。永恒的 20 秒。接通了。“奥利安娜？”阿曼达在电话里说。

哈利看着阿曼达费力地听着电话里的声音，使劲地把手机压在耳朵上，闭上了眼睛，现在是哈利被阿曼达脸上突然而来的表情给吓了一跳。

“什么？什么情况？”他说。

阿曼达试图再给奥利安娜打回去，但奥利安娜没有接电话。

哈利抓住了阿曼达。她试着说话，但她的声音最终是上气不接下气地脱口而出：“她说：‘快点！他发现了它！他找到了黄金！’”

5 分钟后，他们坐到了阿曼达的小货车里。一名记者和其他一些人试图跟随着她。她把他们甩在了尘土中。

“这可能意味着很多事情。”哈利说。减轻他的担心，也努力让阿曼达宽心。她转向 11 号公路。“她说他找到了金子。找到了。过去时态。这意味着已经发生了。他拿走了它。”

只感到深深的恐惧，阿曼达几乎没有听到哈利说的话。她在限速 50 英里的路段以每小时 85 英里的速度在飙车。这条路像一条蛇一样弯曲。

她听完哈利的话猛烈地摇了摇头。“没有。她说‘快点’，这不是结束，是现在正在发生的。大狼在那里，正在偷金子。”

哈利绞尽脑汁在想大狼这个故事的各种版本。过去的大狼应该会来找我的，哈利想，他会控制我、恐吓我，为了得到他的份额——不管大狼的脑袋里是不是这个意思。大狼的主要乐趣也是他的主要需求：去控制。大狼像个神经兮兮的父亲。我可以给予你，也可以从你那里拿走，因为我拥有你。

“如果他伤害了——”阿曼达说。

“不会的。”哈利说。大狼永远不会伤害她。问题在于奥利安娜。

阿曼达也在想同样的事情。奥利安娜，大胆。奥利安娜，刚烈。阿曼达知道，她会试图阻止大狼的。奥利安娜，成长为勇敢的人，在森林里。

阿曼达觉得这些点连在一起，故事的情节就展开了。奥利安娜第一次站起来蹒跚学步时，阿曼达就把这个可怕的结果付诸行动了——你是不可战胜的，孩子。无所畏惧。你是绵延群山中最勇敢的女孩。

阿曼达很清楚地看到了她的错误。她是一个愚蠢的母亲，她在孩子的头脑里植入了危险的思想——

不要颤抖。不要哭泣。坚持面对所有的障碍。爬上树，走石墙，在小溪里玩耍，进入森林。

她愚蠢地教会了奥利安娜勇敢。

奥利安娜绝不会让大狼偷取格鲁的金子。哈利的黄金。迪恩的黄金。阿曼达很清楚地看到了这一切。奥利安娜跳上了大狼的背。大狼把她甩了下来，奥利安娜摔倒在了采石场的底部。

“哈利。”她说，她吓坏了。

“我知道。”他说。

坐在阿曼达旁边，哈利也看到了。奥利安娜摔倒了，他应该受到责备。因为这张彩票，他把一切灾难都启动了。可怕的对称。穿着红色外套的贝丝，穿着红色夹克的奥利安娜。事故和悲剧即将再次上演，他伤害了那些他最想保护的人。

哈利几乎不能把这些话说出来。“我做的。这些都是我的错。”

阿曼达盯着前面。摇了摇头。“没有。我从来没有教过她恐惧。她认为她可以做任何事。现在她会去做。”

在很长一段时间里，他们都没有说话。

“开快点。”哈利说。

“开快点。”大狼说。

斯图坐在道奇杜兰戈的方向盘后面。从办公室到老采石场只有 15 分钟的路程，不需要为速度而疯狂，尤其是这是布罗姆勒先生的车。

大狼点了一支烟。“如果你不开快点，我就开枪打死你。”他说。

斯图吼出一声惊恐的笑声，突然爆发的汗水使他被蜂螫伤以及毒葛刺伤的伤口更加灼痛。

“我的天，伙计，开个玩笑。”大狼说，“那么，你打算用你的那份做什么呢？”

我的那份。他说，我的那份。斯图满脸是汗地笑了笑，他是我的伙伴，我的第一个合作伙伴。

“也许我要买辆道奇杜兰戈。”斯图说着，他转弯开上了老采石场的路。这辆 SUV 在岩石上颠簸得很厉害，他的牙齿在他的脑袋里震得嘎嘎作响。但是上帝啊，这个全轮驱动的宝贝应付得了吗？

“为什么要买另一辆？”大狼说。

“什么？”

“你刚刚偷了这辆。”

“不，我——”

“借的？”大狼在仪表板上挤灭了他的香烟。人造革被烧出了一个洞，一缕黑色的烟雾从被烧穿的洞里升起，斯图的眼睛模糊了。

“我不是偷车贼。”

“不，你是个偷金贼。”

“是的。不！圣诞老人自己送出的。”

“给你？给我？我不这么认为。”

斯图想，一切都发生得太快了。我刚在采石场找到黄金，感觉很好。然后我就在布罗姆勒先生的办公室里，坐在他的大椅子上，这感觉很好。

然后这个可怕的大猩猩出现了，我感觉不舒服。

“这不需要五五分成。”斯图说。或者他认为他说了。他要大声说出来吗？离黄金已经很近了，但感觉不太好，他感觉到了可怕的危险。他想，我实在是不舒服，我怎样才能让自己感觉好点？

他们来到了采石场老路的尽头。斯图关掉了引擎。他似乎喘不过气来。

“别喘着气，从车里出来，斯图。”大狼的声音传来，斯图听从了。

大狼站在SUV旁边。森林，他想。所有的该死的树。哈利的树林。

你骗我，哈利。你想把我甩掉。你就像爸爸。一切都很安静，然后你突然行动起来。

大狼突然想要撕碎点什么东西。他转过身，看着斯图。

斯图从他身边退了回来。

“我想提前道歉，”大狼说，“万一有什么不幸的事情发生。”

“不幸的？”

“不愉快的。不友好的。不友善的。我有点问题，容易愤怒和放纵，”大狼说，“但大多数是愤怒。”

斯图脸变白了。

“你很幸运，我还有资金问题。”大狼说。

在从弗吉尼亚州出发的路上，大狼买了两个非常大的行李袋。斯图背着它们。当它们被金子装满时，大狼会亲自把它们扛起来。斯图不会加入他的。

“我们马上就到了。”斯图说，“看看我是怎么留下痕迹的。”

大狼看了树叶上的烟头。“你还挺聪明。”他说。

他们站在采石场周围。斯图站在大狼的旁边，因为他肯定不会让大狼站在他的后面。

“它在哪里？”大狼说。

斯图向下指去。“有一个小开口，很难看到。”大狼看了看。采石场到处都是破碎的青石堆。洞穴就在他们下面，被最大的石头堆所掩盖，石堆紧靠着采石场的峭壁。斯图走在前面，把两人带到岩石边缘上。从那里，他跳到了石堆上。

斯图盯着。“蜂……哪里去了？”

“什么？”

“应该有蜂。在一根木头上，入口上面的木头上。”但是入口上方没有木头。”斯图往下看，看到了被他砸死在采石场地上的那只蜂，在 50 英尺的下面，有一群黑色的骚动的蜂。

“不，不。”斯图说。

“斯图？”大狼说。他离得很近，呼出的气吐到了斯图的耳朵边。

“不，不，不。”斯图又说了一遍，他的声音颤抖着。他们不应该能看到洞穴的，但是现在垂下的毒葛和爬山虎的藤条被推到了一边，被一块巨大的岩石给固定住了。一束午后的阳光照亮了洞穴，空空的洞穴。悬在入口处的树枝上挂着一张字条。

“都送走了，”斯图呜咽着说，“都……送走了。”

大狼把斯图推到一边，伸手抢过字条，大声朗读出来。“最后一枚金币已经送走了。哦，呵，呵，萨斯奎汉纳圣诞老人。”

大狼生气地看着字条，生气地看着山洞，喉咙里发出了咆哮声。然后慢慢地，咬牙切齿地，他咧嘴一笑。

斯图蠕动着挤过大狼，跳到了采石场的边缘，没命地逃跑。这是从大狼来办公室的那一刻起他就想做的事。跑，忘记黄金，忘记他的工作，忘记恩德莱斯山。他会跑，跑，永远不要停下来。

但是斯图的腿已经不能再让他向前移动了。突然，他上下颠倒，来回摇摆，就像一个钟摆。

大狼抓住了他。他抓着斯图的脚踝，把他拖到采石场的边缘。

斯图看着他的汗水在午后的阳光下不断滴落，像颗颗撒落的钻石。

“斯图，你能听到我说话吗？”

很清楚，但他没有回答。他在看钻石的坠落。

“斯图？”

在远处，有车门砰的一声关上的声音，有脚在森林里跑。哈利，大狼想，很好，最好是哈利。因为这些事都是为他做的。

“他没有金子，”上面的一个声音在说话，“所以你应该把他放下来。”

大狼转过头，向上看去。一个年轻的女孩正坐在一棵梧桐树的低枝上。

“你到底是谁？”大狼说。

“奥利安娜！”一个女人的声音喊道。现在，大狼朝松树林的方向望去。阿曼达冲进了视野，后面跟着哈利。

他们看见大狼站在采石场的边缘，在空气中摇摆着斯图。哈利紧紧地抓住了阿曼达，她的膝盖因为恐惧而发抖。她没有看到奥利安娜。难道大狼——？

“妈妈！我在这里。”奥利安娜在梧桐树上挥了挥手。阿曼达的手伸到她的嘴边，哈利一把扶住了她。

他们慢慢地向前走，哈利现在走在了前面。

大狼慢慢明白了。哈利和他那打着“补丁”的脸颊。站在他身边的女人。从树上爬下来的女孩。

“大狼，把他放下来。”哈利说。

大狼看了看他的弟弟。“好吧。”他的胳膊突然下降了几英寸，好像他要将斯图扔进采石场一样。

斯图大喊。

大狼看了看他的兄弟。哈利……发生了变化，这些变化从他身上散发出来。“恭喜你，哈利，你终于长大了。我不知道你是怎么做到的，但你做到了。”

做什么？哈利想。

奥利安娜跑到他身边，握住他的手，用力地抓着。“金子不见了，他们看到了那张字条！你应该看看他们的样子。”

哈利看着她。字条？黄金不在了？

她看了看他，使劲地捏着他的手，骨头都要捏断了。相信我。

“想想我的头也会爆炸。”大狼笑了，“我喜欢你的那句‘哦，呵，呵’。完美。当你要搞定某人，你就可以搞定他。你从你的哥哥那里学到了这一点，终于。”

“上面的同志，你好。”斯图虚弱地叫道，上下颠倒着，“所以，我没有拿金子。”

“不，”大狼低头看着斯图，摇了摇他，“你做了更糟糕的事情。”大狼把斯图使劲地摇晃着，好像是要把他扔进采石场，把他像指挥棒一样旋转着，然后直立插入地里。

斯图吓坏了，他没有发出声音。大狼从他后面抓着他，所以他们都面对着哈利。“更糟更糟的是，你打了我的弟弟。”

哈利看了看斯图，想起了每一个被大狼折磨并吓坏的高中生。

“哈利和我，我们是一个团队。”大狼说，更加用力地抓着斯图。

哈利向前走去。

大狼笑了。“他来了，斯图。我的新哈利。因为生活在森林中，所有的肌肉都鼓起来了。他是个野人，斯图。我想有你受的了。”

哈利在斯图面前停了下来，斯图盯着哈利脸颊上的绷带，他淤青的眼睛。他不知道他会把哈利揍得那么狠。大狼把他的胳膊扭得那么紧，斯图可以感觉到它们要从腋窝里冲出来了。

斯图为即将到来的打击做好了准备，他知道这将会很糟糕。毕竟，哈利是大狼的兄弟。不幸的是，斯图不仅激怒了一匹大狼，还激怒了两匹狼。

哈利打量着斯图，凑近看他的脸。“大狼，你不需要抓着他，”哈利说，“我来处理。”大狼满心欢喜，放开了斯图。

斯图看着哈利举起手来。哦，不，斯图想。

“你被很多蜂蜇了。”哈利说。

那只斯图认为想要伤害他的手，落在了斯图的肩膀上，轻轻地。

大狼的微笑变得不确定。

“我打赌它们真的很痛。”哈利说。

斯图抬起他那双模糊的眼睛来迎接哈利。“什么？”

“我打赌那些蜂的蜇伤很痛。”

哈利转过身来，望着阿曼达。“你家里有炉甘石洗剂吗？”他朝她喊。

阿曼达点点头。“还有苯海拉明。我们会把他的伤口处理好的。”

“哈利。”大狼说。

哈利不理他，开始拖着斯图前进。“阿曼达会照顾你的。”

阿曼达会照顾你的。斯图看着阿曼达，就在他面前，在灌木丛里，在森林里，一个幻觉。他难道不会被大狼吃掉？而且阿曼达·杰夫斯，天使护士，会护理他的伤口？斯图停下来，挽起一条裤腿，说：“我还被毒葛刺伤了。”

“这看起来很痛苦。”阿曼达说。她抓住斯图的一只胳膊。“而且很恶心。”奥利安娜说，但她还是抓住了斯图的另一只胳膊。哈利，奥利安娜和阿曼达，扶着斯图，开始离开。

“哈利，你在干什么？”大狼叫道。哈利没有回复。

现在大狼的声音更大了。“你头脑发热了吧？我是来保护你的。”

哈利大步走回他身边。“你来这里是为了偷金子。”

大狼指着斯图说：“错了。是你的小朋友要偷金子。他没料到老狼会出现。哈利，我是要把金子还给你。”

哈利只是盯着他看。“是吗？这就是故事的发展方向吗？”

大狼反过来凝视着他。“我们现在永远都不会知道了，不是吗？”

“我想我们知道。”

“我的弟弟知道。”大狼指了指奥利安娜和阿曼达，“现在你的生活都理清楚了，是吗？”

“一些些。”

“哈利和他的新生活。哈利和他的树在一起，一切都搞定了。”大狼嘲笑。

兄弟俩站在采石场的边缘。哈利望向深渊，然后抬起头望着大狼。他的声音很安静，很疲倦。“你得走了，大狼。”

大狼点了点头，然后突然抓住哈利，把他拉近了。他的嘴在哈利的耳朵边，他的呼吸很热，他低吼着：“贝丝之后，你真的要再试一次吗？”他紧紧地抱着哈利，几乎要窒息，低声地说，“哈利，它在我们的血液里。它从不起作用。我们克兰家的男孩。它总是以灾难告终。”

大狼抓住了他，然后粗鲁地把他推到一边。哈利跌跌撞撞地退了几步。

“哈利，”阿曼达喊他，“快来。哈利？”

他转过身来，从大狼身边走开，然后他立刻感觉到了。甚至在他看到阿曼达把她的手放在她的嘴上之前，在斯图和奥利安娜的眼睛睁大之前。它总是以灾难告终。哈利转身走开。

30 英尺开外的大狼，已经转过身去面对着采石场。他的鞋尖踩在岩石的边缘上。他举起双臂，姿势好像是要问这个采石场一些深奥的问题，只有采石场才能回答。手臂一直在上升。现在，大狼看起来像一个跳水的人。

哈利想起了童年的那个时刻，立马向他的兄弟跑去。勇敢的大狼。很久以前，在镇上的游泳池里——每一个孩子都害怕跳水。也许他们能从那个高度跳下去，但没有人会跳水。

除了大狼。10 岁的时候，他挤过一排十几岁的孩子，爬上了跳台，站在高高的跳台边缘，这是哈利所见过的最可怕、最美丽的景象。年幼的大狼挪动他的脚指头，在水面上空画出了一个弧线，然后就是没完没了地下落。哈利从来没有见过他入水的那一刻，因为他惊恐地闭上了眼睛，只有当大狼从深水里浮起来，溅了他一身水，嘲笑哈利和世界上所有的懦夫时，他的眼睛才再次睁开。

大狼在采石场的边缘向前倾斜，他的脚离开了岩石的边缘，就在那时哈利伸出手抓住了他的衬衫。哈利，他从来没有像现在这样强壮过，他的体重增加了，那是他的兄弟，那是只有哈利才能阻止的不可阻挡的力量。

从后面，哈利的手臂环绕着大狼。哈利紧紧抓住他，把他举到空中，把他扭向安全的地方。

“放开我，浑蛋。”大狼嘟囔着。

但是哈利没有放手，直到大狼挣脱出来，面对着他。哈利气喘吁吁地喘着气，大狼的胸部也在起伏。

哈利盯着他看。“你到底怎么了？你为什么这么做？”

大狼笑了，但他的眼睛里却流露出更深的情感。他的声音不像他试图让它听起来的那么自大。“你是为我而来的，哈利。”

“什么？”

大狼拍拍哈利的脸颊。“只是小小测试，小弟弟。”

他笑了，然后转身走开了，消失在森林的黑暗中。

35

罗尼成功了

在等待午夜来临时，罗尼开着他的卡车在萨斯奎汉纳县的每一寸土地上逛了个遍。他开了 297 英里，在乡道上颠簸，在州道上蜿蜒前行，逛遍了所有的城镇，其中一些甚至是两次。哈尔福兹维尔、凯普尔、芬德尔顿、巴斯湖、福里斯特城、埃尔克代尔。所有的 27 座城镇。当路边有每小时 30 英里的限速牌时，罗尼顶多开到 29 英里。他可不想有骑警找他谈话。

“先生，你的防水布下有什么东西？”骑警会说，指着罗尼小货车的货箱。

一想到这个，罗尼就发抖。不过他避开了所有想象中的骑警，在过去的 7 个小时里，他没有和任何一个灵魂交谈过。他看了看表。现在是晚上 11 点。离他的宿命还有 15 分钟。

罗尼从未有过这样的宿命。世界的命运落在他的肩上。或者只是世界上的一小块。

哦，但是罗尼他的内心能感觉到奥利安娜的声音，她会说那一小块就是一切。因为这就是拯救世界的方式。每天，一块又一块。像你这样的人必须站出来。像你这样的人一定很出色。

但是如果我把它搞砸了呢？ 15 分钟的时间已经足够让罗尼·威尔玛斯搞砸一切。他的生活是一连串的混乱。醉酒撞车、在锯木厂锯到大腿、失业、在雪地里睡着了。当迪恩·杰夫斯独自一人在田野里孤独地死去时，他去吃汉堡包了。没有把普拉特公共图书馆修理好。当帕金斯小姐的眼泪掉在《格鲁的账本》上时，他无力安慰她。

8 个小时前，他还差点遭遇了另一场灾难——几乎失去了奥利安娜。

罗尼把他的卡车停到了路边，瞪大了眼睛凝视着乡村的黑夜。那真是千钧一发。想到这一点，他开始颤抖得更厉害了。

他今天下午本来在图书馆，站在倒塌的书架和漏水的管道中间。厄运笼罩了他，他静静地、心碎地看着欧丽芙擦着眼泪在她心爱的书堆中走来走去。

她看起来像个鬼魂，普拉特公共图书馆是她的废弃宅邸。被艾力山大·格鲁抛弃后，她的图书馆也摇摇欲坠了，县里的督察员要让它关门了。罗尼也让她失望了。

她坐在图书馆角落破旧的椅子上，手里拿着《格鲁的账本》。

“帕金斯小姐，让我给你找一本不同的书。”

“不，这是我的书，罗尼。我的生命之书。”

“那不是真的，你知道的。看看这个地方所有的书。每一本都在你心里，你也在每一本书里面。”

“亲爱的，这是一个公共图书馆，不是我的私人图书馆。它需要读者。”

“他们没有了这个习惯，就是这样的。”

“世界已经变了。”

“不，每个人都需要一个故事，帕金斯小姐。这是永远不会改变的事情。”

罗尼看着坐在椅子上的欧丽芙。他看到了自己，很久以前的自己和另外二三十个孩子坐在椅子前面的地毯上。“帕金斯小姐。你为什么不给孩子们读书？”

欧丽芙叹了口气。“亲爱的，预算削减了。我没有了助理图书管理员。

有太多事要做，我不得不独自一人完成。阅读就被搁置一边了。”

罗尼单膝跪在她面前。“好吧，这儿，阅读角，帕金斯小姐。这儿才是可以解开你心结的地方。你不觉得吗？”

欧丽芙看着跪在她前面地毯上的罗尼，回忆起了大群大群的孩子。他们的小脸朝上，嘴巴张开，眼睛期待地睁得大大的。

“你太纠结于结局了，”罗尼指着散落在地上的书和倒下的书架说，“却忘记了你的初衷。想想从这里开始的一切，在这个神奇的地方。”

欧丽芙盯着满身灰尘的罗尼，半跪在她面前的地毯上。这个人是怎么回事，他居然也能从糊涂的脑袋里攫取出点滴诗意的智慧？

“看，帕金斯小姐，事实是，你只需要让孩子们再次回到这里。你给每个孩子读一个故事。这就是魔术。当他们听到你的声音，越来越多的孩子会回到这里。它会传播的，帕金斯小姐。”

“这是一个美妙的想法，罗尼。铁一样的事实，无可争辩。”

“我们会给你买一把新的读书椅和一张新地毯。”

“还有 4 台新电脑，罗尼，还有高速互联网。一个真正的图书管理员，而不仅仅是一个老志愿者，还有一栋不会倒塌的建筑。”她握住了他的手，“亲爱的，这不仅仅是一张地毯和一把椅子——我们需要很多不可能得到的东西。”

“我们会得到它们的，帕金斯小姐。我们会的。不要失去信心，别让那个老格鲁把你打倒。”

她看了看《格鲁的账本》，又看了看罗尼，他那么忠诚。她想微笑，但随后她看到了周围低垂的天花板、破碎的地砖和倒下的书架。“哦，罗尼。我亲爱的，乖孩子，一切都结束了。普拉特公共图书馆已经结束了。”她的话就像一根蜡烛那样突然熄灭了。罗尼感到黑暗逼近了。迪恩引导他到这里来拯救图书馆。欧丽芙依赖着他。奥利安娜还委任于他。他们以为他是谁？他被他们的期望压得抬不起头。

然后是格鲁，对痛苦有相当了解的格鲁，增加了罗尼的绝望。《格鲁的账本》从欧丽芙的腿上滑了下来，落在罗尼的手上，正好打开在了有格鲁插图的那一页。格鲁坐在那一大堆金子上，盯着罗尼。在格鲁忧郁的眼睛里，满是责备：我辜负了欧丽芙·帕金斯，现在你也一样。

我们总能在所有的故事中发现自己的故事。奥利安娜在《格鲁的账本》上看到了一种摆脱亡父之痛的方式。对欧丽芙来说，《格鲁的账本》是一个关于爱和懊悔的故事。哈利则允许格鲁带领着他走向冒险和救赎。

现在，轮到罗尼了。

如果说是故事本身，或者说是故事的文字，打动了奥利安娜、哈利和欧丽芙的话，那么突然吸引了罗尼想象的却是这幅画，艾力山大·格鲁画的插图。

罗尼突然注意到的是金子堆和格鲁后面山脉的轮廓。罗尼了解这里的每一座山。他知道这些山脉的形状，正如一个猎人知道自己的地形标志。

经常在森林里打猎的罗尼在古老的青石采石场徒步走过了上千次。日出日落，雨雪风霜。每个角度他都了解。

格鲁下面的金子堆就是采石场里那最大的一堆碎石，而格鲁后面的山脉是恩德莱斯山，它的视角正好是采石场的西北角。

照片里甚至还有一个月亮！欧丽芙说，那是一个月光照耀的夜晚……

艾力山大·格鲁也知道这个采石场。他走进森林去见他的爱人时，他已经经过那个地方很多次了。在那个不幸的夜晚，当他没有去糖槭树那儿见欧丽芙时，他一定站在那里远远地凝视着月光照耀下的采石场。

从此之后，在他的记忆中，只剩下那一刻感受到的虚无，只看到石头堆积在石头上，堆积着一个懦弱的决定带来的重量和永恒。

几十年过去了，被这些记忆纠缠着，垂垂老矣、行将就木的艾力山大·格鲁为自己创造了最后一个悲伤的形象——一个坐在一堆金子上的雕像，一文不值，孤独得如一堆石头。

罗尼充满了恐惧，想到奥利安娜，她也知道这个采石场。

LEDGER

“帕金斯小姐，奥利安娜读了这个吗？”

“很抱歉她读了。为什么我会把这本悲惨的故事书借给一个孩子。”

罗尼尽可能快地思考着。奥利安娜，你手里拿着《格鲁的账本》，你知道这个采石场。他的心开始怦怦乱跳。

那天在森林里，罗尼就一直在跟踪奥利安娜，注视着她。他知道她已经感觉到了他的存在，所以她突然改变了她的路线，假装一直朝着草地走了过去。但罗尼是一个猎人，对这些套路和模式很敏感。奥利安娜本该直奔采石场。

几分钟后，在草地上，奥利安娜坚持要他投入全身心去拯救图书馆。难道她在试图迫使他远离某些东西，以确保他不会来干涉，不再做她的守护天使，不会再监视她？她是否在做什么危险的事情，不想让罗尼阻止她？他太过沉迷于自己的故事，所以他居然被一个孩子用计谋给打败了。

“罗尼，怎么了？”

《格鲁的账本》从罗尼手里掉到了欧丽芙的膝盖上。“帕金斯小姐，”他结结巴巴地说，“我要走了！”他飞奔着跑走了。

欧丽芙看着他消失。她的守护天使——甚至罗尼都已经放弃了她，谁不会逃离这个地方？

她在他后面叫：“谢谢你，亲爱的！你做了你能做的一切！谢谢你，谢谢你。”当图书馆的大门关上时，她的声音被关在了图书馆里。

罗尼坐在卡车里，等待着午夜的到来，他看到自己从图书馆里跳出来，跳上卡车，飞快地穿过森林，当他来到采石场的时候，他看到在巨石堆上摇摇晃晃走着的奥利安娜，差点就心脏病发作了。

我们总能在所有的故事中发现自己的故事。他没能救迪恩，但他会救奥利安娜。

她背对着罗尼，疯狂地对着她的手机大喊大叫。手机从她手中滑落。

手机掉了。为了抓住手机，奥利安娜摔倒了。罗尼像一只鹿一样从悬崖边跳跃到岩石堆里，在她马上要掉下去的时候，罗尼抓住了她。把她拉到胸前，倒在了岩石堆上。

奥利安娜尖叫着挣扎。她以为她是被那个偷金贼给抓住了。

“奥利安娜，没关系！是我，是罗尼！”

“罗尼！”奥利安娜融化在他的怀里。她是一个不相信眼泪的女孩，但那天她急促地呼吸着抽泣了好久，在一个成年人的保护下哭泣。

罗尼的眼睛里也有泪水。因为他没能留住迪恩，但他抓住了奥利安娜。他抬头看到，高高的天空中，一只鹰消失在午后苍白的云朵里。罗尼吻了奥利安娜的头。“你在这里做什么？”他的声音在颤抖。

整个故事从她口里倾泻而出。哈利·克兰。格鲁。黄金。斯图。

罗尼目瞪口呆地盯着山洞的小开口。他曾以为奥利安娜是在做某种偷偷摸摸的、很可能非常危险的事情。事实上，她一直在忙着把世界扳正过来。

“我们得把它弄出来，罗尼。”

“哈利·克兰是萨斯奎汉纳圣诞老人？”

“罗尼，我们要使用你的卡车。”

“这是全部——”

“罗尼，我们不能让任何人得到它。”

“我知道，但——”

“罗尼！”

“好吧！”罗尼拿了一根棍子，把它塞在满是黄蜂的橡木木头下面，然后猛地一撬，把整个蜂巢甩到了采石场的底下。然后他用棍子把藤蔓和毒葛分开，奥利安娜则用石头把它们固定住了。

罗尼蹲伏在洞里，盯着那 8 个盒子，上面的那个已经被撕开了。他不想碰金子，更不用说移动它了。

“所以我们把它放在我的卡车里，然后呢？”

“你把它送出去。”

当奥利安娜做出这样的声明时，罗尼做出了和哈利一样的表情。“噢——噢。”

“应该是圣诞老人送。”他说。

“圣诞老人是哈利，哈利不在这里。”

罗尼看向别处。他很害怕。

“你认为你从来没有做过正确的事。”奥利安娜一直等到他看着她的眼睛，“你知道，在这个故事里，格鲁的生活是怎样不顺利，但最终他还不是把事情都弄清楚了，然后扭转局面？罗尼，今天是你的日子。这是你能把事情做好的一天。”

他咽了一口口水，然后挺起了肩膀。

“让我们开始吧。”他说。

就像在岩石上跳跃的山羊那样敏捷与迅速，他们总共往卡车运了三趟。“哦，呵，呵”字条是奥利安娜的主意。罗尼卡车里正好有一支木匠用的铅笔和一张纸。奥利安娜把字条粘在了洞里。罗尼开着他的卡车走了，奥利安娜步行朝另一个方向走了。

现在是午夜时分，罗尼在这里，在他应该在的地方，齐克山的山顶上，他凝视着黑暗中沉睡的小隔板房。罗尼跳下卡车。整个世界都屏住了呼吸。春天的青蛙停止了鼓鸣和偷窥。树上的猫头鹰静静地瞪着眼睛。风也停住了。云在等着，月亮在等着，星星在等着。

罗尼从卡车后面拖出了麻袋。他不得不张开双臂抱着它，因为它重达 120 磅。然而，对罗尼来说，它就像一根羽毛。罗尼抬头望着天空，期待着最后一根羽毛能够飘下来。但是飘浮的羽毛的阶段已经结束了。现在是黄金的阶段。

午夜。神奇的时刻。他所要做的就是走几百码到前面的台阶，然后把金子放到那里。绝对不能出错的几百码。

“我能做到。”罗尼低声对自己说。把你的脚挪开，罗尼。小心树根。不要被石头绊倒。你到了门前的小路了。你走到门廊的台阶上了。

这是最神奇的事情。没出任何差错。他没有搞砸。事实上，他做得很完美。他俯下身，把麻袋放在最上面的台阶上。这些金币丁零响了一下，然后安静了下来。

罗尼抬头望着夜空。猫头鹰叫了起来，春天的青蛙们突然开始了合唱，风把所有的树叶都吹得沙沙作响——因为这一天，罗尼把所有的麻烦解决了。这一天，罗尼·威尔玛斯创造了一个奇迹。

罗尼旋转着，拥抱着月亮，向星星抛出一个大大的吻。然后他跑去找他的卡车，跳了进去，然后把车开走了。

36

拯救普拉特公共图书馆

普拉特公共图书馆前，欧丽芙·帕金斯站在古老的大理石台阶的顶端。台阶底下，记者们拿着长长短短的麦克风。在记者们的身后，当地居民和外地人挤满了大街。尽管只有4英尺11英寸高，瘦得像一片草叶，但欧丽芙却拥有着一名将军的气度，她准备向部队发表讲话。

人群中，几乎每个人都对着她举起了手机，拍照片、录视频。欧丽芙扫视了一遍所有的社交媒体。如果有人是为互联网而生，那这个人就是欧丽芙·帕金斯。她清楚地知道那些照相机想要什么。她非常冷静地划了一根火柴伸到她的大海泡石烟斗里，点燃了它，然后吐出了一股巨大的烟柱，接着是4个巨大的烟圈。人群中一片喝彩声。网上的人群变得更加疯狂。一个古老的，抽烟斗的图书管理员，她刚刚收到了数百万的黄金！

她清了清嗓子，开始了。“你们大多数人都知道，我的名字叫欧丽芙·帕金斯，两天前，我的门阶上出现了一大袋金子。”

人群开始欢呼。

“每个人都在问我，你打算用这笔钱做什么？好吧，我想我可以买一辆粉红色的凯迪拉克，逛遍斯克兰顿所有的夜总会。或者我可以乘坐一艘豪华游轮——坐在一艘像摩天大楼那么大的船上，喝着果汁朗姆酒，在海豚翻越的波浪中挥手。”

笑声和掌声。

“或者，我老了，也许我会买一副大理石棺材，为自己举办一场华丽的葬礼。”她停顿了一下，抽了一口烟斗，吐出了烟，“好吧，凯迪拉克的速度太快了，游轮的速度太慢了，棺材会把我带到一个我还没准备好要去的地方。”

人群大笑，欢呼，欢呼。

“那么，我要用我的钱做什么呢？我要把它花在一个老朋友身上。”她拍了拍普拉特公共图书馆脏兮兮的大理石，“和我们很多人一样，它经历了一些艰难的时刻。”

一位记者喊道：“但图书馆不是过时了吗？为什么要浪费这笔钱？”

另一个人喊道：“人们可以从网上下载书籍。”

另一个喊道：“你有足够的钱来保留它吗？你将如何让人们回到这里？”

欧丽芙故意没有回答。她耐心地等待，直到没有人再问问题。她朝身后喊了一声：“罗尼。”身后的大门打开了，罗尼·威尔玛斯穿着西装，梳着整齐的头发，拿出一把垫得又软又厚的大椅子，把它放在欧丽芙旁边。

人群开始窃窃私语，他们的手机对准了欧丽芙。这个疯狂的老图书管理员要干什么？欧丽芙抚平了衣服，坐在大椅子上，望着下面的所有面孔，平静地抽着她的烟斗。

两天前，和所有的早晨一样，欧丽芙把羽绒背心套在她破旧的红色法兰绒睡衣上，走到房子的前廊，吃着燕麦片，看着太阳从恩德莱斯山的后面升起。天气是多云的。即使她看不见太阳，她也总是能特别地被这样多云的黎明所感染。它给了她力量和安慰，让她知道太阳其实依然会在那里，会照常升起，会履行它的职责，不会被乌云、雨、雪所阻挡。

这就是她喜欢的反思自己的方式。生活中有挫折和失望，但她依然需要站起来。

欧丽芙明白现在的自己，也明白多年前艾力山大·格鲁抛弃她时，她是怎样的人。尽管他留下了一封告别信，但她还是在石墙旁等了好几个小时，手里拿着行李箱，像一个孤独的乘客在等着一列永远不会到来的火车。

把订婚戒指从她的手指上取下，把它埋在糖槭树的树底，这是多么奇怪和可怕。

走出月光照耀的森林，她走回了父母家，爬上了三楼自己的卧室，把行李箱里的东西拿出来放好，躺在自己的单人床上，而不是躺在宾馆的床上，蜜月旅行中新婚丈夫的臂弯里，这是多么可怕和孤独。

她躺在黑暗中，低声说："该死的你，艾力山大·格鲁。"该死的你，她想，你伤了我的心，但是艾力山大，我宁愿忍受我破碎的心灵，也不愿忍受你即将拥有的痛苦。在你的余生中，你将会背负着一种多么可怕的心境。我原谅你，但你永远不会原谅你自己。

多年前的那天早上，尽管她的心脏受到了巨大的打击，但太阳还是升起来了。世界还没有结束。年轻的欧丽芙看着窗外的太阳，终于，明白了生活是如何运转的。生活没有任何承诺，除了每天早晨太阳都会升起。不管发生什么事，无论是好是坏，每一天都将是新的一天。

欧丽芙想，我是宁愿爱过艾力山大，还是宁愿从未见过他？是永远安全地躲在房间里的床上，还是每天都冒险走入生活，哪一样更好？

那天早上，欧丽芙还是从床上爬了起来。

以后的每一天早上，她都从床上爬了起来。她放弃了一种生活，开始了另一种生活。

白发苍苍，垂垂老矣，她站在门口，手里拿着燕麦片，望着恩德莱斯山。即使今天，欧丽芙也还是从床上爬起来了，哪怕这是她第二次面临着失去生命中的最爱。她从失去艾力山大·格鲁的悲痛中幸存了下来，她同样将在失去普拉特公共图书馆的痛苦中幸存下来。

不，也许她不会活下来的。她突然有了一个可怕的想法，一个她以前从未有过的想法。她站在那里，望着恩德莱斯山，这是她有生以来第一次不关心太阳是否升起。

她突然注意到，太阳……并没有升起。她心想，它没有升起，因为我已经在睡梦中死去了。我在一个黑暗的地方，因为我已经死了。但是如果我死了，为什么我吃了一碗燕麦片呢？这似乎很奇怪。好吧，生活是如此奇怪，谁会说死亡不奇怪？

然后她开始哭了，因为她还没有机会说声“谢谢”就已经死了。她想感谢太阳，因为它多年来忠实地升起。

更重要的是，她想要感谢普拉特公共图书馆。谢谢你们，查尔斯·狄更斯、斯蒂芬·金、薇拉·凯瑟和玛丽·雪莱。非常感谢历史传记作家，尤其是罗伯特·A. 卡洛。尤其感谢所有儿童书籍的作者，甚至是格林兄弟，那一对病态的作家，他们的描述非常生动。等等，她忘了感谢那些诗人。在普拉特公共图书馆有一个很好的诗歌区，就在儿童书籍的后面。

欧丽芙沉浸在感激之中，一开始，她并没有注意到夜晚的云朵已经消失了，太阳从山的后面探出了头。她在刺眼的光线下眯起了眼。天上的光吗？她很奇怪。因为这刺眼的光芒是金色的。它是金色的，令人费解的是，它是从前面的门廊台阶上向上升起的。

欧丽芙低头看了看。

“啊。”她惊呼。那碗燕麦片从她手中掉了下来，“噔”的一声掉在了门廊上。

一只动物在夜里撕开了这个袋子，它里面金色的东西就撒满了台阶。

“哦。”欧丽芙又说。

在散乱的金币中有一张字条。欧丽芙跪了下来，伸手去拿。她调整了一下她的双光眼镜，读着用铅笔写的字条——

这是永远不够的，但我希望它是有意义的。爱你，格鲁。

她盯着字条看了很长时间，然后她为自己清理了一个地方，坐在了台阶上，周围都是金子。她面对着春天那明亮的、绿色的恩德莱斯山。“已经足够了，亲爱的格鲁，”欧丽芙低声说，“这是一切。”

两天后的现在，她坐在普拉特公共图书馆大理石台阶上的椅子上。

人群等待着，相机也在等待着。那个老图书管理员要做什么？要发生什么事？

欧丽芙看着罗尼走到一边。她点了点头。罗尼的背后藏着一本书，他把它递给了欧丽芙，然后他就坐在她下面的一个大理石台阶上，抬起头来，他的表情全神贯注。

人群开始骚动起来了。

欧丽芙又长长地吸了一口烟斗，然后她举起食指放在她的嘴唇上，说：“嘘——”全天下图书管理员都会用的动作，示意人群安静下来。“今天我要读的书，”她说，“是罗尼·威尔玛斯选的，名叫《金银岛》，作者是罗伯特·路易斯·史蒂文森。”

人群中的每个人都安静了。多么壮观呀，在全国各地，在世界的许多地方，人们都靠近笔记本电脑，或者眯着眼看着他们的手机。

“第一部，老海盗。”欧丽芙大声地念了起来，“……现在回想起来，事情仿佛就发生在昨天。他步履蹒跚地来到旅店门口，航海的箱子让人用手推车推着跟在身后。他身材魁梧，皮肤晒成了深棕色，穿着一件肮脏的蓝外套，辫子湿漉漉地搭在肩头，涂了柏油似的，粗糙的双手疤痕累累，乌黑的指甲缺的缺、断的断，一道肮脏的铅灰色刀疤横贯一侧面颊……”

一个小男孩从母亲的怀里挣脱出来，开始向图书馆的大楼梯走去。他的母亲抓住了他。欧丽芙笑了笑，喊道：“没关系。让他来。各位记者，请站到一边。”

小男孩爬上楼梯，坐在罗尼旁边。罗尼对男孩耳语道：“我喜欢下一部分。”

男孩把手指放在嘴唇上说：“嘘。”

所有这些都被摄像头捕捉到了，在网上被分享，瞬间从一个网站转发到了另一个网站。

欧丽芙继续读着：“我记得他一边吹着口哨，一边打量旅店的门面，接着，他忽然扯开嗓子唱起一首他后来经常唱的水手老调：

十五个人扑上死人箱——

哟——呵——呵，朗姆酒一瓶你来尝！”

更多的孩子走上了台阶。还有一些成年人。一开始，他们试探着，踮着脚向前走到大理石台阶上找到一个座位，盯着图书管理员，她的话语像咒语一样神奇。

无论在哪个地方，人们都停止了他们正在做的事情，并且开始……倾听。就连记者们也在听着，他们完全被迷住了。他们把耳机取出来，忽略了制作人在他们耳边大喊大叫的声音。他们想听一个故事。他们想知道接下来发生了什么。

当读完第一章的时候，欧丽芙偶尔会停下来，把书转过来，向发出“啊”“噢”的人群展示一幅插图，有人喊道：“别停下！继续读！”欧丽芙那天读了三章。在网上，第一个主题标签出现了：拯救普拉特公共图书馆。捐款网站出现了。志愿者们来了。

春天光临了恩德莱斯山，这是件好事，因为每一天，欧丽芙都得坐在图书馆前的台阶上，向那些喜欢故事的人朗读。她读得喉咙沙哑。

突然，欧丽芙·帕金斯成了世界上最著名的图书馆的图书管理员。

37

以一个吻开始

哈利和阿曼达坐在包厢里，环顾绿色庄园四周，仿佛刚刚做梦才醒。吧台上方的电视正播放着欧丽芙·帕金斯的长镜头，她庄严地坐在普拉特公共图书馆前的椅子上。在酒吧吧台旁边，围坐着克里夫、罗尼、斯图和一群急救队的队员。

哈利看到斯图说了些什么，大家都笑了。斯图拍了拍克里夫的后背，示意汤姆："请给大家再来一巡酒，酒保。"汤姆翻了一个白眼。

老沃尔特说："斯图请喝啤酒。欧丽芙上电视了。我不知道新米尔福德政府在供水系统里放了什么，但我希望它能对我也有效。我要一个新膝盖。"

罗尼不喝啤酒。他一边喝着姜汁汽水，一边抻长脖子看着欧丽芙。他想听清她读的故事。当然，他已经听过了，因为他也在电视屏幕上，偶尔也会出现在欧丽芙的旁边。他想，罗尼·威尔玛斯上电视了。你能相信吗？欧丽芙让他进了图书馆修缮委员会。我，成为委员了。你能相信吗？

当汤姆送啤酒时，斯图也为哈利和阿曼达订了一巡酒。他看着那边的哈利，有点困惑不解，因为世界上有这样的人。在他们治好了他的蜂蜇和毒葛刺伤之后，斯图把哈利拉到一边，打开他的手，展示他仍然保留着的三枚金币，那是他第一次发现金子时偷来的（大狼从他身上拿走了剩下的），他当时把它们藏在了鞋子里。

哈利耸耸肩，用斯图的手盖住了金币。“我们的小秘密。”他说。

斯图几乎哭了。他看了看哈利，心想，萨斯奎汉纳圣诞老人坐在那里。这就是我的小秘密。

克里夫也看着那个包厢，但他只看着阿曼达。阿曼达迎着他的眼睛，也注视着他，这足以使他的灵魂感到安慰。不是所有的人都能有机会纠正自己的错误。在夜晚，牛棚里有奶牛；能在一个友好的地方坐在朋友们中间；有胡柏安静、泰然自若地待在山上照看一切——克里夫觉得很好。

哈利看着酒吧里的男人、电视上的欧丽芙、在餐厅和酒吧中间的壁龛里玩撞柱游戏的奥利安娜。她射出了小木球。立柱纷纷被打翻。她握住拳头。“耶！”然后就轮到她的朋友苔丝玩了。当奥利安娜问她是否可以邀请苔丝到绿色庄园吃晚饭时，阿曼达说：“当然，那很好。”

哈利看着这些，阿曼达看着哈利。

当奥利安娜回到餐桌前，她正在和苔丝聊天，谈到天气很快就会暖和起来，他们可以去阿克湖游泳。

“你游泳游得好吗，哈利？”奥利安娜说。

哈利回答说是，他是一个很好的游泳运动员。

“滑冰怎么样？因为在冬天，我们总是在湖上滑冰。你有溜冰鞋吗，哈利？”在哈利还没来得及回答时，她就滔滔不绝地说他们要怎样为他弄一双滑冰鞋，如果他没有的话。

哈利依然只是听着，就像他在来绿色庄园的车上一样，奥利安娜兴奋地谈论着明年春天她将向他展示如何收集糖槭树的汁液，以及她将要参加年底的话剧表演，他会不会来？她不断地说下去。

这个想象中的未来，它美得让人无法忍受。

哈利独自待在树屋里。月亮又大又亮。他把手伸进透过彩色玻璃窗照进屋内的月光里，仿佛他能抓住那些闪闪发光的红色、蓝色和黄色。但光线是抓不住的。

透过巨大的三角形窗户，另一盏灯在召唤。哈利走到露台上。远处，森林里闪烁着一盏灯。他沿着螺旋形楼梯走下去，向它走去。

光线消失了，又出现了，像火焰。他路过石墙边时，闻到了烟丝的味道，看到了欧丽芙坐在石墙上，平静地抽着烟。当他走近时，她注视着他。

“啊，森林居民，你属于自然还是非自然？”她叫道，“你好，哈利。很高兴再次见到你。”

哈利对她的感觉和他们第一次见面时的感觉是一样的：藏在烟火明灭中的欧丽芙·帕金斯，非常怪异。尤其是在月光下。

“我一直在这里思考，”欧丽芙说，“这堵旧墙——非常适合沉思。我相信不久前，你就站在这里，在思考一些问题。”

哈利从墙上往下看，看了看糖槭树的断枝，又看了看欧丽芙。

“就在那一天，”欧丽芙继续说，“你捡到了一本书。”

“女巫留下的书？”

欧丽芙笑了。

“奥利安娜留下的。哦，它可能和我有关系。从某种意义上说，我是一个图书管理员，而她是一个非常认真的读者。”

“非常。”哈利说。

“我亲爱的哈利，时间已经晚了，所以我们不要再装傻了。你很有自制力。事实上，你真是个奇迹。你完成了最重要的事情，是你拯救了我的图书馆，所以请允许我给你一份礼物作为回报。我唯一知道能赠送给你的礼物，我想给你读个故事。”

她拿出了《格鲁的账本》。

哈利摇了摇头。“我读过那本书，一千次。”

“这句话对图书管理员来说是最好的音乐！那么，告诉我发生了什么。”

“格鲁扔掉了金子，他感觉好多了。他恢复了。”

“你恢复了，哈利？”

“是的。许多美好的事情发生了。我感觉很好。我帮助了奥利安娜。”

“钱都送出去了？”

“钱都送出去了。”

“那么诅咒解除了？”

“是的。”

“这就是故事的全部内容吗？”欧丽芙叹了口气，“好吧，是时候再读一遍了。”

“在不知道多久以前，在绵延不绝的大山里……”她开始说。

哈利把手放在书上。“我知道这个故事。在心中。”

“嗯，有一个重要的字。心。你难道忘记了最后一幕吗？他发现了他的爱，哈利。他得到了那个女孩，他们过着幸福的生活。你的结局甚至更好。最后，你得到了两份爱。”

“我和格鲁的交易是黄金。”

“所以我们就把书的最后一页撕掉了？我们假装它不在那里？”

哈利没有回答。

“啊。你想要保证。因为格鲁遭受了同样痛苦的折磨。”

哈利朝阿曼达家的方向望去。一束只能透过树才能看见的光线。“我不希望她们发生什么事。”

“但哈利，你不仅仅是不希望她们发生什么事，你也不想让任何事情发生在你身上。这就是你会变成格鲁的原因。”

欧丽芙把书打开了，格鲁用悲哀的眼神看着哈利。

“《格鲁的账本》是一个悔恨的故事。在现实生活中，爱情没有快乐的结局。艾力山大·格鲁之所以孤独地死去，是因为他害怕抓住爱，害怕冒险，害怕所有与爱相关的未知的风险。所以他选择了确定性——这是他的毁灭。

“我能给他唯一的保证——战胜所有的未知，所有的障碍——就是我陪他一起面对生活。”

起风了。哈利看了看森林，看着欧丽芙，她现在就站在他面前。

她把书放在墙上，然后走开了。“把它从一个老图书管理员那里拿走——有一本永远都不需要写的书。”

哈利用胳膊搂着欧丽芙。她靠着他。

风把阿曼达吵醒了。当她走到窗前时，哈利正站在她的后院。她穿上她的毛巾浴袍，走过奥利安娜的房间，下楼去了。她打开厨房的推拉门，走到后院。

“你怎么在这里？”

“我看见你的光了。”

“我没有开灯。”

“也许是月亮的把戏。”哈利说。

“我不喜欢耍花招。我认识一个小女孩，她希望你明天能在这里。还有明天之后的明天，以及之后的那个明天，和哈利一起的没完没了的明天。”

“我知道。”

“春天收集枫糖。冬天在阿克湖上滑冰。她在绿色庄园所说的一切，而你只是坐在那里让她相信。这对她不公平。这对我来说不公平。”

“我知道。这就是我在这里的原因。我需要确认一遍我的保证列表。”

这让她停住了话头。“保证。”阿曼达眯起眼睛，紧紧地裹住她的浴袍。

哈利走得更近了。“你会吗，阿曼达·杰夫斯？当奥利安娜骑自行车时，她能保证她永远不会掉下来吗？”

“什么？不能。”阿曼达说。

“你能保证你切洋葱时永远不会切掉你的拇指吗？”

“不能。哈利——”

“你能保证你的阑尾永远不会发炎，你永远不会有肺炎的风险，或者你 92 岁的时候不会摔断你的尾椎骨？”

“不能，”阿曼达说，“我甚至不能保证我能活到 92 岁。”

哈利点了点头。

她说：“我不能保证我永远不会滑倒在冰面上。我不能保证房子永远不会被烧毁。我不能保证奥利安娜永远不会被一只鹿吃掉。我不能保证天空永远不会落下。”

“那么，”哈利说，“没有保证。”

“不能保证。”

哈利望着夜空中的月亮。望着森林。望着阿曼达。“所有的未知的一切，阿曼达，所有的风险……你愿意和我一起面对吗？”

阿曼达向他伸出了手。“是的。”她说。

哈利把她拉进了怀里。

奥利安娜从她卧室的窗户，透过窗帘，俯视着他们。在童话故事里，她从来都不喜欢男女主人公接吻的那部分。但这不是童话故事，一个吻似乎是最好的开始。

尾声

“狼，狼，狼！”

一条黑暗的高速公路上，一辆红色的雷克萨斯从恩德莱斯山中飞驰而出，大狼坐在车里。要去哪里，大狼并不知道。

但他并没有空手离开。他偷了东西，比黄金更有价值的东西。

经历了采石场的事情之后，他只剩下绝望。他在车里睡着了，但又并不想离开恩德莱斯山。是什么东西让他不想离开呢？

汽车的窗户被摇了下来。大狼把头探出窗外，让夜晚的风往后吹着他的耳朵。反光镜里映照出布鲁图，蹲在他的副驾驶座旁边。布鲁图把它那巨大的脑袋从窗户伸了出来，嘴巴张开，舌头伸出来，耳朵被风吹着，疯狂地拍打着。所有的感官都沉浸在解放之中。

偷了布鲁图？不，是大狼放了它。

一小时前，大狼把他的雷克萨斯开回威内菲尔德，打开了车门，对着黑暗的环形树影喊道：“喂，孩子。”

布鲁图毫不犹豫地从带隐形栅栏的监狱里冲了出来，忍受着电击，甚至陶醉于他项圈上电池的电击。因为这是自由的冲击。

现在，布鲁图和大狼在红色的雷克萨斯上了，在高速公路上。在一起。

布鲁图从窗户边收回脑袋，转向了大狼。它很想表达出来，那么想表达却无法开口。因为他们偷了它的声音。它舔着大狼的手，用鼻子蹭着他的肩膀。布鲁图咆哮着，无声地吠叫着，如此急切地想说出来。

大狼拍着布鲁图的大脑袋，想去安慰它。“我知道。我知道，孩子。我知道你想说什么。”

布鲁图想把它说出来。

大狼叫唤着布鲁图。“汪，”他说，“我知道了，孩子。你是想说汪。”

不，它不是想说“汪——”。布鲁图内心充满了爱，想要表达更多的东西。

然后它就来了、为自由所遭受的电击——这让它寂静的声带恢复了一些些。布鲁图感到这个名字离开了它的心脏，从它的喉咙里升起。它大声叫着，为了让全世界都听到。它最好的朋友的名字。

“狼，”它咆哮道，“狼，狼，狼！”

致谢

我要感谢的是：玛丽哈斯·布吕克、莫丽·科恩、丹·道尔顿、艾伦·梅里韦瑟、凯瑟琳·基夫、皮特·托瑞、乔·甘米、史黛丝·海姆斯、特里·萨帕克、亚历克斯·格林、凯西·萨根、本·科恩、凯莉·皮卡尔、史蒂夫·沃勒克、史蒂夫·戈德菲尔德、梅丽萨·韦勒克、史蒂夫·韦勒克、玛丽·卢·科恩、安东尼·斯佩和翠西·哈克斯顿。

感谢帕克文学传媒公司[1]以及米拉出版社所有优秀人士，他们都非常乐于助人。

[1] 原文为 Park Literary & Media。

图书在版编目（CIP）数据

哈利的秘密树林 /（美）乔恩·柯恩（Jon Cohen）著；陈水平译 . 一长沙：湖南文艺出版社，2019.4

书名原文：Harry's Trees

ISBN 978-7-5404-9077-5

Ⅰ . ①哈… Ⅱ . ①乔… ②陈… Ⅲ . ①长篇小说一美国一现代 Ⅳ . ① I712.45

中国版本图书馆 CIP 数据核字（2019）第 018171 号

著作权合同登记号：图字 18-2018-386

HARRY'S TREES by Jon Cohen

Published by arrangement with Park Literary & Media, through The Grayhawk Agency Ltd.

上架建议：畅销・外国文学

HALI DE MIMI SHULIN

哈利的秘密树林

作　　者：[美] 乔恩・柯恩

译　　者：陈水平

出 版 人：曾赛丰

责任编辑：薛　健　刘诗哲

监　　制：毛闽峰　李　娜

策划编辑：由　宾　曹伯丽

文案编辑：邱培娟

营销编辑：吴　思　焦亚楠

版权支持：辛　艳

封面设计：Harper Collins Publishers

内文供图：Anthony Spay

装帧设计：潘雪琴

出版发行：湖南文艺出版社

（长沙市雨花区东二环一段 508 号　邮编：410014）

网　　址：www. hnwy. net

印　　刷：北京嘉业印刷厂

经　　销：新华书店

开　　本：875mm × 1270mm　1/32

字　　数：335 千字

印　　张：12.5

版　　次：2019 年 4 月第 1 版

印　　次：2019 年 4 月第 1 次印刷

书　　号：ISBN 978-7-5404-9077-5

定　　价：45.00 元

若有质量问题，请致电质量监督电话：010-59096394

团购电话：010-59320018